二見文庫

ラッキーガール

リンダ・ハワード／加藤洋子＝訳

Burn

by

Linda Howard

テネシー州ピジョン・フォージのクリスマス・プレイスは魔法の世界だ。
そこで働くすてきな人たちに、感謝を捧げる。
本書の登場人物の何人かに、あなたたちの名前を使わせてもらって。

それから、わたしの愛する娘たち、いまは天国で走りまわっている
ゴールデン・レトリーヴァーのハニーとシュガーに。
犬はみんな天国に行くというのはほんとうだ。
あれほど純粋な愛の行き先がほかにある?

ラッキーガール

登場人物紹介

ジェンナー・レッドワイン	精肉工場に勤める女性
ケール・トレイラー	謎の一団のボス
シドニー・ハズレット	ジェンナーの親友
ブリジェット	ケールの部下
ティファニー・マースターズ	ケールの部下
フェイス・ナテッラ	ケールの部下
ライアン・ナテッラ	ケールの部下
ドリ	ケールの部下
キム	ケールの部下
アダム	ケールの部下
マット	ケールの部下
サンチェス	〈シルヴァー・ミスト〉号の乗組員
フランク・ラーキン	億万長者
ディーン・ミルズ	ラーキン専属の警備責任者
タッカー	ラーキンの護衛
ジョンソン	ラーキンの護衛
リンダ・ヴェール	〈シルヴァー・ミスト〉号の乗客
ニナ・フィリップス	〈シルヴァー・ミスト〉号の乗客
ミシェル	ジェンナーの元親友
ディラン	ジェンナーの元恋人
ジェリー・レッドワイン	ジェンナーの父親
アラナ（アル）・スミス	フィナンシャル・プランナー

プロローグ

晴れた日に、〈シルヴァー・ミスト〉号の船上で

こんな休暇ってあるだろうか。

ジェンナー・レッドワインはバースツールに座ってひやひやしながら、ブリジェットに言われたことを思いだし、実際に起きている悪夢とそれとをどう結びつけたらいいのか考えあぐねた。ある時点で男女が諍《いさか》いをはじめる、とブリジェットは言った。女、ティファニーはその場を去り、男、ケールがあなたに近づいてくるから、関心をもったふりでにこやかに接しろ。男の指示どおりにしなければ、シドを殺す、と。シドはこの世でただひとりの親友だ。

だが、台本どおりにはいかなかった。ティファニーはバーを去らず、酔った態《てい》で癇癪《かんしゃく》玉を破裂させ、足を踏み鳴らして絶叫した。だがむろん、彼女は酔ってなどいない。ジェンナーと寝たとケールを責めているが、船の上で迎える最初の夜だし、宵《よい》の口だし、誰も——おそらく——まだ誰とも寝ていないはずだ。諍いがはじまる前に、ケールはジェンナーに近づ

いてきた。もっともそのときは、彼が何者かわからなかった。混み合うバーで彼女の横に立って飲み物を注文しただけで、それらしいことをほのめかしもしなかった。たしかに男女が人前で諍いをはじめたが、それ以外のことはブリジェットの話とまるでちがった。

ケールは人を騙《だま》すのが上手だからその場に応じてうまくやる、とブリジェットは言った。きっとうまくやっているのだろう。つぎになにが起きるのか、ジェンナーには見当もつかないが、かえってそのほうがいい。女優じゃあるまいし、プロのいかさま師に合わせて臨機応《りんきおう》変《へん》に演じるなんてできるわけない。

ケールにぶつかった酔っ払い男が、いまやこの喧嘩に加わり、ティファニーに向かって大声で言った。あんた、自分がなにを言ってるのかわかってないんだろう、さっさと部屋に引き揚げたほうがいい、ひと眠りすれば酔いも覚める。酔っ払いに説教する損な役まわりを引き受けて、この酔っ払い男、なかなかのものだ、とジェンナーは思った。それとも、この男も一味なんだろうか。知らない男だし、そういうことも充分ありうる。

顔見知り以外はみんな怪しい。誰が信用できないのかわからない。でも、誰が信用できるかはわかっていた。だからといってどうなるものでもないけれど。なにが起ころうと、逃げだすわけにはいかない。のるかそるか。シドのためだ。友人はいま命の危険にさらされている。頭にきてしかるべきなのに。頭にくれば、怖さも吹き飛ぶ。

この連中を自分の人生から——シドの人生から——締めだすために、なにかやれたらいいのに。こんなに竦《すく》みあがっていたんじゃ、なにをやってもうまくいくはずがない。つぎになにが起きるのかわからず、ただびくびくして、不甲斐《ふがい》ないにもほどがある。自分は無力だと思ってる人間を軽蔑《けいべつ》してきたくせに、この様《ざま》だ。

この場の主導権を握るならいまだ。フェイスに見張られていながら、バルコニーに出たように。スツールからすべりおりてケールの背後をまわりこもうとした。こういう修羅場《しゅらば》にはうんざりだから逃げだそうとするかのように。ところがティファニーが気づき、絶叫した。

「〝あたしには関係ありません〟って顔で逃げようたってそうはさせない！　あんたがいちゃつくの、この目で見た――」

「あたしはあなたを知りません」ジェンナーはそう言って彼女の言葉をさえぎった。ケールが振り返り、わずかに体を動かしてジェンナーの退路をふさいだ。「それに、彼のことも知りません。だから、みっともなくいちゃもんつけるのやめてもらえませんか」同じパームビーチに住むリーネ・アイヴィーと目が合ったので、〝なにがなんだかわかりません〟の顔で肩をすくめると、リーネが同情のまなざしをよこした。

フェイスが人垣から離れてティファニーに近づき、肩に腕をまわしてなにかささやいた。ティファニーはわっと泣きだし、フェイスが彼女をやさしく連れだして素人芝居に幕をおろした。それに合わせるように、フェイスの夫のライアンがよろよろとケールに近づいてゆく。

「彼女ひとりにきみたちの部屋を使わせるとは太っ腹なことだ」野次馬にちょうど聞こえる

ようまく計算された声の大きさで、彼が言った。

ケールは肩をすくめた。「まさか叩きだすわけにもいかないだろう?」彼はいまもジェンナーの行く手をふさいだままだから、彼とライアンとでジェンナーを挟む格好になっていた。ふたりに腕をきつく摑《つか》まれたのとおなじ、袋のねずみだ。どこにも行けない。逃げだしたい、と表情で訴えてはいても。

〈シルヴァー・ミスト〉号は大きな船で、たくさんの乗客がいて……まわりは海だ。たとえ友人が命の危険にさらされていないとしても、いったいどこに逃げればいいの? どこに隠れようと、いずれケールに見つかるだろう。言いなりにはなりたくないけれど、思いどおりにならないと彼がなにをするか、考えたくもなかった。

「個室の割り振りで手違いがあったらしくてね」ライアンが言った。「ぼくらのスイートはベッドルームがふたつあるんだ。ひとつでいいのに。よかったら余っている部屋を使ってくれたまえ」

「そいつはありがたい。だが、その前に空きがないか訊いてみるよ。満室だって話は聞いてないだろう?」

ジェンナーは叫びだしたかった。男ふたりは、まるでなにごともなかったようにおしゃべりをつづけていた。なにごともないどころではないのに、ほかの人たちは気づいていないようだ。これも計画の一部なのだろうが、ふたりのおしゃべりは、彼女の神経を逆撫《さかな》でする。

ライアンは片方の肩をすくめた。「聞いてないね。でも、空きがなかったら、どうかぼくらの部屋を使ってくれたまえ。フェイスにはそう言ってあるから、心置きなく使ってくれていい」彼はそこでジェンナーに向かい、にこやかで、やさしいと言えそうなほどの笑みを浮かべた。「旅のはじまりがこれじゃあね？」

「ほんと」ジェンナーは言い、じりじりとふたりから離れようとした。そびえたつようなふたりの男に挟まれていたのでは、満足に呼吸もできやしない。ふたりに空気を奪われている。実際に体が触れてはいないが、ふたりに押しつぶされてぺしゃんこになった気分だ。それに……

ライアンがジェンナーの肘をつかんだ。あくまでも紳士的な仕草で彼女をその場につなぎ留めた。「きみたち、実際にそういうことになっていたの？　それともいちゃもんをつけられた？」

「ああ、おれたち、会うのもはじめてだ」ライアンの質問は彼女に向けられたものだが、ケールが答えた。

「おやおや、そりゃご愁傷《しゅうしょう》さま」ライアンが同病相哀《あいあわ》れむの笑みを浮かべた。「ジェンナー・レッドワイン、こちらはケール・トレイラー」

「はじめまして」ケールが手を差しだしたので、ジェンナーは握手せざるをえなくなった。顔硬くてあたたかな指に手を包まれ、触れ合う手のひらにたこが出来ているのがわかった。

をあげると、冷たいブルーの目がじっと見つめていた。体のどんな動きも見逃さず、顔に浮かぶどんなささいな表情も読みとる目だ。

彼がティファニーを捨てた直後に言い寄ってくるよりも、もっと自然な流れのなかでふたりが知り合うようにお膳立てされたのだと、ジェンナーはこのとき気づいた。そんな嘘っぽい芝居にはついていけない、あたしの流儀に反する、とあのときジェンナーは言った。それをブリジェットが彼らに伝えたにちがいない。とってつけたような〝ロマンス〟に、まわりが疑いを抱くことは、彼らも避けたいだろう。ティファニーを醜悪《しゅうあく》な酔っ払いに見せることで、あたらしいカップルにまわりの同情が集まるよう仕向けた。そしていま、どこから見ても無害で好ましい男性から、ふたりはきちんと引き合わされた。

お見事。彼らは巧妙でずる賢い。見くびると痛い目にあう。彼らが作ったシナリオに沿って演じるしかないが、ただおとなしく言いなりになるつもりはなかった。そういうのも、彼女の流儀に反する。

シドが無事だとわかったときがチャンスだ。シドが無事に解放されたことが確認できてはじめて、反撃に打って出ることができる。こんな目にあわせた彼らに仕返しすることができる。どんな結果が待っているかわからず悶々《もんもん》とすれば、出せる力も出せなくなる――それだけは避けなければ。チャンスが訪れるまでは、ケールの言うとおりにするしかない。

まだ聞き耳を立てている周囲の人間を納得させるために、叫びだしたい気持ちをこらえ、ライアンやケールと他愛《たあい》もないおしゃべりをしつづけているのは、ただもう生き延びたいから、仕返しをしてやりたいからだった。余っている部屋を使ってくれというライアンの申し出に、ケールは感謝の気持ちを述べ、バーからジェンナーの飲み物と自分がオーダーしたゴーストウォーターを受け取った。

彼はゴーストウォーターに目をやり、顔をしかめて脇に押しやった。「ティファニーの分なんです」彼がジェンナーに言う。「彼女はすでに一杯飲んでいて、もう一杯飲むと言ってきかなかった。ゴーストウォーターみたいな強いカクテル、一気に飲んだら酔うにきまっているのに」

彼女はうなずいただけでなにも言わなかった。この〝即席ロマンス〟を彼がどう進めていくのか、まずはお手並み拝見だ。

彼は混み合うバーをぐるっと見まわした。ほとんどの人がそれぞれのおしゃべりに戻っており、音楽もまたはじまっていた。ふたりの人間に——知り合いか、それとも仲間？——会釈し、彼は言った。「少し歩きませんか。体を動かしたい」

「ふたりで行ってくればいい」ライアンが言った。ジェンナーに断る暇を与えないすばやさだ。「ぼくはティファニーの様子を見てくるよ。彼女の世話をフェイスにばかり押しつけるのもなんだから」

気がつくと、スポーツ・デッキをケールと並んで歩いていた。リド・デッキのほうは、椅子と人で溢れていた。リド・デッキから階をひとつあがっただけなのに、ずっと静かで人もまばらだ。ふたりとも無言だった。彼女がまっすぐ前を見てずんずん歩いていると、彼が腕をつかんで引き止めた。「まるでおれから逃げだそうとしているように見える」

「あなたの思いすごしです」彼女は皮肉たっぷりに言った。彼がなめらかで深い声の持ち主で、背が高くてハンサムで、身なりもきちんとしていることが憎らしかった。外見で毛嫌いできる見るからに悪党タイプを予想していたのに。それでも彼は誘拐犯だ。堕落したげす野郎だ。見た目がどんなによくても、誘拐犯はこそ泥よりはるかに質《たち》が悪い。心臓が激しく脈打った。恐怖で、嫌悪感で、それに、少なくとも遠目からは〝船上のロマンス〟の第一段階にいるように見せようと努力しているせいで。

「友だちのことを考えるんだな」彼が口調を変えずに、でも声をさらに低くして言った。音は風で飛ばされるし、上階のここは船の動きで起きる風が強く、彼女の髪を巻き上げる。体が震え、剝《む》きだしの腕を両手でさすった。

「考えているわよ。あなたを海に突き落とさないのは、そのせいだもの」

「だったらもっとよく考えることだな。おれたちがいい雰囲気になりかけているという印象を与えるための努力を、きみはこれっぽっちもしていない」

「いったい誰に与えるの？　まわりに人なんてほとんどいないのに」彼女は言った。それはほんとうだった。ほかにはそぞろ歩くカップルが幾組か、それに男がひとり、かなり離れた場所で煙草を吸っているだけだ。たしかに彼らが期待するほど演技がうまくないかもしれないが、脅《おど》かされてうまくなれるものではない。こんなやり方は許せないし、命じられたとおりの人間を演じることなんてできない。

「与える必要があるかどうかはおれが決める、きみじゃない。そのおれが言ってるんだ。いま与えろ、とね」彼は易々《やすやす》と彼女を自分のほうに向かせた。体が接近して、またしても彼の体の熱に包みこまれた。船の照明は明るかったが、まわりの闇が彼の顔にくっきりとした陰影をつけ、顔立ちがさらに厳しいものになる。長いこと彼女をじっと見つめ、やおらウェストに両手をずらして引き寄せた。「きみは友人の安全について、本気で心配していないようだな」

「あなたの言うとおりにしてるじゃないの！」不本意ながらも相手に合わせてきたつもりだ。彼女のとった行動が間違っていた？　パニックに襲われる。彼らはすでにシドを傷つけたということなの？

「本気でおれにキスしろ」彼は命じ、顔を近づけてきた。

するものか。できるわけがない。いくらあたたかで引き締まった唇でも、すっきりした味わいでも、彼が何者でなにをしようとしているのか忘れられるはずがない。シドの命が危険にさらされていることを、忘れられるはずがない。だから彼がキスするあいだ、息を詰め、両腕を脇に垂らして突っ立っていた。彼に一オンスの同情心でもあれば、彼女が怯《おび》えていることに気づいてキスをやめるはずだ。でも、そのひとかけらすら持ち合わせていないのだろう。

「印象を与えるんだ」彼が唇を重ねたまうなり、キスを深くし舌まで使ってきた。反抗心がふつふつと湧いて、ジェンナーは武者震いしたが、シドを思い、おとなしく両腕を彼の首に巻きつけた。

それでも胸や腰が彼に触れないよう必死で体を引いた。必要以上に触れたくなかった。遠目からならその気になっているように見えるだろうから、彼もそれで満足すべきだ。ところが彼は、こちらの体のこわばりなどものともせずぐいっと抱き寄せ、恋人同士のように体を密着させてくる。シルクシャツの下には硬い筋肉があり、ペニスのぶ厚い盛り上がりがさらにぶ厚く硬くなってゆく。

なんてこと。もうわけがわからない。彼は勃起《ぼっき》している。ほかの男たちとはちがって、場違いな性的欲求を制御できず、ただの〝ふり〟ではすまなくなるタイプなのだろうか。肉体的圧迫から少しでも逃れようと体を引きたくても、きつく抱き締められているのでできなかった。これでは完全に彼の言いなりだ。もし彼が変な気を……起こすことだって充分に考えられるんじゃない？　彼はなにを考えているの？　知りたくないけれど、彼を思い留まらすためにできることはなにもなかった。

シドもおなじ目にあってるの？　いままではシドを殺させないことだけを考えてきた。でも、ほかのことも起こりうる。ふたりとも無傷でここから出られないかもしれない。さっきまでは仕返しするつもりだったけど、もうどうでもいい。生き延びることが先決だ。痛い目にあいたくない。シドにもあってほしくない。これからどうなるかよりも、一瞬一瞬を生きること、それしかなかった。ただ恐ろしかった。

「やめて」すっかり弱気だ。訴える口調になるのをとめられない。彼の顔に唾を吐きかけてやりたいのに、懇願《こんがん》している。怯えているのを彼に悟られてしまう。ああ、もう、自分がいやになる。

「だったら本気なふりをしろ」彼が言い、もう一度キスした。

カッとなりつつもなす術《すべ》がなく、彼女は本気なふりをした。

第一部
まぐれ当たり
DUMB LUCK

1

七年前……

ジェンナー・レッドワインが車に向かって駐車場を歩いていると、携帯電話が鳴った。おおかたディランだろう。煩《わずら》わしいと思いながら、デニムのバッグに手を突っこむ。彼女が携帯電話を持つようになって五週間で、彼はすでにひとつのパターンを確立していた。用件は聞かなくてもわかる。なんだったら賭けてもいい。〝トーク〟ボタンを押して「もしもし」と言い、自分との賭けに勝ったかどうか知るために相手の声を待った。

「よお、ベイブ」彼が言った。いつものとおり。

「ハイ」彼に一オンスの感受性があれば、彼女の声から歓迎されていないとわかるだろうが、〝感受性〟と〝ディラン〟は永遠に相容れない。

「もう仕事終わった?」

時計を見ればわかるでしょう、と言いそうになったがやめておいた。「ええ」

「セブンイレブンに寄って、ビール買ってきてよ、いいだろ？　金は後で払うから」

払ったためしがないくせに。もううんざりだ。先の見込みのない仕事という点では一緒でも、彼のほうが稼ぎはいいのに、ビール代を人に払わせる。これっきりだからね、と自分に言い聞かせつつ「オーケー」と言って電話を切った。きょうの分を彼が払わなかったら、二度とビールを買って帰らない。

〈ハーベスト・ミート・パッキング・カンパニー〉で遅番の勤務を終えたところだ。くたびれ果てていた。コンクリートの床に八時間ぶっ通しで立っていたせいで、足の裏がズキズキ痛む。マシーン・ショップに勤めるディランは早番だから、おなじく八時間の勤務をとっくに終えている。でも、自分でビールを買いに出ようとはしない。彼女の食料を食べながら、彼女のテレビを観ている。

最初のころは、決まった相手がいるのはいいことに思えたが、馬鹿な人間は性格的に容赦《ようしゃ》できない。その馬鹿が自分自身であっても。ディランが驚異的進歩を遂げないかぎり、じきにお払い箱だ。だからこれが彼にとっての最後のチャンス――彼がそのチャンスを生かすだろうなんて思ってはいない。自分自身を後戻りできないところまで追いこむための根拠が、もうひとつ欲しいだけだ。見限って当然の相手にしがみつくのは悪い癖だが、彼に最後のチャンスを与えないかぎり、〝どっちつかず地獄〟から這いだせない。

ポンコツのブルーのダッジの鍵を開け、ドアハンドルを力任せに引っ張った――運転席のドアはへばりつきやすい。抵抗していたドアが錆《さび》ついた蝶番《ちょうつがい》をギーギーいわせて不意に降参したので、後ろに倒れそうになった。いらだちを抑えて乗りこみ、ドアをバタンと閉め、イグニッションにキーを差しこむ。エンジンは一発でかかった。ブルー・グースは見た目こそぱっとしないが頼りになる。それで充分だ。頼れるものがあるのはいいことだ。それが錆の浮いたポンコツ車でも。

メゾネット型のアパートからいちばん近いセブンイレブンまで数ブロックあるが、ディランが歩いて出かけてもたいした距離ではない。店には煌々《こうこう》とライトがつき、遅い時間なのに駐車場はいっぱいだった。小さすぎるパンティストッキングに脚を突っこむみたいに、狭いスペースに無理やりダッジを押しこむ。もともと大きなへこみのある車に、もうひとつぐらいへこみがついたってどうってことない、でしょ？

ドアを肩で押す。うんうんいって押したら案の定、ドアが隣りの車に当たった。顔をしかめ、体をななめにして狭い隙間にすべりこませながら、隣りの車にできたへこみを指で撫でる。それでへこみが元に戻るわけではないけれど――彼女のブルー・グースと似たりよったりのポンコツだから、持ち主がへこみに気づくとは思えないし。

排気ガスとガソリンと熱せられたアスファルトの臭いが束になって顔を襲った。典型的な夏の臭いだし、ガソリンの臭いはけっして嫌いではない。灯油の臭いも。変かもしれないけど、そんなこと気にしていられない。

駐車場を横切ると、ゆるんだタールがスニーカーの裾にくっつく。店に入るとエアコンの冷気が体にまとわりついた。しばらくじっと立って、冷気を吸収したかった。シカゴ一帯を焼く熱波が、彼女から忍耐力の最後の一滴まで吸い上げてしまったようだ。もうくたくた。家に帰って痛む足から靴を脱ぎ捨て、汗ばんだジーンズとシャツを皮膚から剝《は》がし、ベッドに大の字になり、天井のファンが送ってよこす風に裸同然の体をなぶられたい。ところがいま、ディランのビールを買っている。負け犬はどっちよ。ディラン、それともあたし？

カウンターに珍しく長い列ができていた。〝あっ、そっか！〟の間があって、納得がいった。宝くじ。すぐに気づかなかったのだから、よほど疲れているのだ。一等の当選者がいなくて賞金が繰り越され、大変な額になっている。その抽選があすだ。駐車場がいっぱいで、カウンターに長い列ができている訳はそれだ。〝ナンバーズ〟はときどき買って、二度ばかり数ドル儲けたが、あまり気にかけたことはなかった。でも、今夜は……買ってどこが悪い？ ディランなんか待たせておけばいい。

六本入りカートンをつかみ、列に並んだ。列は店の奥まで伸び、そこで曲がってべつの通路の半分ぐらいまでつづいていた。待つあいだ、値段を調べたり、キャンディをながめたりしながらどの数字にするか考えた。列の前後は男で、どちらも饐《す》えたビールと饐えた汗の臭いをさせ、どちらもときどき話しかけてきたが、彼女は無視した。頭の上に、彼女には見えないけれど、看板が出ているのだろうか？『負け犬はこちらへ』なんて看板が？

そうじゃなくて、目当ては彼女が持っているビールだ。暑い夏の夜、ビールの価値はかなり高い――おそらく、疲れたブロンド女より高い。しかも染めたブロンドだし、ポケットに〝ハーベスト・ミート・パッキング〟と縫いとりがしてある醜いブルーのシャツを着ている。仕事中はこれにオーバーオールを着て、ビニールの帽子をかぶるが、行き帰りに会社のシャツを着るのが決まりだ。会社にとってはただで宣伝できる。しかも無料支給ではなく、従業員に買わせている――つまり、会社をやめても手もとに残しておけるわけだ……いの一番にゴミ箱に放りこむまでは。

ふたりの男、そのシャツを見て思ったのかもしれない。「ヘイ、この女、仕事に就いてる！　しかもビールを持ってる！」このシャツが男を誘う〝餌〟になると思うと、いやでたまらなかった。

列はのろのろと進んで、ようやく彼女の番がきた。金を払ってマークシート式の申し込みカードを三枚買った。三はラッキーナンバーのような気がしたからだ。誕生日や電話番号や住所など、そのとき頭に浮かんだ数字を六つずつ三組選び、申し込みカードに記入してレジ係に渡し、チケットをもらってバッグにしまい店を出た。隣りの車はいなくなり、代わりにピックアップトラックが駐まっていた。ぎりぎりに駐めてあるので運転席のドアを開けられない。声に出さずに毒づきながら助手席のドアの鍵を開け、なんとか体を押し入れてコンソールを跨《また》ぎこす。体が細くて柔軟だからできる芸当だ。

ハンドルの下に体を押しこんでいると、携帯電話が鳴った。びっくりして頭をぶつけ、また毒づく。今度は声に出していた。携帯電話をとりだしてボタンを押し、怒鳴った。「なに？」

「なんでこんなに時間がかかるんだ？」ディランが言う。

「ビールを買ったから、それで時間がかかったの。レジが混んでたのよ」

「だったら急いでくれよ、いいね？」

「すぐに帰るわよ」うんざりした口調に彼が気づくわけもない。こっちが出している小さなシグナルを、彼はことごとく見逃している。

メゾネット式のアパートは駐車場つきだ。路上駐車せずにすむのは、彼女にとって贅沢《ぜいたく》だった。そのはずなのに、今夜はディランのマスタングがそこに駐まっているので、駐車スペースを探す羽目《はめ》に陥《おちい》った。ようやく見つけて車を駐め、とぼとぼとアパートに戻るころには――しかもすべての明かりがついている――口から火を吹く勢いだった。

やっぱり。ドアを入って最初に目に飛びこんできたのは、彼女のソファーにだらしなく横たわるディランの姿だった。彼女のコーヒーテーブルにワークブーツを載せて、レスリング中継を観ている。「よお、ベイブ」ディランがほほえんで立ち上がった。意識の半分はテレビに向けたままだ。彼女の手から六本入りカートンをとり、一本引き抜く。「クソッ、冷えてないじゃないか」

彼女が見ている前で、ディランはキッチンから持ってきておいた栓抜き——すぐに飲めるように——をつかんで瓶の栓を抜き、口に持っていった。栓をコーヒーテーブルに投げ、ソファーに戻る。

「服を着替えにいくついでに、残りのビールを冷蔵庫に入れといて」ディランが言った。彼女は帰宅するとただちに服を着替える。醜いポリエステルのシャツを、必要以上に長く着ていることに耐えられないからだ。

「わかった」彼女はカートンをつかみ、ビールの値段を告げた。

彼はぽかんと口を開けた。「はあ?」

「ビール」彼女は冷静な口調を保った。「後で払うって言ったでしょ」

「ああ、そうだった。金を持ってこなかったからさ、あした払う」

チン。小さなベルの音が聞こえ、彼がついに踏み超えたことを告げた。後戻りできない一線を。解放感を味わうものと思っていたが、感じるのは疲労だけだ。「もういいわよ。出てって。戻ってこないで」

「はあ?」彼がまた言う。思考力ばかりか、聴力にも問題があるようだ。ディランは見た目が——とても——いいが、すべての欠点を埋め合わせるほどではない。オーケー、彼のせいで人生のうちの四カ月を無駄にした。これを教訓にしよう。女にせびる気配を少しでも見せたら、はい、さようなら、だ。

「出ていって。あたしたち、おしまいなの。あたしにせびるのはこれが最後」ドアを開けたまま、彼が出て行くのを待った。

彼は立ち上がり、魅力的な笑顔を浮かべた。最初のうちはこれに騙された。「ベイブ、きみは疲れているだけ――」

「そのとおり。あなたに疲れたの。さあ」シッシと追い払う仕草をしてみせる。「出てって」

「ジェン、そんなこと――」

「いいえ。もうおしまい。あなたはビール代を払うつもりがない。だから、あたしも、二度とチャンスを与えるつもりはない」

「そんなに気になってたんなら、言ってくれればよかったのに。そんなことぐらいでカッとならずにさ」彼が言う。魅力的な笑みは消え、しかめ面になっていた。

「いいえ、カッとなるわよ。カッとなってどこが悪いの。いっそスカッとするわよ。出てって」

「やり直せる――」

「いいえ、無理よ、ディラン。これが最後のチャンスだったの」彼をにらみつける。「ここから出て行かないなら、警察を呼ぶわよ」

「わかった、わかった」彼は狭いポーチに出て振り向いた。「おれだって、おまえにはうんざりだったんだよ。クソ女」

彼の顔に向かってドアを閉めると、そのドアに彼がこぶしを叩きつけたのでぎょっとした。それが別れの挨拶だったのだろう、十秒後に車のエンジン音がした。カーテンの隙間からのぞくと、彼がバックで車を出し、去っていった。

よし。これでよし。〝恋人いない〟状態になった。なかなかいい気分だ。いいどころじゃない。解放感がようやく湧いてきた。肩にのしかかっていた一トンの重しがとりのぞかれた気分で、大きく深呼吸した。もっと早くにこうしていたら、ぐずぐず悩むこともなかったのに。これも教訓にしよう。

まずは重要なことから片付けていこう。車を駐めた場所まで歩いてゆき、運転して戻ってあるべき場所に駐めた。それから、玄関を入り、すべてのドアに鍵をかけてカーテンを引き、安全を確認したうえで親友のミシェルに電話し、そのままベッドルームに引き返して服を脱いだ。恋人との別れは、親友に即刻知らせるべきことだ。

「ディランと別れた」ミシェルの声を聞くなり言った。「たったいま叩きだした」

「なにがあったの?」ミシェルはショックを受けたようだ。「彼が浮気したとか?」

「いいえ、あたしの知るかぎりはね。だからって、していないとは言えない。彼にせびられることにうんざりしたの」

「あらまあ。あんなにいい男だったのに」ショックは惜しむ気持ちに席を譲り、受話器越しにため息が聞こえた。

ベッドに腰をおろし、携帯電話を頭と肩で挟み、汗ばんだジーンズを脱ぎにかかった。

「ええ、でも馬鹿だから。馬鹿はだめでしょう」

ミシェルはしばらく——ほんのしばらく——黙りこんだが、すぐに声に元気が戻った。

「ってことは！　まだ宵の口だし、あんたは自由だし。出かけない？」

そのために電話をしたんじゃない。ミシェルはいつでも〝パーティーOK〟だし、ジェンナーはどっぷり浸かっていた〝ディランとの日々〟から抜けだす必要があった。足が痛いなんて言ってられない。まだ二十三で、負け犬をお払い箱にしたばかり、疲れなんて吹き飛ばせ、だ。お祝いをしたかった。「いいわよ。これからシャワーを浴びるから。〈バード〉で待ち合わせしましょ」彼女が名前を挙げたのは、〝ディラン以前〟によく行っていたバーだ。

「ヒャッホー！」ミシェルが叫ぶ。「〈バード〉、いいね、いいね！　昔に戻ろう！」

彼女とミシェルはホットな組み合わせだ。自分で言うのもなんだけれど。身長一五〇センチちょいでクリクリカールの黒髪で、めりはりボディのミシェルに、中背で痩せ型だけれど、ヘアとメイクに時間をかけ、ショートでタイトなもので決めればなかなかのものジェンナー。

一時間後、『ヒット・ザ・ロード、ジャック』を大声で歌いながら店のドアを開け、そこにいる女客全員に一緒に歌おうと誘いかけた。ジェンナーは〝ジャック〟を〝ディラン〟に変えて歌ったが、うまくいかなかった。でも、それがなに？　楽しいし、一緒に踊りたがる男に事欠かない。

明け方、よれよれになって家に帰り、遅番であることにはじめて感謝した。出勤前に少し眠れる。この五時間に飲んだのはビールが二杯だけだが、疲労が突然襲ってきた。二十三歳というのは、自分で思ってるほど若くないのかも。すぐに元気を回復するとはいえ、その反動がひどくて、踏みだした足の先にもう一方の足を出すのがやっとだ。

目覚まし時計を忘れずにセットし、ベッドに顔から突っ伏し、八時間後に目覚ましが鳴ったときにもおなじ姿勢のままだった。仰向けになって天井を見つめながら、きょうは何曜日か思いだそうとした。ようやく頭のギアがカチッとはまった――そうそう、きょうは金曜日――それから最初に頭に浮かんだのが、ディランのこと。彼はもういない、もういない。つぎに思った。仕事に行かなくちゃ。ぱっと起きてシャワーを浴び、自由を祝って楽しい曲を口ずさみ、びっくりするほどの上機嫌で洗いたての醜いブルーのシャツの袖を通した。きょうはシャツにうんざりすることもない。

ディランとはとっくに終わっていたのに、どうしてもっと前に気づかなかったの？　どうしてだらだら付き合ったりしたの？　まあ、それほど長い年月ではなかったけれど、四、五週間前に別れていて当然だった。もう無理だとわかっていながら、ずるずるといままできてしまった。期待するだけ無駄だったのに。もっと大人になって、自分の盲点にしっかり目を向けるべきだ。ディランは、彼女がこうあってほしいと思う男ではないとわかっていた。父親が、こうあってほしいと思う父親でなかったのとおなじだ。よき父親像にしがみつくのは、ずっと昔にあきらめた。でも、ディランは見込みがありそうだった。最初の二週間は。それから現実が見えてきて、理想とはかけ離れていることがわかった。

遅番の仕事をやり終え、晴れ晴れとした気分のまま週末に突入した。好きなときに好きなことができる。だったらミシェルとまた出かけたい。そこで〈バード〉に繰りだし、閉店まで浮かれ騒いだ。

そんなわけだから、宝くじのことを耳にしたのは、月曜の夜の食事休憩のときだった。薄汚い休憩室でハムサンドをペプシで流しこんでいると、同僚たちが、今度は当選者が出たのに、まだ名乗り出ていない、という話をしていた。「二十七丁目のコンビニで売られた分だって」マーゴ・ラッセルが言った。「まさか、なくしたとか？　三億ドルの当たり券をなくしたら、あたしなら自分で自分を撃つ！」

「二億九千五百万ドル」誰かが訂正した。

「おなじようなもんじゃない。どうせならあと五百万上乗せしてくれりゃいいのにね」マーゴが冗談を言う。

ジェンナーは窒息しそうになった。口のなかのサンドイッチがどうしても呑みこめない。喉が麻痺している。全身が麻痺している。二十七丁目のコンビニ？　彼女がビールを買った店だ。

思考が、可能性が、かろうじて形を結んだ。まさか……？　崖っぷちに立ってよろよろしているような純粋な恐怖で、髪の生え際に汗が噴きだした。

理性がしゃしゃり出てきて、泳いでいたまわりの景色がもとに戻った。サンドイッチを噛んで呑みこむ。彼女みたいな人間に、そういうことが起きるわけがない。五ドル当たったって信じられないぐらいだ。あの店で宝くじを買った人間は大勢いた。当選する可能性は千にひとつ、二、三千にひとつぐらいだろう。金曜の夜の抽選会も気にしていなかったし、新聞もテレビのニュースも見ていなかった。ミシェルと遊ぶのに夢中だった。チケットはデニムのバッグに入れたままだ。

休憩室にはその日の新聞が数紙、散らばっていた。一部をとり上げ、当選番号の載っているページを探しだし、破り取った。壁の時計を見ると、仕事に戻るまで五分ある。

心臓をドキドキいわせてロッカーへと急ぎ、震える指で南京錠のダイヤルを回した。興奮しないの。自分を叱りつける。期待が大きいと失望もそれだけ大きくなる。当たる確率は低いのだから、いちおうたしかめておくだけ。残りの勤務時間をやきもきして過ごさないために——ディランは負け犬のげす野郎だと確認しておけば、彼を捨てたのは間違いだったかも、と残りの人生を悔やんで過ごさずにすむ。それとおなじことだ。番号を調べてはずれたことがわかれば、マーゴやほかの同僚たちと冗談を言い合える。ミシェルとディランのことで冗談を言い合ったみたいに。

バッグをつかみ、ロッカーのなかで逆さにして中身を空けた。チケットが二枚、落ちてきたのでつかみとる。三枚めはどこ？　三枚めが見つからなかったらどうする？　見つからないまま、当選者が名乗り出なかったら？　二億九千五百万ドル当たっていたかもしれないと思いながら、残りの人生を送ることになるのだ。

落ち着くのよ。当たってないんだから。宝くじを買ったときには、当たるなんて夢にも思っていなかった。ほんの一瞬、〝もしかしたら〟と夢見られればそれでよかった。

深呼吸して、山になったバッグの中身を引っ掻き回し、最後の一枚が見つかったときには大きく安堵《あんど》のため息をついた。新聞の切り抜きに記された番号とチケットの番号をつけ合わせ、現実に顔をひっぱたかれて笑いそうになった。一致している番号はひとつもなかった。チケットが見つからないってパニックに陥ったりして、馬鹿みたい。

つぎのチケットを調べる。7、11、23、47……視界がぼやける。残りの番号はとてもじゃないけど見られない。自分が喘《あえ》いでいるのがわかった。膝がガクガクして、開いたままのロッカーに寄りかかった。感覚を失った指先からチケットがするっと落ちる。チケットが床に落ちるか落ちないかで、すさまじいパニックに襲われた。膝をついてチケットをつかみ、もう一度番号をつけ合わせる。ひとつひとつ確認してゆく。7、11、23、47、53、67。

新聞の切り抜きにもう一度目をやり、チケットの番号と照らし合わせた。番号は変わっていなかった。

「そんなまさか」彼女はつぶやく。「まさか、そんな」

チケットと新聞の切り抜きをジーンズの前のポケットにしっかりと押しこみ、立ち上がってロッカーを閉め、南京錠をかけ、醜いオーバーオールを着て髪を帽子で包みこみ、仕事に戻った。間違いだったら？　なんかの冗談だったら？　人にしゃべったら馬鹿に見られる。あす、もう一度たしかめてみよう。テレビをつけたら、当選者が名乗り出たというニュースが流れ、チケットをたしかめたら番号をひとつ間違えていた、ということになるかも。

「どうかした？」ジェンナーが持ち場につくと、マーゴが声をかけてきた。「顔が青いわよ」

「暑さにやられたみたい」秘密にしなければという思いは無視できないほど強かった。マーゴみたいな心根のやさしい人間にも、しゃべってはならない。

「ああ、この暑さは半端じゃないものね。もっと水分を採ったほうがいいわよ」

どうにかこうにか仕事を終え、どうにかこうにか車を運転して家に戻ったが、ブルー・グースのハンドルをあまりにもきつく握っていたので、手が痛くなった。呼吸が速くなりすぎて息を喘がせ、唇の感覚はなくなり、頭がふらふらしていた。家の駐車スペースに車を入れてヘッドライトを消し、エンジンを切ったときには、大きなため息がでた。心臓が時速百マイルで脈打っているのに、車を降りてドアを慎重にロックし、小さなポーチのきしむ階段をのぼり、玄関のドアの鍵を開け、なかに入って鍵をかけ、安全をたしかめたところでジーンズのポケットからチケットと新聞の切り抜きをとりだした。コーヒーテーブルにふたつを並べて置き、もう一度、集中して番号を見比べた。
7、11、23、47、53、67。
どちらの紙に記された番号も変わっていなかった。

もう一度たしかめた。さらにもう一度。鉛筆をつかんでチケットの番号を書きだし、それと新聞に掲載された番号とを比べた。なにも変わっていない。心臓がまた激しく脈打つ。

「そんなまさか」唾をごくりと呑みこむ。「宝くじに当たった」

2

眠ることなどできなかった。真夜中を過ぎてもまだ部屋を歩きまわり、ときどき立ち止まっては数字に目をやった。7、11、23、47、53、67。何度調べても、チケットの数字も新聞の数字も変わらなかった。新聞の数字のひとつが誤植で、つぎの版で訂正されていたとか。数字が間違っていてくれと念じるなんて、頭がおかしいのかも……それにしたって、二億九千五百万ドルよ！

そんな大金、どうすりゃいいの？ 五千ドルなら、いい。五千ドルならなんとかなる。使い道はある。車のローンを完済し、あたらしい服を買い、ディズニー・ワールドに遊びに行く。受け狙いに聞こえるかもしれないが、ディズニー・ワールドには前から行ってみたかった。五千ドルならどうにでもなる。

二万ドルでも、それほど厄介《やっかい》ではない。五万ドルとなると……あたらしい車を買って、小さな家を探す。立派すぎるとローンを払いきれないから、そこそこボロ家で修理すれば住める程度の家。車を買った残りを頭金にする。貸家でもかまわない——自分で修理する必要はないけれど、大家にいちいち頼むのは面倒かも——が、自分の家を持つのはきっといい気分のものだろう。

五万ドルを越えるとそこは恐ろしい領域だ。投資とかそういうことはまるでわからないし、たまに二、三十ドル余ることはあっても、ほんものの余分なお金なんて持ったことがない。銀行に預けっぱなしにするのは、きっとまずいのだろう。市場の不思議な仕組みにしたがってお金を動かしたりして、せっせと働かせるべきなのだ。

どうやればいいのかわからない。株ぐらいはわかっても、債券なんてちんぷんかんぷんだ。彼女を利用しようと、詐欺師が列を作るだろう——その先頭に並ぶのが、なつかしのジェリー、父親だ——それで、自分をどう守ったらいいのかわからないまま一文無しになってしまうのだ。

もう一度チケットを見たら、吐き気に襲われバスルームに駆けこんだ。口から出るのは胃液だけになっても、ひび割れた古いトイレにまだしがみついていた。ようやく深呼吸して、シンクに屈みこんで冷たい水で顔を洗った。冷たい陶器のシンクに両手をつき、鏡に映る自分の顔をじっと見つめた。こんなのは嘘っぱちだ。鏡に映る顔は少しも変わっていないけれど、すべてが変わってしまった。快適だった生活はもはや存在しない。

バスルームを見まわす。床の汚れたタイル、安物のグラスファイバーのシャワー、しみだらけの鏡。いま目にしているのは現実ではないという思いに、へなへなと崩れ落ちそうになった。ここにあるものはすべて、しっくりきていた。ここが自分の居場所だ。衰退の一途をたどる地域の壊れかけた古アパートで、快適に暮らしてきた。あと十年もすれば、このあたりはスラムになり、いまのここことおなじような地域に引っ越すことになるだろう。それでよかった。それが人生だ。つましく暮らし、なんとか支払いをすませ、〈バード〉でたまにミシェルと羽目をはずす。この世の中で自分の居場所がわかっていた。

でも、ここはもう彼女の世界ではない。そう思ったら胃がまたでんぐり返り、トイレに屈みこんだ。このままでいるための唯一の道は、当選したと名乗り出ないことだ。そうしようと思えばできる。けれど、彼女は馬鹿ではない。神経過敏になって吐き気をもよおしているけれど、馬鹿ではない。

いまのこの生活にさよならを告げることになる。付き合いが浅いのも深いのもひっくるめて、友人たちのことを考えた。態度が変わらないのはミシェルだけだろう。彼女とは高校時代に出会ったその日に友だちになった。自分の家にいるよりミシェルの家で過ごす時間のほうが長かったぐらいだ。自分の家といっても、そのときどきでちがった。ジェリーは家賃を滞納すると踏み倒してよそに移ることをくり返していた。彼が編みだした方法はこうだ。家賃は二、三カ月分しか払わず、大家に叩きだされるまでの二カ月はただで住みつづける。父の世界では、毎月家賃を払うのは愚か者だ。

問題はそのジェリーだ。彼に厄介をかけられることはわかっているが、問題はどれほどの損害をこうむるかだ。

ジェリーにはとっくに見切りをつけていた。この数カ月、顔も見ていない。シカゴにいるのかどうかもわからないが、宝くじのことを知ったが最後、太陽が東から昇るようにかならず姿を現わし、可能なかぎり多くの金を横どりしようとするだろう。だから、名乗り出る前に、金を守る手段を講じておかねばならない。

金を隠すために人を雇い手段を講じてから、ときには数週間待ってから当選したことを公表する人がいることを、なにかで読んだ記憶がある。そうすべきだ。実際に金を手に入れるまでは仕事をつづけるが、できるだけ早く——きょうにも——これほどの額の金を動かすことを仕事にしている人間を探しだす。

午前三時、肉体的にも精神的にも疲れきっていた。服を脱いでベッドに入り、うとうとするかもしれないから、目覚ましが八時に鳴るようにセットした。やることがいっぱいあるから、寝過ごしてはいられない。夜が明けるころ、眠りに落ちたものの、すぐに目が覚めて時計を見ることのくり返しで、結局目覚ましが鳴る前に起きた。シャワーを浴び、レンジでチンしたインスタントコーヒーを飲みながら髪を乾かし、化粧をした。

八時半、電話帳の広告のページを繰りながら時計を見る。〝マネー・ハンドラー〟の欄にはなにも掲載されておらず、いらだちが募った。ほかにどう分類するの？〝銀行〟の欄ならなにかあるかも。それでわかったのは、シカゴ地域にはたくさんの銀行があり、その多くが〝フルサービス〟の銀行だと宣伝していることだ。それってなに？ 車にガソリンを入れるときにオイルのチェックもしてくれるみたいなもの？ 銀行は小切手を現金化する、でしょ？ ほかになにがある？ 困ったことに、その〝サービス〟の中身までは謳《うた》っておらず、なにもわからずじまいだった。

電話帳をバタンと閉じ、キッチンをドシドシ歩きまわった。自分の無知がいやだった。どう分類されているか知らないために、電話帳で知りたいことを調べられないのはむかつく。だが、銀行に口座を開いたことがない。預ける金がなかったせいだが、口座を持つなんて馬鹿らしいと思っていたせいでもある。支払いは現金か為替《かわせ》で行なっている。悪いことじゃないでしょ？ 多くの人間がそうやって支払っている――正確に言えば、彼女が知っている人間の多くが、だが。

予想はしていたが、彼女はすでに壁にぶつかっていた――これまでの生活と、宝くじの賞金がもたらす生活とのあいだの壁だ。ほかの当選者がうまくやっているなら、彼女にできないわけがない。やり方を知ることだ。

もう一度電話帳を開き、〝フルサービス〟の銀行のひとつを選び、時計を見て九時をまわったことを確認し、電話をかけた。わざとらしくにこやかなプロの語り口の女が出たので、ジェンナーは言った。「電話帳でおたくの広告を見たんですけど。この〝フルサービス〟って正確にはどういうことですか？」

「わたくしどもでは、フィナンシャル・プランと投資サービスを行なっており、さらに家や車やボートのローン、それに無担保《たんぽ》の個人ローンを扱っております。お客さまのニーズに合わせて当座預金口座や貯蓄口座の設定もいたします」立て板に水。

「ありがとう」ジェンナーは電話を切った。知りたいことはわかった。〝フィナンシャル・プラン〟。考えるべきはそれだ。テレビでよく耳にする言葉だ。金融市場はつねに動いていて、あがったりさがったり、ぐるぐるまわったりをくり返している。自分の尻にキスする以外のことはすべてやっているようだ。

教訓その一。彼女にとっての〝お金〟は、大金を持つ人間にとっては〝資金《ファイナンス》〟である。

電話帳に戻り、〝フィナンシャル・プランナー〟の欄を見てみる。テレビコマーシャルで見たことのあるものも含め、たくさんの名前が並んでいた。そこからさらに、ミューチュアル・ファンド、株式と債券、投資と証券というふうに分類されている。

〝フィナンシャル・プランニング・コンサルタント〟の欄に三度目を通し、〈ペイン・エコルズ・フィナンシャル・サービス〉を選んだ。そこの広告は業務内容をただ羅列しただけではないが、全面広告でもなかった。つまり、老舗《しにせ》だが町一番の大会社ではないということだろう。大会社は裏で彼女を馬鹿にするだろうし、最悪の場合利用されかねない。中堅企業は大企業ほど威張らず、客を大事にしてくれるはずだ。

会社選びはひとつのステップにすぎないけれど、少し気分がよくなった。自分で決めたことだ。やりたくないことはやらなくていいのだ。〈ペイン・エコルズ〉の社員が気に入らなければ、べつの投資会社を選べばいい。

小さく息を吐いて電話をする。ベルが二度鳴って、またプロの語り口の声が応えた。「〈ペイン・エコルズ・フィナンシャル・サービス〉です。どちらにおつなぎいたしましょうか」

「わかりません。予約をとりたいんですけど、それもできるだけ早く」

女は一瞬言葉に詰まった。「どのようなサービスをご希望でいらっしゃいますか？ それによって、わたくしどものフィナンシャル・プランナーのうち、お客さまのご要望に添う専門知識を持つ者をご紹介いたしますので」

「ああ……」ジェンナーは慌てて考えた。事実を告げるのは軽率だ。「遺産を相続したんです。五万ドルほど。それで投資したいと思いまして」思いついたままの数字を言ったのだが、なかなかのものだ。アドバイスが必要なほど高額だが、世間の注目を集めるほどの額ではない。

「このままお待ちください」女がなめらかな口調に戻って言った。「おつなぎいたします」

「待って！ 誰につなぐんですか？」

「ミズ・スミスのアシスタントです。彼女が予約を承《うけたまわ》ります」

一瞬の静寂の後、耳障りな音楽が鼓膜を直撃した。どういうつもり？ 退屈させて電話を切らせる魂胆《こんたん》？ どうしてもっとおもしろくて元気の出る音楽を流さないのだろう？

ひどい音楽を無視するように努めながら、数分間待った。電話をつなぐのに何分かかるの？　爪先で床を叩きながら、なんとなくいらいらしてきた。切ろうかと思いはじめたとき、かすかにカチッと音がして、またべつのなめらか口調の女が出た。「ミズ・スミスのオフィスです。ご用件を承ります」

機械的で完璧な話し方にうんざりしてきた。人間臭さを声に出したりするとクビになるわけ？「あたしはジェンナー・レッドワイン。ミズ・スミスにお目にかかりたいんですけど」

「かしこまりました、ミズ・レッドワイン。いつごろお越しになられますか？」

「できるだけ早く。いま」

「いま？　それは……ミズ・スミスが業務を開始するまで四十五分ございます。そのころにお越しいただけますか？」

「わかりました。そうします」

ジェンナーは電話を切り、新聞の切り抜きとナンバーズのカードを財布にしまい、財布をデニムのバッグに戻し、玄関を出てグースの鍵を開けた。運転席のドアはいつものようにへばりついており、声に出さずに悪態をついた。シカゴの交通渋滞を考えると四十五分はけっして長くない。ドアと格闘している暇はないのだ。ハンドルを握って思いっきり引っ張ると、ドアが突然開き、尻餅をつきそうになった。

「なによりもまず」彼女はつぶやいた。「車を買い換える」高級車でなくていい。へこみがひとつもなくて、ドアがへばりつかない、あたらしい車ならなんでもいい。それから……後のことはわからない。〝後のこと〟はなにも考えられなかった。一段ずつあがっていくだけだ。最初の一段は、お金をきちんと管理してもらうことだ。

車を走らせながら、ミシェルに電話しようかと思った。バッグから携帯電話をとりだし、番号を二つ押すところまでやったが、結局〝エンド〟ボタンを押してバッグに戻した。ミシエルは冗談だと思うだろう、でも……もしそう思わなかったら？　用心がまた顔をもたげる。公表するのはお金を守る措置《そち》を講じてからだ。

〈ペイン・エコルズ〉のオフィスはダウンタウンにあり、駐車スペースを見つけるのは至難の業《わざ》だ。ところが、オフィスの前を通り過ぎたとき、専用の屋内駐車場があることがわかった。無断駐車されないよう守衛が見張っている。オレンジ色のバーに車を近づけ、窓をさげた。グースを目にした守衛の頭のなかに、疑念がよぎるのが目に見えるようだ。「ミズ・スミスと会う約束をしています」

「おたくの名前は？」

「ジェンナー・レッドワイン」

守衛は小さなコンピュータのキーを打ちこみ、入場許可者のリストに彼女の名前が出ていたのだろう、バーをあげた。ジェンナーは車を入れ、最初に目についたスペースに駐車して入口へと急いだ。

ドアを開けたとたん、不安で背筋がざわっとした。〈ペイン・エコルズ〉のオフィスは涼しく簡素でとても静かだったから、自分の息遣いが聞こえるほどだ。メインカラーは灰色と茶色だ。インテリアコーディネーターは色というものを死ぬほど恐れていたのだろうか。壁に並ぶ抽象絵画には青が使われているが、それさえもくすんだ色合いだった。立派な植木があちこちに置いてある。完璧すぎるから贋物《にせもの》だろうと思い、植木鉢に指を突っこんでみたら泥がついてきた。慌てて手を背中にまわして指から泥を落としながら、植木になかば隠れているデスクへと向かった。

デスクには細身のビジネススーツ姿のブルネットがいて、ジェンナーが近づくと顔をあげて言った。「どんなご用でしょうか?」まわりにあるものとおなじく没個性な声だが、ここでも値踏みされ拒絶されるのをジェンナーは感じた。

受付にならって感情を交えぬ穏やかな口調で言った。「ジェンナー・レッドワインです。ミズ・スミスとお会いする約束をしています」

「どうぞお座りください。ミズ・スミスのアシスタントに伝えますので」

ジェンナーは座り心地の悪い灰色のソファーの端に腰をおろした。対面の壁の抽象画は、まるで目の見えない猿が描いたみたいだ。誰にでも描ける。必要なのは絵筆が二本とキャンバス、たまたまそこに置かれていた絵の具。でたらめに色を塗りたくって、はい、醜い絵のできあがり。

背広姿の男が何人か目の前を通り過ぎ、見える範囲のオフィスのなかに人が数人いるのがわかった。みな忙しそうに電話をしたり、書類を調べたり、コンピュータのキーボードを叩いたりしていた。そのなかに女はひとりもいなかった。

ミズ・スミスはあたらしい顧客を急いで迎える気はないらしい。フィナンシャル・プランナーというのは、どれぐらい信用できるものなのだろう。ミズ・スミスを使うかどうか決める際には直感に頼らざるをえない。投資や税金に詳しくなるほど金を持っている人間は、まわりにひとりもいなかった。彼女を導いてくれるのは電話帳と自《みずか》らの良識だけだ。

ようやく棒みたいに細い女が絨毯《じゅうたん》敷きの廊下から現われ、近づいてきた。「ジェンナー・レッドワイン？」

「ええ」ジェンナーはさっと立ち上がり、バッグを握り締めた。

「お待たせして申し訳ございません。ミズ・スミスのアシスタントです。どうぞこちらへ……？」彼女は廊下を指し、ジェンナーを案内して長い廊下をきびきびと歩いた。

開いたドアからのぞくオフィスはどれも広くてしゃれた造りだった。閉じたドアの向こうはどんなだろう、どんな人がいるのだろうと、ジェンナーは想像力を働かせた。廊下を進むにつれてオフィスは小さくなり、家具は質素になっていった。方便でついた嘘の数字を五万より多く言うべきだった、と彼女は思いはじめた。ミズ・スミスは、〈ペイン・エコルズ〉の階級組織のそれほど上にはいないみたいだ。

アシスタントがドアの前で立ち止まり、軽くノックしてからノブを回した。「ミズ・レッドワインがお見えになりました」そう言って脇によけ、ジェンナーを小さなオフィスに通し、ドアを閉めた。もっと狭い自分の部屋に戻るのだろう。

がっしりした体つきで髪をベリーショートにした女が、少々傷んだデスクの向こうで立ち上がり、固い笑みを浮かべてジェンナーに手を差しだした。「アル・スミスです」

「アル？」ジェンナーは聞き違いかと思って、つい言い返した。

固い笑みがほんの少しだけ大きくなる。「アラナを縮めたものです。誰もその名前では呼びませんけどね」ユーモアのかけらもない言い方に、そりゃそうだろう、とジェンナーは思った。アル・スミスが言葉をつづける。「少額の遺産を受け継がれ、投資に興味をお持ちとか」

少額？　ジェンナーの知り合いの誰ひとり、五万ドルを〝少額〟とは考えないが、こういう場所では、とても贅沢とは言えないオフィスの住人にとっても、はした金なんだろう。ジェンナーは今度も椅子の端に腰掛けて、デスク越しにアル・スミスを観察した。

ミズ・スミスを指して美人とは言わないだろう。黒い髪が短すぎるのもだが、メイクらしいメイクをしていないし、グレーのスーツのせいで箱みたいに見える。顔にしわがほとんどないから、歳はジェンナーとあまりちがわないだろうが、醸《かも》しだす雰囲気から実際より十歳は老けてみえる。目の色は見る者がうろたえるほど淡く、視線は揺るぎなく、めったに笑わない印象を受ける。

ジェンナーは人を簡単に信用しない。一流のフィナンシャル・プランニング会社に勤めているからといって、信用のおける誠実な人間とはかぎらない。だが、ミズ・スミスの〝なめるなよ〟の態度は気に入った。

「質問してもいいですか？」ジェンナーはおもむろに言った。

ミズ・スミスはなんとなく興味を覚えたようだ。「もちろんです。でも、お答えするかどうかはわかりません」

「かまいません。ここに勤めてどれぐらいですか？」

「二年ちょっと」彼女は質問に驚かなかった。「たしかにここではまだ下っ端です。だからといって仕事ができないわけではありません。出世するつもりでいます」

「おいくつですか？」

ミズ・スミスは吠えるような笑い声をあげた。「思っていたより個人的な質問ですね。でも、言うのはかまいません。二十七歳です。ええ、まだ若い。ご懸念《けねん》はわかります。でも、わたしは人の役にたつためにここにいます。若いからって、奥のオフィスで事務処理に携《たずさ》わる必要はありません」

没個性で口先だけの保証より、まっすぐな野心がジェンナーの心を打った。狭いオフィスをながめまわし、アル・スミスは自分で期待している以上に早くここを出てゆくだろうと思った。ジェンナーの視線がデスクの向こうの棚に向かった。ロビーにあったのより小さく、完璧さで劣る植木鉢がふたつ、それにミズ・スミスが女性と肩を組んでカメラに向かってほほえんでいる写真がおさまったシンプルな写真立て。ふたりの仕草からロマンスの匂いを嗅ぎとり、ジェンナーはしばらく写真を見つめていた。

ミズ・スミスが振り向いて写真を見て、口もとを引き締めた。「ええ、ミズ・レッドワイン、わたしはレスビアンです――でも、ご心配なく。あなたは好みのタイプじゃありません。痩せたブロンドには魅力を感じないので」

写真から判断すると、ミズ・スミスの好みは長身でめりはりボディの赤毛だ。人それぞれだから。

ジェンナーは肩の力を抜いてほほえんだ。この率直で上昇志向の女を、好ましいと思った。

「あたし、遺産をもらったんじゃないんです」彼女は言い、バッグから財布をとりだし、新聞の切り抜きを引き抜いてミズ・スミスのデスクに広げて置いた。つぎにナンバーズのカードを切り抜きと並べて置いた。

ミズ・スミスは怪訝《けげん》な顔をし、眼鏡をかけた。二枚の紙に目をやり、なんだかわかって表情を変えた。「そんなまさか《ホーリー・シッ》――あ、失礼。これはつまりあれですよね?」

「ええ」

アル・スミスは椅子に深く座った。ちゃんと見えているかたしかめるように、指で眼鏡を直した。ジェンナーとおなじで、新聞の切り抜きと宝くじを交互に見て数字を比べた。ようやく顔をあげ、あたらしい顧客をまっすぐに見つめた。はじめてその目がキラリと光った。

「瘦せたブロンドもわたしのタイプみたい」

ジェンナーは驚き、鼻を鳴らして笑った。「ごめんなさい。あたしのタイプはペニスがついてるほうなんで。それに、あなたの赤毛に叩きのめされそうだし」

「彼女ならやるでしょうね」アルが認めた。感傷に流されないタフな女がふたり、たがいのなかにおなじ資質を見いだしてにやりとした。ふたりとも懸命に働いてここまできた。アルのほうがずっと稼いでいるにちがいないが、いまもキャリアの階段をのぼろうと必死になっている。

ジェンナーは投資のことはまるでわからないが、人間を理解しているし、序列社会の仕組みもわかっている。この宝くじは、アルにとっても大きな踏み台になるにちがいない。これだけの金額を動かせば、一足飛びに昇進し、もっと大きなオフィスに移る日も遠くない。実力がつけば顧客も増え、その力は雪だるま式に大きくなる。ジェンナーが考える半分でもアル・スミスに能力があれば、いずれは自分の投資会社を持つか、そうでなくても〈ペイン・エコルズ〉の共同経営者ぐらいにはなるだろう。

アルは真顔になり、眼鏡の縁越しにジェンナーをしげしげとながめた。「宝くじの当選者は、受け取った額がどうであれ、まず五年以内に破産します」

ジェンナーの体に鳥肌がたった。これだけの額の金をどうやったら失えるのか想像もつかないが、その可能性を考えたら胃が少しむかついてきた。「だからここに来たんです。五年以内に破産したくないから」

「だったら慎重の上にも慎重にやらなければ。お金を完全に守る唯一の方法は、撤回不能信託を設定し、毎年――あるいは毎月、決めるのはあなたです――一定額を受けとれるようにすることです――が、あなたの手で元金を動かすことはできません。わたしをそういうやり方が好きなタイプだとは思わないでほしいですけどね」

たとえ自分の意志でそうするにしても、他人にお金の管理を委《ゆだ》ねるという考え方には全面的に反対だ。〝撤回不能〟という言葉の響きも気に入らない。

「そうだと思ってました」ジェンナーの表情を読んで、アルが言った。「だったら……五年後も度はずれた金持ちでいられるか、先の知れた仕事に就いているかはあなたしだい。たかり屋どもを追い払えなければ、あっという間に身の破滅です。わたしとしては、撤回不能信託を設定するか、賞金を一括ではなく分割で受けとることをお勧めします。一括で受けとるのがいちばんスマートなやり方ですけれどね。手つかずで置いておけるのなら」

「置いておけます」ジェンナーはそう答えたものの、ジェリーのことが頭をよぎった。「わたしが〝そうしろ〟とじかに言わないかぎり、誰も手をつけられないところで、お金を守り、投資したいんです。ただ、父が――」言葉を切り、顔をしかめる。「いちばん警戒しなければばならないのが、父なんです。なにかを手に入れるためにコツコツ仕事をする、という考えが頭にない人だから」

「どこの家庭にもそういう人間がひとりはいますよ」アルが言った。「オーケー、それじゃ計画をたてることからはじめましょう。一括で受けとるとして」――彼女の指が電卓の上で踊った――「一億五千万ドル」

「なんですって?」ジェンナーは背中をしゃんと伸ばした。「一億四千五百万はどうなるんですか?」

「税金。あなたが受けとる前に、政府がごっそり持っていきます」

「でも、半分に近いんですよ!」怒りが湧いてきた。そりゃ、一億五千万だってとんでもない大金だけど、でも……でも――残りも欲しい。正々堂々、勝ち取ったお金だもの。税金を払う羽目に陥ることは、なんとなくわかっていたが、こんな大きな額だなんて。

「たしかに。税金をすべて――所得税に社会保障、売上税、ガソリン代や電話代やその他諸々にかかる税金をすべて――足すと、収入の六十パーセント以上を政府に納めることになりますけど、その多くが見過ごされてるんです。ふつうの人が、そのポケットからワシントンにどれぐらい吸い上げられているか気づいたら、あちこちで暴動が起きますよ」

「ピッチフォーク(乾草を投げるのに使う長柄の三叉)掲げて加わるわ」ジェンナーはつぶやいた。

「でしょうね。それでも、一億五千万を動かすことができます」彼女はさらに電卓に数字を打ちこんだ。「元金に手をつけず、収益率四パーセントとして、年間六百万ドルの裁量所得を得ることができます。四パーセントは低く見積もってですからね。もっと稼げますよ」

オーケー。ワオ。元金を減らすことなく年に六百万ドル。そんなに必要ない。もっと少ない金額で充分生活してゆけるから、その分を投資にまわせばさらに儲かるということだ。元手が多ければ多いほど利息も多くなり、財産は増えつづける。目の前でドアが開き、部屋のなかが見えたような気がする。気に入った。

それには賢く立ちまわること、吹聴《ふいちょう》してまわらないことだ。

アルが投資についてミニレクチャーをはじめた――株と配当、財務省短期証券、高い負債比率。ジェンナーはわかったふりをせず、できるだけ理解しようと努め、たくさんの質問をした。自分で条件を設定した。彼女の許しがなければ、誰もお金を動かすことはできない、という条件だ。アルや〈ペイン・エコルズ〉の誰かが、勝手に危険な株にお金を注ぎこみ、すべてを失うなんてことにはなりたくなかった。すべてのことに自分が決定権を持っていたい。大事なものを家に置いておいて、盗まれる危険を冒したくもなかった。ジェリーの目に留まるところには、なにも置きたくない。父のことだから、お金を手に入れるためならなんだってやるだろう。宝くじの当選者が五年以内に破産する最大の原因は、父のような人間の存在だ。

アルが具体的な計画に着手した。すぐに使うお金として、少額――たとえば十万ドル――

を銀行に預ける。出し入れが簡単な貯蓄口座に入れ、必要に応じて当座預金口座に移す。書類をすべて銀行の貸し金庫に預け、彼女の許しがなければ誰も開けられないようにしておく。アルが投資計画を作成し、ジェンナーは当選者の名乗りをあげるとすぐに、金をそれらの口座に送金する。

ジェンナーは安堵のため息をついた。準備が整わないかぎり、名乗りをあげるつもりはなかったが、ほかの仕事はすべて後まわしにして書類作りにとりかかるので、一週間あれば準備は整います、とアルが言ってくれた。

計画案ができると、ジェンナーは車に戻り、大きく息をついた。〈ペイン・エコルズ〉を後にした彼女は……なんというか、別人だった。いまやフィナンシャル・ワールドの一員だ。妙な気がするが、心は浮き立っていた。心臓がドキドキして、笑って踊りたい気分だ。お祝いしたい。億万長者だ！　まだだけど、もうじき。長くてあと一週間。

腕時計を見た。ミシェルはいまごろ昼休みだ。携帯電話をつかんで、ほんの一瞬ためらった。携帯電話の電話料金は高い――家に帰って固定電話からかけたほうがいいかも――そこで現実に顔を叩かれ、笑いだした。もう携帯電話の支払いを気にしなくていいんだ。ミシェルの番号にかける。

ミシェルは開口一番、「なにかあった？」と言った。昼間、ジェンナーから電話をしたことがなかったからだ。

うまい前置きを思いつかない。ずばっと本題に入るしかない。「宝くじに当たったの」

「あら、そう。冗談抜きで、なにかあったの？　ディランにつきまとわれてる？　グースが動かなくなった？」

「ううん、グースならピンピンしてる。宝くじに当たった」ジェンナーはもう一度言った。

「高額のやつ。二億九千五百万ドル。で、いま、フィナンシャル・コンサルタントに会ってきて、彼女が言うには、税金を差し引かれて、一括で受けとるとしたら一億五千万だって」

沈黙がつづいた。ようやくミシェルが蚊の鳴くような声で言った。「ほんとうなのね」

「心臓発作が起きそうなぐらい」

つぎに聞こえたのは、耳をつんざく悲鳴だった。ジェンナーは笑い、それからミシェルの悲鳴に声を合わせた。グースの運転席に座り、耳に携帯電話を押し当て、涙が頬を伝うまで笑いつづけた。人生が大きく変わってしまった。それはわかっているが、少なくともミシェルはそばにいてくれる。

「あたしを担《かつ》いだのなら、殺してやる」ミシェルがようやく言葉をしゃべった。

「わかってる。あたしだって信じられない。ゆうべ、番号を調べてからずっと、これからどうするか考えつづけてた。打ち明けるのはあなたが最初だからね——ああ、フィナンシャル・コンサルタントには言ったけど。まだ誰にも言っちゃだめよ」

「口にチャックした。なんてことだろう。信じらんない。あなた、金持ちなのよ！」

「まだちがう。でも、もうじき。たぶん来週」

「来週なんてすぐじゃない!」ミシェルがまた叫んだ。「ねえ、今夜、〈バード〉に繰りだして盛大にお祝いしましょうよ。あなたのおごりでね!」

3

習慣というのはおかしなものだ。それとも、自分の身に起きたことがまだ信じられないからか、いずれにしてもジェンナーはその日、いつもどおり遅番の勤務に出た。ミシェルとお祝いするのは仕事が終わってからだ。アルが準備を整えようと一所懸命にやってくれているが、当選を名乗り出る電話を、ジェンナーはまだかけていなかった。まるで眠っている虎を棒でつつくような気がして、虎が目覚めてしまったら彼女の手におえなくなり、虎の意のままにされてしまいそうだ。

世間に公表する覚悟もまだ決まっていなかった。あたりまえの生活を手放す気になれない。だから、醜いポリエステルのシャツにまた袖を通し、仕事に出かけ、オーバーオールを着て髪を帽子で隠した。マーゴと冗談を言い、いつものサンドイッチを食べ、作業をこなした——そのあいだも、同時にふたつの世界にいるような奇妙な感覚に襲われ、不意に鋭い悲しみを感じたりもした。この人たちに二度と会えないかもしれない。親しい付き合いをしていたわけではないが、彼らは毎日の生活のなかで大きな部分を占めていた。ひとたび公表してしまえば、少なくともしばらくはふつうの生活ができなくなるだろう。お金を受け取った後も、精肉加工工場で働きたいと思う？　いいえ、ほんの一分でも働きたくない。でも、いまこの瞬間は、まだお金を受け取っていないし、あたりまえのことが特別に思える。じっくり味わって記憶に刻みつけておくべきだと思える。

だが、仕事が終わると服を着替え、ミシェルと〈バード〉に繰りだし、ジェンナーがふたり分の飲み物代を払い、ほとんど休みなく踊りつづけ、なんでもかんでも笑いの種にした。幸福感がジンジャーエールみたいに血管のなかで泡立っていた。彼女は若くて、金持ち！　人生、これ以上いいことがある？　有り金全部はたいたって、給料日が三日後だって、それがなに？　車にはガソリンが入っているし、食料は買いこんであるし、ミシェルとお祝いすることのほうが、お金の心配をするよりずっと大事だ。数日もすれば、二度とお金の心配をしなくてすむようになる。

朝が現実をつれて訪れた。電話をかけ、やるべきことをやらねばならない。

大きく深呼吸して、いちばん大事な番号をダイヤルした。電話がつながると、もう一度深呼吸をせずにはいられなかった。「当たり券を持っています」前置き抜きで言う。「どうしたらいいですか？」

「あなたは単独の保有者ですか？」男が関心のなさそうな声で言った。宝くじに当たったという電話を年じゅう受けているからだろう。電話をしてきたのは、彼女で五十人めなのかもしれない。自分が当選したと言い張る人間を想像してみる。家でせっせと偽の当たり券を作り、それでまんまと金をせしめ、ほんものの当選者が名乗り出る前に姿をくらまそうと考えている人間のことを。

「ええ。そうです」

「当選したチケットを持ってきていただくのはもちろんですが、ほかに写真つきの身分証明書と、社会保障番号がわかるもの——実際のカードでなくても、番号が記載されている給与明細などでかまいません」

社会保障カードはどこにあるだろう。わからない。最後に目にしたのがいつだったか、思いだせなかった。でも、給与明細ならあるかもしれない。いちばん最近のやつをどこにやった？　パニックに襲われる。もし見つからなかったら、どうすればいいの？

つぎの給料日まで待てばいい。良識が答えてくれたので、胸のつかえがとれ、また息ができるようになった。「わかりました。ほかには？」

「それだけです。当選したチケット、身分証明書、社会保障番号がわかるもの。いつおいでになりますか？」

「わかりません」給与明細が見つかるのにどれぐらい時間がかかるかによる——見つかるとして。「あすの朝には、たぶん。金曜の午後までにはかならず伺《うかが》います。予約をとる必要がありますか？」

男はちょっと笑った。「いいえ、その必要はありません。オフィスは八時半から四時半まで開いています」男が教えてくれた住所は、ダウンタウンの市役所のそばのビルの七階だった。市役所に行ったことはないが、駐車場を探すのに苦労するだろう。車は使わずバスで行くほうがいい。

礼を言って電話を切り、社会保障カードを探してクロゼットと古いバッグを引っ掻き回した。社会保障カードなんて気にしたことがなかった。番号は記憶しているし、提示を求められるなんて思ってもいなかったからだ。誰もが欲しがるものを手に入れたというのに、自分の愚かさを呪う羽目に陥るとは。古い財布を片っ端から出してなかを丹念《たんねん》に見ながら、これからは不注意なことはしまいと自分に誓った。癪の種のカードが見つかったら、銀行の貸し金庫に預ける。まだ借りていないけれど。いまは手もとにないけど、じきに受けとることになる重要なものと一緒に。

結局探すことはあきらめた。おそらくカードはずっと昔に、どこかのゴミ焼却炉で焼かれて灰になっているのだろう。運転免許を取得したときにカードを提示したはずだが、免許の更新時には必要なかったので置き場所を気にかけたこともなかった――免許を取ってから、少なくとも三回は引越しをしていた。

残るは給与明細だが、取っておく習慣はなかった。いつも小切手を現金化するときに給与明細もバッグに突っこむか、車のグローブボックスに放りこむかだ。車のなかにはなるべくゴミを溜めないようにしていた。それでなくても見栄《みば》えが悪いのだから。でも、ここ最近、溜まった紙屑《くず》を集めて捨てた覚えがなかった。

急いで車まで行き、助手席のドアの鍵を開け、グローブボックスを開けてみる。ファーストフードの店のナプキンや小さなケチャップ容器、塩と胡椒《こしょう》の包み、ストローに融けたペパーミントキャンディー、それにガムが、それこそ雪崩《なだれ》を打って落ちてきた——それに、丸めた給与明細二枚。ジェンナーはそれをつかんで胸に抱き、目を閉じて、神さまが聴いているかもしれないので、空に向かって声に出さずに感謝した。

ゴミと給与明細を家に持ち帰り、給与明細の一枚を宝くじのカードと一緒に財布にしまった。それからもう一枚をハサミで細かく切り、トイレに流した。これからは書類の類《たぐい》は慎重に扱わなければ。

時計を見る。もうじき正午だ。仕事に出る前にダウンタウンに行って帰ってくるだけの時間はない。彼女のなかのなにかが、仕事をないがしろにすることを許さなかった。だったら来週。そうだ！　実際にお金を受けとるまでどれぐらいかかるか、訊いておいたほうがいい。それまで生きていかなければならないのだから。

受話器をとり、リダイヤルのボタンを押した。おなじ男が出たので尋ねた。「さきほど電話したものです。当たり券を提出してから、現金を実際に受けとるまでどれぐらいかかりますか？」

「四週間から八週間というところです」

「そんな――！　冗談でしょ」驚いたのなんの。きのう仕事を辞めなくてよかった！

「いいえ、当選したチケットの処理には時間がかかります。間違いがないよう慎重を期しますからね」

「それはどうも」彼女は電話を切った。なにかを蹴飛ばしたい気分だ。八週間！　こうなったら悠長《ゆうちょう》なことをしていられない。急いで当選の手続きをしないと、お金を受けとるのがどんどん遅くなる――それに、あと二カ月はいやでも精肉加工工場で働かなければならない。

怒りをぶちまけられる相手が少なくともひとりいる。だから、ミシェルの番号をダイヤルした。

「二カ月だって！」ミシェルが出ると、彼女は怒りの声をあげた。「お金をよこすのに、二カ月もかかるんだって！」

「あたしに文句垂れてどうするの」

「どこかにぶつけないと」

「どうしてそんなに大変なの？　小切手を切ればすむことじゃない！」

「あたしだってそう思うわよ。つまり、当分はお祝いできないってこと」ジェンナーは憂鬱《ゆううつ》な声で言った。「ゆうべ、現金をほとんど使っちゃったし、あと二カ月分の家賃の心配もしなきゃならない。もう、頭にくる」

「ほんと、頭にくる」ミシェルが言う。「まいった。買い物しまくってやるつもりだったのに。どこか涼しいところで休暇を過ごすのに着るものとかさ。でも、お金が入るのに二カ月もかかるとすると、夏が終わっちゃうじゃない」

「わかってる」ジェンナーはため息をついた。夏バテの体には涼しいところで過ごす休暇は魅力的だが、そうは問屋が卸《おろ》さない。「その計画は、冬にどこかあたたかいところに行くってのに変更しなきゃね。あすの朝、ダウンタウンに出かけていって、手続きをするつもり。先延ばしにすれば、それだけお金が手に入るのが遅くなるから」

「一緒に行きたい。付き添いとして」ミシェルが本気でそう言う。「でも、仕事、休めない。細かなとこまでちゃんと憶えておいてよ、いい？　あとで詳しく聞かせてもらうからね」

「わかった」

翌朝、ヘアとメイクを念入りに行なった。髪が伸びて根本がもともとの色になってるけど、トップをくしゃくしゃに立たせれば目立たないだろう。お葬式用の服を着た――前ボタンの白い半袖のブラウスにダークブルーのタイトスカート、白のストラップサンダル――暑すぎてパンティストッキングにハイヒールはとても無理だ。それに、唯一持っているパンティストッキングは伝線していた。ミシェルとお祝いしたおかげで、あたらしいのを買おうにも現金がない。バス代を払ったらつぎの給料日まですっからかんだ。

たった一本の電話で、二日のうちに仕事を辞めるつもりが、パンティストッキング一足も買えないほどのすっからかんになっているとは。

バスに乗っているあいだに、気持ちを落ち着かせ、頭のなかを整理した。アルともう一度話をして、いくつかはっきりしたことがある。運用白紙委任を行なうことで、当選者としての身元を明かさずにすむが、そうすることにどんな意味があるのか？　銀行に口座も持たないジェンナー・レッドワインのような人間が突然仕事を辞め、あたらしい車を買い、もっとましなところに引っ越したら、まわりはきっとなにかあったと思う。それに、ミシェルが秘密を守りとおせるとも思えなかった。彼女のことは大好きだが、考えるより先に口が動いてしまうタイプだ。運用白紙委任を行なうためには弁護士を雇う必要があり、金を受けとるのがさらに遅れることになる。弁護士費用だって馬鹿にならない。なにしろ早くけりをつけたかった。

最寄《もよ》りのバス停で降りると、目当てのビルはすぐに見つかり、エレベーターで七階にあがった。心臓が激しく脈打っていた。長く高いカウンター沿いに歩いていくあいだ、部屋にいる全員が息を詰めているような気がした。

狭い待合室にはほかに三人いた——もっと少額の当選者だろう。ひとりは雑誌を読んでおり、あとのふたりは彼女を見つめた。この人たち、なにを待っているのだろう？　ここに来たことを告げてから順番を待つべきだった？　ただ待っているなんて、神経が磨《す》り減る。

ジェンナーがカウンターに近づいてゆくと、年配の女がいかにも誠実そうな笑みを顔に貼りつけた。唾をごくりと呑みこみ、バッグから当たり券と給与明細と運転免許証をとりだし、カウンターに並べた。

「当選しました」部屋にいる人たちに聞こえないように、ささやき声で言った。

女はそれらをとり上げ、カードに目を通して満面の笑みを浮かべた。「ええ、たしかに当選してますね」女がジェンナーの背後の待合室にいる人たちに向かってうなずくと、三人がいっせいに椅子から立ち上がった。ジェンナーは振り向いた。顔にかっと血が昇って、一瞬、なにも見えなくなった。女ひとりと男ふたりが彼女に質問を浴びせた。それぞれがあとのふたりに負けじと声を張り上げるので、ただがやがやと聞こえるだけだ。後ずさるとカウンターに背中が当たり、右にも左にも行けない。

三人のうちのひとりに左足を踏まれ、もうたくさんという気になった。「ちょっと！」彼女は大声を張り上げた。「さがってください、いいですね？　どなたかがあたしの爪先を踏みました」三人のレポーターが一瞬ひるんだ隙に、ジェンナーは宣告した。「あたしの名前はジェンナー・レッドワインです」

4

鐘を鳴らさないわけにはいかない。

ジェンナーは手に持った法定サイズの用紙をながめ、書いてあることの意味をつかもうとした。〈ハーベスト・ミート・パッキング・カンパニー〉の従業員用駐車場で車から降りたとたん、得体の知れない男が近づいてきた。

「ジェンナー・レッドワイン?」

もう骨身《ほねみ》に染みてもいいころだ。宝くじの当選者として世の中に知られるようになって二週間、どれだけの人間が近づいてきたか。成功間違いなしの事業に投資しろとか、寄付してくれとか、つまるところは〝わたしにお金ちょうだい〟だ。さっさと逃げだすべきなのに、ぎょっとして振り返り、「はい?」と言っていた。

男がぶ厚い封筒を差しだしたので、彼女は思わず受け取ってしまった。「あなたは訴えられています」男は言い、なんとウィンクをして踵《きびす》を返し、立ち去ろうとした。

訴えられた?

「まだ一セントも受け取ってないのよ！」彼女は男の背中に向かって怒鳴った。

「こっちには関係ない」男は言い、白いニッサンに飛び乗り、走り去った。

ジェンナーは封筒を破ってホチキスで留めた書類をとりだし、ざっと目を通した。純粋な怒りが全身を貫き、目の前がほんとうに真っ赤になった。いまこの瞬間、ここにディランがいたらぜったいに絞め殺してやる。

「厄介ごと？」同僚が通りすがりに声をかけてきた。「金持ちになるのも楽じゃないってか？」彼が自分の冗談に笑いながら工場に入ってゆくと、まわりにいた全員が笑った。

こんなことになるとわかっていたなら、運用白紙委任を行ない、名前を公表しなかった。実際に金を手にするまでミシェルにも話さなかっただろう。ミシェルがどうしたわけでもないが、この二週間は地獄だった――そしてこれだ。ディランが賞金の半分をよこせと訴訟を起こした……その主張ときたら、ふたりは一緒に暮らし、生活費を分担して支払い、宝くじを一緒に買いにゆき、とたわ言を延々と述べるものだった。

この二週間、徹底的にいじめられた。そう表現するのが妥当だろう。積み立て賞金の当選者として名前が公表された一分後に、電話が鳴った。それからはもう鳴りっぱなしだった。昼も夜も電話は鳴りつづけ、ついに電話機のプラグを抜いた。二度とプラグを入れる気にはなれなかった。慈善団体、ずっと昔に疎遠《そえん》になった親戚――その大半が、そんな親戚がいることすら忘れていた――大きなビジネスチャンスをつかむ機会を生涯にわたって提供しつづけるという申し出をする人間たち、ピンチを救ってくれと頼みこむ友人たち……そういう連中がひきもきらずに電話をよこしたのだ。それでも最初のうちは、ひとりひとりに辛抱強く説明した。まだ一セントも受け取っていないし、受けとるのは数カ月先になるのだ、と。でも、そんなことで彼らは引き下がらないことがじきにわかった。たいていの人が、彼女の言うことを頭から信じなかった。

携帯電話をとりだし、アルにかけた。彼女はいまやジェンナーを正気につなぎ止める錨《いかり》だった。「半分よこせと訴訟を起こされました」アルが出ると、挨拶抜きで言った。「元カレに——宝くじを買う前に別れたっていうのに。それは証明できます。友達に電話して、別れたお祝いに出かけたぐらいだもの」

「同棲してたんですか？」アルがきびきびと尋ねた。

「いいえ。まさか。しょっちゅう訪ねてくるうちに、こっちから嫌気がさしたんだもの」

「こんなことしたくないだろうけど、弁護士を雇うことです。訴えに応じて手を打たないと、こっちの欠席で彼が勝訴することになりますからね」アルから財産管理専門の弁護士を雇うことを勧められていたが、ジェンナーは抵抗しつづけた。金を手に入れるのに時間がかかるうえに、そんな出費はご免だと思ったからだ。でも、こうなったら雇うべきだろう。

「わかりました。弁護士を雇います。ディランが勝つ可能性は？」

「それはないと思うけど。そのへんのことはわたしより弁護士に訊いてください。おそらく、金を払って彼を追い払うことを勧められるでしょう。弁護士費用はかかった時間で加算されるから。あなたの弁護士が彼の弁護士と接触し、示談で解決しようとしても驚かないようにね。そう、たとえば五万ドルぐらいで」

「弁護士費用がいくらかかろうと、彼には一セントだって渡したくありません」ジェンナーは食いしばった歯のあいだから言った。腕時計をちらっと見てから、従業員出入口に目をやった。いますぐ行かないと遅刻してしまう。「もう行かないと。遅刻しそうだから」

「だから言ってるじゃありませんか。仕事を辞めろと」

「お金を受けとるまでは生活費を稼がなきゃ」

「だったら、銀行から一万五千とか二万とか借りたらいいんです。サインひとつで喜んで貸してくれますよ。担保なしで。休暇をとってどこかへ行ったらいい。すべて片付くまでね」

ジェンナーの名前が公表されるとすぐに、アルはそう勧めてくれたが、少ない給料でなんとかやりくりする生活が身についていて、そんな大金を借金する勇気はでなかった。二万ドルと言えば大金だ。すぐに使うお金として銀行に預けるつもりの金額の五分の一だ。彼女からすれば無駄遣い、とてもそんな気にはなれない。いままではそうだった。でも、職場はますます居心地が悪くなっているし、これからなにが起きてもおかしくなかった。

「考えてみます」働きつづけることに多少でも疑問を持ったそれが最初だった。「こういうことにいつまで耐えられるかわからないし」人に弱みを見せたことを疚《やま》しく感じた。意気地なしになってしまったみたいだ。電話を切り、とぼとぼと出入口に向かった。

だが、問題は金をせびる人間だけではなかった。ディランだけでもない。あらゆることが、問題だった。まず同僚が祝ってくれたそのやり方――それから悪意に満ちた陰口がはじまった。彼女がまだ働いていることが癪の種なのだろう。働いて稼ぐ必要のない人が、なぜ働いてるの？　ほんとうに必要としている人――失業中の親戚や友人――から、仕事を奪っているという論法だ。賞金が手に入るまで時間がかかるという彼女の説明は、息の無駄でしかなかった。彼女にはほかに選択肢があるのだから、弁解の余地はない、というわけだ。たしかにそうなのだろう。アルの言うとおり、金を借りてよそへ行ったほうがいいのかも。これにはジェリーに見つからないという余禄《よろく》もついてくる。少なくともさしあたりは。

思っていたとおり、父親はすぐに姿を現わした。新聞に彼女の名前が出た翌朝、まず電話がかかってきた。「よお、ベイビーガール！」まるできのうも会ったみたいな馴れ馴れしい口調で叫ぶ。この数カ月――一年近く――まったく音沙汰《おとさた》がなかったことが嘘のようだ。

「よくやった！　パーッとお祝いしよう！」

「いまどこにいるの？」ジェンナーは〝お祝い〟には反応せず、尋ねた。誰も彼も〝お祝い〟しようと言う。むろん彼女のおごりで。〝お誘い〟は二度ほどまともに応対した後、無視することにきめた。ミシェルはべつだ。困ったときに助けてくれた。でも、ほかの人たちは？　とんでもない。

「なんだって？　ああ、言うほどのことじゃない」ジェリーが陽気に言った。「ほんの数時間でそっちに着ける」

「その必要ないから。仕事に出かけなきゃならないの。それに、お金を受けとるまで二カ月はかかる」

「二カ月！」陽気さはショックに取って代わられた。「どうしてそんなにかかるんだ？」

あいかわらずなんだから、と彼女は思った。彼女が娘だから、愛しているから会いたい、なんてふりはしない。「いろいろと手続きが面倒なのよ」用意してある答を口にする。

「ああ、その〝手続き〟とやらを長引かせれば長引かせるだけ、二億九千五百万ドルの利子が州政府に転がりこむって寸法だしな」

「そのとおり」彼女がざっと計算したところ、州政府には二カ月で百万ドルの利子が転がりこむ――それについて、彼女は文句も言えない。こっちの口座にお金が入っていれば、それもこっちのものだったのに、なんてぼやいても時間の無駄だ。

「まあいいってことさ。それでもお祝いはできる」

「そっち持ちってことならね。あたしは文無し」それでお祝いの話はちゃらになるだろう、と彼女は思った。ジェリーの世界では、金を払うのはほかの人間、彼は尻馬《しりうま》に乗るだけだ。

「そういや仕事に出かけなきゃって言ってたな。だったら行け。あすまた連絡するから、いいな？」

それから毎日、彼は連絡をよこした。朝、玄関ポーチに立って一緒にコーヒーを飲もう――もちろん、ジェンナーが買い置きしていたインスタントコーヒーなんて飲もうとしなかった――と言わない日には、電話をかけてきて、父親らしい心配りを彼女に浴びせかけた。そんなことといままで一度もされたことがないから、気味悪いばかりだ。彼女が〝施《ほど》し物分配センター〟になるつもりはないと、いくら匂わせても無視された――この場合、ずばっと言うことも〝匂わす〟に含めるとして。欲しいものに関心が向かっているあいだは、ほかのすべてがジェリーの意識から抜け落ちる。

彼をどう追っ払えばいいかわからなかった。正直に言うと心のどこかで、今度こそ娘の幸せを喜んでくれているのだと願っていた。できるだけ多くを搾《しぼ》りとろうとするのではなく。信頼と願望はべつものだ。父のことは、これっぽっちも信頼していない。それでも、父のたかり癖が治ることを期待していた。

むろん予防措置はとってある。彼の手の届くところに、けっしてバッグを置かなかった。彼が家にいるあいだにトイレに行きたくなったら、バッグを持って入った。宝くじに関係するものや、フィナンシャル・プランに基づいてこれまでに作った書類はすべて、給料の多くをさいて借りた貸し金庫に預けた。その鍵は車の鍵と一緒にキーホルダーにつけて、寝るとき以外はポケットに入れておいた。寝るときにはそれを枕カバーのなかに隠す――父親に車を荒らされないために、娘として当然とるべき予防措置だ。

工場に入ると、監督が近づいてきた。「ジェンナー、タイムカードを捺《お》す前にちょっと話がある」

「遅刻になります」彼女は抵抗し、時計をちらっと見た。

「心配することない。オフィスに来てくれたまえ」

鳩尾《みぞおち》のあたりにひやりとしたものを感じながら、監督のドン・ゴルスキにしたがって狭苦《せまくる》しいオフィスに入った。白塗りのコンクリートブロックの壁に、剝きだしのコンクリートの床、使い古したメタルデスクとメタルキャビネット、それに椅子が二脚あるだけだ。

彼はデスクに向かって腰をおろしたが、彼女に座れとは言わなかった。顎をさすりながら、彼女と目を合わせないようあちこちに視線を配り、尻よりも重たいため息をついた。

「きみは優秀な社員だ」彼がようやく言った。「だが、この二週間、工場内で揉《も》めごとが絶えない。従業員たちは――」

「わたしが揉めごとを起こしているんじゃありません」ジェンナーは言いながら、ついカッカしていることに気づいていた。「これまでどおり仕事をしているだけです」

「だったら言いなおそう。きみが揉めごとの原因なんだ。レポーターが電話をよこしたり、ゲートの外をうろついたりすると文句が出ている。きみがどうしてまだここにいるのか、わたしにはわからない。きみには仕事は必要ない。必要としている人間はたくさんいる。そういう人たちのためを思って、辞めてくれないか？」

あまりに不公平な仕打ちに、壁に頭を打ちつけたくなった。だが、そうする代わりに肩を怒《いか》らせ歯を食いしばった。「わたしも食べなければならないし、家賃や光熱費を払わなきゃなりません。ほかの人たちとおなじように」いまにも歯を剝きだしそうだった。「暮らしていけるお金が手に入ったら、すぐに辞めます。それまでどうしろと言うのですか？　路上生活をしろと？」

彼はため息をついた。「いいかい、わたしは自分の務めを果たしているだけだ。上のほうの人間が、きみに辞めてほしいと言ってるのでね」

挫折《ざせつ》感と怒りに頭を高く掲げた。「わかりました。それならあたしをクビにしてください。お金が入るまで失業手当を受けとれますから」

「上の人間はきみに――」

「〝上の人間〟がどう思おうと知ったこっちゃありません。あたしだって生きていかなきゃならないんだから」身を乗りだしてデスクに両手をついた。全身から怒りが噴きだしていた。「十六の年から失業保険税を払ってきて、これまでに一セントも受け取っていません。あたしにいなくなってほしいのなら、それが条件です。さもないと告訴しますよ。もうじき、弁護士を雇えるお金が入ってくるから、何年だって会社を裁判所に縛りつけてやる。そうなったら数週間分の失業保険よりはるかにお金がかかりますからね、いいんですか。あたしを解雇するなら失業保険を受けとれるようにすること――そうしたら出て行きます。あたしを怒らせたら、弁護士費用でこの会社は倒産しますよ。おわかりいただけました？　上の人間と相談して、結果を知らせてください」

彼女はオフィスを出て醜いオーバーオールに着替え、帽子で髪を包み、タイムカードを捺した。遅刻だけど、それがなに？　かまうものか。まだ怒りが血管を巡っていたので、きわめて元気だった。たしかにまだお金を受け取ってはいないが、選択肢はいろいろあり、そのひとつを行使したまでのこと。

マーゴも含め、同僚たちの誰ひとり話しかけてこなかったし、目を合わそうとしなかった。彼らにならって、ジェンナーもみんなを徹底的に無視した。このなかの何人かは、彼女のことで上の人間に文句を言ったのだろう。彼女が目障りだから話をでっちあげて辞めさせようとした。毎日、ドーナツを買ってきて、みんなに配ってまわるべきだったんだろうが、なにしろお金がない！　どうしてそれをわかってくれないの？

なぜなら、わかりたくないから。彼らの想像の世界では、一攫《かく》千金とは――たとえば宝くじに当たるとか――一瞬にして金持ちになり、あらゆる厄介ごとも金の心配も消滅することなのだ。彼女があたらしい車を買い、広くて豪勢なマンションや家を買うつもりだという話をして彼らを楽しませれば、わがことのように思って満足したのだろう。だが、彼女は少しも変わらなかった。いつもどおりのからっけつ。彼らを失望させ、夢を壊した彼女に、まわりでうろちょろされたくないのだ。

一時間もしないうちに、ドン・ゴルスキがやってきた。「サインしてもらいたい書類がある」彼が言うので、後についていった。連れていかれたのは彼のオフィスではなく、上の階のもっと大きなオフィスで、顔は見知っていたが名前までは知らない男がふたりいた。

「きみの申し出を受け入れる」男のひとりが言い、デスクの上の一枚の紙を指で押してよこした。

ジェンナーは紙をとり上げ、じっくりと読んだ。〈ハーベスト・ミート・パッキング・カンパニー〉に対し、あるいは経営者個人に対し訴訟を起こさないことと引き換えに、彼女の失業保険の申請手続きを行なう、という内容だった。彼女がサインするスペースがある。

「言いたいことがふたつ、いえ、三つあります。ひとつめ、書類はこれ一通だけで、そちらが保管するのですよね。わたしも一通必要です。ふたつめ、失業手当を申請する日付が明記されていません。数週間先延ばしにしているうちにわたしが賞金を受けとり、申請が却下されることを見越しているとも考えられます。三つめ、そちらがサインするスペースがどこにもありません。こんな片手落ちの書類にサインするわけにはいきません」

アルから叩きこまれていた。きちんと目を通し、一字一句理解しないかぎりサインはするな、と。彼女は明確にしておくべきポイントをいくつか教えてくれたが、ジェンナーは苦労人だ。それに法律の抜け穴を見つけては、ときには勝手に作りだしてまで自分の利益を図ろうとするジェリーを相手に生きてきて、処世術は身についているから、そう簡単に丸めこまれはしない。アルに教わった専門用語も駆使《くし》し、五分《ごぶ》と五分《ごぶ》で渡り合うことができた。彼らの仕掛けた罠をうまくすり抜けたことが、彼らの目を見ればわかる。

彼女は書類を押し戻した。「その部分を書き換えさせてくる」男は文句も言わずにオフィスを出て行った。

男の帰りを黙って待つうちに十五分が経過した。二枚の書類を手に男が戻ってきた。ジェンナーは書類をじっくり読んだ。会社側がサインする欄が付け加えられ——一方にはオーナー社長のサインがすでに入っていた——彼女の失業保険の申請はこの日に行なわれる旨が明記されていた。つまり、会社側は一刻も早く彼女を追いだしたいのだ。上等じゃないの。

彼女は黙って二枚ともにサインし、同席した役員たちがサインするのを見届け、一枚をとり上げて丁寧に畳んだ。

ゴルスキがロッカールームまでついてきたので、オーバーオールと帽子を脱いで彼に渡し、私物——たいしたものはない——を集め、ドアを出た。これが最後だ。

太陽はまだ照っていた。腕時計を見ると、タイムカードを捺してから二時間も経っていなかった。ウィンドウを少しさげておいたにもかかわらず、車のドアを開けると熱気が顔を打った。こもった熱気が外に出るまでしばらくその場にたたずみ、携帯電話をとりだした。最初にアルにかけた。「解雇されました。結局、借金することになってしまった。一度もやったことがないので、どうすればいいのか教えてください」

アルからやり方を聞いて電話を切り、車に乗りこんでエンジンをかけた。駐車場から出るあいだに、ミシェルに電話した。

「ねえ、休暇とって出かけない?」

5

遅れてしまった。七時にミシェルと待ち合わせしているのに、もう八時半だ。〈バード〉まで歩いたのでよけいに遅れる。買ったばかりの車を店から一ブロック離れた場所に駐めたせいだ——ぶつけたら大変だもの。べつに高級車じゃないんだから、そこまで気を使う必要ないんじゃない？　新車はカムリだ——フル装備だけど、カムリはカムリ。一台の車にかつての給料の二年分を注ぎこむような真似は、とてもできなかった。カムリを買ったのはほんの二週間前で、とても気に入っていた。乗りこむたびに息を胸いっぱいに吸いこみ、新車の香りを満喫した。

疲れていた。静かな車のなかで目を閉じて、しばらくじっとしていた。ミシェルと会う約束をしていなければ、家に帰って休めるのに。あいかわらず古アパートに住んでいる。住むところを見つけるのは、新車を選ぶほど簡単ではない。多額の金を管理するのはフルタイムの仕事に匹敵《ひってき》するなんて、どうしてわかる？

アルは優秀だ——すでに昇進が決まっていた——が、ジェンナーは自分の手でやると言い張った。つまり、多くの時間を〈ペイン・エコルズ〉で費やすということだ。いまなにが起きているか、アルはなぜそういうことをするのか、頭痛の種の用語がどういう意味なのか、すべてを理解したかった。アルを信頼していたが、アルはつねにそばにいてくれるわけではないし、人に依存するのがジェンナーはいやだった。いろいろと学んで実力をつけることが大事だと、本能的にわかっていた。宝くじに当たってから起きたいろいろな出来事は、そのほとんどが彼女の力のおよばぬことだった。ようやくいま、ものごとを自分の支配下におさめることができ、その安堵感たるや頭がくらくらするほどだ。

お金は彼女のものになった。目の前でカメラのフラッシュがたかれ、顔の筋肉が悲鳴をあげるまで笑顔を浮かべつづけ、巨大なボール紙の小切手——賞金をよこす側の人間が、まるで愚か者を相手にするように、これはほんものではないとわざわざ説明してくれた——の片端をつかむ手が痙攣《けいれん》を起こしそうになった、拷問のようなセレモニーをなんとか無事に終え、事務手続きがすんで、彼女はまた無名の人間の生活に戻る……そう願っていた。むろん、マスコミはさっといなくなった。あたらしい住まいに落ち着いてあたらしい生活をはじめれば、いまよりずっと幸せになれるだろう。

楽しいこともあった。ミシェルと買い物に出かけ、自分のばかりかミシェルのワードローブも総入れ替えするぐらい買いこんだ。バッグに靴に宝石、シルクのブラウス、シャープでセクシーなドレス……すごく楽しかった。でも、数日もすると買い物にも飽きた。これには面食らった。そんな気分になるなんて思ってもいなかった。お金を使うのはすごくいい気分だ。ところが、最初の興奮が冷めると、欲しいものはなくなり、退屈が頭に居座りを決めこんだ。なんだか手ひどい裏切りを受けた気分だ。

生活はたしかに変わった。それまでの友人たちは、ひとりまたひとりと去っていったが、弁護士のウィリアム・ルルドとはとても親しくなった。彼は弁護士だが、彼女の弁護士だ。ディランが彼女に対して起こした訴訟を読むと、彼は笑い、すぐさま反訴の手続きをとった。すべてを失いかねないことを知ったディランは、訴訟をとり下げ、彼女の人生から消え去った。つぎに、ビル（ルルドが自分をそう呼んでくれとしつこく言うので）は、彼女になにかあったらその財産の一部を奪いとろうと鵜《う》の目鷹の目の強欲な連中から財産を守るための措置を講じた。

このジェンナー・レッドワインが〝財産〟を所有していると思うと、口もとに小さな笑みが浮かんでくる。ワオ。

それに、銀行に貯蓄口座と当座預金口座まで持っているのだ――その銀行の窓口係もマネージャーも彼女を名前で呼び、礼儀正しくにこやかに接してくれる。二カ月前までは、少額の当座預金口座ですら、持つことを考えもしなかった。それがいまでは、貸し金庫の中身を出し入れするのに長い時間を銀行で過ごしていた。ジェリーがうろちょろしていなくても、どんな書類も家に置いたままにできないので、足繁く銀行に通う必要があった。

ジェリーはまだあきらめていなかったが、彼女のほうでもあきらめるとは思っていなかった。彼には服を買い与えたし、ときどき小遣いも渡したが、そんなことで引き下がるような人間ではない。父親のことはよくわかっている。彼女の疑いを晴らそうとしばらくはおとなしくしているだろうが、そのうちあたらしい車が必要なもっともらしい理由を携《たずさ》えて現われるにちがいない。あるいは、彼女にマンションを買わせようと説得に努めるだろう。数百ドルぐらいでは、ジェリーの野望を満足させられるわけがない。

なんとかエネルギーを掻き集め、カムリから降りた。グースとちがって、ドアを開けるのに肩でうんうん押す必要はない。グースを廃車にしようかとも考えたが、やめた。見た目はポンコツでもエンジンは頼りになるから、慈善事業に寄付した。かつて彼女があの醜い車を必要としたように、いま誰かが必要としている。ありがたいことに、その誰かは自分ではない。

買ったばかりのバッグを肩にかけ、〈バード〉に向かって歩くうちにエネルギーのレベルがあがった。笑って踊っての一夜がいまの彼女には必要だった。ビールを一杯飲めば気分も上向くだろう。ミシェルはすでに一、二杯飲んで、ダンスも二曲——あるいは三曲——こなしているはずだが、今夜は追いつこうと最初から思っていないのでかまわなかった。

店内はすし詰めでなんとも騒々《そうぞう》しく——金曜の夜だ——人垣をながめまわして、常連三人とテーブルを囲むミシェルをようやく見つけた。テーブルの上のグラスとボトルの数から、駆けつけ二杯はやったことがわかる。

ジェンナーがテーブルに近づく前に、ミシェルが気づいて叫んだ。「ワオー！　その髪型、気に入った！」

ジェンナーは髪に手をやりたくなるのをこらえた。黒く染めて、頭のてっぺんをツンツンに立たせてある。その日の午前中に美容院に行ったばかりだ。あたらしいスタイルはエレガントでセクシーで先鋭的だが、それよりなにより、彼女をまるで別人に見せてくれる。それがどんなにありがたいか、この二カ月でよくわかった。

椅子を引いて腰をおろし、ウェイトレスを探して店内を見まわす。「ねえ、履《は》いてきたわよ」ミシェルが言い、体をひねってジェンナーに見えるように足をあげた。靴は五百ドルを越える法外な値段だったが、試しに履いたときのミシェルの純粋に喜ぶ顔を見たら、惜しくはないという気になった。ところが、ミシェルはいざ実際に履く段になって妙に怖気《おじけ》づいた。傷つけたらとかヒールが折れたらとか心配でたまらないのだと言う。家のなかだけで履いて、しまっておいた。だから、今夜が靴にとってはじめての外出だ。ジェンナーは思わず拍手した。

「やっとその気になったのね」

「すごくホットだと思わない？」ミシェルは言い、足の向きをいろいろに変えて、細いストラップを飾るラインストーンをうっとりながめた。おなじテーブルにいる男ふたりと女ひとりにも見えるように、彼女はさらに足をあげた。テーブルの向かいに座る男が、靴以外のものも拝《おが》めて口笛を吹いた。ミシェルは笑って舌を突きだし、足を床におろした。「今度来るときには」彼女がほかの三人に言う。「おそろいのバッグを持ってくるね。驚くから。革がバターみたいにやわらかいの」

ジェンナーがなにか言う前に、カクテル・ウェイトレスがグラスでいっぱいのトレイを掲げてやってきた。注文の品を配りながらジェンナーにちらっと目をやる。「ご注文は？」

「ビール」ジェンナーは言った。疲れているのであまり飲む気がしない。ビール一杯で切りあげて、一時間ほどいたら帰るつもりだ。

「お勘定《かんじよう》が九十四ドル五十になるんですけど」ウェイトレスがミシェルに言った。まだ注文するつもりなら、現金かクレジットカードを見せてくれ、とその口調が言っている。

「彼女の勘定につけといて」ミシェルがこともなげに言い、カラフルなカクテルをとり上げ、ジェンナーに向かってグラスを傾けた。「彼女が引き受けてくれるから。そのはめにいるようなもんだもん。あっと、じゃなくて、そのために、ね」彼女は自分の馬鹿な言い間違いに笑い、手を振ったので、酒がグラスの縁から溢れた。彼女は垂れた酒を指ですくってその指を舐めた。「おっと！」

おっと？　ミシェルはこぼれた酒のことを言ったのか、それとも自分の失言に気づいた？　ジェンナーは目をぱちくりさせ椅子にもたれかかった。いま耳にしたことが信じられなかった――でも、頭のどこかでは納得していた。このときを待っていたのかもしれない。いいえ、そんなことない。げんにこんなに傷ついているもの。ミシェルまでが？

こうなることは予想しておくべきだった。いつも勘定を払わされることがいやなのではない。いまみたいに、彼女がまだ一滴も飲んでいないうちから、払って当然と思われているのがいやなのだ。それにほかの三人……この店で顔を合わせるだけで、とくに親しいわけでもない。苗字すら知らなかった。そんな連中にまでなぜおごらなければならないの？

楽しもうと思っていた気持ちが、安物のTシャツのようにあっという間に色褪せた。

「だったら、ビールはキャンセルして」彼女はウェイトレスに言った。「長居はできないから」立ち上がってバッグのショルダーストラップの位置を直した。「あなたにそう言うつもりで寄っただけ。待たせるのも悪いから」ミシェルに向かって言う。「ここは騒々しいから、携帯にかけても気づかないでしょ」

ミシェルは彼女を見つめた。笑みが顔からすべり落ちる。「どうしたの？」

「疲れたのよ」

「そう。一日じゅう買い物して金勘定してたら、そりゃ疲れるよね」ミシェルが自分のささやかな冗談を笑うと、ほかの三人も声をそろえた。

ジェンナーは笑わなかった。「もう行くわ」彼女は言い、とり返しのつかない言葉を吐いてしまう前に逃げだそうと踵を返した。ミシェルとは長い友だちだけれど、その関係がいまや、後戻りできない一線の上でかろうじて踏み止まっていた。踏み越えたくはなかった。ミシェルは半分――それとも三分の二――酔っていて、あすになれば謝りの電話をよこすだろう。ふたりの関係はもとどおりにつづく。そうなってくれることを、ジェンナーは願っていた。

そのままドアへ向かい、比較的涼しくて静かなおもてへと出たところで、ミシェルが追いついて肩をつかんだ。「帰らないでよ」ミシェルは笑っていなかった。酔っているふうにも聞こえない。「現金の持ち合わせがないの。あたしたちの分、あなたが払ってくれないと」ジェンナーはしぶしぶ振り向き、目と目を合わせた。ミシェルは挑戦的に頭を振って髪を払った。ふたりの背後では、常連客たちが飲んでおしゃべりして、笑って踊っている。ふたりの横をすり抜けて店に出入りする人たちがいる。ジェンナーが口を開いた。「勘定はすべてあたしが払うと思っているのね」

ミシェルが信じられないという表情を浮かべた。「そりゃそうよ」この世でこれ以上たしかなことはないという言い方だ。

ジェンナーの肩に疲労が重くのしかかった。ミシェルも父親やディランとおなじ穴のムジナなの？　しつこく電話をよこした慈善団体やペテン師と変わりないの？　彼らが電話をよこさなくなったのは、固定電話の回線を切ったせい。ほかの連中とはちがって、少なくともミシェルはそばにいてくれた。それはなにかしらの意味がある。今夜の支払いができるよう現金を渡そうとバッグを開いた。あす、話し合えばいい。ミシェルも酔っていなければ、もっと素直な気分で話ができるだろう。

「いいこと」ミシェルが言い、嘲《あざけ》るように口もとをゆがめた。「大金を手に入れてから、あなた、変わった。前は愉快な人だった。お金以外のことを考えてた。なのにいまではお金、お金って、まるで――」

「あなた専用のＡＴＭ？」ジェンナーは痛烈な口調で言い返し、財布から現金の束を引きだした。変わったって？ そりゃ変わったわよ。まわりのみんなが変わっても、住む世界が劇的に変化しても、影響を受けずにもとのままでいろって？ 変化に対応しようと思ったら、こっちも変わらざるをえない。

ミシェルの表情が厳しくなり、目が細められた。「あなたのこと、もうあんまり好きじゃない。なんでも買えるようになって、昔の友だちじゃもう飽き足らなくなったんでしょ」

「あなたの靴や宝石やあたらしいソファーの代金をあたしが払っているあいだは、あたしもあたしのお金も好きだったくせに」ジェンナーは言った。「一緒に休暇で出かけたときも、こういう店で飲むときも、勘定をそっくり払うあたしのことを、あなたは好きだったくせに」ミシェルの手をつかんで現金を叩きつけた。「さあ、どうぞ。手持ちの現金はそっくりあげる。せいぜい楽しんだらいい」

ミシェルの指が丸まって札を握ったが、嘲りの表情は消えなかった。「性悪《しょうわる》」

その言葉に、ジェンナーはくらっとした。売り言葉に買い言葉で言い返しはしたものの、あすになれば仲直りできると思っていた。ミシェルの顔からも声からも悪意を感じとり、あすになっても詫びの言葉は聞けないのだと気づいた。

「さよなら」悲しみで喉が詰まり、出て来た声は妙にやさしかった。まわれ右をして車へと向かった。背後でドアがバタンと閉まった。音はすぐに聞こえたから、ミシェルはその場にたたずむことはなく、振り返ることもなく店に戻ったのだろう。

そういうことだ。苦痛が胸を締めつけて息をするのが難しい。ミシェルはいつもあの店にいた。顔を見ればすぐに笑って騒げた。恋人との別れもしつこい鼻風邪も、支払い期日が過ぎた請求書も吹き飛ばして、慰め合うことができた。ふたりはおなじ世界に住んでいた。でも、いまはちがう。

リモコンでカムリのドアのロックを解除し、運転席に乗りこむ。鍵をイグニッションに差しこむ手が震えた。疲れているから家に帰って休みたいのに、ミシェルに有り金すべて渡してしまった。現金を引きだしておかなければ。手もとに現金がないのがいやだった。文無しが慣れっこだった以前なら、気にならなかったろうに。つねに金を持ち歩くことが、すっかり身についていた。

〈バード〉には——客の便宜《べんぎ》のために——ATMがあるが、戻りたくはない。今夜が〈バード〉に行きおさめだったのだ、と思うと悲しくなった。〈バード〉もまた、過去のものとなる。この界隈《かいわい》の地図を頭のなかで描いてみる。数ブロック先にＡＴＭがあるが、物騒《ぶっそう》な地域だ。安全を考えて取引銀行の支店に車をつけ——手数料をとられるのがいやだから、取引銀行を使うことにしている——ＡＴＭに向かった。

車を降りると風が冷たかった。ミシェルに渡した分の穴埋めに二百ドルほど引きだすことにする。週末を送るのにそれだけあれば充分だ。口座番号と暗証番号を入力する。

残高不足。

小さな画面に浮かんだ文字を見つめ、目をしばたたいて意味をつかもうとした。口座にいくら残っているかだいたいの数字はわかっている。一週間ほど残高確認をしなかったが、数百ドルの誤差はあっても二万五千ドルはあるはずだ。

疲れているし、動揺している。番号を押し間違えたのだろう。もう一度、ひとつひとつ確認しながら押した。

画面にはおなじ文字が浮かび上がった。残高不足。

この時間、銀行は閉まっていて誰も助けてくれない。ちょっと考え、今度は残高照会を行なった。この機械が故障していて、金を引きだそうとするとおなじメッセージが出てくるのかもしれない。それとも、機械が空っぽで、機械自体が残高不足なのかもしれない。そう考えたらおかしくなって笑みが浮かんだが、それも一瞬にして凍りついた。

三ドル二十二セント？

ありえない数字をじっと見つめる。もっとずっとたくさん残っているはずだ。なにがどうなってるの？

気がつくと車に戻り、エンジンをかけ、ギアを入れていた。家に着くまでに、あれこれと細部まで詰めて考えるうちに気分が悪くなってきた。

何者かが――疑わしい人間はふたりしか思い浮かばない――彼女の小切手帳を手に入れ、二万五千ドルの小切手を切った。ディラン、それともジェリー？　ふたりのうちのどちらかだ。ふたりとも彼女の家を知っているし、彼女からなにがしかのものをぶんどろうと決意を固めている。ふたりとも彼女の幸運のお裾《すそ》分《わ》けを望み、それが正当なとり分だと思っている。なにに対して？　生きて存在すること？

ディランはたかり屋だが、盗みまでやる？　たとえやったとしても、全額奪いとるだけの度胸はない。小切手を数枚盗み、見つからないうちにあっちで二百ドル、こっちで二百ドル使うのが関の山。それぐらいの金額なら、見つかっても大目に見てもらえると思っている。それがディランだ。

でも、父親は……ジェリー・レッドワインなら、そっくり奪って姿をくらますだろう。

頭のなかでドアがバタンと閉まり、もうひとつの終わりを告げた。父からなにか言ってくることはもうないだろう。電話もかかってこないだろう。気詰まりなランチも、夢みたいな儲け話への誘いも二度とないだろう。彼女に何度も拒絶されて金をふんだくれないと知り、盗むことにしたのだ。ばれずにすむとは思っていないから、当分は姿をくらましたままだろう。

父の仕業にちがいないという確信が、酸のように彼女を侵した。でも、どうやって？　彼女のＡＴＭの暗証番号は知らないはずだ——もっとも、ＡＴＭで一度に引きだせる現金の額は限られている——だったら、小切手帳に手をつけたにちがいない。

彼が家にいるあいだは注意して、べつの部屋に行くときにはバッグを持ち歩き、彼がやってくると事前にわかっていたときには車のトランクに入れて鍵をかけておいた。でも、知らないあいだにやってきていたら？　家の外をうろついて、彼女がシャワーを浴びるときを待って、それとも眠りにつくのを待って、忍びこんでいたとしたら？　彼ならやるだろう。警報装置をとりつけておくべきだったと思うが、長く住む気のない家にお金をかけたくなかった。いまだに比較的小さな出費を避ける癖が残っている。分不相応だと思ってしまうからだ。そのせいで大損をした。

家に戻ると小切手帳をとりだし、抜けているページがないか一枚一枚番号を調べた。小切手帳には二十五枚の小切手がセットされており、一度に一冊しか使わないようにしていた。残りは貸し金庫にしまってある。記録をつけているから、いつ、いくらの小切手を切ったかわかる。いちばん上の白紙の小切手とそのつぎの小切手は番号がつづいている。そのつぎも……いちばん下の一枚がなくなっていた。

最後に残高確認をしたときからいままでに切った小切手の金額を引いてゆく。使った金額は思ったより多かった。二万七千四百三ドル二十二セント。ジェリーは四百ドルまで奪っていった。いくらまで小切手を切れるか、彼は計算したにちがいない。計算していなければ、四百ドルは残っていたはずで、彼がしたことに気づくまでにもっと時間がかかっていた。

そういうこと。彼はついにやった。後戻りできない一線を踏み越えた。まったくさんざんな一日になった。最初がミシェルでつぎがジェリー。もっとも、ジェリーが実際に行動に出たのはもっと前のことだ。父を最後に見たのは水曜日、つまり二日前だ。彼女が文書偽造の罪で警察に訴えるかもしれないと思い、すぐに姿を消した。

訴えはしない。金はくれてやる。これで完全に終止符を打てる。宝くじに当たったとわかった瞬間から、このときを待っていた。被害がどれくらいになるか心配していたが、いまあきらかになった。二万七千四百ドル。

しんとした部屋に座って、疲労と虚《むな》しさを感じた。いまはっきりとわかった。宝くじに当たると人生が変わるだろうと思ってはいた。多少の変化はつきものだろうと。でも、ここまで徹底的に変わるとは思っていなかった。

第二部
不運
BAD LUCK

6

それから七年後

「事態は進展している」ケール・トレイラーの盗聴される危険のないデータを暗号化した携帯電話から、耳慣れた声が流れた。

ケールはその声に名前と顔を与えることができる。そうすることが習い性になっていた。知りたい情報を手に入れるためには、車で全国を走りまわる必要があったが、走りまわっているあいだはレーダーからはずれていた。だが、飛行機に乗っているあいだはそうはいかない。乗客リストに彼の名前が載れば、アメリカ政府のある筋がそれを知ることになる。国土安全保障省でも国務省でもなく、非合法活動を扱う人間たちが。そのひとりがいま、彼の電話にかけてきた。

「詳細を」彼は言い、会話に集中するためテレビを消し、椅子を回してコンピュータに背を向けた。メモはとらない。紙の証拠は巡り巡って尻に嚙みつく。見捨てられておっぽりだされないための予防措置はとっているが、メモをとることはそのひとつではない。

「北朝鮮の送信を傍受し、彼らがあるテクノロジーについての情報源を確保したと推測するにいたった。われわれとしては、彼らに持ってほしくないものだ」

そのテクノロジーとはなんなのか、ケールは尋ねなかった――いずれにしろ、いまはまだ。いまの時点で知る必要のないことだ。あるところまで行って、その情報なしには進めないとわかれば、知る必要がある。「その情報源とは?」

「フランク・ラーキン」

ケールの関心のレベルが一気に数目盛りあがった。億万長者のラーキンは、連邦政府高官に多くの友人やコネを持つ陰の実力者のひとりだ。いわゆる環境にやさしい事業や製品を手がけて時流に乗っているが、それはおもてむきの顔で、一皮向けば根っからのペテン師だ。ケールは環境保護運動に関わったことはないが、よいことをしようとがんばっている人間を食い物にするのはよほど低俗な連中だと思っていた。

「うまい汁を吸うんだろう」感情を交えずにそれだけ言った。ラーキンには強力なコネがあるから、疑いをかけるには論駁《ろんばく》不可能な証拠を集めなければならない――そうしたところで、なにかがなされるという保証はなかった。この類の事件では、正式の告訴はなされないのがふつうではあるが、〝問題〟は処理される。心臓発作とか脳卒中という形で。少なくとも紙面上は。後頭部の銃痕《じゅうこん》はどういうわけだか検死報告書から抜け落ちている。

ケールはその手の汚れ仕事を請け負ってきたが、それはべつの国、べつの時代のことだ。彼の専門はスパイ活動であり、今回の任務はラーキンを消すことではなく、犯罪の確証をつかむことだ。

「詳細を」彼は言った。

「ラーキンは共同事業体《コンソーシアム》に関わっており、それが豪華客船のクルーズにも手を広げた。最初の一隻《いっせき》、〈シルヴァー・ミスト〉号がじきに就航する。だがその前に、処女航海としてハワイに向かう二週間のチャリティー・クルーズが予定されている。乗客はスーパーエリートで、クルーズの売り上げはすべて慈善団体に寄付される。大規模な宣伝キャンペーンが張られ、ラーキンがクルーズのもてなし役を務める。彼は北朝鮮側とハワイで会う予定だと考えているが、場所と時間は直前にならないと設定されないだろう。その場所と時間を知りたい」

ケールは与えられた情報をじっくり考えた。コンピュータ時代がスパイ活動を変えた。盗みだすのは実際の原型や製品とはかぎらない。仕様《スペック》が一瞬にして送信され、受け取った国や機関はそこから進めることができる。北朝鮮の被害妄想はつとに有名だ。直接顔を合わせることは、たんにファイルを送信するよりはるかに危険だ。外国の地でならなおのこと。

「なにかおかしい」彼は言った。「北朝鮮側はなぜ合意した？　顔を合わせる必要がどこにある？」

「わからない。われわれがまだ知りえていないことがあるのかもしれない。だが、いまわかっていることだけで充分だ」

ケールは頭のなかで肩をすくめた。結局のところ、そんな危険な動きをとることに、北朝鮮がなぜ合意したのかは問題ではない。げんに合意しているのだから。「クルーズはいつ出発する？」

「二週間後」

だったらあまり時間はない。「おれと部下たちの分を予約できるのか？　ラーキンの部屋の隣りを確保する必要がある」

「いく部屋必要だ？」

「ふたつ」彼とティファニーで一部屋、ライアンとフェイスがもう一部屋を使う。ライアンとフェイスの部屋が、ラーキンのスイートの隣りであることがいちばん望ましい。このクルーズはふたりが参加しそうなタイプの催しだから、そこにいても違和感はない。「船のクルーにふたり潜りこませたい」

「名前を」

彼は名前を告げながら、すでに先へと考えを進めていた。セキュリティー・スタッフにも誰か潜りこませたいが、日数が迫っているからそれは不可能だ。となると、スタッフのひとりを買収する必要がある。そのことも伝えた。

「すべてこちらで手配する。きみの部下たちに準備をさせたまえ」

双方から電話を切った。ケールはコーヒーをもっと飲もうと椅子を立った。起きてすぐにコンピュータに向かって一時間以上が経つが、カリフォルニア時間でまだ朝の五時だから、部下たちに電話して警戒態勢に入らせるには早すぎる。コーヒーのカップを手にポーチに出て、座り心地のいいロッキングチェアのひとつに腰をおろし、長い脚をポーチの手すりに載せた。夜明けの光はまだ東の山並みを染めていないが、小鳥や昆虫はすでに期待のシンフォニーを奏でていた。それに耳を傾け、音色と孤独を楽しんだ。早朝の空気が裸の胸にやさしい。

彼の家は一軒だけぽつんとたっている。そこが気に入っていた。周囲に溶けこむよう木と岩でできた二階建ての家は、人目を引くほど大きくはないが、のんびりとくつろげる広さはあった。セキュリティー装置は広範におよんでいるが、おもてから見ただけではわからない。警備会社任せにせず、装置の半分は自分の手で設置したので、突破するのに必要な概略図が人手に渡ることもない。われながら被害妄想だと思うが、パンツをおろした格好で捕まるぐらいなら、セキュリティーに金を投じるほうがいい。彼は危険な仕事に携わっている――昔ほど危険ではないが、この手の仕事では友だちは作れない。

仕事上も私生活でも、信頼が人間関係の要《かなめ》だ。仕事の上で、雇用者を信頼することはないが、一緒に働く人間たちは信頼している。優秀な部下たちがいる。彼らは専属で働いているわけではないが、一緒に働いているうちに、ケールを通さない仕事は断るようになっていた。

自分から頭目を目指したわけではない。それを言うなら、非合法活動に就こうと思っていたわけでもない。生まれと環境と天性の才能が組み合わさり、いまいる場所へと彼を導いたのだ。自分に向いた仕事だと思ってはいるが。

彼はアメリカ人の両親のもと、イスラエルで生まれた。母は信仰を実践していないユダヤ人で、父はものごとにこだわらないおおらかなミシシッピ・デルタ・ボーイだった。ユダヤの教えを実践しなくても、ユダヤ人はユダヤ人だという事実がケールには癪の種だった。「自分が属する民族の習慣に従うつもりがないのなら」かつて、母を責めたことがある。「どうしておれの包皮をそのままにしておいてくれなかったんだ?」

「ぐずぐず言わない」母は言い返した。「どうせ必要のないものでしょ」

「でも、持っていたかった。それがどういうものか、永遠にわからないんだぞ、そうだろ?」

生き方の問題として、自分の許しなしに体の一部がとり去られたという事実が許しがたかった。

十歳までイスラエルで暮らし、三つの言語を操れるようになった。ヘブライ語、英語、それに南部英語。長ずるにつれてそれにスペイン語とドイツ語が加わり、日本語もかじった。アメリカ合衆国に移住したことは、彼にとって大きなカルチャーショックだったが、いやではなかった。生まれてからの十年をイスラエルで過ごしたといっても、自分はアメリカ人だという意識がつねにあった。そこが自分の属する場所だと。

　とはいえ、イスラエルを深く愛していた。生まれたところだし、二重国籍を持っていた。十八の年、冒険がしたくてイスラエル軍に入隊し、ある種の才能を発揮しモサドの目に留まった。彼らのために仕事をしたが、大人の分別がつくと命が惜しくなり、アメリカに戻ることに決めた。そこで遅まきながら大学に入り経営学を学んだ。

　運命から逃げることはできない。洗車やコインランドリーといった現金商売をはじめるのに、経営学の学士号は役立った。それで一財産作った——ささやかなものだが、財産は財産だ。彼の本業は人々が隠しておきたいことをほじくりだすことだが、それで得た収入を合法化するのに、そういう商売が隠れ蓑《みの》になった。彼に金を払う連中は、年度末に所得の申告を行なってはいない。だが、彼は内国歳入庁《IRS》に申告書類を提出しなければならない。所得の一部はスイスの銀行に預けているが、金というのは使ってこそ価値がある。そのためには、金を合衆国に置いておかねばならない。そこでささやかな事業の出番となるわけで、彼にとっては宝の山だ。なにがあろうと、人は車や服を洗う。

　コーヒーをゆっくりと味わっているあいだに、夜明けが訪れた。山並みや周囲の深い緑の森が姿を現わし、さえずる小鳥の姿も見えてきた。起床してから何時間も経つ、と胃袋が訴える。朝食の時間だ。食べ終えたら部下たちに電話をして、計画を実行に移そう。

頭上ではクリスタルのシャンデリアが輝いていた。シャンデリアにテーブルの上のクリスタルのグラス、髪や耳や喉や手を飾る宝石、ガウンや靴やイブニングバッグのスパンコールが煌《きらめ》いて、舞踏場全体が輝いているようだ。どこもかしこもキラキラだ。

ジェンナーはため息をこらえた。キラキラしたものには飽き飽きしていた。よい目的のためだとしても、つぎからつぎへと繰り広げられる慈善の催しは退屈きわまりない。小切手を切ってそれでおしまい、ということになぜしてくれないの？

社交の場として楽しめればいいが、ワインの試飲会、それにつづくばか高いディナー、欲しくもないし必要でもない、過大評価された品物のオークションは、ジェンナーの考える楽しみではなかった。それでも彼女はここにいた。またしても。

シドニーのせいだ。南フロリダの名士たちのなかでただひとりの友だち、シドニー・ハズレットは、なにかというとジェンナーをそういう催しに誘い、支持と援助を求めた。正反対の環境で育ったおかしなふたりだ。一方は生まれついてのお嬢さま、贅沢な環境のなかで甘やかされて育ったのに、まったく自分に自信をもてない女、もう一方のジェンナーはなにもないところから這い上がり、人をじっと見つめて目をそむけさせることができるし、自分を軽蔑する人間は無視できる。人を蔑《さげす》む人間など、端《はな》から願い下げた。

シカゴを出てからの七年間、そのおかげで生き延びることができた。でも、内心では思っていた。ここに集《つど》う人たちは概して礼儀正しく愛想がいいけれど、彼女が仲間入りすることをけっして歓迎はしていない。だから、知り合いは大勢いても、友だちと呼べるのはただひとり、シドだけだった。

シドによれば、彼女の出席は義務であり、それはジェンナーもおなじだ。小児病院宛てに小切手を切ってそれでおしまいにできたら、どんなにいいだろう。こんな長たらしく退屈な催しを耐え抜き、その挙句に小切手を切らされるよりも。

彼女はワインが好きではなかった。それこそが、無教養な労働者の家庭に育った、男勝りな女の証なのだろう。ビールを出してくれたらずっと幸せなのに。ワインを口に含むたびに震えそうになる。試飲会だから、まずい代物をそのたびに吐きだすことができて、どんなにうれしいか。ディナーはまだましだ。好みの飲み物が飲める。たとえばシャンパンと炭酸入りの青リンゴジュースを半々に混ぜたティータートッター。シャンパンだけだと飲めないが、リンゴジュースと混ぜると最高だ。こういった催しの給仕もバーテンダーも彼女の好みを知っているので、頼まなくても出してくれる。

それはそうと、シドはどこ？　もうじきディナーがはじまる。こういう催しにどうしても出席しなければならないなら、話の合う人間がそばにいてほしい。シドに付き合うつもりでやってきて退屈に耐えているのに、当人がまだ来ていないとは。彼女のいつもの悪い癖だ。よく遅刻する――原因のひとつは、ジェンナー以上にこういう催しにうんざりしているからだが、遅刻といってもせいぜい十五分か三十分だ。ところがきょうは、一時間以上もつづいた試飲会を完全にすっぽかした。

そっと抜けだしてシドに電話しようかと思ったとき、背後からシドの声がした。「またブロンドにしたのね。その色合い、すてき」

ジェンナーは振り返り、うんざりとした笑みを浮かべた。「遅刻よ。あなたが試飲会をすっぽかすのがわかっていたら、あたしもそうしたのに」

「だって――」シドはため息をついてうつむいた。シドこそすてきだ。ガウンはクラシックなラインで、クリーム色がハニーブロンドの髪と金色の肌によく映えている。シド自身も生来のやさしさが表情に出ていてとても美しかった。だが、シドは自分に厳しすぎる。父親の厳しい審美眼《しんびがん》にかなっていないのではないか、まわりから笑いものにされているのではないか、服の選び方がまずかったのではないか、とつねに怯えていた。だからむろん、着てゆくものを一度で選ぶことはできない――数着をとっかえひっかえ着てみて、絶望的になり、結局最初に選んだ服に落ち着く。

シドに代わって、ミスター・ハズレットを憎んでもいいはずだが、彼がシドを愛慕《あいぼ》しているのはたしかだし、彼女のひ弱な自尊心を掻き立てようとあれやこれや手を尽くし、ジェンナーがシドと親しくなると、とても安堵し喜んでくれた。J・マイケル・ハズレットの審美眼には一点の曇りもない。ハンサムで洗練されていて、自分自身に心から満足しており、ビジネスマンとしてはとても手ごわい。だが、シドに少しでも批判的なことを言ったことは一度もなく、彼女を守るためなら猛然と戦うだろう。悪人でないばかりか、男親だから多少はぎこちないながらもせいいっぱい愛情を示し、どれほど愛らしく特別な存在かを娘に伝えようとする人間を憎むのは難しい。ジェンナーとミスター・ハズレットは共謀者だった。シドが必要とするときいつでも手を差し伸べる覚悟のあることをたしかめ合う共謀者だ。

　いまがまさにそうだった。

「いつにもまして、とってもすてきよ」彼女はシドに言った。「でも、あたしひとりにワインの試飲会を押しつけるのは、感心しないけどね」

「わたしの遅刻よりあなたの髪型についておしゃべりしましょうよ」シドがほほえんで言う。「やっぱりブロンドがいちばん似合ってると思う。生き生きと輝いて見えるもの。赤毛も印象的だったけど」慌てて言い添える。「それに黒髪はとってもエレガントだった。それはそうと、もともとはどんな色なの？」

「鈍い薄茶色《ディッシュウオーターブロンド》」ジェンナーは答えた。もう何年も目にしていないが、さえない色合いははっきりと憶えている。彼女が頻繁《ひんぱん》に髪の色を変えることは、精神科医の格好の研究材料になるだろうが、自分の髪をどういじくろうと自分の勝手だ。精神科医がどう分析しようと関係ない。黒髪も、先鋭的でしたたかな感じも大好きだった。赤毛はびっくりするぐらいセクシーで気に入っていた。この淡いブロンドに飽きたら、また赤毛にするのもいいかも。

優雅に飾りつけられた晩餐のテーブルにつくよう合図があった。テーブルは八人掛けだ。

数えてみたらテーブルは五十ある。つまり四百人の出席者があるということだ。バルコニーにいるオーケストラがやわらかな音色を奏ではじめ、会話の邪魔になることなく、心地よいバックグラウンド・ミュージックを提供してくれた。

ジェンナーは、スカートを踵《かかと》で踏んで顔からテーブルに突っ伏さないよう両手で黒いガウンを持ち上げて椅子に腰をおろしながら、六年前、はじめてチャリティー・ディナーに出席したときのことを思いだした。事前に自己紹介を行ない、周囲に溶けこもうと最善を尽くしたが、まったくの場違いで居心地悪いことといったらなかった。彼女に唾を吐く人はいなかったが、歓迎されてもいなかった。

七人のよそよそしい他人とともにテーブルを囲み、ずらっと並ぶ銀器とグラスにたじろぐばかりだった。どうしていいかわからず、茫然としながら思った。「なんなのよ、フォークが五本もある!」五本のフォークでなにをすればいいの？　ひと口食べるごとにあたらしいのに変える？　テーブルを囲むほかの人たちの攻撃を、それでかわす？

そのとき、向かいの席の美しい女性と目が合った。彼女は人懐っこい笑みを浮かべ、いちばん外側のフォークをそっと持ち上げた。彼女の態度に人を馬鹿にしたところはなく、助けてあげたいという誠実さが伝わってきたので、ジェンナーはありがたく受け止めた。ディナーをなんとか終えるころには、食事道具は置かれた順番に使えばいいということと、向かいの若い女性はほんとうにやさしくて、親切だということがわかった。食事が終わるとたがいに引かれ合って話を交わし、催しが終わるころには友だちになっていた。

不思議なことに、あれからジェンナーはすっかり変わった。でも、ひとつだけ変わっていないことがある。まわりの人たちに、いまもまだ溶けこめないでいた。シカゴを後にし、かつての娘とはまるでちがう人間になった気がする。家族からも友人たちからも苦い仕打ちをうけて傷ついた娘、でも、自分の居場所がないという思いは強まるばかりだった。三十歳になって、いまここに彼女はいる。六年前からパームビーチに住んでいた。その六年のあいだに、こういったチャリティーの催しに百回以上出席し、カクテルパーティーにプールパーティーにと渡り歩いてきた――この階級の連中にとって、彼女はおそらくこれからもずっと、運よく宝くじに当たった工場労働者にすぎない。彼らがどんなににこやかに接してくれようと。シドがいなければ、よそに住む場所を求めて引っ越していただろうが、彼女がいたからここに落ちつくことにした。

この七年間、ずっと忙しかった。宝くじに当たった人間の大半が五年以内に破産する、とアルに警告されたから、そのひとりだけにはなるまいと決心した。投資のコンサルタントであるアルと、優秀な会計士、それに弁護士ふたりを従え――自ら投資の陣頭指揮に立って――ジェンナーは宝くじに当たったときよりも金持ちになった……資産は二倍に増えていた。投資対象を分散していたおかげで、このところの株の暴落にも影響を受けなかった。株式市場は大暴落したが、彼女の損失は二十パーセント以下だった。このごろでは、オンライン口座を通して投資の割り当てを自分でやっていた——いまや〈ペイン・エコルズ〉のシニア・パートナーになったアルに、それ以外のことは任せてある。

これだけの資産を管理するには時間がかかる。電話帳で〈ペイン・エコルズ〉を選んだころに想像していたのよりはるかに時間がとられる。後援しているチャリティーの催しに加え、思いつくままつぎからつぎへとクラスを受講し——アートにグルメ料理（フレンチとイタリアン）、ケーキ作り、柔道、スキート射撃、社交ダンス、陶芸、コンピュータ、スノーケリング、パラセーリングまで——毎日が予定で埋まっていた。目的もなくやっていることもあるが、それでも予定はびっしりだ。

ガーデニングと編み物にも挑戦したが、どちらも楽しめなかった。いまだに自分が何者なのか、なにがやりたいのかわかっていないが、主婦に向いていないのだけはたしかだ。料理は嫌いではない。でも、ネットサーフィンをやるほうがいい。たまにシドを招いてランチをふるまうことはあるけど、それ以外は誰のために料理するの？　食べるのが自分ひとりなら、近くのデリでなにかみつくろってくるほうがいい。手間も省ける。

セキュリティーが万全の豪華分譲マンションに住み、掃除に来てくれる人もいる。上等な服もそろっているし、すばらしい車、美しいＢＭＷのコンバーティブルも持っている。たまにはデートもする。おなじぐらい財産のある男でなければ、相手の興味が彼女自身にあるのか、それとも彼女のお金にあるのかどうしてわかる？　ミシェルとディランと父親から受けた傷は、いまも心に残っていた。

付き合う相手に対して不当に批判的なのはわかっている。不安感は自分のなかから生まれていることもわかっていた。でも、人と距離を置いて自分を守るほうが、疑念が裏付けられて傷つき、その傷を癒すことに時間を費やすよりもはるかに楽だ。

いま、彼女はテーブルを見まわし、みんなすばらしい人たちだと思った。毎年、価値のあるチャリティーに多額の金を寄付しているが、課税控除《こうじょ》のためではない。ジェンナーは恐ろしい──自分にとって──発見をした。彼女ぐらいの資産レベルになると、ほとんどすべてに課税される。人的控除すら受けられない。だから、彼らが金を出すのはよいことをしたいから、なにかを変えたいからであって、財政的に得になるからではない。彼らが社交の催しと寄付を結びつけたって、いやらしいことでもなんでもない。高額の小切手を切る前に、友人たちと集まってどこが悪い？

彼らのことは好きだが、シドをのぞけば親しくはない。男のことでは、シドもジェンナーとおなじジレンマを味わっていた。デートに誘われても、自分にというより父親のお金に関心があるのでは、と疑ってしまうのだ。あなたがやさしい人だから、親切で善良だから、それで誘われたのよ、お父さまとは関係ないわよ、とはジェンナーには言えない。彼女自身がおなじ疑念に苦しんでいるのだから。

ディナーの後はオークションだ。シドと連れ立って隣りの部屋に移動し、寄付された品物が展示されているテーブルからテーブルへと見て歩いた。心を惹かれる品はなかったが、欲しい欲しくないは関係なく、二度ぐらいはせりに参加して務めを果たさないと。サイレント・ビッドをするのに使う白い封筒とぶ厚い贅沢な用紙が用意されている。ひととおり見てまわったところで、シドニーは気に入りのスパのフェイシャルとマッサージに――ふつうに予約して支払う金額よりはるかに高い――値をつけ、ジェンナーはありきたりの真珠のイヤリングを選んだ。競り落とせたら、虐待を受けた女性たちのためのセンターに寄付しよう。これまでにもずいぶん寄付している。さんざん痛めつけられてきた女が、宝石ひとつで自尊心を回復することもある。

オークションが終わり――ふたりとも競り負けたが、それでも小切手を切った――ダンスの時間だ。ジェンナーが〈バード〉で習ったダンスとはまるっきりちがう。ツナとキャビアほどのちがいがある。すべるようにくるくるまわる優雅なカップルたちをながめながら、シドが言った。「クルーズ、楽しみじゃない？」

ジェンナーは脳味噌を引っ掻き回したが、なにも出てこなかった。「なんのクルーズ？」

「なんのクルーズ？」シドは鸚鵡《おうむ》返しに言い、あなた、どうかしたんじゃない、の顔でジェンナーを見つめた。「チャリティー・クルーズよ。きのうの新聞に載ってたわ、読まなかった？　もちろん行くわよね？」急に不安そうな表情になる。「父が参加するつもりだったけど、ヨーロッパでの会議とかち合ってしまって。わたしが代わりに参加することになったの」

オーケー。この話の向かう先は見当がつく。チャリティーの催しが最盛期を迎えるこの時期、セレブはみなこのクルーズに参加しなければならない。シドが行くのなら、話し相手兼精神的支柱としてジェンナーも同行することが望まれる。クルーズはしたことがなかったが、海は好きだし、スノーケリングやパラセーリングのクラスを受けたぐらいだ。参加しない理由がある？

「きのうは新聞を読まなかった」彼女は言った——嘘だ。興味のある記事しか読まなかった。

「あたしの分も予約しておいて」

「処女航海なのよ、シルヴァー……なんだっけ。それとも、クリスタルなんとかだったかな。憶えてない」船の名前なんてどうでもいいと、シドは手を振った。たしかにどうでもいいことだ。「世界でいちばん豪華なブティック・シップなんですって。就航前の処女航海が寄付集めに利用されるの。乗船料からカジノのあがりまで、売り上げはそっくり寄付されるのよ。アート・オークションに仮面舞踏会、ファッション・ショーもあって、気に入った服があればその場で買って、サイズ直しもしてくれるの……ああ、もう、それこそなんだってあるのよ。楽しそうだと思わない？」

「少なくとも興味は惹かれるわね」ジェンナーは言った。「いつ、どこで？」

「ええと……〝いつ〟のほうは調べて連絡する、でも、〝どこ〟は太平洋を二週間のクルーズよ」

「ハワイ？　タヒチ？　日本？」

「ええと――日本より南だったと思う。船で日本に行く人いる？　ハワイかタヒチ。どっちか。それとも両方。どっちにしたってすてきな場所なんだもの、それでいいでしょ？」

シドの論法にジェンナーは思わず笑った。たしかに言うとおりだ。チャリティーのためのクルーズならエリー湖でも充分こと足りるが、どうせ行くならすてきな場所にしたことはない。

「オーケー、行くわよ。詳しく話して」

シドの表情豊かな顔に安堵が浮かんだ。「よかった。ひとりで行く羽目になるんじゃないかと心配してたの。父がペントハウスのスイートを予約してくれてるから。ベッドルームは別々のはずよ。豪華客船ですもの。個室はすべてバルコニーつきのミニスイートですって。でも、そんじょそこらの客船のスイートとはちがって、正真正銘のスイート、世界じゅうのどの船にも負けない――少なくともいまの時点では」

「どの船会社の船なの？」

「船会社ではなくて、共同事業体の所有だと思うわ。共同所有者のひとり、フランク・ラーキンが今度の航海のホストを務めるそうよ。父が彼と知り合いなの」

驚くことはない。J・マイケル・ハズレットなら誰とでも知り合いだ。

二週間、世の中から隔離され、のんびりと過ごすのは魅力的だ。ゆっくり眠れるだろうし、あたらしい場所を訪れ——やって楽しいと思えることに巡り合えるかもしれない——豪勢な料理を堪能《たんのう》する。その一方で、今夜のような時間を毎晩過ごさねばならないのだ。きわめて排他的な乗船客名簿に名を連ねる金も力もある人たちと、肩と肩を擦りあわせなければならない。もっとも、彼女だっていまや金も力もある人間のひとりだ。

二週間……のんびり過ごすにしても、そんなに長くなくていい。急に不安になった。「そんなに長く外界との接触を断つのは、なんだか気が進まない」

「馬鹿なこと言わないで。各室に電話があるし、インターネットにアクセスもできるのよ。ふつうの客船はインターネット・カフェが備わってるけれど、この船はワイヤレス・サービスが完備されてるんですって」

コンピュータが使えるなら情報に通じていられる。ジェンナーはほっとした。自分だけ蚊帳《かや》の外に置かれるのではないか、そういう強迫観念が多少なりともあった。それはきっと、働いて稼いだ金ではないからだ。入ってきたときと同様、いとも簡単になくなってしまうのではないかと、頭の片隅でつねに恐れていた。彼女が抱くのは生存者の自責ではなく、まぐれで幸運を得た者の自責だ。

「わたしたち、船の上で運命の人と出会えるかもしれないわ」シドがクスッと笑った。

「そうね。たまたま乗客がいつものこのメンバーではなく、若くてハンサムでストレートで、現在恋人募集中で、小国を潤《うるお》せるほどのあたしたちの資産には鼻もひっかけないような男たちばかりだったとしたら、そういうこともあるかもね」

シドは口もとを手でおおって笑いを隠した。「夢も希望もないようなこと言って」

「でも、そのとおりでしょ」

シドの笑みが色褪せ、少しばかりの悲しみに縁どられた。「気に病んでいるのはわたしたちだけなのかも。ほかの人たちは、お金目当ての結婚に疑問を感じることなく人生を送っているのよね」

「それで離婚する」ジェンナーは言い、言った端から後悔した。シドの両親は、彼女が十二歳という多感な時期に、激しく憎み合って熾烈な離婚闘争を繰り広げた。物質的にいくら恵まれていても、彼女が自分に自信がもてないのは、両親の離婚が心に影を落としているからだ。

離婚から一年経たないうちに、母親がシドの親権を放棄して再婚相手とヨーロッパに移ってしまったため、傷はますます深くなった。シドの人生は、一度の婚約破棄も含め、感情的大混乱の連続だった。

彼女に比べると、ジェンナーは〝うぶ〟だ。むろん思春期に男の子に夢中になったし、二度ほど恋もしたが、それだけだ。宝くじに当たってからというもの、人と親しくなることに臆病になってしまった。問題は彼女の側にあるのだろう。もっと近づきやすければ、関心を示してくれる男性も現われるだろうに。工場労働者だったことを忘れられないのは、彼女自身なのだ。お金を除けば自分に価値はないと思いこんでいるのは、彼女自身だ。

あれこれ考えているうちにいらいらしてきた。男を完全にあきらめたわけではないし、地上に住む男はすべて守銭奴《しゅせんど》か俗物だと思っているわけではない。彼女のような立場の女は、どうすればそのどちらでもない男を見つけられるの？　どうすれば、そのどちらでもないとどうしてわかるの？　いまだにその答は見つかっていない。

一週間後、支度《したく》が整った。クルーズ船の〈シルヴァー・ミスト〉号はサンディエゴの港から出航する。超がつく金持ちやきらびやかなセレブを乗せた船は、大きな注目を集めていた――少なくとも上流階級のあいだでは。金持ちが集まってクルーズに出かけ、船の所有者たちが売り上げをすべて寄付するからって、一般市民にはなんの関係もない。お裾分けに預かれるわけでもあるまいし……金持ちのやることはいやらしい。

そうだとわかっていても、ジェンナーは楽しみにしていた。はじめてのクルーズだから、わくわくする。

シドニーはおおはしゃぎだった。船上で行なわれる社交行事には、いつもどおり不安を覚えてはいたが。サンディエゴに大学時代の友人が住んでいるので、出航前に旧交をあたためることにした。

「一緒に行きましょうよ」シドはジェンナーを説得しようと必死だった。「きっとカロと気が合うから。彼女もあなたを大好きになるわ。彼女の家に泊まるのが気詰まりなら、デル・コロナードのスイートに泊まったらどうかしら。由緒あるすてきなホテルでね、目の前の浜辺で海軍特殊部隊が訓練をしているのよ。たまたまそのひとりとばったり会っても、小国を潤せる資産のことは口にしないほうがいいけれどね」

「あら、願ってもない組み合わせじゃない」ジェンナーは逆襲した。「彼には小国を奪いとることができ、あたしには買いとることができる。ふたりで力を合わせれば怖いものなし」

海軍特殊部隊が訓練していようが、ジェンナーはシドの申し出を断った。話はすでに通してあるにちがいないが、カロから招待されたわけではない。シドを通して誘ったということはつまり、カロ自身はジェンナーが来ることにあまり乗り気ではないのだ。

それに、アルと会う約束をしていた。このところ直接会って話をする機会がめったになかった。アルとはよい友だちになっており、彼女の近況を聞きたい。それやこれやで、シドの大学時代の友人と気まずい休暇を無理に過ごすより、アルと会うほうがいい。

それにしても、親友ふたりの名前がアルにシドだなんて。独身女性にはまるで似つかわしくない。

「ありがとう。でも、アルに会わないといけないの。彼女は月曜の午後の便でシカゴに戻るから、あたしはその晩に荷造りを終わらせて、翌朝の早い便に乗れるから余裕をもってサンディエゴ港に向かえるわ。カロと楽しい時間を過ごしてね。あたしもアルとそうする。それからふたりで二週間、太平洋をゆったりと巡るクルーズを楽しみましょう」

「ああ、待ち遠しい」シドが言い、膝を抱えた。ふたりはジェンナーのマンションのバルコニーにいて、背後に沈む夕陽に照らされて空の色が移り変わるのをながめていた。「スイートはすべて内装がちがうのよ。父が予約したのは、白と銀が基調でブルーを差し色にしたスイートなの。とても静かで落ち着いた感じに見えた。インターネットの写真ではね。でも、寝るとき以外、スイートで過ごす時間はほとんどないと思うけど」

「だったら、どんな感じに見えようと関係ないんじゃない？」ジェンナーは現実的と思える質問を口にした。

「あら、わたしは醜い部屋で眠りたくない」シドがむっとして言う。「毎晩、なにかしらイベントがあって、昼は昼でやることが山ほどあるわ」

「前にもクルーズに出かけたことあるんでしょ？」

「もちろん。とっても楽しかった。ありとあらゆるクラスが用意されてて、あなたの好きそうなね。ほかにもスパや映画やダンスコンテスト、つぎからつぎへと出される料理。毎晩、着るドレスを変えなきゃならないし」

「荷造りを考えるとゾッとする」ジェンナーは言った。いったいいくつスーツケースがいるのだろう。少なくともイブニングドレスが十四着、それに合う靴とイブニングバッグと宝石。

「ウヘッ」

「しょうがないわよ。よい目的のためだもの。あなたが先月買ったストラップレスのゴージャスな黒いドレス、持っていくべきよ。わたしたちの理想の、ハンサムでストレートで、偏《かたよ》った判断をしない、恋人募集中の億万長者と出会った場合に備えてね」

「特殊部隊のほうが可能性ありそう」

「それでもいちおう準備はしておかないとね。この世の中、なにが起きるかわからないでしょ」

7

フランク・ラーキンは乗船客名簿に目をとおし、知っている名前とその部屋割りを頭に入れた。とくに所有者専用スイートに隣接する部屋に泊まる人間には注意を払った。〈シルヴァー・ミスト〉号は二日後に船出する予定だから、準備は万端にしておく必要がある。両隣りのスイートに割り振られた乗客の名前に、彼は眉をひそめた。片方は名前も知らないカップルだ。ライアンとフェイス・ナテッラという名を見つめるうちに、疑いが生まれて視線が鋭くなった。特別な理由があって彼のスイートの隣りをリクエストしたのだろうか？　それとも最上階のスイート――みんなが泊まりたがる――とだけ指定し、最初のほうに申しこみをしたので、運良くここが割り振られたのか？

フランクは運を信じない。彼らに秘めた動機がないとは思わなかった。秘めた動機があるにちがいない。人間はみな秘めた動機をもっている。このカップルの秘めた動機に彼は含まれないのかもしれないが、可能性はつねにある。

いずれにせよ、ライアンとフェイス・ナテッラを知らないということが、彼に疑いをもたせた。

頭が痛む。消えることのない鈍い痛みが、この世にはどうしても打ち勝つことのできないものがあることを思いださせてくれた。こめかみを揉んでみる。それで痛みが和らぐわけではないが、無意識の動きだからとめるにとめられない。それでもつい最近までは、痛みに慣れっこになりほとんど意識せずにいられた。だが、このところ、頭のなかの小さな部分を意識せずにいられない。まるで蛆虫《うじむし》に脳味噌をかじられているような気分だ。

癌の仕業か？　癌が増殖しつつあるのを感じとっているのではないのか？　主治医はちがうと言ったが、あの馬鹿になにがわかる？　奴は脳味噌の癌になったことがあるのか？　脳味噌が病魔に食われているのに、とめる手立てがないとわかっていながら、生きていく経験を、奴はしたことがあるのか？

医者は必死で説明を試みた。彼の脳は病魔に〝食われて〟いないし、この病魔は脳を食うのではなく、通常の機能を果たさない細胞を付け加えているのだ、とかなんとか。だからどうちがうというんだ？　いずれにしても彼を殺そうとしている。それに、熱っぽい芯のようなものを感じていた。痛みは受け入れられる。容赦ない痛みだが、耐えきれないほどではない。受け入れ難いのは、自分で制御できないことへの怒りと無力感だ。ふざけるな。ボールみたいに体を丸め、苦痛にめそめそし、垂れ流し状態になって誰が死ぬもんか。自分の流儀で戦ってやる。フランク・ラーキンの名をみなの記憶に留めてやる。

だが、いまはまだその時ではなかった。その時がくるまでに、やっておくべきことはたくさんあった。

「このライアンとフェイス・ナテッラのことを探りだせ」彼は警備責任者、ディーン・ミルズに言った。「名前を聞いたことがない。そこが気に食わない」

ディーンは四十代前半のずんぐりした男で、ホワイトブロンドの髪を短く刈り、ブルーの鋭い目をしている。ずんぐりした体つきのせいで見くびられがちだが、じつはパワフルな筋肉の持ち主だ。だが、ラーキンが彼を買っているのは、肉体的強靭さのせいではなく、知性と倫理観のなさの絶妙な組み合わせのせいだ。ディーンはどんな仕事であろうと、ためらわずにやり遂げる。ディーンは予約したときナテッラ夫妻が提出した情報にざっと目をとおし、「わかりました」と言って部屋を出た。どんな細かな情報も残らずほじくりだすために。

ラーキンは乗船客名簿に意識を戻した。大半が個人的付き合いはなくても知っている連中だ。こういうチャリティー・クルーズに平気で大金を注ぎこめる超がつく金持ちは、そう多くいるものではなく、結びつきの強い小さなグループを形成している。ラーキンはその一員ではないが、財界や政界の実力者たちの輪のなかで泳ぎまわっているから、社交の場で彼らと顔を合わせることも多かった。

彼はそういう連中を利用して大儲けしてきており、彼らと親しくすることがそのまま仕事につながる。いま現在も、自身が所有する〝環境にやさしい〟企業や事業で得る金よりはるかに多くの金を、そうやって稼いでいた。金持ちの馬鹿どもは、金をたくさん持っていることに後ろめたさを覚え、地球を救うためになにかしようとうずうずしている。彼にとっては願ったりだ。彼らから金をふんだくって地球のどこかに木を植えることに、けっしてやぶさかではない。自分の幸運がにわかには信じられない、彼のような〝宣伝屋〟はほかにも大勢いる。〝環境にやさしい産業《グリーン・インダストリー》〟なんて詐欺以外のなにものでもない——彼らが関心をもつグリーンは折り畳める類のもの、つまり札《グリーン・マネー》だけだ——が、それで人びとがいい気分になれるのなら、そこから儲けを得て悪い理由はなにもない。

楽に儲ければ儲けるほど、でっちあげた大義を信じて彼の〝製品〟を買う連中の愚かさを軽蔑する気持ちは強くなる。アメリカ人はお人よしだ。〝世界を救う〟という愚かな欲求を満たそうと必死になり、その手のドン・キホーテ的理念をいつだって支持する。その理想主義を讃える人間もいるが、そいつらも愚かだ。頭の切れる人間は、どうやれば彼らを利用して金を儲けられるかを考え、その機会を逃さない。

彼は自分の詐欺行為をうまく行なえる舞台を整えるため、政府の政策作りを陰で操って金を儲け、使いきれないほどの大金を手にした。だが、それがなにになる。どれほどの大金を積もうと、病気を治す手段は得られず、せめてあと一カ月生きながらえるための処置法すら得られない——そのあいだも病気は進行し、あらゆる努力が水の泡となる。

ディーンが短くノックし、広々としたオフィスに戻ってきたので、ラーキンははっとわれに返った。物思いにふけって貴重な時間を無駄にしてしまった。いまでは、疲労困憊《こんぱい》でこれ以上目を開けていられなくなるまで、眠ることを拒絶していた。

「疑わしい点はひとつもありません」ディーンが報告する。「ナテッラ夫妻はサンフランシスコに住み、六年前に結婚し、子供はいない。ライアン・ナテッラは、ウォルトン一族のひとりだった義理の母親から遺産を相続しました。彼が三歳のときに、父親が再婚し、義理の母親とのあいだには子供ができず、実際上、彼が唯一の子供となりました。彼はマイクロソフトを含めていくつかの会社に関わってます。金持ちの道楽でね」

疑わしい点はひとつもない。ラーキンはディーンが差しだしたプリントアウトに目をとおした。彼を躊躇させるようなものは見当たらなかった。

だが、なにかあるのでは？　巧妙な隠れ蓑なのでは？　ハワイで予定されているミーティングに思いを馳せ、北朝鮮を狙っている政府がいくつあるかを考え、言った。「船室の割り振りを変更しろ。全とっかえだ」

「部屋は乗船客が選んで――」

「誰が選ぼうが知ったことか。おれの船だぞ。おれが人を動かす。おれのスイートの隣りを希望した人間にそこを使わせるわけにはいかない、わかったか？　文句を言う奴がいたら、コンピュータのエラーで、いまさら変更はきかないと言ってやれ」客が乗りこむまで四十八時間もあるのが癪の種だが、実際に乗りこむまで船室が変更されたことはわからないから、言い訳が通用する。もし通用しなかったら……かまうものか。死ぬことになんらかのメリットがあるとすると、まったく自由になれるということだ。自分にそぐわないルールにはめったに従わずにきたが、いまやあらゆることから解き放たれている。なにごとも意味をもたないからだ。

乗船客名簿にもう一度目を落とした。彼とおなじデッキの船室に割り振られた客の大半が夫婦者だ――若い夫婦もいるが、金を持っているのはたいてい年配者だ――が〝一組〟だけちがっていた。シドニー・ハズレットとジェンナー・レッドワイン。シドニーはJ・マイケル・ハズレットの娘だ。もともとは父親がクルーズを予約していたが、仕事の都合でキャンセルせざるをえなくなり、代わりに娘を送ってよこすことにした。レッドワインは工場で働いていたかわい子ちゃんだったが、宝くじを当ててパームビーチの社交界の端っこをうろうろし、なんとか溶けこもうとしている。だが、彼女とシドニーは仲がよく、素性は知れている。このふたりからは脅威のかけらも感じられない。

「ハズレットとレッドワインを〝クイーン・アン・スイート〟に入れろ」彼は命じた。「それと……アルバートとジンジャー・ウィニンガムを〝ネプチューン〟に」たいていの船は船室に番号がふってあるだけだが、〈シルヴァー・ミスト〉号はちがう。下のほうのデッキの船室は番号だけだが、彼のデッキのスイートには、これみよがしな名前がついていた。彼がいま口にしたのが、彼のスイートの両隣りのスイートの名前だ。

アルバート・ウィニンガムは八十四歳で、ほとんど耳が聞こえない。妻のジンジャーは関節炎を患《わずら》い、コーラの瓶の底みたいなぶ厚いレンズの眼鏡をかけている。なにかをおもしろがる気分のときだったら、笑っているところだ。頭が空っぽなふたり組と、耳と目が不自由な夫婦に挟まれるとは。

ディーンは変更事項をメモした。彼ならきちんとやってくれるだろう。「ほかには、サー？」

「盗聴器が仕掛けられていないことはたしかめたな？」

「二度」

ディーンの慎重につくった無表情がラーキンを警戒させた。前にもおなじ質問をしていたにちがいない。額を揉みながらつぶやいた。「念には念をいれろ、だ。クルーは全員調べたんだろうな？」

「四百二十人全員の身元調べをして、面接も二度やりました。タッカーかジョンソンかわたしが」

これだけ大人数のクルーが必要なのが業腹《ごうはら》だが、法外な船賃の理由がたつよう、豪華なブティック・シップのサービスは完璧でなければならず、つまり、どんなささいな要望にもすぐに応じられるクルーがつねに待機しているということだ。身元調査をどれほど広範に行なおうと、オンラインで得た情報はほんとうに信用できるのか？　どんな調査もけっして完璧ではない。彼自身が自分に関する情報を操作しているのだから、よくわかっていた。ディーンがクルーに満足しているのなら、それでいくしかない。なにか問題が起きたら……そのときはディーンを捨て石にすればいい。みんな消耗品だ。

「問題が起きたわ」ティファニーがにべもなく言った。「けさ、サンチェスが乗船客名簿を調べたの。部屋割りが変更されている。ライアンとフェイスはラーキンの隣りではなくなった」

ケールは携帯電話を耳に当てたまま、ベッドに起き上がった。「被害妄想のクソ野郎」つぶやきながらランプをつけると、やさしい光が床を染めた。「それで、ふたつのスイートに割り振られたのは?」

「老夫婦のアルバートとジンジャー・ウィニンガムが〝ネプチューン〟に。ライアンとフェイスが泊まるはずだったスイートで、位置的には完璧。もう一方のスイート、〝クイーン・アン〟にはシドニー・ハズレットとジェンナー・レッドワイン。部屋の配置のせいでこっちのほうがちょっと面倒だけど、できないことはないわね」

ケールは部屋を横切って自分のコンピュータに向かい、眠りから覚まして問題のスイートの図面をとりだした。コンピュータに入っているのは、ラーキンが使うであろう〝プラティナム〟と〝ネプチューン〟の図面だけだ。ネプチューンのリビングルームとプラティナムのそれは隣り合っている。

「〝クイーン・アン〟の図面はこっちにない。転送してくれるか?」

「ちょっと待って」

キーを叩く音がして、彼のコンピュータからメッセージが届いたことを知らせるメロディックな音がした。クリックしてPDFファイルを開くと問題のスイートの間取り図が現われた。

「きみの言った意味がわかった」壁一枚を隔てて向かい合っているのはベッドルームだ。〝クイーン・アン〟の側はそれで問題はない。このスイートを使うとして、こっちがいる場所はどこでもかまわない。だが、設置する光ファイバー監視装置は、ベッドルームより〝プラティナム〟のリビングルームからのほうが有益な情報を拾うことができるだろう。それでも、ティファニーが言ったように、できないことはない。難しくはなるが、できる。だが、壁に小さな穴を空けてワイヤーを通す代わりに、ラーキンのスイートに入りこむ必要があった。仕事がにわかに危険なものになった。

脳味噌を高速回転させる。ラーキンは人にも物にも猜疑《さいぎ》心が強いことで有名だが、最近では被害妄想に拍車がかかっているようだ。部屋替えまでは予想していなかったとはいえ、ケールにとって驚くことではなかった。だが、こういう事態を見越していれば、代わりの計画をたてておけたのに。まずいことが起きる可能性が高くなるから、急場しのぎはしたくなかった。

「また部屋を替えることは無理だろうな」彼は考えを口にした。「ラーキンは理由があってそうしたのだろうから、サンチェスに小細工をさせれば、なにかおかしいとラーキンは思うだろう」計画が頭のなかで形作られてゆく。彼の仲間のひとりが、〝ネプチューン〟か〝クイーン・アン〟の泊り客のどちらかと入れ替わることが、そこには含まれる。

「老夫婦はよく知られているわ。彼らになにかがあれば注目を集めるし、あたしの知るかぎりでは、ふたりともいたって健康というわけではない」ティファニーには彼の考えていることがすべてわかるわけではないが、頭が切れるから、いま現在、ふたつのスイートに割り振られている乗船客を巻きこむことになると察しがついた。

「もう一方の部屋の男たちは？」ゲイのカップル、ということは、ティファニーの出る幕はない。彼自身はティファニーとカップルになる——個人的にではなく、仕事のうえで——から、マットに主役を張ってもらおうか。ケールは少し不安を感じた。マットは優秀だが、彼の演技力でゲイを演じきれるかどうか。それに、マットはすでにクルーとして雇われている。その彼を乗船客名簿に載せたりすれば、危険信号をいっせいに鳴らすようなものだ。だめだ、ここはケール自身がやるしかない。

「はずれ」ティファニーはすでにコンピュータで情報を引っ張りだしていた。「ふたりとも女よ。シドニー——スペルの最後が〝i〟ではなく〝y〟——は、女相続人。ジェンナー・

レッドワインは、数年前にすごい額の宝くじに当たってる。親友同士だけど、レズではない。レズビアンだとしたら、よっぽどうまく隠してるのね。ただのガーメントバッグみたいに誰の注意も引かない」

「それで、レズなのか、どうなんだ？」彼の低い声にかすかにいらだちが混じる。ガーメントバッグの喩《たと》えはうまいと思うが、笑う気分ではなかった。

「あたしの直感だけど……ちがうと思う。ストレート。それに、ふたりは、予約をキャンセルしたシドニーの父親の代役よ。シドニーが父の代役を頼まれ、一緒に行こうと友人を誘ったとあたしは解釈するわ。あっ、そうか。もともと予約していたスイートはベッドルームがふたつなのに、〝クイーン・アン〟はひとつだけね」

「彼女たちは困るだろう」

「いいえ、大丈夫。キングベッドはふたつに分けて、ツインとして使えるわ。それに」彼女が切り返す。「女は人と部屋を共有することになっても、男みたいに気にしないから。同性であるかぎり」

彼女の突っこみは無視した。ティファニーは、なにかというと彼を怒らせせようとする――そういう性格なのだろう。彼の仕事に向ける集中力は伝説の域に達しているので、ときどき揺さぶりをかけられ、現実に引き戻してもらう必要がある。

計画に齟齬《そご》が生じたことで、頭のなかのギアがトップに入った。「ハズレットとレッドワインについて、できるかぎりの情報を集めろ。ふたりの旅行計画を知りたい。ふたりがどんな考え方をするか、どういう人間か知りたい」

「いまやってる」

「ライアンとフェイスはバックアップにまわってもらう。彼らをまた動かすわけにはいかない――ラーキンを警戒させるからな。きみとおれが主役だ」

「了解！」彼女がむかつくほど元気に言った。根っからの目立ちたがりだ。

ケールは電話を切り、自分でも調べ物をした。計画を実行に移すまでにわずかな時間しかないので、いますぐ下準備にかからなければならない。それには、こんな時間に、と機嫌が悪くなる人たちを叩き起こすことも含まれる。因果な稼業だ。それでも、彼はすでに目覚めて仕事をしているのだから、彼らにも起きてもらわなければ。気を遣っている余裕はない。

〈シルヴァー・ミスト〉号の就航前の特別なチャリティー・クルーズに際し、ライアンとフェイスを主役に据えるつもりだった。彼らはもともと、それなりに認められた金融サークルの一員であり、たまたまどちらも冒険好きで、技量を備えていただけの話だ。ラーキンが乗船客名簿をいじくらなければ、適役だったはずだ。

ケールはコンピュータの画面に呼びだした顔をじっくりとながめた。ふたりの女について、ティファニーが深い部分までほじくりだしてくれるだろうが、顔を見ればその人となりがつかめるものだ。ハズレットのほうが美人だ。ダークブロンドの髪に古典的で整った顔立ちだが、その表情からやさしい印象を受ける。一方のレッドワインは、美人というよりキュートなタイプだ。スナップ写真の彼女は、少し構えている。それに、靴を替えるように頻繁に髪の色を変えていた。冒険心があるということで、それが足手まといになりかねない。だが、ハズレットに、やるべきことをやりぬく気骨があるだろうか？

あくまでも個人的意見。ハズレットのほうが従順で説得がききそうだが、その神経がこういう仕事に耐えきれないかもしれない。レッドワインの神経は立派に耐え抜くだろうが、あくまで我を通して面倒を起こしそうだ。

レッドワインの写真を長いこと見つめていた。ティファニーがほじくりだした情報で、気持ちが変わるだろうか。いや、それはなさそうだ。大事なのは仕事であり、計画を遂行するには根性が必要だ。ハズレットにそれがあるとは思えなかった。だったら……ジェンナー・レッドワインでいくしかない。彼女が面倒を起こしたら、そのときはそのとき、面倒と彼女の両方にうまく対処するだけだ。

「ハロー、スウィートハート」やさしくささやく。「おれたち、恋人同士になるんだぜ」

8

二週間の船旅に出発する朝、シドニーはとても早く起きた——バタバタしたくなかった。慌てるとろくなことがない。両足にべつの靴をつっかけて出かけたり、正式なディナーなのに宝石をひとつもつけずに出かけたり。時間に追われると、落ち着こうとしてもうまくいかない。今度ばかりは、慌てて荷物を忘れたり、パスポートを家に置いてきたりしたくなかった。そう思い、バッグにパスポートが入っているか二度調べた。

プールで泳いで、買い物をして、夜中までおしゃべりして、この一週間は楽しかった。カロと一緒の時間を心ゆくまで楽しんだ。一緒にいてすっかりリラックスできる相手はごくかぎられており、カロはそのひとりだった。のんびりした性格で、偏った判断をせず、陽気さのフィルターを通してものごとを見ている。カロとジェンナーはどちらもかけがえのない友人だが、性格は正反対だ。

まったくの正反対ではない。ジェンナーにもユーモアのセンスはある。辛辣《しんらつ》な皮肉という形で表わされるだけで。もっとも、ジェンナーにはのんびりしたところがまったくなかった。

リラックスしているときでも、エネルギーに満ち溢れている。社交的というより用心深く、いくらか刺々《とげとげ》しくて、好き嫌いがはっきりしていた。

チャリティー・ディナーでおなじテーブルになったとき、ジェンナーに目を引かれたのは、シド自身がつねにその場にそぐわないと感じているせいだったのだろう。ぱっと見ただけでは、ジェンナーは落ち着いて控え目に見える。ガウンからメイクから宝石まで、彼女のすべてが控え目だ。それに比べてシドは、まわりの人の表情に過敏に反応し、嘲笑や非難が見え隠れしていないか必死で目を凝らす。だから、ジェンナーが銀器にちらっと目をやったとき、そこに一瞬不安がよぎるのを見落とさなかった。ジェンナーにとってはじめて出席する正式のディナーで、どう考えても多すぎるフォークやスプーンを前に途方に暮れているのだと、シドにはぴんときたのだった。

会話の口火を切るのでもなんでも、最初にやることがシドは大の苦手で、よほど構えてからなければできなかった。でも、あの晩、彼女はいとも簡単にそれをやり遂げた。構える必要もなく、呼吸するように楽にこなせた。さりげなくジェンナーの視線をとらえ、正しいフォークをそっと持ち上げ、そうして生涯の友を作った。

知り合った当初は、父がジェンナーを気に入らないのではと心配でならなかった。父は抜け目のない人で、シドがすったもんだの末に婚約解消してからは、甘い汁を吸おうと彼女に近づく人間にいっそう目を光らすようになった。ジェンナーの経歴はけっして輝かしいものではない。宝くじに当たったことは、日に二十時間働き、それが最善であることを願いつつ、多数の人間に影響をおよぼすような厳しい決断をくだすことと同等の尊敬は得られない。宝くじに当たるのに、特別な技量も才能もいらない。運がよかっただけだ。それに、彼女は南フロリダに移ってきたばかりで、ごく上っ面の情報以外、誰も彼女のことを知らなかった。シドの父が懸念したのは、ジェンナーが誠実な友人になれるかどうか、それに、社交界に入りこむ手段としてシドを利用しているのではないか、その二点だった。

父の心配をよそに、ふたりは気が合った。ジェンナーは社交界にまったく関心がなく、シドの友人であることも含めて自分は自分、という態度だった——以上。人が人と仲良くなるのに理由などいらない。気がつけば親しくなっていたということで、その相手がジェンナーだったことを、シドは心からうれしく思っていた。

二週間ぶっ通しでフォーマルな催しがつづくかと思うと、ふつうなら恐怖にがんじがらめになっているところだが、船旅がすべてを変えてしまう。全体の雰囲気がぐっとくだける。船の上は、外界の侵食を受けぬまったくの別世界だ。電話を受けることもなく、人にどう見られるかなんて気にせずに、リラックスして楽しむことに専念すればいい。クルーズはいつも楽しいし、今回のクルーズは楽しみが約束されているばかりか、とてもよい目的のための寄付金集めという大義名分がある。ジェンナーも楽しんでくれるとよいのだけれど。彼女はこと仕事となるととたんに支配魔になる。すべて自分でやらないと気がすまないのだ。だから、仕事から離れてほっとするのか、フラストレーションの塊になるのか、船出してみないとシドには見当もつかない。

最初のうちはおかしくなるかもしれないけれど、ジェンナーもそのうちリラックスして楽しめるだろう。十四日間、彼女がいなくても、世の中はちゃんとまわってゆく。シドにとって、それだけ長い時間を一緒に楽しく過ごせる人間は、彼女以外にいなかった。ジェンナーのものの見方はあまりに的を射ていておもしろすぎる。それに、シドが自分にはないから憧れる資質をもっている。強さ、自信、ものごとをまっすぐに見つめてけっして自分から目をそらさない肝っ玉。

シドは小さくため息をついた。自分には肝っ玉がない――豆粒ほどの大きさの肝っ玉さえなかった。でも、いつかきっと。

迎えのリムジンが時間どおりにやってきた。派手《はで》な金色の名札から〝アダム〟という名前だとわかる運転手が、たくさんの荷物をトランクに積みこむあいだに、シドは心をこめてカロと抱き合い、もっと頻繁に会いましょうと約束して階段を弾むような足どりでおり、リムジンに乗りこんだ。運転手に不安な視線を向ける。荷物が多すぎる理由を説明して、詫びたかった。二週間の長旅だし、いろいろと社交イベントがあるし、それに――でも、詫びも説明も口に出さずに呑みこんだ。第一に、アダムは顔もしかめず、いらだっているふうもなかった。第二に、彼は長身でがっしりとしたハンサムな男性で、このタイプの前に出ると自分の欠点ばかりを意識してしまう。そのひとつが、なににでもすぐに謝ろうとすることだった。
シートにもたれかかってバッグを脇に置き、考えた。代金を精算するのにクレジットカードのレシートにサインするとき、チップを上乗せしよう。代金にはチップが最初から含まれているけど、かまうものか。あれだけの量の荷物を文句ひとつ言わずに積みこんでくれた人には、余分のチップをあげて当然だ。

リムジンが動きだすと、シドニーは窓の外に目をやった。陽射しを浴びた丘、右手に広がる青い太平洋。きょうもまたよい天気だ。こっちに来てから毎日、天気には恵まれていた。これからの十四日間も、たっぷりの陽射しを浴びられると思うと笑みがこぼれた。

腕時計に目をやる。父が十八歳の誕生日に贈ってくれたダイヤが散りばめられたカルティエ。この時間なら、一番乗りになれるかも。ジェンナーの飛行機が時間どおりに到着し、空港から渋滞に巻きこまれなければ、おなじぐらいに着くはずだ。今回は遅刻せずにすみそうでほっとした。彼女は遅刻の常習犯だった。遅れないようにがんばってはいるのだが、ほかのすべてのことと同様に、時間も手の内に入れることができなかった。遅れるつもりはないのに、そうなってしまう、でも……努力はしてみよう。船の上ではとくに。

カロが住むゲーティッド・コミュニティ（車や歩行者の流入を制限し防犯性を向上させた住宅地）の周辺の高級住宅地をゆっくりと進むリムジンの窓から見える景色に、彼女はほとんど注意を払っていなかった。サンディエゴの地理に明るいわけではないので、まわりの景色はなんの意味ももたない。それで、先のことに思いを向けた。プライベート・バルコニーで日光浴をしたり、すばらしい料理に舌鼓《したつづみ》を打ったり。栄養たっぷりのものばかりだけど、クルーズのあいだはカロリー計算はしないのが常識だ。お酒だっていつもより飲んで、ハンサムなラテン系のインストラクターと踊るのもいいかも。フフフ。羽目をはずすタイプだとは、まわりの誰からも思われていないから、飲みすぎはまずいかしら——これまで人前で飲みすぎたことなんてなかった——それに、社交ダンスはいまさら習わなくてもできるから、インストラクターと踊ることもない。でも、ジェンナーとふたりでリラックスして、楽しんで、ほんものの休暇を過ごす。相手が七十代の枯れたおじいちゃんなら、じゃれつくのもありかも。

車がガクンといって赤信号で停止し、カチャリと音がしてドアのロックがかかった。シドニーは困惑して運転手に目をやった。これまではなめらかに停止していたし、なんでいまごろドアをロックするの？　ギアが入ると自動的にロックされるのがふつうなんじゃない？

彼女から遠いほうのドアが開き、黒髪の女が乗りこんできてドアをバタンと閉めた。シドニーは驚きのあまり支離滅裂なことばを発しただけだった。車が動きだし、カチャリと音がしてドアのロックがかかった。混乱しつつも気づいた。さっきのカチャリはドアのロックを解除する音だったのだ。つまり、彼はギアを〝パーク〟に入れた。

「アダム——」警戒心が驚きと混乱を脇に押しやった。お尻をシートの前端へとずらしてドアハンドルをつかみ、シートから身を乗りだして運転席の仕切りを叩いた。望まない客が勝手に乗りこんできたことに、彼は気づいているはずだ。運転手たるもの車を端に寄せて停め、振り向いて女に言うべき――

「じっとしていなさい、ミズ・ハズレット」女が落ち着いた声で言った。トラックスーツのポケットから手を抜き、醜い黒い銃を見せた。「あたしたちの言うとおりにすれば、危害は加えない」

あたしたち。

運転手も一味ってこと。彼がわざと車を停めたから、ロックが解除され女が乗りこむことができた。そういう手筈《てはず》だった。女があの場所にいることを、彼は知っていた。

シドニーは目がくらむほど長いこと息を止めていた。バッグを胸に抱える。しがみつけるものがほかになかった。金持ちに誘拐はつきものだし、彼女の父親は大金持ちだ。でも、金持ちの世界のセキュリティーは、もっぱら〝ホーム〟セキュリティーにかぎられている。身辺警護のガードマンを雇っている人もなかにはいるが、ごく一部だ。たいていの人は、ごくふつうに生活している。彼女が知るかぎり、父が誘拐すると脅されたことはなかったはずだ。とはいえ、いま彼女はロックされた車に他人ふたりと閉じこめられ、そのうちのひとりは銃をつきつけている。

パニックになっちゃだめ。パニックになっちゃだめよ。くり返し自分に言い聞かせる。パニックになったら、自分を抑えられず泣いたりわめいたりするだろう。そうしないことが肝心なような気がしていた。娘が殺されたら父がどんなに嘆き悲しむか。だから、この人たちに発砲させるようなことをしてはならない。

きっとすべてがうまくいく。彼らは身代金を要求し、父がそれを払えば彼女は解放される。じきに解決するだろう。

彼女はふたりの顔を見ている。それって悪い兆候？　金を手に入れたら被害者を解放するつもりでいる場合、誘拐犯は身元がばれないよう顔を隠すものだ、となにかに書いてなかった？　誘拐犯が身元を隠す努力をしない場合は、被害者を生かしておく気がないということだ。

「みんながわたしを待ってるわ」彼女は必死になって口走った。「クルーズに行く予定なの。船着場に向かうところで――」彼らはそのことを知っているんじゃない？〝アダム〟は運転手だ。彼女を船着場まで送ることになっている。だったら方針を変えよう。「お金ならあるわ。現金で――」

「あなたのお金は必要ない」女が言った。背が高くて黒髪をショートにして、モデルみたいに手足がすらりと長いけど、とりわけ美人というほどではない。口調はきつくもないし、恐ろしくもない。手に拳銃を持っていたら、ふつうはそういう口調になるだろうけど。

「でも……わたし……」頭がまっ白になって言葉が途切れた。お金ではないとしたら、目当てはなに？

「うろたえないで」女が言った。「あたしたちの言うとおりにすれば、あなたと友人は無傷で解放される。でも、もしあなたがジョン・ウェインを気どったら、あなたの友人がつけを払うことになる。おわかり?」

シドニーの思考がまた粉々になった。この人たち、カロをさらったの? 金目当てじゃないなら、なぜ? それよりも意味がわからないのが――ジョン・ウェインを気どる? このわたしが?

「ミズ・レッドワインはすでに押さえている」女が言った。「もう少ししたら、彼女と話ができるようにしてあげる。おたがいに相手の無事を確認できる――さしあたり」

カロではない。ジェンナー。

ヒステリックな笑いがこみ上げて喉が詰まった。ジョン・ウェインを気どるな、と言う相手が間違ってるでしょう。ジェンナーにこそ言ってよ。

「落ち着きなさい」シドニーの自制心が切れかかっているのに気づき、女が鋭い口調で言った。

シドニーは関節が白くなるまでバッグを握り締め、速い呼吸に合わせて胸を大きく上下させた。唇の感覚がない。「なにが欲しいの?」小声で言うと涙で目がチクチクした。慌てて涙をぬぐう。弱いところを見せたくなかったが、女はとっくにお見通しで、そこをついてきていた。彼女を怯えさせれば言いなりになると思っているのだ。だったら、おめでとう――

いくらでも言いなりになる。

「言われたとおりにすればいい」答はそれだけ。「あなたが協力すれば、こっちも丁重に扱う。不愉快な経験をせずにすむ」

リムジンがなめらかに角を曲がった。通りの両側にはホテルが並んでいた。建物の高さはまちまちで、貧弱な造りのものもあれば、あたたかく迎え入れる感じのものもあった。シドニーはきょろきょろとあたりを見まわした。ホテルのまわりにはつねに大勢の人がいるものだ。その人たちの注意を引きつけることができるかもしれない。でも、リムジンのウィンドウは濃い色に着色されているから、外から彼女の姿は見えないだろう。それに、人の注意を引くにはなにをすればいいの？　その後、どうなる？　女が彼女を撃つ？

「これから歩いてホテルに入る」女が抑揚のない低い声で言った。「変な素振りは見せないこと、いいわね。言われたとおりにすれば、あなたもミズ・レッドワインも傷つかずにすむ。これからあたしたちはチェックインする。あなたはクレジットカードを提示し、宿泊者カードに記入する。これまでに何度となくやってきたようにね。それからエレベーターで部屋に向かう。あたしが見張っていることを忘れないで。おかしなことをしたらすぐにわかるから。メモを書いたり、フロントの人間に目配せしたり……なにをやってもすぐにわかる。あなたがおかしなことをしたら、ミズ・レッドワインがそのつけを払うことになる」

この脅し文句が、シドニーの頭に浮かんだ逃亡計画を瞬時に凍りつかせた。ジェンナーの命がかかっているのだ。彼女がなにをやり、あるいはなにをやらないかに。ああ、もう、うまくできるわけがない。隣りにいる女に銃をつきつけられているのに、なんでもない顔でチェックインできなかったら、どうなるの？　彼女は女優でもないし、勇敢でもない。体のなかに根性のこの字もないのだ。もししくじったら？

しくじるわけにはいかない。ジェンナーを犠牲にはできない。なんとかやりぬかなければ。

リムジンが向きを変え、彫刻が施《ほどこ》された大きな柱廊式玄関《ポルチコ》で停まった。宿泊客はここに着く。あるいは、ここからタクシーで去るか、ボーイが出してきた自分の車を運転して去る。ワインレッドの制服を着た逞《たくま》しいドアマンが近づいてきて、リムジンのドアを開けた。女が降りてすぐ脇に立ったので、ドアマンはドアを閉めることができなかった。そのあいだにアダムが運転席から降り、黙ってシドニーの側のドアを開けた。彼女はまず両脚を車の外に出し、彼を見ないようにして立ち上がった。女が銃を持っているのだから、彼も当然持っているだろう。そうでなければ、シドニーを残したまま女が先に降りるはずがない。

アダムが立つ位置はほんの少し彼女に近すぎたが、人目を引くほどではない。それでも、間近にいるので、逃げだすのはとうてい無理だ。ジェンナーのことがなければ、捨て鉢な行動に出ていたかもしれないが、彼らの脅しはロープのように彼女をがんじがらめに縛っていた。

女がほほえみながら車をまわりこんできて、シドニーの腕に腕を絡めた。「チップをお願いね、アダム」女はにこやかに言い、シドニーを連れてホテルの玄関を入った。

ほかにどうしようもないので、シドニーは深く息を吸いこみ、がくがくする膝に力をこめ、女に言われたとおりのことをやった。心臓があんまり激しく脈打ち、気絶するかと思った。口から出たのはキーキーと甲高い声だったが、アメリカンエキスプレスのプラチナカードを提示し、サインしてキーカード——全部で三枚——を受けとり、女の小声の指示にしたがって三枚とも彼女に渡した。ホテルのクラークが、お荷物は、と尋ねると、女はほほえんで言った。「うちの運転手に運ばせます」そりゃそうでしょう。

女はエレベーターの〝アップ〟のボタンを押し、さりげなく周囲の人や物に視線を配った。楽しげな小さな音をたててエレベーターが到着し、ドアがするすると開き、ふたりは数人の客と一緒に乗りこんだ。女が最上階——二十五階——のボタンを押し、エレベーターが動きだした。年配の女が十四階で降りた。若い男が十七階で降り、その背中に向かってドアが閉まると、シドニーは口走った。「ジェンナーが無事だってどうしてわかるの?」

女はシドニーの腕をぎゅっと握り、エレベーターの隅に設置された防犯カメラをちらっと見た。シドニーはいらだってカメラから顔をそらした。「テレビで見たわ。防犯テープに音は録音されないのよ」

女がほほえんで言った。横に伸びた口もとにはユーモアのかけらもない。「これはテレビとはちがう」

二十三階で女が乗りこんできた。

二十五階でエレベーターを降りると、その女が彼女たちと並んだ。シドニーが怯えたまなざしを向けると、背筋を凍らすような冷ややかな視線が返ってきた。彼女も一味だ――どんな集団かわからないけれど。

シドニーは黙って最初の女の後について歩いた。ふたりめは見張り役だ。右に曲がって長い廊下を突き当たりまで行くとダブルドアがあった。スイートルームだ。

女がキーカードの一枚を読みとり機に通し、ドアを開けた。シドニーは背中を押されてなかに入り、入口の間《ま》の左手にある居間《パーラー》に行かされた。最初の女がさっと動いて窓のカーテンを閉め、シドニーの背後にいるもうひとりがライトをつけ、エアコンの温度設定をさげた。

シドニーは丸いダイニングテーブルの横に立ってふたりをながめていた。まったく手も足も出ない。こんなに自分を無力に感じたのははじめてだった。これからどうなるの？

ふたりめの女は長い茶色の髪をポニーテールにしていた。最初の女より美人だが、体つきはおなじように引き締まって筋肉質だ。彼女が上着を脱ぐと、鞘《さや》に入ったナイフを腰に差しているのが見えた。ナイフ！　なんなのこれ？　悪に染まったチャーリーズ・エンジェル？

どういうわけか、拳銃よりナイフのほうが恐ろしかった。拳銃は音をたて――サイレンサーがついていればべつだけど、彼女が目にした銃にはついていなかった――人びとを右往左往させる。ナイフは静かだ。彼女の死体は何日も発見されないだろう。

勇気を掻き集めた。「いったいどういうことか、誰か説明してくれませんか？」恐怖を表わすまいと必死になったが、途中で声が震えるのが自分でもわかった。

最初の女が言った。「あなたは知る必要ない。言われたことをやればいいの。あたしの名前はドリ、こちらはキム。アダムが来るまで座って待ちましょう」

シドニーは座った。自分を落ち着かせようとしたが、うまくいかない。彼女を生かしておくつもりなら、名前なんて名乗らないんじゃないの？　人相を言えるし、名前もわかった。むろん偽名だろうけど、顔を隠そうとしないのはけっしてよい兆候ではない。

事の重大さに、顔を平手打ちにされた気がした。不意に襲ってきた激しい震えをなんとか押さえようと喘ぎ、目から溢れて顔を伝う涙をなんとか止めようとしたが、絶望を前にして意志は萎え、両手に顔をうずめてさめざめと泣いた。自分のためだけに泣いたのではない。父親を思って泣いた。父はどんなにか苦しみ、自分を責めるだろう。もしこの誘拐劇が彼女の予想するとおりに進んで、彼女の死で幕を閉じたら――それよりも、彼女が行方不明になり、なにがあったのか父にはわからずじまいになったら。それに、ジェンナー……彼女もおなじような目にあってるの？　空港で待ちかまえていた人たちに捕まり、目的がわからないままどこかのホテルに連れていかれたの？

ドリとキムは二分ほど彼女をほっておいた。つぎにやわらかいけれど力強い手に腕をつかまれ、無理に引っ張りあげられ不安定な姿勢で立った。手はそのままで、文字どおり彼女を支えた。

「重要なことから先に」ドリが言い、シドニーが握り締めたままだったバッグをやさしくとり上げ、中身を探ってiPodと携帯電話、爪ヤスリ、ペン二本、安全ピンなど使えそうなものをすべてテーブルに空けた。間が悪いというか、携帯電話が鳴りだした。シドニーはその音にぎょっとし、反射的に手を伸ばした。

ドリが携帯電話をつかんでポケットにすべりこませた。

キムがシドの腕をつかんで入口の間に戻り、ダブルドアを抜けてベッドルームに入った。

「しばらくしたら、ミズ・レッドワインに電話するつもりよ。それまで、ここで気持ちを落ち着けるといい。あなたにはミズ・レッドワインに指示を出してもらう。彼女が言われたとおりにして、あなたも言われたとおりにすれば、みんなが無事でいられる。約束するわ」

誠実そうな口調だ。その顔に向かって笑いださないでいるのが、シドにできるせいいっぱいのことだった。この人たちを信用するつもり？　言われたことはやるつもりだ。ほかにどうしようもないから。でも、彼らの〝約束〟なんてクズみたいなものだ。犯罪者の約束に慰めを感じる馬鹿がどこにいる？

ベッドルームは広々とした角部屋だった。ブルーとベージュ――ブルーはアクセント――で飾られた部屋には光が射しこんでいた。キングサイズのベッド、窓辺には座り心地のよさそうな椅子、専用のバスルームがついている。

「一日、二日したら、お父さんに電話を入れさせてあげる。あなたが乗船しなかったことを、彼が耳にする可能性があるから」

ええ、その可能性はある。〈シルヴァー・ミスト〉号に乗った誰かからのEメールか電話によって大騒ぎになるだろう。

「ウィルスに感染したらしく、具合が悪くてとても船旅ができる状態ではなかった。でも、だいぶよくなったから、ミズ・レッドワインがクルーズから戻るまで、サンディエゴのカロのところに滞在する、と彼に言うのよ」

「よくなったのなら、ハワイに飛んでクルーズに合流できるんじゃない？」シドニーの口から思わずそんな言葉が出た。

キムは彼女を見つめ、肩をすくめた。「あなたの気分はよくなったけれど、ウィルスは体内に残ったままなのよ」

「あなたたち、その……父にお金を要求するつもりじゃないの？」ほかに彼女を監禁する理由がある？

「いいえ」キムはそれだけ言い、表情を固くした。「こっちには事情があるの、ミズ・ハズレット。気づいているかもしれないけど、このベッドルームはよその部屋と壁で接していない。二面はおもてと接していて、非常階段は残りの壁に設置されている。最上階だからめったなことは起きない。それに、むろん、非常階段を使う人はごくかぎられるでしょうし」

たしかにそうだ。足腰の鍛錬《たんれん》に階段を使う人間はいるだろう。でも二十五階から？

「あなたが大声で助けを求めたり壁を叩いたりしても、あたしたち以外の誰にも聞こえないのよ。でも、あなたがこれからも協力してくれることを、願っているわ。まったくの監禁状態ではない。メイドが入ってくるから、そのときはあたしたちと一緒に居間にいてもらう。ルームサービスで食事を運ばせ、一緒に食べてもらいますからね」

ルームサービスの代金はわたしのアメリカンエキスプレスに請求されるのよね、とシドニーは苦々しく思った。まったく頭にくる。自分の誘拐の資金を自分で負担するのだから。

「ほんの少しでもおかしな素振りを見せたり、メイドのひとりに合図を送るとか馬鹿な真似をしたら、ミズ・レッドワインを捕らえている仲間に知らせがいくから」彼女の目が冷たくなった。「いいわね、肝に銘じておくこと」

シドニーがその場に突っ立ち、不甲斐なくいらだちを募らせるあいだ、キムは部屋を歩きまわってホテルが提供するペンやメモ帳を集めた。メイドに怪しまれないよう電話機は置いたままにして、コードだけ抜いた。彼女の姿が見えなくても、シドニーはジェンナーが心配で身動きがとれず、熱いまなざしをドアに注ぐだけだった。

バスルームから戻ってきたキムは、シドニーがおなじ場所に立っているのを見て満足げにうなずいた。「いい心がけだわ」彼女は言ったが、シドニーの頭のなかで逃走が企てられていることはお見通しだ。「ドリが入口を見張っているから、逃げだすのは端《はな》から無理よ」

そのとき、入口の間から音がした。ダブルドアを叩く短いノックの音だ。シドニーの心臓が跳ね上がったが、ドアが開く音がして、ドリの声が聞こえた。「おやまあ！　その荷物、三人分はゆうにあるわね！」

シドニーの顔が赤らんだ。

「計算してみろ」アダムが言う。声の調子からおもしろがっているのがわかる。「二週間の旅行だろ。女なら最低でもトラックスーツ二組と、替えの下着が三組は必要なんじゃない」

「あたしは毎晩下着を洗濯するわよ」ドリが言う。アダムとちがって、こっちはいらだっている。

「言っとくけどね。きみはこれが大荷物かどうかを判断する立場にないの」

軽口を叩きあっているから、長い付き合いなのだろうが、ロマンティックな関係ではないようだ。アダムがいちばん重いバッグ二個を軽々と持って、ベッドルームに入ってきた。

「中身をすべてチェックする必要がある。面倒なことになりそうな物を入れてないともかぎらない」彼はバッグをベッドに放った。「きみはこの二個を調べてくれ」彼がキムに言った。

「ドリとおれとで残りを引き受ける」無表情にシドニーをちらっと見る。「彼女はどう？」

「彼女ならうまく持ちこたえているわよ」シドニーがきつい口調で言った。まるでこっちが存在しないかのような彼の言い方にむかっとしたのだ。むろん嘘だ。うまく持ちこたえてなんていないが、少なくとも床にぐったりと倒れてもいなかった。

「そりゃいい」彼は言い、シドニーにほほえんだ。

彼女は無表情に見返した。ほほえみかけるなんて、よくもできるものね？

彼の楽しげな表情はそのままだ。むろんそうだろう。彼女が動揺していようといまいと、気に入ろうと入るまいと、彼にはどうだっていいのだ。

彼はキムを手伝って残りの荷物を調べようと、踵を返して出て行こうとしてドアの前で立ち止まり、ポケットから小さな道具をとりだした。先がねじ回しになっている棒を引きだし、口笛を吹きながらベッドルームのドアのロックを壊しにかかった。

こんな貧弱なロックで彼らの入室を阻止できないことは頭ではわかっていたが、せめてプライバシーが守られるという幻想にしがみつきたかった。まるで水を飲むようにあっさりとそれも崩れ去った。

膝がまたガクガクしてきたので椅子に腰をおろし、荷物が調べられるのをぼんやりながめた。キムは繊細な布地を乱暴に扱わなかった。ひとつずつとりだしてきちんと並べたが、スーツケースの裏張りまで調べるという徹底ぶりだった。まったくわたしをなんだと思ってるの？　スパイ？

ようやく作業が終わった。キムはドアのところで立ち止まり、言った。「しばらくしたら、携帯電話を持ってくるから、ミズ・ジェンナーに電話するといい。それまで、くつろいでて」

くつろぐ？　こんなときに、くつろぐ？

肉体的にはそれも可能だろう。ベッドルームは充分に居心地がよかった。贅沢なホテルではなく、おもにビジネスマン向きだが、きちんとしている。でも、囚《とら》われの身で、どうすればくつろげるの？　しかも、ジェンナーもどこかに監禁されている――そして、ふたりとも決着がつく前に死ぬかもしれないのだ。

しかも、彼らの目的がなんなのか、いまだにまるでわかっていない。

9

　飛行機がサンディエゴの空港に着陸すると、ジェンナーは腕時計をチェックした。フライトは二時間近く遅れた。船に乗り遅れる心配はなかったものの——出航は午後四時——ダラスの空港で天候不良のため出発が遅れたのは、腹立たしかったし疲れた。財政状況は変化したが、けっして旅慣れてはいない。たとえばヨーロッパにはまだ行ったことがなかった。パームビーチの住人の多くが、冬になるとスイスにスキーに出かける。でも、二枚の細い板に乗って山腹をすべりおりてどこがおもしろいのって思うから、出かける理由がない。いつかオーストラリアには行ってみたいし、ほかにも二、三、見物したい国があるけれど、いまのところ旅行はほとんどしていなかった。

　飛行機に乗る場合はファーストクラスだが、どのエアラインのクラブにも属していない。どこで待とうと待つことに変わりはない。じっとしていることが苦手だ。長いフライトを終えると落ち着きを失っていらいらする。だから、二時間待たされたあいだ、運動になるだろうとダラス＝フォートワース空港を歩きまわった。でも、のろのろ歩く人たちを追い越したり、そういう連中に前をふさがれて追い越すに追い越せなかったりで、ラッシュアワーに車の運転をするのとおなじいらだたしさを感じた。それでも体を動かすことにはなった。

嵐でフライトが遅れると伝えようと、ダラスからシドに電話したが、すぐにボイスメールにつながった。レストランとか公共の場にいると、シドは几帳面に携帯電話をオフにする。他人の迷惑になるまいと神経質になりすぎるのだ。それでいて、携帯電話をオンに戻すことをうっかり忘れる。ジェンナーはそこまでまわりに気を遣わないから、マナーモードにするだけで、オフにはしない。かつては贅沢だったものが、いまや空気や水や、セレブに人気のスチュワート・ワイツマンの靴とおなじ、必需品になっている。

でも、ジェンナーが時間どおりに現われなければ、シドも携帯をオンにすることを思いだし、連絡してくるだろう。飛行機がターミナルビルに向かって地上滑走をはじめると、ジェンナーは携帯の電源を入れてシステムが回復するのを待った。ファーストクラスの客室のあちこちから、いろいろな音がして、ほかの乗客たちもおなじことをしているのがわかった。メッセージは入っていなかった。キャリアからメッセージをダウンロードするのに数分かかるのだろう。飛行機が搭乗橋《ジェットウェイ》に着く前にもう一度チェックする。やはりメッセージはなし。

シドから連絡が入ってもいいころだ。さっき入れたメッセージがうまく録音されなかったのかもしれない。ご搭乗ありがとうございます、の機内アナウンスが流れて、乗客が機内に持ちこんだ荷物を手にして通路に出た。ジェンナーは親指でシドの番号を押しながらショルダーバッグを肩にかけ、彼女が通路に出るのを待ってくれた男性客に目顔でありがとうを言い、のろのろと進む列に並んだ。飛行機から出るときにも携帯電話は耳に当てたままでいると、呼び出し音がやんでボイスメールにつながった。もう一度メッセージを残し、携帯電話をバッグに戻した。

シドも遅れているとしてもべつに驚かないが、それなら連絡してくるはずだ。ちょっと心配になってきた。

世の中なにが起きるかわからない。シドの携帯電話のバッテリーが切れたとか、まったく動かなくなったとか。いずれにしても、船に乗るまで気づかない可能性はある。バッグを盗まれたのかもしれない。あるいは、船に乗りこんで専用バルコニーにもたれかかったら、携帯電話がぽとりと海に落ちたのかも。よくある話だし、それならどうってことない。でも、もし事故にあって電話をかけられないのだとしたら？　なんだかほんとうに心配になってきた。

リムジンの会社には飛行機が遅れることを伝えてあったが、何時間の遅れになるかは誰にも予想がつかない。行き違いにならないといいのだが。でも、手荷物受取所で最初に目に入ったのは、〝レッドワイン〟と書かれた紙を掲げた制服姿のヒスパニックの男だった。彼女が合図をすると、男が荷物を運ぶために近づいてきた。回転式コンベヤーがまわりはじめるまでゆうに十五分はかかり、彼女の荷物のひとつはすぐに出てきたが、残りは最後のほうになってようやく出てきた。

ひとつ遅れるたびにいらだちが募った。ほんの一分でも遅れるのはいやだった。時間どおりに出社してタイムカードを捺し、遅れれば給料から減額され、年に数度遅刻すればクビになる可能性のある職場で働くあいだに、時間厳守が脳味噌にも体にも染みついていた。これまでの遅れは彼女のせいではないし、彼女がどうにかできるものでもない。そのことで自分の無力を思い知らされ、いっそういやな気分になった。流れに乗るしかなく、きょうはその流れが滞《とどこお》っていた。

「これだけですか?」運転手が尋ね、スーツケースの伸縮自在ハンドルをひとつずつ引きだして握った。

「ええ、これだけ」シドは山のような荷物を持ってくるが、ジェンナーは何度も荷物を詰め直し、スーツケース二個にすべてをおさめた。でも、特大サイズのスーツケースだから重く、とても自分では持ち上げられない。必要なものを忘れていなければいいのだが。間に合わせのもので我慢したくはないが、立派なクルーズシップなら、不注意な乗船客が忘れそうな必需品はなんでもそろえているだろう。その目的地とクルーズの性格上、ほかのクルーズほど寄港地が多くないので、いろいろな物を積みこんでいるにちがいない。

「クルーズシップのターミナルまでどれぐらいかかります?」彼女は運転手に尋ね、もう一度腕時計を見た。時間がどんどん過ぎてゆく。「港に置き去りにされたくないので」

運転手は白い歯を光らせてにっこりした。「充分に間に合いますよ、大丈夫」

これ以上の遅れがでないよう、交通量も協力してくれた。ランチタイムはすでに過ぎ、夕方のラッシュアワーがはじまるまでには間がある。思っていたよりも早く、リムジンは堂々たるターミナルへと入っていった。そびえたつ〈シルヴァー・ミスト〉号を目の前にして、ジェンナーは息を呑んだ。大きさよりも豪華さが売り物の船だから、それほど大きくないとは聞いていたが、それでもその大きさに度肝を抜かれた。生まれ育った場所で船はよく目にしていたが、これほど間近に見るのははじめてだった。

それに、〈シルヴァー・ミスト〉号は美しい。これまでに見たクルーズシップは、姿形はちがっても、船体の色はみなまっ白だった。でも、この船はまっ白ではなかった。灰色でもなく、白と灰色の中間の微妙な色合いだ。塗料がチラチラと輝いて、まるで……そう、まさに銀色の霧《シルヴァー・ミスト》だ。まいった。

通りをへだてて広い駐車場があるが、このクルーズの乗船客のなかに、ターミナルまで自分で車を運転してくる人はまずいないだろう。目に入る車はすべてリムジンだった。運転手は車を荷物の積みこみ場へと向けた。荷物を車からおろし、タグをつけ、船に積みこむ作業をする男たちがうようよいる。彼女はインターネットのサイトから荷物のタグをプリントアウトしておいた。荷物が正しい船室に届けられるよう、タグにはスイートの番号が記されている。

ポーターが彼女の荷物のタグと書類に目を通し、言った。「このデッキのスイートの割り振りが変更になりました。乗船されましたら、エレベーターホールに赤い上着を着た者がおりますので、どのスイートかお尋ねください。正しい番号がわかるまで、お荷物はべつにしておきます」

不安のレベルがさらに上昇した。疲れているし、シドのことが心配だし、割り振りの変更に付き合う気分ではなかった。荷物を〝べつに〟しておかれたまま、船が出港したらどうしてくれるの？　でも、これもまた自分ではどうしようもないことなので、頭のなかでお手上げの仕草をしてあきらめた。「だったらどうすればいいんですか？」ポーターに尋ねた。「クルーズに出るのははじめてなので」

ポーターはほほえんだ。「だったら、これから経験なさればいい。きっとお気に召します」そう言ってターミナルの入口を指差した。「あちらに行かれてエスカレーターでおあがりください。コンシエルジュがチェックインから乗船まで、お手伝いいたします」

スイートを予約した乗船客は、ほかの客たちの前に個別にチェックインできる、とシドは言っていたが、このクルーズでは全員がＶＩＰだから、チェックインがどういう順番で行なわれるのかわからない。もっとも、大半の客がもっと狭いミニスイートに泊まるのだから、いちばん高いスイートを予約した者たちは、やはり特別扱いされるのだろう。おそらく。

ポーターが言っていたとおり、コンシェルジュに付き添われて個別にチェックインし、セキュリティーチェックを受けた。写真を撮られ、顔認識プログラムとの照合が行なわれるのだ。それでようやくキーカードと船内で使うカードを渡された。このカードが船内で飲み食いをしたり、買い物をしたときの身分証明書になる。ターミナルから屋根のある通路を通っていよいよ乗船だ。赤い上着の接客係が部屋割り表をチェックして客に行き先を教えていた。接客係はジェンナーのカードを見て、彼女にどのエレベーターに乗ればいいか指示し、ペントハウスのデッキでエレベーターを降りれば、案内の者が待っている、と言った。

通路、あるいは廊下――船の場合はどう呼ばれるのか、彼女は知らない――は人でごった返していた。ぶらぶらと歩きまわる人、荷物を運ぶクルー、知り合いと出会って立ち話をする人もいて、ただでさえ狭い通路をふさいでいた。ジェンナーはふたりほど知り合いに会ったが、手を振っただけで立ち話はしなかった。一刻も早くスイートに着いて、シドの無事をたしかめたかった。二基あるエレベーターの両方の〝アップ〟のボタンを押し、早く着いたほうに乗りこむ。

ドアが開くと、べつの接客係が待ちかまえていた。「ミズ・レッドワイン？　どうぞこちらへ。お部屋までご案内します。変更がありましたこと、お詫びいたします。予約されたスイートもすばらしいですが、こちらのスイートもきっとお気に召しますわ。船主のスイートの隣りです。客室係のブリジェットがお世話をさせていただきます」

接客係が足早に通路を行くので、ジェンナーは後に従った。シドはもう着いているかどうか尋ねたかったが、彼女の歩くスピードからして、五秒もすれば自分の目でたしかめられそうだ。船主のスイートと思われる立派なダブルドアを通り越し、彼女はつぎのドアの前で立ち止まった。小柄だががっしりした体つきの女が近づいてきた。髪は赤褐色で、ブルーの目は穏やかだ。「こちらがブリジェットです」接客係が言った。「ブリジェット、こちらがミズ・レッドワイン。よろしくお願いしますね」彼女は無線電話機を耳に当てて話をしながら、急ぎ足で来た道を引き返してゆく。あたらしく割り振られたスイートに客を案内するため、エレベーター前の持ち場に戻るのだろう。

「わたくしがお世話をさせていただきます」ブリジェットが言い、自分のキーカードを差しこんでドアのロックを解除し、ドアを開けてジェンナーを通した。「どうぞなんなりとお申しつけください」

ジェンナーはスイートのリビングルームへと足を踏み入れた。この七年で贅沢な造りの家をずいぶん見てきたが、金色と白で統一されたこの部屋は、優雅さと旧世界の魅力に満ち溢れていた。壁を飾る油絵は複製ではなく、額縁には凝った装飾が施されていた。壁一面をおおうカーテンの向こうの陽射しがたっぷりのバルコニーが、まだ海の上に出てもいないのに彼女を呼んでいた。

「シドニー?」声をかける。「シド?」返事がないので、振り向いてブリジェットに尋ねた。

「友人のシドニー・ハズレットはまだ到着してませんか？」

「お待ちください」ブリジェットは無線電話をとりだし、番号を押した。そのほほえみは穏やかで、落ち着き払っていた。遅く到着する乗船客のことも職務内容説明書に記載されているのだろう。彼女はひと言も発することなく無線電話を切った。

ジェンナーはきょとんとして尋ねた。「彼女はここに？」言葉が最後まで出きらないうちに、ジェンナーの携帯電話が鳴った。バッグからとりだして発信者番号を見て安堵のため息をついた。シドだ――やっといまごろ！「いいんです。彼女からかかってきたので」ブリジェットに言い、背中を向けて電話を受けた。「シド。わたしはいま着いたところ。どこにいるの？メッセージを二度残したのよ」

一瞬の沈黙の後、シドの緊張した声が聞こえた。「ジェン。彼らの言うとおりにして」

ジェンナーははっとなった。「なに？」頭がまっ白になった。ひとつひとつの言葉の意味はわかるのに、内容が理解できない。

「大丈夫、わたしは無事だから。でも、彼らの言うとおりにしてちょうだい、さもないと……無事ではすまない」

「なんですって？」ジェンナーはさっきより口調を強め、携帯電話を耳から離してじっと見つめ、また耳に当てた。「どういうこと？　誰の言うとおりにするの？　これって、なにかの冗談？」

男の低い声が思いがけず割って入った。「冗談ではない、ミズ・レッドワイン。言われたとおりにすれば、クルーズが終わったときに、あんたとミズ・ハズレットは無傷で解放される。面倒を起こせば、二度と友人に会えない」

全身から熱が失われた気がした。ショックと不意に襲ってきた恐怖で、ジェンナーは震えだした。「あなたは誰？　シドをいますぐ電話口に出して」

だが、聞こえるのは電話が切れた音だけだ。もう一度携帯電話を見ると、たしかに切れていた。

ブリジェットが手を伸ばし、ジェンナーの感覚のなくなった指から携帯電話をそっととり上げ、上着の内ポケットにすべりこませた。「パニックになる必要はないわ。あなたたちを傷つけるつもりはないから。でも、必要とあればなんでもやるわよ。男が言ったように、言われたとおりにすれば、あなたたちは無事に解放される」

10

なにが頭にくるって、あーしろこーしろと人に指図されることだ。血管のなかで怒りが煮えたぎりはじめた。シカゴの物騒な通りを離れてずいぶんになるが、闘争本能はいまも健在だ。目を細めて顎を引き、敵と立ち向かうのによい体勢をとろうと一歩さがった。

「やめたほうがいいわ」ブリジェットがやさしく助言した。「あなたを殺すのなんてわけもない」

彼女をよくよく見れば、そのとおりだと認めざるをえない。ジェンナー自身も鍛えた体をしているが、ブリジェットの強靭な筋肉は制服の上からもわかる。以前はもっと胸が大きかったらと思っていたが、いまは胸なんてどうでもいい。柔道のクラスで習ったことを生かせる大きな筋肉が欲しかった。

おそらくブリジェットは、基本的な護身術を教えるのよりもっと上のクラスで鍛えている。それに、筋肉以外にも持っているものがあった。シドニー。誰だかわからない連中に友人が捕らえられていると考えるだけで、いまここで戦いたい、どんな汚い手を使っても戦いたい、そして、頭が破裂するほどの悲鳴をあげたいという圧倒的な衝動は、どんどん萎えていった。

それでも言わずにいられなかった。「もしシドが少しでも傷ついたら、地球の果てまでもあんたを追いかけるから」すべてのカードを握っている人間に向かって、そんなことを言うのは賢明ではないかもしれないが、本気だった。そして、本気さを目にこめてギラギラと輝かせた――まったく無駄だったが。

「彼女が傷つくかどうかは、ひとえにあなたにかかっているのよ。あなたがどれぐらい優秀な女優かにね」ブリジェットが落ち着き払って応じた。

女優？　あたしのこと女優だと思ってるの？　いったいどういうこと？　兎の巣穴に落っこちた気分だ。頭をはっきりさせようとあたりを見まわした。いま耳にしたことが意味をなさないからだ。「あたしは女優じゃないわ」困惑して言った。「ほかの誰かと間違えてるんじゃないの？」こじつけかもしれないけど、女優はたいていブロンドでほっそりしていて、彼女も生まれつき痩せっぽちで、いま現在はブロンドだから、少なくとも可能性は存在するわけだ。「あたしはジェンナー・レッドワイン。生まれてこのかた、なにかを演じたことはありません！」

「だったら、急いで覚えることね」ブリジェットが言った。「それに、間違ってはいないわ。こんなことしないですめばどんなにいいか。でも、状況が変わったの」――〝あなたならどうする？〃と言いたげに肩をすくめる――「それでわたしたちはここにいる。だから座って、ミズ・レッドワイン。あなたになにを望んでいるか、話してあげるから」

ほかに選択肢はないとわかっているが、人の言いなりになるなんてご免だ。反吐《へど》が出る。それこそが女優ではない証拠だし、これからも、いい悪いはべつにして、女優になれないなによりの証拠だ。反抗的な表情で、目には〝いまにみていろ〃の光を宿したまま、彫刻が施された金色のダマスク織りのソファーに腰をおろした。

ブリジェットも座った。客室係の規則に違反する行為だろうが、まあ仕方ない。彼女はほんものの客室係ではないんだから。誘拐に関与する人間が、客室で腰をおろしてはいけないなんていうささやかな規則に縛られたりする？「最初に言っておくわ」彼女が言った。「この船にはわたしたちの仲間が何人も乗っている。それが誰なのか、あなたに言うつもりはありません。そのうちの何人かには直接会うことになるけど、ほかにもいるんですからね。あなたは四六時中監視されているのよ」

賢いこと、とジェンナーは思った。彼女の言うことがほんとうかどうか、見ず知らずの人間に監視されているのかどうか、ジェンナーには知る術がない。言いなりにさせるために、ブリジェットがはったりをかましているのかもしれない。それでも、ほんとうだという前提のもとに動かなければ。シドの命がかかっているのだ。

疑念といらだちが顔に出たのだろう。ブリジェットがまたため息をついた。「考えすぎないこと。わたしの言うとおりにすればいいのよ」

「わかったわよ」ジェンナーは皮肉たっぷりに言った。「あなたはとっても信頼できるものね」

ブリジェットの唇が少しこわばったが、冷静さは失わなかった。「わたしが信頼できるかどうかは、この際関係ないことよ」

それはおもしろい、とジェンナーは思った。被害者にどう思われるかを気にする誘拐犯なんている？　小さなことだけれど、頭のなかにファイルしておく。さしあたり、ブリジェットとその仲間のほうが優勢だが、手に入るどんな情報もいずれは役にたつはずだ。切り札として使えるかもしれない。でも、それでどうする？　シドの立場を悪くするばかりじゃないの？　たしかに。そのことを憶えておかなければ。怒りと生来の反抗心に駆られて、軽率な真似をしてはならない。シドニーのことを忘れてはならない。

「この部屋の電話は使えません」ブリジェットが壁の電話を指差した。「ベッドルームの電話もおなじ。わたしを信じないなら、勝手に調べるといい」

彼女を信じる？　冗談でしょ！　電話を調べずに、後からブリジェットが嘘をついていたことがわかったら、自分のこと、思いっきり馬鹿だと思う。だからさっと立ち上がって、両方の電話を調べた。どちらもコードつきの電話だ。というか、そうだったのだろうが、コードはなくなっている。つまり、まったく使い物にならない。

ブリジェットは黙ってベッドルームまでついてきて、ながめていた。「あなたの言うとおりね」ジェンナーは言わずもがなのことを言った。「電話は使えない」ジェンナーに誰かと連絡をとらせないために、シドの命を餌として目の前にぶらさげるだけでなく、いろいろと手のこんだことをするつもりらしい。シドを危険にさらすようなことを平気でやるほど、こっちを馬鹿だとみくびっているのか、それとも、一か八かに賭けたりしない連中なのか。

ブリジェットがうなずいて言った。「それじゃ、説明するわね。出航して最初の晩は、まだみんながばたばたしているから、正式のディナーはなし。でも、軽い食事がとれるようにレストランとバーは開いている。あなたはひとりで食事をとりに出る。もし人に尋ねられたら、ミズ・ハズレットは間際になってウィルス性胃炎でキャンセルせざるをえなくなった、と答えること。一日か二日経ったところで、彼女は父親に電話することが許され、おなじことを告げる。乗船した誰かが、彼女の具合を尋ねようと父親にEメールかメッセージを送らないともかぎらないから」

つまり、あと二日間はシドを生かしておくつもりなのだ。その反対の事態も充分に起こりうると気づき、ジェンナーはゾッとした。

「食事がすんだら〈フォグ・バンク〉に行く。リド・デッキの船尾《アフト》にあるバーで――」

「アフトってどこなの?」

ブリジェットは黙りこんだ。ジェンナーにからかわれているのかどうか、わかりかねるという顔で。

「いいですか」ジェンナーはむっとして言った。「船に乗るのはこれがはじめてなの。シドについてまわって、どこになにがあるか知るつもりだった。でも、あなたたちがそれをぶち壊した。あたしを定められた時間に定められた場所に行かせたいとして、そうできるかどうかはあなたしだい」

「アフトというのは船の後ろの部分のこと」ブリジェットがぎりぎりで忍耐力を発揮して言った。「このスイートは船の左側、つまり左舷にある。部屋を出て右に向かえばアフトに着きます」

「オーケー。リド・デッキのアフトにあるバーね、リド・デッキはどこにあるの？」

「エレベーターのボタンには番号ではなく呼び名がふってあります。このデッキにあがってきたときに、気づいたと思うけど。リド・デッキは娯楽施設があるデッキ。最上階がたいていスポーツ施設のあるデッキで、二番めがリド。リドではいろいろなゲームを楽しめて――」

「なんてぴったりの名前なの」ジェンナーはつぶやいた。リドはベネチア国際映画祭が開催される保養地の名前だ。

ブリジェットがほんのわずかに歯を食いしばった。冷静さにほんの少し亀裂が生じはじめている。ジェンナーに茶々を入れられようと、かまわず話をつづける。「カップルが口論をはじめる。名前はケールとティファニー。ふたりはおなじ船室を使っているけど、みんなの前で喧嘩別れするの。それから、彼があなたに言い寄ってきて、ひと目惚れの恋がはじまる」

「それはないわね。あたしは衝動的なタイプじゃないもの。それに人のおこぼれをいただく趣味はないし」

「ふりをするのよ」ブリジェットが食いしばった歯のあいだから言った。

「良識も趣味もかなぐり捨てて？　勘弁してよ」

「もう」ブリジェットが声に出さずに言った。それから声に出して言う。「ケールはハンサムな男だから、あなたの趣味は問題にされないわよ。そこのところは彼がうまくやるから、あなたはうっとりするふりをしてればいいの。彼がまわりをうまく騙して、あなたと一緒にここに戻ってくる。それから先は、せいぜい彼を悩ますといいわ」

「つまり、その男があたしの監視人ってわけ？」不安になって尋ねた。男のなすがままなんて、冗談じゃない。グラムでも良識を持つ女なら、誰だって不安になる。

最後の質問がようやくブリジェットを喜ばせたようだ。輝くようなサメの笑顔をその証拠と受けとるならば。「それ以上よ。彼がボスなの。お友だちが健《すこ》やかでいられるかどうかは、あなたがケールをどれぐらい喜ばせられるかにかかっているのよ」

巨大な船はするすると埠頭を離れたが、自分のスイートで文字どおり監禁されている状態では、出航の高揚感《こうよう》もへったくれもなかった。はじめてのクルーズだというのに。ブリジェットはほかに果たすべき任務があり、ほかの女と見張り役を交替した。こちらはフェイスという名前だ。本名かどうかはわからない。長身でほっそりしていて、シドに似た古典的美人で、おなじ雰囲気をただよわせていた——つまり、昔からの金持ち、という雰囲気。完璧にカットされた豊かな茶色の髪が背中をおおい、控え目なメイクが高い頬骨と大きな榛《はしばみ》色の目を際立たせている。

この何年かで、デザイナーズブランドのものは見ればわかるようになっていたので、フェイスが九百ドル近いロベルトカヴァリのサンダルを履いていることに気づいた。ブレスレットのダイヤも、結婚指輪と重ねづけした指輪の大きなひと粒ダイヤもほんものだ。盗んだもの、それとも彼女が金持ちなの？　金持ちなら、なんだって誘拐に加担してるの？

その美しさや服と宝石の趣味のよさとはべつに、フェイスもまた、つねに鍛錬している人の引き締まった体つきをしていた。ブリジェットのような〝舐めんなよ〟のタイプではなさそうだが、それがなにになる？　シドのことがあるから、手も足も出ない。

シドはきっと怯えている。彼女をどこに監禁してるの？　痛めつけたんじゃない？　言うとおりにさせるため、頬の一発も叩いたんじゃない？　やさしくてか弱いシドニーが叩かれる場面を想像し、ジェンナーは怒りに震えた。シドは人を傷つけたことがない。戦い方を知らないし、どんな暴力に対しても感情的に無防備だ。

ジェンナーは無理にシドを頭から締めだした。そうしないと、怒りまくってきちんとものを考えられない。ただでさえ考えられないのに。思考が堂々巡りをしていた。答が出ないのはわかっていて、おなじ質問をくり返し自分にぶつけている。この連中は何者？　目的はなに？　身代金目当てにシドを拘束しているのではないから、目的は金ではない。ジェンナーを言いなりにする手段として、シドを拘束している……それで、なにをやらせるつもり？　ケールという男に一瞬にして欲望を覚えたふりをさせるため？　なんのために？

大規模な詐欺行為を行なっているのだろうか？　父親との苦い経験から、ジェンナーには詐欺師がどう動くかわかっていた。これが詐欺だとして、こんな手口は聞いたことがない。詐欺師は人を操って馬鹿な真似をさせようとしても、手のこんだ誘拐事件に関わったりはしない——連邦法を犯すような犯罪に手を染めたりはしない。

つまり、詐欺ではない。これだけ手間と金のかかることをやり、これだけ多くの人間が関わっているのだから、よほどの重大ごとだ。ジェンナーが知っているだけで、この船には四人——ブリジェットとフェイス、まだ会っていないケールとティファニー——が乗りこんでおり、シドニーの電話でべつの男と話をした。それで五人、最低でも。シドのそばにはふたり以上ついているだろう。それに、ブリジェットの話を信じるとして、正体をあかさぬ人間がほかにも乗船していて、こちらに気づかれないように監視している。

なにが恐ろしいって、彼らは顔を見せ、名前を告げていることだ。偽名かもしれないが、顔は贋物ということはない。後から彼女が警察になにをしゃべろうがかまわないのだろうか？　このクルーズから生きて帰すつもりがないのかも。彼らの言うなりになった後、バルコニーの手すりから突き落とされてそれでおしまい。

でも、船に乗っているほかの人たちはどうなの？　彼女やシドを知っている人たちがいる。出会ったばかりの男と熱烈な恋愛をしたら、ほかの人たちが気づく。そういう人たちに彼を紹介せざるをえなくなる。すると、さらに多くの人間が彼の人相を警察に言うだろう。それだけではない。彼が乗船するには、ほかの人たちとおなじセキュリティーチェックを通過したわけで、つまりは顔認識プログラムに彼の写真が登録されている。船とそこに乗っている人全員を破壊しないかぎり、彼は逃げおおすことができない。

論理の海岸線からはるか遠くまで迷い出たことに気づき、頭のなかで浅瀬に戻る。彼らは決死の任務についているのではない。決められた目的があり、それを遂行するために彼女を必要としているのだ。

だったら……それが切り札になる。彼らはジェンナーを必要としている。彼女を思いどおりに動かすための手段として、シドを誘拐するという思いきった行動に出た。つまり、彼らはジェンナーを傷つけるつもりはない。だが、シドにはそういう盾がない。

どんな方法でもいい、彼らの裏をかけないかと必死で考えてみたが、自分の無力さを思い知って怒りが募るばかりだった。無力であることは我慢ならない。手も足も出ずに、無防備だと感じるのは我慢ならない。人のスイートに入りこんできて、穏やかな顔で持ってきた本を読み、彼女がハエででもあるかのようになんの関心も示さない――いや、ハエなら叩き落とそうとするだろうから、それ以下だ――この見知らぬ女には我慢ならない。

無視されるより叩き落とされるほうがましだから、ジェンナーは立ち上がってバルコニーのドアへと向かった。

「どうぞ座って」フェイスが言った。コーヒーか紅茶を注文するような礼儀正しい口調だった。

「あたしは」ジェンナーは言い返した。「バルコニーに出たいの」彼女の反抗的な態度のつけをシドが払わされるのではないかと不安で――切り落とした小指とか耳とかを彼女に届けてよこすとか――心臓がばくばくした。でもこれは、自分の限界を知るための小手調べだ。もしシドを傷つけたら、彼らはジェンナーに限界を超えさせるという危険を冒すことになる。肝に銘じておくがいい。これはバランス技だ。どちらの側も、相手に早まった真似をさせたくない。バルコニーに出ていきながら、彼女はそのことを確信した。

あたたかく湿った空気にくるまれる。船の動きが起こす微風のせいで、心地よい気温が保たれているのだ。手すりをつかんで少しだけ身を乗りだし、左に目をやると、はるか彼方に光溢れるカリフォルニアやメキシコの海岸が望めた。シルヴァー・ミスト号はハワイを目指し、南西——やや西より——の方向に着実に進んでいた。少し身を乗りだしただけなのに目がまわったので、ドアからいちばん遠いデッキチェアに腰をおろし、背もたれに寄りかかって脚を伸ばした。

フェイスも本を手にバルコニーに出て来て、ドアにいちばん近いデッキチェアに座った。逃げだすとしたら、彼女の前を通らなければならない。ジェンナーはそれを見越して、わざわざいちばん遠い椅子を選んだのだ。馬鹿な真似をする気はないと、フェイスを安心させるために。

見渡すかぎり海と空だけだから、気持ちが穏やかになる。体から緊張が少し抜けるのを感じ、靴を脱いだ。デッキの床はチーク材で、板と板のあいだに排水のための隙間が開けてある。バルコニーは透明なプレキシガラスの囲いにおおわれているので、手すり以外に視界をさえぎるものはなかった。白いカモメが啼《な》きながら滑空し、様々な色合いの青と緑の渦を作る波を分けて、銀色の船が進んでゆく。こんな状況でなければ、どんなにすてきだったろう。

両側のスイートのバルコニーには、誰も出ていないようだが、フェイスのように静かに読書をしたり、うたた寝をしている人がいないともかぎらない。でも、クルーズがはじまったばかりのいまは、あたらしい豪華客船の船内を探索したり、友人知人に会ったり、あるいはその両方をするのに忙しいにちがいない。

「彼のことを話して」ジェンナーは唐突に言った。これから親しくなるはずの男のことを指して言ったのだ。

フェイスは本から顔をあげ、わずかに顔をしかめて隣りあう左右の部屋に視線を走らせ、頭を振った。人に話を聞かれる可能性について、彼女もジェンナーとおなじような評価を下したようだが、いいふうに解釈はしなかったようだ。

ジェンナーは声を張り上げた。「こんにちは、お隣りさん！　誰かいますか？」

フェイスは警戒して上体を起こした。ジェンナーの口を手でふさいで部屋に引きずりこもうと考えているのだろうか。だが、左右どちらの側からも返事はなかった。上からも下からも同様に返事はない。もっとも声がそこまで届くとは思えなかったが。船は想像していたよりずっと静かだ。波の音以外に聞こえるのは、遠くで低く響く強力なエンジンの音だけだった。

ジェンナーは無頓着に片方の肩をすくめた。「ほらね？　誰もいない。話しても大丈夫よ」

「いいえ。話せません。じきにわかることだもの」ジェンナーが言ったことに、フェイスは少しも心を動かされなかった。ジェンナーはそれでもめげずにしつこく問いかけ、しまいにフェイスが腹をたてて彼女を部屋に追いこんだ。

〝じきに〟とは、その晩の九時過ぎのことだった。七時に、フェイスは彼女を連れてリド・デッキのアウトドア・カフェに出かけ、そこでにこやかに黒髪で長身の男に彼女を紹介した。杖をつき、わずかに足を引きずって歩く男は、彼女の夫でライアンという名前だった。ライアンは彼女に会えて単純に喜んでいるように見えたが、むろん連中の一味にちがいない。オーケー、これで五人。

それから、ライアンとフェイスが去っていったので、ジェンナーはひとりでビュッフェの列に並び、料理に注意も払わず手当たりしだいに皿に盛った。手すりに近い小さなテーブルに座ったが、ふたりに見張られているのを感じた。ブリジェットによれば、ほかにも見張っている人間がいるらしい。

緊張しているから、料理を飲み下すのがひと仕事だったし、食欲はとうになくなっていたが、それでも食べつづけた。バーに行くのを少しでも遅らせられればそれでよかった。フェイスにあれこれ質問はしたけれど、ケールという人物に会いたくなかったし、彼のことを知りたくもなかった。だから、だらだらと食事をつづけ、デザートに移った。レモンムースはとても軽く、飲みこむとき喉につかえる感じがなかった。こんな状況でなければ、楽しめただろうに。それがいまは、バーに行くのを遅らせる手段になっている。

これ以上ぐずぐずしていられなくなり、接客係にアフト・バーの〈フォグ・バンク〉へはどうやって行くのか尋ねた。なんのことはない、背後のスウィングドアの向こうがそのバーだった。ドアを抜けると、カフェとおなじしつらえなのがわかった。バーそのものは屋根の下にあるが、テーブルのほとんどが外に置かれている。バンドがダンス音楽を演奏しているが、それほど大きな音ではないので、叫ばなければ会話がつづかないということはないのがありがたい。ダンスフロアはひとりで踊っている人たちと、組んで踊るカップルで混み合っていた。

この船のパンフレットによれば、ほかにもバーはいくつかあるのに、ここはやけに賑《にぎ》わっている。海に出て最初の夜だから、みんな興奮して室内にいたくないのだろう。リド・デッキはそんな人たちにお誂《あつら》えの場所だった。頭上には星が瞬き、漆黒の海は波頭だけが銀色に輝き、涼しい風が髪や服をはためかせる。ジェンナーは緊張しているにもかかわらず、茫漠たる大海原に囲まれて輝く船の上にいる不思議を感じずにいられなかった。見渡すかぎりほかにあかりは見えず、海のなかに船がぽつんとあることを意識させられる。

バーのスツールがひとつだけ空いているので、そこに体をすべりこませる。人がそれこそひしめき合っているので、特定のカップルを見つけられるか心配だ。人相も知らないのだからなおさらのこと。いや、それは向こうの問題。彼らはこっちを知っているのだから、近くで彼女の注意を引きつけられるかどうかは彼らにかかっている。人ごみにずっと背を向けていれば、それがますます難しくなるだろう。

バーテンダーが彼女にほほえみかけた。「なにをお作りしますか?」

「ティーターートッター」

「ゴーストウォーターはお試しになったことありますか?　この船の看板メニューです」彼はその飲み物を指差した。三人いるバーテンダーのうちのほかのひとりがちょうど客に出すところだ。細長いグラスに入った淡いグレーの液体の底から、霧のようなものが立ちこめてゆく。

「おれがあなただったら、ゴーストウォーターはパスするな」彼女の左側で男が言い、広い肩を押しこんできた。「一気に酔っ払う。まあ、おれは注文するけど」

人の個人空間に勝手に侵入してきて、と彼女が反射的に顔をあげると、数インチ先にとても青くて真剣な目があった。ほんの一瞬時間が止まり、心臓が激しく肋骨《ろっこつ》を打ち、胃の底が抜けた。慌ててうつむき、視線をそらした。あまりにも近すぎて体温を感じるし、広い胸が肩に触れていた。遅ればせに警戒心が神経の末端を震わせた。他人に触れられるのが嫌いだ。こんなふうにすぐ近くに立たれるのが嫌いだ。とくに長身で力強い体つきの男にそうされるのは。この男のように。体を離そうとしたが、バーは混み合っていて動くには人を押しのけなければならない。

「ティーターートッターを一杯とゴーストウォーターを一杯ですね、かしこまりました」バーテンダーが言い、背を向けてカクテルを作りはじめた。

男とまた目を合わせたくないので、まっすぐ前を見つめた。彼、つきまとうつもり？　それとも、混んだバーで飲み物を注文してるだけ？　どっちにしても、気をそらされるのは困る。いまや両側とも視界をさえぎられ、まわりで起きていることがよく見えない。大勢の人が口々にしゃべっているので、誰かが口論をはじめたとしてもわかるだろうか。カクテルを受け取ったらどこか人のいない隅っこに移動しよう。

「ひとりでいらしたんですか？」男が尋ねた。体がぴったりくっついているので、彼の声が耳もとで聞こえ、あたたかく心地よい吐息が頬を撫でた。

「いいえ」彼女は言った。ほんとうだもの。ひとりで座ってはいるが、少なくとも四人が彼女を見張っている。あいかわらず顔は伏せたままだ。

「残念」彼が言う。「おれもそうだ」

彼の声にはあたたかく親しげな響きがあり、彼女は意思に反して目をあげてしまった。また、胃の底が抜けた。もっとハンサムな男に会ったことはあるけれど、これほど男の色気を感じさせる男ははじめてだった。それでいて、彼の外見にはひとつとして特別なところはない。そこが驚きだ。背は高いがずばぬけて高いわけではなく、筋肉質だがムキムキではない。短い黒髪、ブルーの目、引き締まった顎にはうっすらとヒゲが生えかけている。黒いスラックスに白いシルクのシャツという簡素な装いだ。シャツの袖をまくりあげているが、一分《いちぶ》のすきもない装いのほかの男たちよりはるかに優雅に見える。全体としてとても魅力的なのは、個々の特徴のせいというより、彼が纏《まと》っているオーラのせいなのだろう。

バーテンダーがふたりの前に飲み物を置いた。邪魔が入ってほっとして、ジェンナーはシップカードに手を伸ばした。だが、彼のほうがすばやかった。バーテンダーに自分のカードを渡して言った。「両方とも」

「かしこまりました」

これでまた彼を見ないわけにいかない。ぜったいに見たくなかったのに。視線を彼の鼻に当てる。ブルーの目は人の心をひどく掻き乱す。「ありがとう」できるだけふつうの声で言った。

「どういたしまして」彼が言い、ジェンナーの前に手を伸ばしてバーテンダーからカードを受けとろうとした。ちょうどそのとき、船がわずかに左に傾いた。乗船して以来はじめて感じた動きだ。ごくわずかだったが、すでに飲みすぎていた人たちにとっては大きな動きだったのだろう。右のほうでちょっとした騒ぎがあり、悲鳴がして、彼が不意に動いた。ジェンナーを抱くように両腕を伸ばしてバーに手を突き、その体で彼女をかばった。酔っ払いがぶつかってきて、彼が小さく「おっと」と言い、はずみで彼女のほうに押された。彼の胸が背中にかぶさり、頭が彼の肩に当たった。

「申し訳ない」酔っ払いが言い、彼も「申し訳ない」と言ってジェンナーから離れた。

「なにしてんのよ」女の声だ。酒に酔って嘲り、怒っている。「あたし、見たわよ！　お酒を取ってくるあいだも、よその女に手をつけずにいられないのね、あなたって人は」

ジェンナーは気まずい思いであたりを見まわした。エキゾチックな吊り上がりぎみの目とメリハリボディのブルネットがすぐ後ろに立っていた。この場にそぐわない着飾り方だ。肌にぴったり張りつく赤いカクテルドレスはスカート丈がやっとお尻を隠すぐらい、十二センチのヒールで危なっかしく立っている。その体の揺れが船の動きのせいなのか、血液中のアルコールのせいなのかは誰にもわからない。女はジェンナーと彼をにらみ、頭を振ってシャンデリア・イヤリングを煌《きら》めかせた。

彼がため息をついて胸があがったりさがったりするのを、ジェンナーは感じた。「きみは酔っ払っているし、はた迷惑なことをしている」彼が静かに言った。「テーブルに戻ろう」

ぶつかってきた酔っ払いがあたりを見まわし、どうしてこういうことになったのか理解しようと目をぱちくりさせた。理性はまだ残っているらしく、こう言った。「いや、あれはわたしのせいで――」

「あたしにはわかってんだから！」女はそれを無視して叫び、ジェンナーがスツールから叩き落とされないようにかばおうとする彼に近づいた。「なんであたしを誘ったりしたのよ――」

「おれにもわからない」彼の口調はきつかった。「だが、一分ごとに後悔が深まっている」

「だったら片をつけてあげるわよ！　自分の荷物を持って、とっとと出て行け、ろくでなし野郎」彼女の声は怒りの絶叫となり、涙がマスカラを解かして頬に黒い筋をつけた。人びとが声をひそめなにごとかと見守り、ジェンナーはまるで列車事故に巻きこまれ逃げ場を失った気分だった。この場から逃げだせないものかと、必死で見まわした。

彼は首を傾《かし》げ、厳しい表情になった。「おれの客室からどうやったらおれを叩きだせるのかな、ティファニー。だが、まあいいだろう。あの部屋はきみに使わせてやる。きみとこれ以上一分でも一緒にいるより、洗濯場で眠ったほうがましだからな」

ティファニー！

ちょっと、よしてよ。頭から氷水を浴びた気分だ。これがケール。

11

事態は悪くなる一方だった。ティファニーは絶叫し、意味不明の悪態を吐き散らすうち、顔が信じられないほど真っ赤になった。ケールは相手にしなかった。しないほうがいい。口で言い返さずに表情で気持ちを表わした。まるで昆虫を見るような目つきだ。かたわらではジェンナー・レッドワインが茫然自失の状態で凍りついていた。

彼がティファニーを名前で呼ぶまで、ジェンナーは騒ぎに巻きこまれて居心地の悪い思いをしていただけだった。だが、ケールは注意して見ていたので、ジェンナーが彼の正体に気づいたその瞬間を見逃さなかった。最初はまるで疑っていなかったのだ。彼は事前に電話で、シナリオの一部が変更になったことを彼女に知らせるな、と釘を差しておいた。不意を衝かれるほうが彼女の反応は真実味を帯びる、と思ったからだ。そのとおりだった。

だが、驚いたのはレッドワインだけではなかった。

おかしなことだが、写真で見て想像していたのと、実際に彼女に会って受けた印象はまったくちがっていた。写真で見たときには、面倒な女だがうまくあしらえると思った。実際に会ってみて、面倒な女なのはたしかだが、うまくあしらえるかどうか自信がなくなった。背は高くない。平均よりやや低い。それに細い。だが、無理して痩せた感じはしないから、これが自然なのだろう。胸は小さいが、いい尻をしている。大きくはなく、ただ……丸い。彼は丸い尻が好みだ。この場合はおおいに気に入った。

おしゃれはしていない。フェイスによれば、着替えをしていない。だが、オートミール色のパンツにエメラルドグリーンの袖なしブラウスという軽装でも、彼女だけがまわりから浮き上がって見えた。それは彼がじっと見つめていたからだが、客観的に見ても彼女は人とちがっていた。背筋をすっと伸ばし、よそよそしく、その視線を向けられた者は、服に食べこぼしでもついているのではないかとこっそりたしかめたくなる。仕草からも態度からも、その下に攻撃性を秘めていることが窺《うかが》える。ジェンナー・レッドワインは欲しいもののために戦う女、それを邪魔する者には容赦しない女だ。

一分たりとも彼女から目を離すわけにはいかない。おとなしく言うとおりにしろと脅したところで、従うような女ではない。彼の頭のなかにそういう考えがよぎった瞬間、ジェンナーはスツールからすべりおり、じりじりと横に動いていた。まわりから見れば、不愉快な騒ぎから逃げだそうとしているだけだ。

ありがたいことにティファニーもこれに気づき、絶叫した。「〝あたしには関係ありません〟って顔で逃げようたってそうはさせない！　あんたがいちゃつくの、この目で見た

――」

「あたしはあなたを知りません」ジェンナーはそう言って彼女の言葉をさえぎった。ケールはこれを機に体の向きを変え、彼女の退路をふさいだ。彼女はグリーンの目を細め鋭く一瞥《いちべつ》した。ふたりまとめて頭を叩き割ってやれたら本望だ、とその顔が言っている。「それに、彼のことも知りません。だから、みっともなくいちゃもんつけるのやめてもらえませんか」そこで知り合いと目が合ったらしく、〝なにがなんだかわかりません〟の顔で肩をすくめた。いい子だ。真に迫っている。ブリジェットには、演じたことはない、と言ったらしいが、あんがい演技派かもしれない。

フェイスがすかさずティファニーに近寄り、その肩に腕をまわしてやさしく話しかけた。ティファニーは泣きだした。ほんものの涙が頰を伝い――どうやったらできるんだ？――フェイスはなんとか彼女をバーから連れだした。沈黙が広がった。ライアンが気遣いを見せてケールに近づいてきた。ライアンもたいした役者だ。彼は歩くときわずかに足を引きずる。だが、人前ではわざと誇張してみせる。それが彼の特徴の一部になっているからだ。ケールはいままでに、ライアンがそのことを忘れるのを見たことがなかった。「彼女ひとりにきみたちの部屋を使わせるとは太っ腹なことだ」野次馬にちょうど聞こえるぐらいの声で、彼が言った。

ケールは肩をすくめた。「まさか叩きだすわけにもいかないだろう？」彼とライアンは申し合わせたようにうまく並んで、ジェンナーを挟み撃ちにした。これでどこへも行けない。彼女がいらだちをあらわにしたので、ケールは笑いをこらえるのに苦労した。

「個室の割り振りで手違いがあったらしくてね」ライアンが言った。「ぼくのスイートはベッドルームがふたつあるんだ。ひとつでいいのに。よかったら余っている部屋を使ってくれたまえ」

「そいつはありがたい。だが、その前に空きがないか訊いてみるよ。満室だって話は聞いてないだろう？」

ライアンは肩をすくめた。「聞いてないね。でも、空きがなかったら、どうかぼくらの部屋を使ってくれたまえ。フェイスにはそう言ってあるから、心置きなく使ってくれていい」

彼はそこでジェンナーに向かい、笑みを浮かべた。「旅のはじまりがこれじゃあね？」

「ほんと」彼女は言い、じりじりとふたりから離れようとした。

ライアンが彼女の肘をつかんで引き留めた。「きみたち、実際にそういうことになっていたの？　それともいちゃもんをつけられた？」

「ああ、おれたち、会うのもはじめてだ」彼女が返事をする前にケールが答えた。彼女に受け答えさせるのは最小限におさえたほうがいい。

「おやおや、そりゃご愁傷さま」ライアンが同病相哀れむの笑みを浮かべた。「ジェンナー・レッドワイン、こちらはケール・トレイラー」

「はじめまして」ケールは手を差しだした。彼女の目に一瞬浮かんだ表情が、コブラに触れるほうがまだましだ、と言っていたが、いちおう手を差しだしたので、ケールをそれを握った。やさしく、だが必要以上に長く握っていた。彼女の指は細くて冷たく、肌はやわらかだ。思いがけずきつく握り返してきた。彼女が顔をあげたので、つかの間、ふたりの目が合った。無表情を崩さなかったが、彼女のなかで反抗心がめらめらと燃えているのを知るのに、それで充分だった。彼女をここから連れだす必要がある。それもいますぐ。

頭を少し倒して彼らの会話を盗み聞きしようとする、詮索好きな野次馬におかしいと思われないよう、彼はライアンとしばらくおしゃべりをつづけた。余ったベッドルームを提供してくれたことに、ケールはもう一度礼を言った。ようやく体の向きを変え、ジェンナーの飲み物と、自分が頼んだゴーストウォーターをバーカウンターからとり上げる。ゴーストウォーターというのは、グレイグース・ウォッカとアブサン——それもほんものの——と、ほかに二種類の酒からなる強いカクテルだ。彼は飲んだことがないが、この霧のようなカクテルを、水のように飲んでいる人は大勢いた。

彼はゴーストウォーターに目をやり、顔をしかめて脇に押しやった。「ティファニーの分なんです」彼がジェンナーに言う。「彼女はすでに一杯飲んでいて、もう一杯飲むと言ってきかなかった。ゴーストウォーターみたいな強いカクテル、一気に飲んだら酔うにきまっているのに」

彼女はうなずいただけでなにも言わなかった。いいぞ。いまはなるべく口をきかないほうがいい。誘ったらおとなしくついて来てくれさえすればいい。

バーをぐるっと見まわす。ほとんどの人がそれぞれのおしゃべりに戻っており、音楽もまたはじまっていた。顔見知りのひとり、ふたりに会釈して、言った。「少し歩きませんか。体を動かしたい」

「ふたりで行ってくればいい」ライアンが言った。「ぼくはティファニーの様子を見てくるよ。彼女の世話をフェイスにばかり押しつけるのもなんだから」

リド・デッキは人が多くてまともに歩けないし、彼としてはジェンナーをほかの人たちから引き離したかったので、階段をのぼった。気がつくと、ジェンナーはケールと並んでスポーツ・デッキを歩いていた。こちらは人もまばらだ。ふたりとも無言だった。彼女はまっすぐ前を見てずんずん歩く。まるで一マイルを十五分の速さで行軍しているようだ。彼が腕をつかんで引き止めた。「まるでおれから逃げだそうとしているように見える」

「あなたの思いすごしです」彼女は皮肉たっぷりに言った。まったく、口の減らない女だ。困ったことに、彼女を見るたび、その口がますます好きになる。

「友だちのことを考えるんだな」彼が口調を変えずに、でも声をさらに低くして言った。音は風で飛ばされるし、上階のここは船の動きで起きる風が強くて、彼女の髪を巻き上げ、服を体にへばりつけさせる。いい風だ、と彼は思いながら、小さな胸の形を惚れ惚れとながめた。彼女が体を震わせ、剝きだしの腕を両手でさすったので、胸が彼の視界から消えた。

「考えているわよ。あなたを海に突き落とさないのは、そのせいだもの」

「だったらもっとよく考えることだな。おれたちがいい雰囲気になりかけているという印象を与えるための努力を、きみはこれっぽっちもしていない」

「いったい誰に与えるの？　まわりに人なんてほとんどいないのに」彼女は言った。それはほんとうだった。彼らとおなじようにそぞろ歩くカップルが幾組か、それに男がひとり、かなり離れた場所で煙草を吸っているだけだ。ディーン・ミルズだ。ラーキンに雇われている警備責任者。煙草を吸いに出て来ただけか、それともラーキンが彼をよこした？　どっちにせよ、ほんものらしく見せなければ。

「与える必要があるかどうかはおれが決める、きみじゃない。そのおれが言ってるんだ。いま与えろ、とね」彼女を自分のほうに向かせる。体は触れ合っていないが、充分に近い。彼女がはっとして彼を見あげた。その瞬間、彼のなかでなにかが凍りついた。彼女を横たえて体を重ねたら、こんなふうに見上げるのだろうか。慌ててそんな考えを締めだす。この仕事にはそんな馬鹿げたことが入りこむ余地はない。それでも、ほんものの恋人らしく見せなければならなかった。長いこと彼女をじっと見つめ、やおらウェストに両手をずらして引き寄せた。「本気でおれにキスしろ」彼は命じ、顔を近づけた。

彼女はしなかった。マネキンみたいに固くなって、両腕を脇に垂らし、頑固に唇を閉じていた。

「印象を与えるんだ」彼は唇を重ねたままうなり、口をななめにして舌を押し入れた。ジェンナーは体を震わせ、両腕を彼の首に巻きつけた。

それでも胸や腰が彼に触れないよう必死で体を引いていた。ラーキンの手の者に見られているところで、それはまずい。シドは抱く腕に力を入れて彼女を抱き寄せ、胸も腰も腿も密着させた。そうやっていると、彼女が感じているのがわかった。自動的に反応するイチモツを武器にして、彼女に協力を強いた。こっちに彼女やシドニー・ハズレットを傷つけるつもりがあるのかどうか、彼女にはわからない。恐怖こそが彼女を協力させる唯一の手段なのだから、わからないままにしておかねばならない。

「やめて」彼女がささやいた。彼女が懇願しているという事実が、怯えていることの証だ。彼女の胸のなかで心臓が激しく脈打っているのがわかる。慰めてやりたい衝動を締めだす。

「だったら本気なふりをしろ」彼は言い、もう一度キスした。

彼女はほんの一瞬ためらったが、言われたとおりにした。恐怖は彼女本来の反応ではないのだろう。なぜなら、いま感じるのは怒りだけだ。怒りが電流のように彼女の体内でブンブンうなっている。細い体を押しつけてきて、キスをする。まるでその唇で彼に火をつけようとするように。イチモツが完全に目覚め、手すりに彼女を押しつけ全体重をかけて押さえこむと、おなじほどの激しさで彼女が応えてきた。

クソッ。こんなに本気になるとは、予想していなかった。

〈フォグ・バンク〉にいるほかの客たちと同様、フランク・ラーキンもバーで繰り広げられるくだらない痴話《ちわ》喧嘩を見物していた。ジェンナー・レッドワインがいるのはわかった。隣りのスイートに彼女とハズレットの娘を割り振ったときに写真を見ていたからだ。だが、喧嘩しているカップルは知らなかった。

「あれは誰だ?」ラーキンはキース・ギャズレーに尋ねた。シアトルの実業家だ。眼光鋭いギャズレーは、三人めのトロフィーワイフを連れてやってきた。再婚相手がどんどん若くなっている。このいちばんあたらしいのは、子供たちよりも——最初の妻とのあいだにできた三人の子供たちよりも——若い。女の子と男の子を儲けた二番めの妻——つまり最初のトロフィーワイフ——は、彼より十五歳若いだけだった。最初の妻に有り金すべて巻き上げられ、すっかり懲りた彼は、以後、結婚前の取決めを行なうことにした。

「知らないな」ギャズリーが答えた。わめき散らす女のぴっちりした赤いドレスの胸もとから飛びだしそうな乳房に、彼の視線は釘付けだ。「だが、なかなかいい」

四度めの結婚生活はすでに波乱含みなのだろう。ギャズリーを軽蔑する気持ちを隠し、ラーキンは体をずらしてディーン・ミルズに合図を送った。警備責任者に短い指示を出し、ショーのつづきを見物した。

黒髪の女は酔っ払ってわけがわからなくなり、誰の言うことにも耳を傾けなかった。彼女がわめき散らすのを、相手の男は冷ややかに撥《は》ねつけるように見ていた。あすになってどんなに謝ろうと、おれたちの仲は終わりだ、とその表情が言っている。べつの男が、すべて自分が悪いのだと言っている隙に、ジェンナー・レッドワインは気まずそうな顔でじりじりとその場から離れようとしたが、野次馬に阻まれて身動きができなかった。

ディーン・ミルズが戻ってきて、ラーキンに命じられた調査結果を小声で伝えた。男はノース・カリフォルニアから来たケール・トレイラー。レストランと洗車場、それにコインランドリーをいくつも経営している。女はティファニー・マースターズ。生きるために体を売る以外、まっとうな仕事にはついていない。

ディーンは詳しい説明を加えなかった。その必要はない。トレイラーがやっているような商売が、資金洗浄《マネーロンダリング》の格好の隠れ蓑だということは百も承知だ。つまり、彼には裏の稼業がある。それがわかって安心した。隠し事のある男は、他人の秘密を嗅ぎまわったりしないものだ。

頭が痛い。いつもより痛みがひどかった。音楽がガンガンと頭に響き、視界さえも脈打っているようだ。初日の今夜は顔見せをしなければならないので、痛みを脇に押しやった。具合が悪いことを誰にも悟られてはならない。さもないと死ぬ前にハゲタカどもに骨をつつかれる。ここにいる連中はみなハゲタカだ。金が自分をほかの人間よりもましにしてくれていると思っている、金持ちのハゲタカだ。いずれ思い知らせてやる。自分たちがいかに愚かか、彼のほうがつねに賢く、彼らの金を奪い取って陰であざ笑っていたことを、思い知らせてやる。

痴話喧嘩の現場に知っている顔が現われた。フェイス・ナテッラ。それに夫のライアン。もともとはラーキンのスイートの隣りを予約していた夫婦だ。彼女がマースターズに近づいて肩に腕をまわし、連れだした。

ソープオペラよりはましだが、馬鹿ばかしいことに変わりない。今度はライアン・ナテッラがトレイラーに話しかけた。彼にジェンナー・レッドワインを紹介したようだ。ふたりが握手している。ラーキンが「どういうことになるか見てこい」と耳打ちすると、ディーンは人ごみに消えた。しばらくして、トレイラーとレッドワインがバーを出た。ディーンがこっそり後をつける。

ラーキンの見たところ、トレイラーは渡りに舟とばかり、たいした価値のない女を厄介払いし、数億ドルの価値のある女をものにしようとしている。けっこうなことだ。いずれにしても、彼らだってそれほど長く生きられるわけではない。

12

スイートに戻るころには、ジェンナーは恐怖で過呼吸になっていた。怯えれば怯えるほど、怒りが募る。人前でどれほど頻繁に、どれほど深いキスをしたとしても、ふたりきりになったとき彼の言うままになってたまるか、という気分だった。進んで彼に触り、触られていたのはドアの前までだ。

彼はすばらしく優秀な役者で、それがよけいに恐ろしい。こっちがそれだけ不利になるからだ。なにを信じてよくて、なにを信じてはいけないか、どうすればわかるの？　彼は役になりきっているので、事実を知らなければ、男からこんなふうに真剣に迫られて心臓がばくばくいっていただろう。遊びという感じがしないし、彼をよく知るための時間を与えてくれない。彼の動きのすべて、彼のまなざしのすべてが、欲しいと思っている女に夢中になっている男のそれだった。

実生活では、男に大きな顔をされたらすたこら逃げだしているだろう。ボス面をする男には我慢ならない。ケールはボス面をするだけではない。紛れもなく残酷だ。それがわかり、恐ろしくて歯がカチカチいいそうだった。

彼は赤い革のショルダーバッグをとり上げて、キーカードをとりだした。彼女は歯を食いしばって立っていた。そうしないとバッグを奪い返そうとしそうだ。彼女を知る人はだれも、彼女がこんな男の横暴を許すなんて信じないだろうが、シド以外の誰が素顔の彼女を知っている？ 彼女とシドが親友になったのは、ふたりとも世の中にうまく適合できないからだ。

誰かが通路をこちらにやってくる。ジェンナーはそっちを見ないように顔を伏せ、カードをロックに挿入する彼の手もとと小さなライトがグリーンに光るのを見つめていた。大きな手だが、形がよくて硬い。見た目も触った感じもそうだった。昔から一貫して体を鍛えている。武道もきわめているのだろう。彼女のかじった程度の柔道など彼には通用しない。

彼はカードを引き抜き、ドアを開けて彼女を先に通した。背中に当たるたこのできた手のひらがあたたかい。

なかに入って背後でドアが閉まるやいなや、ジェンナーはくるっと振り向いた。怒りで頬を赤く染めて、啖呵《たんか》をきった。「レイプさせやしないから、わかった？」

「大声を出すな」彼はジェンナーの肘のすぐ上を握ってドアから離れさせた。そこで立ち止まる。赤いバッグを手に持ったまま、彼が冷ややかな目で彼女をながめまわした。「おれが間違っていたらそう言ってくれ。だが、おれが考えるに、レイプの概念に〝させる〟は含まれない。だが、安心していい。きみに関心はない」

「ええ、あなたの無関心はよくわかっているもの」言ってから後悔した。彼のペニスの具合について議論したくなかった。彼にそう言われたところで気休めでしかない。彼女はいまもって不安でいてもたってもいられず、本能的な反応は戦うことだ。

彼は愉快そうな顔をした。「きみは男をよく知らない、そうだろう？」

「充分知ってるわよ、どうも！　ちょっと！」最後の言葉は悲鳴だった。彼が左手のベッドルームに引きずりこんだからだ。胃の底が抜け、いきなりパニックの大波が寄せてきて思考を呑みこんだ。全身を使って彼に突撃を仕掛けた。空いている手でパンチをくらわせつつ、彼の手を振りほどこうと腕を思いきり後ろに引き、彼の足を踏みつけようとしつつ肘鉄と頭突きを食らわせた——ただ戦わなければという思いに衝き動かされ、戦術もへったくれもなく、持てる力をすべて使った。彼女の最初の一撃が顎をとらえると、彼はうなって体をひねるだけで、彼女の努力をすべて無にした。攻撃しようにも標的は彼の肩と背中しかない。腕をつかむ手の力は一瞬たりとも緩まなかった。彼女はいらだち、恐れおののき、残された唯一の武器を行使した。彼の上腕の裏側に咬《か》みついたのだ。

「クソッ！」彼が食いしばった歯のあいだから言い、体をひねって彼女を撥ね飛ばした。ぶっ飛んでベッドに着地して跳ね上がる。歯がカタカタいった。必死にバランスをとって体をねじり、ベッドの向こう側に転がり落ちようとしたが、ヘビさながらのすばやさで彼が飛びついてきて、彼女の手首をつかみ、ベッドから引きずりおろしベッドサイドの椅子に叩きつけた。

一瞬の出来事だったので、彼女は椅子の上で手足を投げだし、わけがわからず目をぱちくりさせたまま貴重な数秒を無駄にした。彼はポケットからプラスチックの拘束具をとりだして彼女の手を縛り、二度強く引っ張って彼女を椅子にくくりつけた。上体を起こして彼女をにらみつける。ブルーの目が冷たく光る。

「きみは手に負えないとブリジェットは言っていた」彼がうなるように言った。「だが、狂暴だと付け加えるのを忘れた」

状況を把握するためにはめまいを抑えなければならない。ジェンナーは大きく息をつきながらにらみ返した。なに――？　そっちこそ――

「あなたのほうこそ――」言いかけたが呂律《ろれつ》がまわらないからやめた。

「これきりにしろ」彼が怒鳴り声に近い口調で言った。「腕力でおれに勝てるわけない」携帯電話をとりだし、親指で二桁の番号を押した。「氷を持ってきてくれ」つっけんどんな言い方だ。怒りがおさまっていないのだろう。「クソ女が咬みやがった」彼女が座っている場所からでも、電話の相手の笑い声が聞こえた。

どういうわけか、彼は笑われても意に介さない。耳を傾けながら口もとをゆがめて半笑いを浮かべた。「きみが正しかった」彼は言い、携帯電話を閉じた。

「あたしはクソ女じゃない」自己弁護の必要性を感じて、彼女は言った。いやになるぐらい声が震えていた。「怖かったんだもの」

彼は無視した。ベッドへ行き、彼女のバッグを開いて逆さまにし、中身を空けた。たいしたものは入っていない。入れようにも小さすぎる。口紅、シップカード、ブレスミント、運転免許証とパスポート、クレジットカード、小銭がベッドカバーの上を転がった。携帯電話はない。ブリジェットにとりあげられた。

彼はファスナーつき内ポケットまで調べたが、空っぽだった。爪ヤスリや爪切りの類《たぐい》は持ち歩かない。乗船したとき持っていたトートバッグは、フェイスが調べて、武器や道具になりそうなものはすべて持ち去った。いまここに爪切りがあったら、椅子に縛りつけているプラスチックの拘束具を切ることができるのに。シドのせいでどこに行くことも、なにをすることもできないが、拘束具をどう思っているか行動で示してやることができたら、どんなにスカッとするだろう。

爪ヤスリがあれば、彼を刺すことができるのに。もっとも、たとえ手にヤスリを握っていたとしても、なんの威力も発揮しない。航空会社の決まりで金属製のヤスリは持ちこめなかったからだ。彼女が持ってきたヤスリは発泡プラスチック製のやわなやつで、指の爪のでこぼこを削る以外は無用の長物だ。それが必要なときに彼女から武器を剥奪したという理由で、国土安全保障省を訴えたらどうだろう。その武器が金属製爪ヤスリであっても。

ベッドルームの通路側の壁に作りつけのクロゼットに、彼は調査の手を伸ばした。開いたままの扉越しに、解かれた荷物が見えた。荷物が運びこまれた後で、ブリジェットがスイートに再度やってきたのだろう。ケールも衣類はすべてポケットのなかまであらため、靴もバッグも隅の隅まで調べた。おなじことをブリジェットがやっただろうに。つまり、彼はブリジェットを信用していないか、細部まで念をいれて調べるのが彼らの流儀なのか。前者だったらおもしろいけど、きっと後者だろう。この一味の徹底ぶりには恐れ入る。

ドアにノックの音がした。ブリジェットが氷を運んできたのだろう。ケールはジェンナーをほっぽらかしにし、ドアを開けてブリジェットを入れた。ブリジェットの話し声がジェンナーにも聞こえた。「ご依頼の氷を持ってきました、サー」

「ありがとう。テーブルの上に置いてくれたまえ」

「かしこまりました」

ふたりの丁寧な言葉遣いは、通路を歩く人に聞かれるのを想定してのことだろう。ドアが閉まり、ブリジェットがベッドルームの戸口に姿を現わし、椅子にくくりつけられたジェンナーを見て馬鹿みたいににんまりした。ケールが彼女の横をすり抜けて入ってきて、バスルームからハンドタオルをとり、リビングルームに戻った。ブリジェットは無言でリビングルームに戻ったが、楽しそうに目を輝かせていた。ジェンナーがケールを咬んだことと、ケールがジェンナーを椅子にくくりつけたことのどちらをおもしろいと思っているのか、知る由もない。

「あらっ」一瞬の後、ブリジェットが言った。「あざになってる。さあ、腕を出して」

ジェンナーのいるところからはリビングルームの様子はまったく見えないが、彼らの話し声はよく聞こえるし、こちらがたてる物音は彼らに筒抜けだ。手首を椅子に固定しているプラスチックの手錠に目をやる。固定されているのは片手だけだから、なんとかはずすことはできるかもしれない。でも、彼の気を挫く満足感以外に得るものがあるだろうか？　どこにも行けないし、助けを呼ぶこともできない。シドを危険にさらすことはなにもできなかった。ここにじっと座っているしかないのだ。

少なくとも精神的、肉体的に立ち直る時間を持つことはできる。苛酷なワークアウトをやった後で八キロ走らされたほどの疲労感だ。息はあがったままで、心臓が激しく脈打っている。噴出したアドレナリンはすでに燃え尽き、体はぐったりしているが、脳味噌はふたたび回転をはじめた。

結果はさておき、まずは現状を受け入れるしかない。彼らはシドを押さえている。だから、彼らの計画がなんであれ成功するように、できるかぎり協力するしかない。シドのために彼女ができるのはそれだけだ。人前で彼らの言いなりになるからといって、人が見ていないところですったもんだを起こさないということではない。それでも、あん畜生《ちくしょう》に夢中になっているふりをしろと言うのなら、オスカー級の名演技を見せてやろうじゃないの。

いまさらながら痛みに意識が向き、見おろすと腕に彼の指の痕がくっきりりついていた。攻撃を仕掛けた彼女をとり押さえようと、彼が握ったその痕だ。あざができたのは彼だけではなかった。そこでべつのことに思いが向いた。

「ねえ」ジェンナーは声をあげた。「こっちにも氷をちょうだい」

「いやだね」ケールが言った。氷を彼女と分け合うつもりはないのだ。

「あなたのあざはシャツの袖で隠れるけど」きつい口調で言う。「あたしは腕をおおう長袖の服は一枚も持ってきてないの。乗船客のなかにはあたしを知る人間がひとりならずいるのよ。あたしが虐待されて我慢するような女でないことを、彼らは知っている。氷を持ってきて、このあざを薄くするのを手伝ったらどうなのよ」

ケールとブリジェットがまた現われた。彼はシャツを脱ぎ、氷をタオルで包んだだけの氷《ひょう》嚢《のう》を手に持っていた。ジェンナーは彼の筋肉質の体を見たくなかったので、胸毛のある胸からブリジェットへと目を向け、赤い筋の入った腕をこれみよがしにあげて見せた。

「氷を取ってくる」ブリジェットは踵を返し、リビングルームから氷のバケットを持ってきた。バスルームに入り、少し声を大きくして尋ねた。「あなたたち、いったいなにをやったの？　ドアを入るなり素手で殴りあった？」

「彼女はそうだ」ケールがぼそぼそ言った。「おれは彼女を椅子に放って、そこにくくりつけただけだ」

正確に言えばそうだ。彼はやり返さなかった。彼女を殴らなかった。椅子にくくりつけたのも、彼女に咬まれたからだ。でも、それで点数を稼いだと思っているとしたら、大きな間違いだ。「謝るつもりないから」彼女はぴしゃりと言った。「誘拐犯は謝ってもらえない。やられて当然なんだから」それでも、彼は危害を加えようとはしなかった。一瞬で十歳は老けこむほど彼女をびびらせたけれど、よく考えてみれば、彼が故意にしたことではない。なにかが起きつつある。裏でなにかが。でも、なにが？

ブリジェットがバスルームからもう一枚タオルを持ってきて氷を包み、ジェンナーの腕に巻いてくれた。冷たさに、ズキズキする痛みが消えてゆく。

「ほかに入用《いりよう》なものは？」ブリジェットがケールに尋ねた。「そろそろ仕事に戻らないと。ほかの客たちから要望が入るかもしれないし」

「リストに書いておいたものがすべてそろっているなら、こっちは大丈夫だ」

「すべてここにそろってるわ。二度確認した」

「だったらはじめるとしよう。奴がスイートに戻ったら連絡してくれ」

ブリジェットはうなずき、出て行った。

〝奴〟って誰？　口に出して尋ねなければ疑問は解決されないので、ジェンナーは尋ねた。

「いったい誰の話をしてるの？　〝奴〟って誰？」

「きみには関係ない」彼は言い、クロゼットからダッフルバッグをとりだした。見たことのないバッグだから、ブリジェットがそこに置いていったのだろう。

「そうかしら。あらゆることを考え合わせると、あたしに関係あると思われるんだけど」彼女は言い、手にはめられたプラスチックの手錠を指した。そろそろシャツを着てくれないと、目のやり場に困る。

「黙っていないと猿ぐつわをかませるぞ」

彼ならそうするだろう。彼を見ないようにしていたことも忘れてにらみつけたが無駄だった。彼はこっちを見てもいない。ダッフルバッグの中身をベッドの上に並べるのに忙しい。いずれも電子機器の類だ。その使い道となると、ワイヤーと付属品と道具は見たところ——

「それってドリル？　ドリルなんてどうして必要なの？　なんの穴を開けるつもり？」

「きみの棺桶の蓋を閉じるのにネジをはめこむ穴だ」彼がうなるように言う。「黙ってろ」

彼を怒らせるのに成功した。ざまあみろ。彼が作業にすっかり集中するのを待って、むっつりと言った。「トイレに行きたい」

彼は頭をガクンと垂れ、目をつむった。

「我慢できない。おしっこはみんなするじゃない。ダース・ヴェーダーだってする。ライフスーツを脱がずにどうやってするのかはわからないけど。あなたがティーターートッターを飲ませなければ、いま行きたくはならなかった。つまりあなたのせい」ほかにも彼を怒らせる言葉が頭に浮かんでいたら口に出しただろう。なぜなら、怒らせたら彼がどうするか、どこまでやるか見極めたかった——見極める必要があった。

彼はうんざりした顔で、ベッドに並べた道具類からワイヤーカッターをとり上げ、彼女を椅子にくくりつけたプラスチックの手錠を切った。皮膚と手錠のあいだに、ワイヤーカッターがするっと入った。もっときつく締めようと思えばできたということだ。

自由になった手で氷を包んだタオルを腕に押しつけたまま、ジェンナーは彼に付き添われてバスルームに入った。バスルームから出るにはベッドルームを通るしかないのに、彼はなぜついてきたのだろう。前回、フェイスに監視されてここに入ったとき、武器になりそうなものがないのは見てわかっていた。彼がこっちの誘いに乗って石鹸の上に足をつき、すべって転んで頭をぶつけないかぎり。

「ドアをロックするな」彼が命じた。

どこまで彼を怒らせればこっちの気がすむのか考えて、いまはこれぐらいにしておくことにした。最初から多くを望んではいけない。本気で彼の忍耐力を試して、彼がどう反応するかわからないのだから。彼のことも、その度量の大きさもわかっていない。うっかり間違ったボタンを押して、シドに危害がおよんだら大変だ。それも彼の反応を試してみたばっかりに。だから、ドアをロックせず、彼が耳をそばだてていることも考え、ちゃんと用を足した。

手を洗いながら鏡をのぞくと、疲れて青ざめた顔が見つめ返してきた。いったいいま何時？　腕時計を見て、疲れた顔をしているわけだと思った。いまは太平洋標準時で午後十一時。東部標準時でいくと夜中の二時。けさ起きたのは夜明け前だったから、二十四時間近く眠っていない。

彼がドアを開けた。「長すぎるぞ。出て来い」

両手を拭き、氷で冷やした腕の部分を見て、これ以上冷やす必要はないと判断した。ハンドタオルをほどいてなかの氷を洗面台に捨て、タオルを広げてタオル掛けに掛けた。バスルームを出ると、彼が先に歩いて彼女とドアのあいだに立ったので、腕の三頭筋の彼女が咬んだ部分が紫色に腫れているのが見えた。彼のほうが氷を当てておく必要がある。もっとも泳がないかぎり、彼が人前でシャツを脱ぐことはないだろう。

その背中の筋肉を二等分する背筋の窪みを見つめながら、いますぐにシャツを着てくれればいいのにと思った。

「もうくたくた」彼女は言い、目の前の男らしい背中から意識をそらした。男の見た目に心を惑わされて良識を失ったのは、はるか昔、ディランと付き合ったときのことで、まだ二十三歳だった。あのときだって夢中になったのはほんの短期間だ。いまでは根性も据わっている。「なにをしてるのか知らないけど、あすまで待ってるんじゃないの。あたしをここに閉じこめて、あなたはドアの向こう側にもたれて眠ればいい。頼むから眠らせてちょうだい」

「おれがやってることはあすまで待てない」彼がそっけなく言った。「きみが邪魔をすればそれだけ時間がかかる。だから黙って座っていろ。わかったか?」

わかった。彼に押されてさっきとおなじ椅子に座り、ほんものの手錠をかけられて椅子に固定されれば、わからないわけにはいかない。

手首にかけられた金属の手錠に目をやる。プラスチックのよりもずっと人を不安にさせる。これはほんものの手錠、そして、彼らがなにをやるつもりにしろ本気も本気だ。ジェンナーはそう肝に銘じた。

13

ケールはベッドルームの床に腹這いになり、ラーキンのスイートに接する壁の根本に小さな穴を開けていた。ラーキンがいつ戻ってくるともかぎらないが、話しかけてくる相手によっては、クルーズの主人役としてあと一時間ぐらい居残っているだろう。ラーキンが戻ってくるまでにこの作業をやり終えておかないと、出航して最初の夜を、目と耳で得る収穫がない状態で過ごすことになる。その選択肢は避けたかったから、ほかのことはすべて無視して手もとに意識を集中した。隣りのスイートに少なくとも〝耳〟だけは確保しておきたかった。

ふだんならなんなく集中できる。だが、ふだんなら、絶え間なく話しかけてくる女はそばにいない。

彼女なら役を演じきる根性があると思った彼の読みは、間違っていなかった。彼女が面倒を起こすだろうと思ったことも、的はずれではなかった。今度ばかりは、自分の読みがはずれていればよかったのにと思う。彼女がシドニー・ハズレットとおなじタイプだったら、どんなにか楽だったろう。ハズレットは怯えて泣いたが、歯向かう素振りも見せなかった。レッドワインに言ったこととおなじことを、ハズレットにも伝えた。友人の安全は彼女の行動にかかっている、と。つまり、たがいが相手にとっての人質だ。ハズレットを監視している者たちによると、彼女はおとなしいらしい。だが、レッドワインときたら、おとなしいなんてものじゃない。

被害妄想の馬鹿クソ野郎のラーキンが、土壇場でスイートの割り振りを変えたことを、ケールは声に出さずに毒づいた。それまで計画はいたって単純なものだった。ライアンとフェイスがそもそも泊まることになっていた、ラーキンのスイートの向こう隣りのスイートに情報収集に必要な監視装置を設置して、電話による交信や船内ミーティングや訪問客とのやりとりを傍受する。ライアンとフェイスがあっちのスイートに泊まっていれば、こんな手のこんだ恋愛ごっこは必要なかったし、誘拐も必要なかった。いまごろは監視装置の設置とテストを終えていただろうに。ところがいまや、リビングルームではなくベッドルームに〝目〟と〝耳〟となる装置を設置せざるをえない――それに、自分がしていることについて、質問攻めにあわざるをえない。

「あなたはなんなの、盗人？　なにしてるの？　それはカメラ？」彼女が椅子の上で動いているのが気配でわかった。床の上にきちんと並べた備品がよく見えて、彼のしていることがよく見えるように体をねじったのだろう。「ただの変態趣味を満足させるために、そんな面倒なことをやってるわけね」

ケールは穴を開ける作業を中断して進捗《しんちょく》具合をチェックした。船の壁に穴を開けるのは、家の壁に穴を開けるのとは勝手がちがう。安定度をあげ、騒音を軽減するための装置がちがうし、配線もちがうし、コードそのものもちがう。

ラーキンのスイートは百二十平米（約三十七坪）もあり、反対の端にあるリビングルームが、ライアンとフェイスが予約していたスイートと接している。ベッドルームとリビングのあいだがダイニングルームだ。彼が使用する装置は感度がよく、ベッドルーム全体、それにダイニングルームの一部の音を拾うことができる。だが、リビングルームで話されることは聞きとれない。彼の電話に盗聴装置を仕掛け、コンピュータを持っていればそれにもアクセスする必要があった。いずれにしてもすべきことだが、問題の多くは部屋のレイアウトのおかげで生じたものだった――その最たるものが、背後の椅子に手錠でつながれている厄介ものだ。彼女がその減らない口ですべてをばらさずにこの計画がうまく遂行できたら、それは奇跡以外のなにものでもない。うっかりして彼女がへまをしでかさないよう、四六時中、手綱を引き締めなければ。それができるのは、彼以外にいなかった。

すでにブリジェットをいらだたせ、フェイスの平静さを失わせた。ティファニーは……なにがあっても平静さを失わないが、彼らが演じた茶番劇のせいで、ティファニーとレッドワインは誰の目にも宿敵同士に映っているから、ふたりが一緒に行動するのは不可能だ。乗組員という隠れ蓑を着ている以上、マットにもそれはできない。残るはライアンで、ケールと同様に優秀だが妻帯者だ。フェイスと仲睦《むつ》まじいのは周知の事実だから、レッドワインのスイートにいるのが見つかったら言い訳がたたない。そのうえラーキンは被害妄想だ。隣りのスイートのもともとの宿泊客であるフェイスかライアンが、反対側のスイートに入り浸っているのがわかれば、ひどく警戒するだろう。

つまり、ケールしかいない。神よ、お助けください。頭のなかでそう唱え、ため息をつく。

「どんな計画か知らないけど、うまくいくわけない。あなたとあたしが懇《ねんご》ろになるなんて、誰が信じるもんですか。乗船客の何人かとは顔見知りだし、あなたがあたしのタイプじゃないことを知っている。そのうえ、恋人と別れたばかりの男を、あたしが自分のスイートに入れるなんて、誰も信じないわ」

スポーツ・デッキでしたようなキスを、これからも彼女がやるとしたら、みんなが信じるだろう。その記憶が完全に形をとる前に、ケールは握りつぶした。いまはムラムラッとすることだけは避けたかった。二本の非常に細いケーブルを、いま開けた穴からラーキンのベッドルームに押しこむ作業に意識を集中した。一本のケーブルの先端には小さなマイクが、もう一方の先端にはおなじように小さなカメラがついている。ブリジェットから渡された図面によれば、マイクとカメラは、ベッドルームの片隅をおおうように置かれた大きな植木鉢のかたわらに出ることになる。

音声と映像が一体になったケーブルを使うこともできるが、単体のものに比べて感度が落ちるというのが彼の持論だった。二本のケーブルを撚り合わせて硬い管に入れてしまえば、これほど細かい神経を使わずにすむが、それぞれを好きなように動かすことはできない。カメラはすでに作動中だから、ほんの二センチほど穴にケーブルを差しこみ、カメラが拾う映像を見ながらマイクの位置を決め、動かないようにケーブルをテープで固定した。つぎにカメラのケーブルを穴の向こう側に出して位置を決める。最大の問題は、ほんのちょっと触れただけでマイクの位置がずれてしまうことだ。

そういう事態がまさに起きていた。カメラのケーブルが触れたとたん、マイクのケーブルが動いた。声に出さずに毒づき、最初からやり直した。カメラのケーブルとマイクのケーブルをなんとか固定したときには、汗びっしょりになっていた。穴からほんの少し出ているだけなので、よほどのことがなければ気づかれないだろう。モニターの読み出し情報をチェックし、望ましいアングルが得られるまでカメラの向きを微調整した。どちらのケーブルもずらすことなく微調整が終わると、内心でほっとため息をついた。最後に床と壁にダクトテープを貼った。

「ケールって名前の由来はなんなの？　野菜かなにかから取ってつけたの？」

作業が終わっていたので、冷ややかな一瞥を彼女にくれた。「スペルはC-A-E-Lだ。ああ、たしかに野菜のケールと発音はおなじ、だがそれだけだ。きみのほうは命名にまつわる逸話がありそうだな。ジェンナーという名はどうして？」

彼女は肩をすくめた。「父に言わせると、母がブルース・ジェンナー（モントリオール五輪十種競技金メダリスト、俳優に転身）に夢中だったから。女の子だしブルースにするわけにいかないから、それでジェンナーにしたそうよ。むろん父の話だから割り引いて聞かないと」

彼女の口はどうしてこうよくまわるんだ？　くたびれ果てているのに。目の下の隈をのぞけば、顔からは色という色が抜けている。それでも、立ち向かってくるだけの力は残っていそうだ。彼が夜をどんなふうに過ごすつもりかわかったら、それこそ全力で立ち向かってくるだろう。

だが、その前にやっておくことがある。携帯電話をとりだしてブリジェットにかけた。

「準備はすべて整い、動きはじめた。少し休め」

「よかった。囚人はどんな具合？」

「よくしゃべる」

ブリジェットが笑った。「ええ、脅しが効かないもの。助けが必要なら呼んで」

そりゃありがたい。レッドワインと争いたくはない。彼自身も少し眠りたかった。肩をまわして凝りをほぐすと、彼女に咬まれた三頭筋が痛んだ。本気で咬みやがって、まるで痩せたブロンドの闘犬だ。首を絞められなくてありがたいと思え。本気でそうしようかと思ったんだから。

バスルームに行って用を足し、冷水で顔を洗った。シャワーに目をやり、リスクを冒そうかと思ったがやめた。それだけ長くレッドワインに背中を向けられない。椅子にくくりつけられていても、彼女は見た目より強いし、椅子もろとも襲いかかってくるぐらいのことはやるだろう。もっとも船の家具はふつうの家具より重いし、彼女は痩せている。だが、万が一ということもある。

よほど疲れているのだろう。彼女はさっきとまったくおなじ場所に座っていた。これほど厄介な女でなければ、同情を覚えていたかもしれない。

そんな気は起きず、つぎの戦いに備えて足を踏ん張った。

「よし、マイク・タイソン、ベッドに入ろう」

ジェンナーは疲労困憊で、その言葉の意味がすぐにはわからなかった。マイク・タイソン？　ああ、彼は咬んだことを言いたいのね。無性に笑いたくなったが、彼がそのつぎに言った言葉が腑《ふ》に落ちて、笑いたい気持ちは吹き飛んだ。

ぱっと立ち上がる。手錠で椅子に固定されている範囲で、だが。「いったいどういうこと？　ベッドに入ろうって。あなたと眠る気はない！　あっちのソファーで眠ればいいでしょ。ベッドルームにはほかにドアはないんだし、なにもここで――」

「きみに与えられた選択肢は、クロゼットにあるパジャマに着替えるか、素っ裸で眠るかどっちかだ」彼がさえぎって言った。

素っ裸で眠るのは問題外だから、選択肢はないということだ。近づいてきて手錠をはずしながらにたにた笑っているのを見れば、彼にもそれはわかっている。金属のいましめが彼の手のいましめに取って代わられ、彼女はクロゼットへと引きずっていかれた。「さっさと着替えろ」

クロゼットに入り、てきとうにパジャマを選んでバスルームに向かった。彼がドアの外で見張っている。その高飛車な態度が頭にきて考えがまとまらない。まったくわけがわからない。どっちがボスか示したいのだろうが、そんなこと最初から知っている。

彼がいつドアを開けるかわからないので、手早く服を脱ぎ、メイクを洗い流した。でも、パジャマを着てからは、いつもどおり時間をかけて歯を磨いた。急げばよかった。彼が予告なしにドアを開け、口を泡だらけにした姿を見られてしまった。

歯磨き粉で窒息しかけた。開いたドアの向こうには、露出度の高い彼の姿があった。見たくなかったのに。彼女が洗面をしているあいだに、彼は靴とズボンを脱ぎ、いまや黒いボクサーショーツ一枚で、硬く引き締まった筋肉もあらわだ。それ以外のものまで。ぎょっとして向き直り、歯磨き粉をシンクに吐いた。「あたしはどこへ行けばいいの？　配水管を流れ落ちろって？」

「痩せてるからできるんじゃないか」

否定したい衝動を無視し、いらだって言った。「ブリジェットに電話してパジャマを持ってきてもらってよ」

彼はおもしろがっている。「持ってない」

「だったら脱いだ服を着て！」シャツを脱いだ姿で何時間もうろつきまわられるだけで充分だ。それがいまや裸同然で、その威圧感たるや、体じゅうを蟻に這いまわられたようにムズムズしてきた。

「寝るときは服を着ない。きみに慎みがあれば安全だ。ヴィクトリア時代の処女を気どるのはやめてくれないか」

「慎みはちゃんとあります。そんなこと誘拐犯に言われたくない」

「わかった、わかった。さあ、クージョ、口から泡吹いて、ぐずぐずするのやめてくれないか。こっちは疲れてる」

ジェンナーは鏡をちらっと見た。歯磨き粉が泡になって唇に残っていた。無性に恥ずかしくなり、急いですすいで口をぬぐい、喧嘩を再開した。「だったら、せめてズボンを穿《は》いてちょうだい。そうすれば万が一、貧弱なポコチンがこぼれだしても、あたしの目ん玉が潰れることはないから」

「おれのポコチンがなにをしようと、きみもきみの目ん玉も潰れはしない」にべもない言い方だったが、目がキラリと光った。彼は笑いたいのか、彼女を叩いて黙らせたいのか、それだけでは判断がつかない。

彼に腕をつかまれてバスルームから引きずりだされた。彼女が服を着替えていたあいだに、彼はズボンを脱いだだけでなく、ベッドサイドランプをのぞくすべての灯りを消していた。それに、ベッドの上掛けも折り返していた。ぴんと伸びた白いシーツを見て、全身が疼《うず》いた。彼さえいなければ、あの上に体を横たえられる喜びにむせび泣いているところだ。

「ベッドに入れ」彼が言い、ジェンナーをベッドの向こう側へ、リビングに通じるドアから遠いほうへと連れていった。言い返す元気もなかった。たとえその気があっても、すぐに眠らないと倒れる、と体が訴えている。黙ってベッドに入り、毛布を引っ張りあげた。彼がこちら側のベッドサイドランプを消し、ベッドの足もとをまわって向こう側からベッドに入ってきた。

にらみつけてやりたかったが、瞼《まぶた》はすでに閉じていた。それがパッと開いたのは、彼に手を握られたからだ。冷たい金属が右手首に食いこむ。彼は悠然と手錠のもう一方を自分の左手首にかけ、右腕を伸ばして自分の側のランプを消した。

闇に包まれ、ジェンナーはショックで天井をにらんだ。なんなのよ、手錠でつなぐなんて！　それで、つぎはなに？

14

眠らずにいるには疲れすぎていたが、ぐっすり眠れるわけはなかった。手錠で人につながれているのは不快きわまりない。しかもその〝人〟が体重で四十五キロは上まわっているので、相手が寝返りを打つたびそっちに体が傾いてゆく。その体重差のせいで、逆もまた真なり、とはいかなかった。彼のほうはびくともしない。

うとうとするのがせいいっぱいで、何度も目が覚めた。そんな浅い眠りのなかでも夢を見た。あのバーにいて、彼の正体がわかる前で、間近に身を寄せてくる彼の体の熱を感じ、あの青い青い目を見つめてぎょっとし、体の奥深くで緊張が渦巻いて固まるのを感じた。ずいぶん長いあいだ、男を近づけないようにしてきたが、彼の深くなめらかな声やあの目の表情に惹かれた。

それに気づいたとたん、頭にきて目が覚めた。天井を見つめて目をしばたたきながら、しばらくじっとしていた。ほんの数インチのところに横たわる彼の体の熱を感じる。断じて認めたくはないが、その熱が心地よかった。どういうわけだか毛布も上掛けも蹴り落とされていた。どういうわけだか？　まるでベッドから毛布を蹴り落とす可能性のある人間がほかにもいるみたいじゃない。彼女の世界では、毛布は体を包むものであって、蹴り落とすものではない。パジャマを着ているし、上のシーツは掛けていたが、寒い。なぜなら、パジャマの上はタンクトップで腕は丸出しだ——しかも、丸出しの腕をおおうものはなにもない。寝起きだから機嫌がいいわけがない。シーツを喉もとまで引っ張りあげようとしたが、彼の重たい腕の下に挟まれてシーツが動かない。怒りですっかり目が覚め、彼のほうに顔を向け、暗いなかでできる範囲でにらみつけた。

仰向けに寝ていると、右腕があがってねじれ、彼の顎の下に手を挟みこまれた。彼の左手がそこにあるからだ。彼の左手が動くほうへ、否が応でも彼女の右手はついていかざるをえない。怒りに拍車をかけるのが、手のひらにかかる彼のあたたかな寝息だ。

自分の置かれた立場を時間をかけて見定める。重たいカーテンが周囲の光を遮断しているので、ベッドルームはかなり暗い。右のほうにまわりよりは明るい部分があるのは、リビングルームに通じるドアが開いているからだ。彼の呼吸はゆっくりで深い。眠っているのだ、クソッタレ。人をこんな目にあわせておいて、自分はグーグー眠るなんて許せない。しかもこっちは眠れないのに、それも彼のせいで。だが、考えてみれば、眠ってくれているほうがまだいい。

でも——この態勢だと腕がねじれて肩が痛い。少しでも楽になろうとほんの少し右に移動したが、彼に近づきすぎるのは避けたい。でもそうするとシーツがさらにさがり、引っ張りあげたくても右手が使えない。左手でなんとか引っ張りあげようとしたが角度が悪く、シーツを体に掛けるためには腕にもうひとつ関節が必要だ。

ジレンマ。凍えるか、彼を起こすか。

彼のせいで凍えているのだ。肩が痛いのも彼のせいだ。でも、彼が眠っているあいだは、彼を恐れずにすむし、恐れていることを彼に気《け》どられないよう必死になることもない。恐れている自分がいやでたまらないが、事実そうだった。シドニーと自分の身の上を思うと恐ろしくてたまらない。これからどうなるかわからないから恐ろしいのだが、わかったらもっと怯えることになるかもしれない。彼らの言うとおりに――それがなんであれ――すべてをやり終えたとして、彼女とシドが無事に解放されるとはかぎらない。ふたりを解放するなんて愚の骨頂だし、彼らはどう考えても愚かではない。

これからどうなるか、彼らの目当てはなんなのかがわかれば、理を説いてやめさせられるかもしれない。金目当てではない――彼女もシドも大金持ちなのに――それに金目当てならジェンナーは必要ないはずだ。シドを誘拐して身代金を要求すればすむ話だ。たしかに、彼女を加えれば身代金は倍にできるけど、交渉相手にすべき家族が彼女にはいない。ジェリーの居所はわからなかった。七年前に彼が二万五千ドルを盗んで姿をくらまして以来、音信不通だった。たとえ父が身代金を払える立場にいたとしても……まあ、奇跡でも起きなければそれはありえないし、父のことだから、娘を生かしておくために百ドルだって払うとは思えなかった。

つまり……お金は絡んでこない。ケールに連れられてスイートに戻ってから目にしたことを考え合わせると、ますますそう思える。彼は壁に穴を開けてその穴にワイヤーを何本か差しこみ、モニターと録音装置のようなもののチェックを行なった。作業をしているあいだは、彼女がなにを言おうと完全に無視した。その集中力には畏《おそ》れ入った。彼を怒らせようと必死になったのに。

彼らはスパイなの？　ほんもののスパイにせよ、産業スパイにせよ、ケールはたしかにスパイ行為を行なっている。

警戒心が芽生え、頭皮がチクチクしてきた。あまりにも〝ジェームズ・ボンド的〟ではあるけれど、彼らはスパイにちがいない。そうでないと理屈がとおらない。仲間が大勢いて、使える手段がいろいろと整っている。そこから導きだされる疑問。誰のために働いているのか、誰をスパイしているのか、狙いはなにか。でも、いちばんの疑問は、邪魔をする者や計画の遂行を脅かす者を殺すつもりがあるのか。

隣りのスイートに誰が泊まっているのかわかれば、疑問のひとつは解決する。それに、雇い主が誰だかわかれば、彼らがどこまでやるつもりなのかもわかる。これまでに出会った者たちはみなアメリカ人だった。あるいはアメリカ人で通用するだけの高度な訓練を積んできたのだろう。政府のスパイだとしたら、彼女やシドを殺さない可能性もある……そう願う。でも、産業スパイだとすると、もっといろいろな要素が絡んでくる。たとえば、どれぐらいの金が積まれるか。雇い主の期待に添えなければ、おそらく金は支払われないだろう。目の前に多額の金を積まれれば、道徳の縛りは消えてなくなる。その縛りがきつい人間は、そもそも産業スパイにはならない。

状況がだんだんはっきりしてきた。オーケー、彼らはスパイだ。なにかを追っている――隣りのスイートにあれだけ苦労してワイヤーを通したことを考えると、おそらく情報――そして、彼女を必要としている――隠れ蓑として。なるほど！　彼らにとって隠れ蓑以外のなにものでもない！　彼らはもともとこのスイートを予約していたのに、部屋の割り振りですったもんだがあり、ほかに移された。疑われることなくこのスイートに入りこむ理由が必要だ！　でも、この茶番劇を仕掛けるには時間が必要だったはず。

部屋割りが変更になったことを事前に知る方法はある。それぞれの資格で、仲間を乗組員として潜りこませる。ブリジェットもそのひとりだ。誰がどのスイートに泊まるか、客室係はどの時点で知ることができるのだろう。それに、客室係はいつごろ乗船が許されるのだろう。部屋割りをつきとめたのは彼女なのか、それともほかの誰か。高級船員《オフィサー》にも仲間がいるのかもしれない。金さえ握らせれば、たいていの問題は解決する。

長い目で見れば、部屋割りが変更になったことをどうやって彼らが知ったかは問題ではない。彼女を見張っている人間が、ほかに誰と誰かがわかるぐらいのことだ。このスイートを割り振られた彼女とシドは運が悪かった。そして、ケールが茶番の筋書きを考えた。シドを人質にし、ジェンナーに無理やり恋人を演じさせ、このスイートに入りこむための筋書きを。

見当違いもはなはだしいのかもしれない。でも、そう考えればすべてが符合する。彼らはジェンナーを必要としている。多少とも落ち着きをとり戻し、頭が働くようになったいま、自分が多少なりとも力を握っていることに気づいた。たいした力ではない。彼らにシドを解放させることはできない。シドが人質になっているかぎり、船の保安係に訴えることもできないし、ケールを部屋からたたきだすこともできないが、彼女にできる重要なことがひとつある。そうでないという確証がつかめるまでは、彼らを悪人とみなして慎重に行動しなければならない。でも、ケールに首を絞められなかったことで、前よりは少し自信がもてる。待っているあいだにその自信が萎《しぼ》みそうだし、自分は無力で怯えていると感じるのがいやでたまらないから彼の肩を押した。「ねえ!」叫ぶほどではないが、かなり大声を出した。

彼はガバッと起き上がらなかった。それはありがたいことだが、目覚めたとたんに臨戦態勢をとれるタイプだ。なぜわかったかと言えば、躊躇も混乱もなくうなったからだ。「おれを起こしたからには、ちゃんとした理由があるんだろうな」

「理由なんてクソ食らえよ。あたし、寒いの。あなたが毛布を蹴り落とし、シーツを囚人みたいに体の下に閉じこめて放そうとしないから。おまけに腕をねじりあげられて肩が脱臼しかかってるし、あなたは息を吹きかけるし、神さまだけだ」

「おれが息するのを禁じるとしたら、神さまとあたし、意見が一致してる」彼女は右腕をぐいっと引っ張った。「手錠のもう一方はベッドにつないでよ。こんなの馬鹿げてる」

「ベッドをよく見てみろ。つなごうにもつなぐ場所がない。支柱もないし、手ごろな小さい鉄の輪もない。これでもありがたいと思え。唯一選択肢があるとしたら、きみを海に投げこむことだ」

カッとなる前に話を終わらせたかったので、彼の言ったことは無視した。「それにもうひとつ。毎日シドと話をさせること。さもないと協力しないから。わかった？」

沈黙。彼は起き上がってランプをつけた。ジェンナーは咄嗟《とっさ》に左手をかざして目を守った。こんな小さなランプなのにこんなにまぶしいなんて、理屈にあわない。彼が起きていて自分が横になったままなのが気に入らないから、どうにかこうにか起き上がった。後の祭。ブラをつけていないことを忘れていた。パジャマに着替えたときはくたびれきっていたので、タンクトップの下にブラをつけたままでいることは考えもしなかった。リブニットは薄い。これだけ寒いのだから、きっと乳首がツンと立って生地を押し上げているにちがいない。上等じゃないの。怯えた少女みたいにキャッとか叫んで、上掛けを引っ張りあげたりするものか。

彼が手で顔をこすると、ヒゲがジャリジャリと紙ヤスリみたいな音をたてた。疲れた顔をしている。目は少し腫れぼったく、黒い髪はくしゃくしゃだ。でも、声は冷ややかで感情のかけらもなかった。「きみは最後通牒《つうちょう》をつきつけられる立場にはない」

「眠れなかったからずっと考えていたの」ジェンナーも冷ややかに言った。「あたしはまさにそういう立場にいると結論づけた。あなたはここに、このスイートにいるために、あたしを隠れ蓑にせざるをえない。どうしてだか知らないし、知りたいとも思わない。でも、とにかくあたしはそうだとわかっている。いいこと。協力するかどうかは、毎日シドと話ができるかどうかにかかってるのよ。彼女が無事なら、できるかぎりうまく演じる。彼女がどんな形にせよ傷つけられたら、取引はおしまい。交渉の余地なし」

「こっちが彼女を押さえているかぎり、きみはとにもかくにも演じざるをえない」

「言っときますけどね、そういう脅しが通用するのは、あなたがシドを傷つけていないと、あたしが信じた場合においてだけ。信頼は交渉のテーブルに載っていない。彼女がまだ無事でいるかどうかをたしかめるただひとつの方法は、彼女と直接話をすること――それも毎日」自分が負っているリスクを考えると吐き気がしたが、いまさら後戻りはできない。シドニーの安全を守るにはこれしか方法がないし、これが唯一の武器だから使わないのは馬鹿だ。

彼が目を伏せつつこっちを窺っている。ジェンナーは息を詰めた。少なくとも彼は考えている。あらゆる角度から検討している。彼には失うものはなにもない――シドがすでに死んでいるのでないかぎり。ああ、もし彼が拒絶したら、それはなにを意味するの？　最初の電話のすぐ後で、シドを殺したっていうこと？

そう思ったらナイフで胸を抉《えぐ》られた気がした。シドを失ったらどうしたらいいの？　あれほどやさしくて善良な人間はいない。そんな彼女をこんな目にあわすなんて間違ってる。彼女が殺されたかもしれないと思っただけで——まさか！　思わず膝立ちになり、唇が震え涙がこみ上げた。「人でなし」声がかすれ、息をするのがやっとだ。「もし彼女を傷つけたら——」

電光石火、彼に左腕をつかまれてはじめて、振り回したことに気づいた。「落ち着け」彼が語気荒く言い、実力行使にでてつかんだ腕にひねりを加えたものだから、ジェンナーは悲鳴をあげて、無様にマットレスに腰を落とした。とたんに彼は力を抜いたが、腕をつかむ手は放さなかった。「いいか、二度と咬みついたりするな。つぎはただじゃおかないからな。彼女は無事だ」

「だったら話をさせて」ジェンナーは頑固に言った。悔しいことに涙が溢れて頬を伝った。「いまここで、彼女と話をさせてよ。お願い」懇願口調になったがかまうものか。自分のためだったら懇願なんてしないが、シドのためならやる。彼に左腕をつかまれたままなので、右手をあげて涙をぬぐおうとしたら、彼の左手がついてきて上腕に当たった。「痛い！」驚いて払いのけ、涙の奥から彼をにらんだ。

彼女を見つめたまま、ケールが信じられないと言いたげに頭を振った。「おれがカトリックだったら、悪魔払いの祈禱師《きとう》を呼んでるところだ。おれたちは手錠でつながれてるんだぞ！　いったいなにを考えてるんだ？」

「あなたとちがって、あたしは手錠をかけられた経験があまりないのよ！」ジェンナーは鼻をすりながら、もう一度手をあげて涙をぬぐった。ただし、今度はゆっくりと。

彼はおおげさに息を吐きだし、顔を仰向けて天井を見あげた。「いま何時だかわかるか？」

腕時計は顔を洗うときにはずして、バスルームのシンクに置いたままだ。横向きになって、彼のかたわらのテーブルの上のデジタル時計に目を凝らした。「三時二十六分。なぜ訊くの？」

「なぜなら、カリフォルニアもその時間だからだ」

「だから？　あなたの手下が美容のための睡眠をとれなくたって、あたしはべつにかまわない」

「かまうべきだ。きみの友人の世話をしているのは彼らなんだからな。不機嫌になってほしくないだろう」

「あなたはボスなんでしょ。だったら、やさしく接するように言いなさいよ」

彼はしばらく目を閉じ、言った。「クソッ」それから目を開けた。「おれが電話をしたら」うんざりと言う。「横になって静かにしてくれるか？　きみが眠ろうが眠るまいがかまわない。ただ、静かにしてくれ」

「横になる。静かにするかどうかは、あたしに上掛けを使わせてくれるかどうかにかかってる。それに、息を吹きかけるのをやめてくれるかどうか。まるでホラー映画に出ている気分だもの」

彼はジェンナーの腕を放し、「悪魔にとり憑《つ》かれた」だの「肉食獣」だのぶつぶつ言いながらベッドサイドテーブルから携帯電話をとり上げ、短縮番号を押した。回線がつながるのに時間がかかった。出航してすでに十二時間近く経ち、船は岸から数百キロ離れていた。衛星のひとつかふたつは経由しているのだろう。ようやく彼が言った。「ミズ・ハズレットを起こせ。レッドワインが話をしたいそうだ。ああ、いま何時かわかってる。おれだって眠りたいさ。だが、彼女がミズ・ハズレットと話をするまではそれも叶わない。ぶつくさ言わずに彼女を電話口に出せ。おれと交替したいのなら話はべつだ」そこで黙り、相手の言葉に耳を傾ける。「ああ、予想外だった。ブリジェットから話は聞いてるんだろう」また黙り、目のあいだを揉んだ。「ああ、彼女に咬まれた。いいからさっさとハズレットを電話に出せ!」

彼はうんざりした顔で、携帯電話をスピーカーフォンにして差しだした。ジェンナーは携帯電話をつかみ、せっぱ詰まった声を出した。「シド?」

男の声、前に話したときとおなじ男の声が言った。「ちょっと待って」くぐもった音が聞こえた。ノックの音だろうか。つぎに怯え、当惑した声、きっとシドニーだ。彼女はケールほど寝起きがよくない。怯えた声は聞きたくなかったが、寝ぼけてあたふたするのがいかにもシドらしく、つい笑ってしまった。

「ジェン」シドニーがパニックに陥った。「あなた、無事なの？　なにかあったの？　怪我したんじゃないの？」

「いいえ、あたしは大丈夫」ジェンナーは言い、泣きだした。シドをもっと怯えさせるだけだから、涙声を出してはならない。「あなたのことが心配でたまらなくて、無事をたしかめずにいられなかったの」

「わたしは無事だし、あなたも無事。よかった」シドが不意にクックッと喉にひっかかったような音をたてた。彼女も涙をこらえているのだ。「まるで馬鹿くさい自己確認のクラスみたい。でも、いい考えだわ。こうやって毎日話をするの、いいでしょ？」

「ええ、そうね」ジェンナーはケールをじろっとにらんだ。カリフォルニアのどこかで、シドも見張り役にたいしておなじことをしていたのだ。

「もう充分だろう」ケールは言い、彼女から携帯電話をとりあげた。「さあ、みんな少しでも眠っておこう」携帯電話を閉じてベッドサイドテーブルに置いた。逞しい腕を伸ばして床から毛布と上掛けをつかみ、ベッドの上に投げた。「ほら」彼がうなる。うなるのが習性になっているようだ。前世は熊だったのだろう。

ジェンナーは黙って左腕を伸ばし、毛布と上掛けを自分の側に引き寄せ、体をおおうように広げた。

ケールはため息をついてランプを消し、横になった。それから毛布がちゃんと彼女の体をおおうように引っ張った。「さあ。これで満足か?」

「足がまだ冷たいけど、気分はよくなったわ」しぶしぶ言い添える。「シドと話をさせてくれてありがとう」気分はたしかによくなった。シドの無事を確認し、不意に襲ってきたパニックが根拠のないものだとわかり、安堵のあまり気が抜けた。すべすべのシーツとあたたかな毛布に包まれていると、たとえ彼がまた息を吹きかけても文句は言わないでおこうという気になった。

くたくただった。波のように押し寄せてくるぬくもりと安堵に呑みこまれ、眠りに落ちた。無意識状態に陥る寸前、冷たい足の下に大きくてあたたかな足が差しこまれるのを感じた。

15

いつもなら、目が覚めたとたんにベッドから出る。生まれ持った気質のせいではなく、幼少期の条件づけのおかげだ。七歳になるまで、好きなだけ朝寝をしたり、目が覚めてもベッドのなかでぐずぐずする贅沢を味わったことはなかった。まだ子供なのに、起きて学校へ行くのは自分の責任だった。ジェリーがそんなに朝早く起きることはめったになく、家にいないこともざらだった。目が覚めたら行動を起こすのが習い性になり、その必要がなくなってからもそうせずにいられなかった。いま、朝起きてすることといえば、バルコニーに座って朝刊に目をとおしながらコーヒーを飲むぐらいだが、それでもそうする権利がジェンナーにはある。

だが、けさは目覚めてすぐに起きることができなかった。暗闇とかすかな船の揺れに慰撫《いぶ》されながら、うとうとした。暗いのは夜明け前だからではなく、上掛けを頭からかぶっているからだとだんだんに気づいた。頭のてっぺんから爪先までほかほかとあたたかく、心地がよく、それに……手錠をかけられていない。

急に元気づき、上掛けのぬくもりから起き上がった。

スイートにひとりだけでありますように、と夢みたいなことを願った。そもそも昨夜の出来事はすべて、テレビドラマの『ダラス』みたいな突拍子もない夢だったのかも。あるいは、一晩の監視で必要な情報を得られ、彼ら全員が潜水艦かなにかで姿を消したのかも。そんな望みは一瞬にして消し飛んだ。前夜に彼女を手錠でつないだベッドサイドの椅子に、ケールが腰掛けていた。

ヘッドフォンをつけていたが、ベッドの真ん中で彼女がガバッと跳ね起き、立ち上がると、視線をあげて冷ややかに言った。「まるで噴火だな」

彼女は頭にきてドスンと腰をおろした。優雅さのかけらもない。「あたしを起こさずにどうやって手錠をはずしたの？」

「きみは真昼のドラキュラみたいに眠っていた。冷水をかけてやろうかと思ったが、おれは平和と静寂をこよなく愛する男だからな」

彼はヒゲを剃っていた。顎の髭《かげ》が消えている。つまりシャワーを浴びたということだ。彼女をベッドルームにひとり残して。彼女の協力度を試すため？　たぶん。彼女がなにかする場合に備えて、ブリジェットがドアのすぐ外に待機していたとか？　それとも、そんなお遊びはせず、ブリジェットはスイートのなかにいて彼女を見張っていた？　たぶんそっちだ。

これだけ面倒なお膳立てをするぐらいに、彼らのやっていることが重大ごとなら、一か八かに賭けたりはしないはずだ。自分が彼の立場だったらやらない。

彼は着替えていた。カーキのズボンにロイヤルブルーの絹のシャツ。その色合いのせいで、目のブルーが濃く見え、息を呑むほどすてき、の一歩手前だ。彼がティファニーと一緒に泊まるはずだった部屋から、ブリジェットが服を取ってきたにちがいない。まわりでそういったことが行なわれていたのに、よくもぐっすり眠っていられたものだ。

そのとき、べつのことに気づいた。肺から息を奪いとるほどのことに。薄っぺらなタンクトップの下の胸の動きを、彼がじっと見つめている。

めったにうろたえたりしないのに、顔がカッと熱くなった。ゆうべはブラをつけていようといまいとどうでもよかったが、それからようやくのことで眠りに落ちたわけだ。それも彼とおなじベッドで。彼女は上掛けに包まれていたけれど、彼はほぼ裸だったし、あんなに筋肉質の体はたやすく忘れられるものではない。無視するよう全力を尽くすつもりだが。

もしかして、そんなつもりはなかったりして。気がつくと彼に向かって指を突きたてていた。「あたしがストックフォルム症候群（人質がある状況下で犯人に進んで協力するようになること）になるだろうなんて、思ってもみないでよね。わかった？」

「よく言うよ」彼が応酬する。「男に見つめられたくなかったら、目の前で飛び跳ねるのはやめろ。きみのはゆさゆさ揺れるほど大きくないが、多少は動く」

「どう動こうとあなたには関係ない。目をそらせばいいだけでしょ」その点をさらにつきつめてみてもしょうがないので、話題を変えた。「これからシャワーを浴びて髪を洗うので、しばらくいなくなるから」

「もたもたするなよ」彼は言い、腕時計をちらっと見た。「持ち時間は四十分」

むかっとくる。こっちは彼のバスルーム時間に制限を設けなかったのに。肩を怒らせてクロゼットに突進し、その日に着る服をとりだした。でも、化粧用品が見当たらない。作りつけの引き出しを必死で探した。

「なにしてるんだ？」

「シャンプーとか探してるのよ」

「すべてバスルームに出してある。ゆうべ、顔を洗ったときに気づかなかったのか？」

ゆうべは事実上昏睡《こんすい》状態だったから、ええ、なにも気づかなかった。歯を磨いたときも、自分の歯ブラシと歯磨きがバスルームにあることに疑問すら覚えなかった。くるっと向きを変え、着替えを持ってバスルームに入りドアを力いっぱい閉めた。芳香《ほうこう》性のローションからヘアスプレーまですべて並んでいた。シャンプーはシンクの下の棚におさまっている。

四十分だって？　ドアをロックすることを考えたが、彼を刺激するのはまずい――仕返しにドアを開けっぱなしにしろと言いだすだろう。それは困る。ひとりになれるのはバスルームにいるあいだだけだ。時間制限があるからジャクージバスにのんびり浸かることはできないが、もともと長湯をするタイプではなかった。シャワーでささっと体を洗う、それだけ。

だからいまもそうした。挑戦は受けてたたなければ気がすまない。

バスルームにはヘアドライアーが備えつけてあった。それも上等のが。髪はかなり短いので乾かすのに時間はかからないし、いまの髪形は丹念にブローするより自然乾燥に適している。昼間のメイクも簡単だ。アイシャドーとマスカラとリップグロスだけだから、時間はかからない。彼が設けた制限時間を余裕で残してバスルームを出た。

彼が片方の眉を吊り上げた。それがひどくむかつく。自分ではそんなふうに自在に眉を動かせないから。しかも、のどかにコーヒーなんて飲んで。

コーヒー。熊が蜂蜜に引き寄せられるごとく、全神経がコーヒーに向かった。頭痛がしてきた。どんな形のでもいい、すぐにカフェインを摂取しなくちゃ。「コーヒーは残ってないの？」

コーヒーとくれば朝食。前夜は満足に食事をとらなかったし、いつもの朝食時間をはるかに過ぎていた。時計を見て、いつもの昼食時間も過ぎていることがわかった。

「一杯飲むぐらいの時間はあるだろう」彼が言い、立ち上がった。監視装置に目をやってちゃんと作動していることを確認し、彼女をともなってリビングへ行く。ドアのそばのちょっと引っこんだところに狭い食事スペースがあった。丸テーブルの真ん中にトレイが置かれ、コーヒーのポットとカップがもう一客と、何種類かの甘味料とクリーマーが載っていた。

「座れ」彼は言い、彼女が座ると手錠をかけてテーブルの脚につないだ。

頭のなかで目をくるっと回したが、関心はもっぱらコーヒーに向かっていた。食べ物は見当たらないが、いまの最優先事項はコーヒーだ。少なくとも彼は、右手ではなく左手に手錠をかけた。カップをおもてに返し、コーヒーを注いで最初のひと口をじっくりと味わった。

ほんの四口飲んだころドアにノックがあり、間髪をいれずブリジェットがロックを解除してスイートに入ってきて、ドアを閉めるなり歯切れよく言った。「避難訓練《ライフボート・ドリル》がはじまるわ。五分後」そう言い添える。

彼が時間制限を設けたのはそのためだったのか。それならそうと言ってくれればいいのに。ジェンナーがにらみつけると、彼はポケットから手錠の鍵をとりだし、彼女のいましめをといた。「コーヒーをカップに半分も飲んでいないのよ。わざわざ手錠をかける必要があったの？」

「きみをおとなしくさせておくためなら、どんな手間も惜しまない。さあ、いい子にしろ」彼が命じる。その表情が本気だと言っていた。

「あたしを咬んだら」ジェンナーは言い返して立ち上がった。

ブリジェットが咳をした。というより笑ったように聞こえた。

彼が目を細める。「おれがきみだったら、〝咬む〟なんて言葉は口にしない」彼は言い、ジェンナーの腕をつかんだ。

ブリジェットがベッドルームからオレンジ色のライフジャケットをふたつ持ってきた。クロゼットに備えてあるのだ。「警報が鳴ったらPFDを持って点呼場所《マスター・ステーション》3に出向くこと。ドアの裏側に行き方の地図が貼ってあります」

ジェンナーは充分なコーヒーを飲んでいなかったし、腹ペコだった。点呼場所に出頭するより、ルームサービスに食事を持ってこさせるほうがいい。「さぼっちゃいけないの？」

「だめ」ブリジェットが答えた。「海の上ではライフボート・ドリルは大事なことなの。出航後二十四時間以内に実施が義務づけられています。点呼がとられて、欠席者は居所をつきとめられ、それぞれのマスター・ステーションに出頭するよう指示されるわ」

「それに、このスイートに関心が集まるようなことは避けなければいけない、そうだろう？」わがままな子供を諭《さと》すようなケールの言い方の、なんと憎たらしいこと。

「掃除に来た人があなたの玩具を見つけたらどうするの？」嘲って彼を挑発する。

「来ないわ」ブリジェットが言った。「このスイートはわたしの担当なの。わたしの仕事はわたしに任せて、自分がやるべきことに注意を向けたらどう」ケールと目が合うと彼女は軽くうなずき、出て行った。

「どういうこと？」ジェンナーは尋ねた。

「きみが知らなくていいことだ」

「PFDがなにか知る必要があるんじゃない？　性行為感染症の一種みたいだけど」

「ひとり用浮漂用具のことだ」彼はオレンジ色のライフジャケットを顎でしゃくった。「ドリルがはじまったら、おかしなことは考えるなよ……なにも考えるな。ルールはいまも適用されている。サンディエゴに戻るまでずっとだ。きみはおれの言うとおりにするんだ。おれが指示を出したらそのとおりに」

「はい、はい」

警報が鳴っておしゃべりに終止符が打たれた。全室に設置されているインターコムから穏やかな声が聞こえた。ブリジェットが椅子に載せていったライフジャケット――PFD――を、ケールがとり上げてひとつをジェンナーに放り、ドアの裏側のマスター・ステーション3への道順が記された簡単な地図に目をとおした。

「にっこりしろ、スウィートハート」彼はジェンナーの腕をとり、通路へと誘導した。ちょうど向かいの客室から年配の女性ふたりが出て来たところだ。にこにこしているから、ライフボート・ドリルを楽しみにしているのだろう。人それぞれ。ジェンナーはのんびり朝食――昼食――をとっていたかった。お腹がすきすぎているから、朝食だろうと昼食だろうとかまわない。

女性ふたりは麦藁帽子にバミューダショーツ、デッキシューズというクルーズ用の軽装で、オレンジ色のPFDを抱えていた。片方は背が高くガリガリに痩せており、もうひとりは背が低くがっしりしていて、ふたり合わせると自分たちの宝石店が出せるほどのダイヤを身につけていた。

「マスター・ステーション3に向かうところなのよ」長身のほうが言った。「あなたたちもおなじ方向を目指しているようね?」

「そうです」ケールが言い、ふたりにほほえみかけた。ジェンナーは蹴飛ばしてやりたかった。その笑みはあたたかく誠実で、ほんとうにいい人に見える。

「あたくしはリンダ・ヴェール」長身が言った。

「ニナ・フィリップス」もうひとりが言い、ちょっと恥ずかしそうにほほえんだ。とってもやさしい顔をしている。

「おれはケール・トレイラー、こちらは友人のジェンナー・レッドワイン」

「どうぞよろしく」リンダ・ヴェールが言った。「ゆうべ、〈フォグ・バンク・バー〉にいらしてたでしょ。大変でしたわね。うまくおさまるところにおさまってよかったわ」

ニナがジェンナーにウィンクした。「わたしが二十歳若かったら、あなたを蹴落としてるところよ」

「いつでもどうぞ」ジェンナーは陽気に言った。

ふたりのレディは冗談だと思い、笑った。ケールが彼女の腕をぎゅっと握った。いい子にしろというメッセージだ。さもないと。

ジェンナーはせいいっぱい輝かしい笑みを彼に向けた。「冗談よ。彼は宝物。男のなかの男。大収穫。あたしが仕掛けた罠にまんまとはまって、いまやあたしのものです。逃げ場はありませんわ」

「いつかディナーをご一緒したいわ」リンダが言った。

「喜んで」ジェンナーの言葉には熱がこもりすぎていた。ケールがまた腕を握った。友だちを作るためにここにいるんじゃない、人付き合いもほどほどにしろ、と言いたいのだろう。彼にしてみれば、ジェンナーがここにいる目的はただひとつ。彼に隠れ蓑を提供すること。四六時中スイートに閉じこめておけると考えているとしたら、いまに思い知ることになるから、待ってなさいよ。

「みなさん、そろそろ動きませんか」ケールがうながした。そうでもしないと、ジェンナーもふたりの年配の婦人たちも、ただ突っ立っておしゃべりをするだけだ。

「左のほうに行けばいいの?」リンダが尋ねた。当惑して通路をきょろきょろ見渡している。

「ええ、マム、そうです」彼は言い、手を差しだして後についてこいと指示した。

「あなたの言葉を信じるわ」彼女が言い、みんなでぞろぞろと歩きだした。「ふだんは方向感覚がたしかなんだけど、この船に乗ってからすっかり混乱をきたしてるのよ。万が一ライフボートに乗るようなことになったら、肩に乗った天使に道案内してもらわないとぜったいにたどり着けなくてよ」

背後でべつのドアが開いた。ケールはその音に顔だけ振り返り、ジェンナーはたんなる好奇心からおなじことをした。ダブルドアから男がふたり、ＰＦＤを持って出て来て通路をこっちにやってきた。おなじマスター・ステーションに向かうのだろう。

男のひとりはまるで感覚を備えたタンクだ。中背だががっしりとしていて、横と縦がおなじぐらいに見える。コットンホワイトに近いブロンドを短く刈っている。油断なく視線を前後に配り、まわりにあるものはなにひとつ見逃さない。雇われ用心棒だ、とジェンナーは思った。それも頭の切れる雇われ用心棒。

ということは、ケールの監視対象はもうひとりの男にちがいない。五十代で髪には白髪が混じっているが、引き締まった体つきできれいに日焼けしている。色の感じから、よほど日焼けにお金をかけているのだろう。ケールに必要以上に追いたてられ、それ以上観察する時間はなかった。

「急いで」彼が言った。「遅れないように」リンダ・ヴェールとニナ・フィリップスが従順に歩を速めたが、彼が話しかけたのはふたりではない。

あたしをあの男に近づけたくないのだ、とジェンナーは思った。男が何者かはわからないが、少なくとも顔はわかった。

「ねえ」さりげなく小声で言う。「あの男なんでしょ?」

「きみには関係ない」

「関係あるわよ、あなたのせいでそうなったんでしょ、このスットコドッコイ」

彼は横目でじろりと彼女をにらんだ。「きみを海に放り落とさずにハワイに着いたら、奇跡だな」

ライフボート・ドリルはちっともおもしろくなかった。緊急の場合のPFDの装着の仕方と、どこに行けばいいかを習っただけだ。基本的にはそれだけ知っていれば充分だろう。ライフボートが実際に着水するところを見たかったが、それをもとの場所に戻すことの大変さを考えれば実施するのは無理だろう。なにしろライフボートは水面から二階分かそれよりも上に備えつけてあり、船はかなりのスピードで大海原を進んでいるのだ。あれに乗りこんで水面に着くまでけっこうな時間がかかりそうだ。できればそんな事態に直面したくない。

マスター・ステーションに当てられたのはインドアのカフェのひとつで、ダブルドアのスイートから出て来た男は、ジェンナーたちのテーブルのふたつ隣りに座っていた。ケールは彼女の視界をなんとかさえぎろうとして、ニナ・フィリップスに出鼻を挫かれた。「あちらがこの船の共同所有者のひとりですって。チャリティー・クルーズの主催者だから、船長よりも頻繁にわたしたちの前に姿を現わすんでしょうね」

「ほんとに？」ジェンナーはこの展開に内心でほくそえんだ。「いったい何者かしら。名前は？」

ニナは少し考えた。「聞いた覚えはあるのだけど、思いだせないわ。歳をとってくると、記憶が二番めに駄目になるって言うじゃない」

「最初に駄目になるのは?」リンダ・ヴェールが尋ね、にやにやしながら身を乗りだした。いやらしいことを考えている証拠だ。

「思いだせない」ニナが真面目くさって言い、ふたりしてプッと吹きだした。

ドリルが終了すると、白髪混じりの男とそのボディガードは姿を消した。急きたてられるようにしてスイートに戻り、テーブルか椅子に手錠で固定されるのはかなわないから、空腹を口実に、リド・デッキのアウトドアのカフェで昼食を一緒にとリンダとニナを誘った。ふたりが喜んで承諾したので、ケールも同行せざるをえなくなった。ほかのふたりがよそを向いているとき、彼がジェンナーに向けた表情が、ただじゃすまさないぞ、と言っていた。彼はポケットから携帯電話をとりだして誰かを呼びだし、短い言葉を交わし、電話を切った。

アウトドアのカフェはビュッフェスタイルなので、気楽に昼食がとれる。ジェンナーはコーヒーを飲み、朝食を抜いた分を埋め合わせするほど食べた。それもこれも、スイートに戻るのを遅らせるためだ。だが、リンダとニナは、予約しておいたクラスがあるから、とじきに席を立った。ジェンナーは去っていくふたりを見送り、小さくため息をついた。もっと長くいてくれたら。ほんとうにいい人たちだったのに、いまやケールとふたりきりだ。

昼食をとるのを渋ったくせに、彼は食事が終わっても急いでスイートに戻ろうとしなかった。椅子にゆったりともたれかかり、優雅と怠惰と危険な雰囲気を同時に醸しだしているのだから、たいしたものだ。洗練された見かけの輝きの下に、捕食者めいたものを持っている。

振り返るのは女ばかりではない。数人の男が、程度の差こそあれ警戒心を抱き、横に視線を走らせて彼の居所を確認したことに、ジェンナーは気づいた。

そうか、と思った。彼は見られたいのだ。正確に言えば、彼女と一緒のところを見られたい。ふたりはできているという印象を決定づけているのだ。そして、彼女は協力することを約束した。

「少し歩かない？」彼女は立ち上がって彼に手を差し伸べた。「朝からじっとしてたから、体を動かしたいの」

ブルーの視線で彼女を鞭《むち》打ってから、彼は差しだされた手を取って立ち上がり、もう一方の手を彼女の腰にまわして手すりのほうに向かせた。「危ない橋を渡ってるんだぞ、レッドワイン」彼女だけに聞こえるよう小声で言う。

ジェンナーは、まるで口説かれたかのように顔を仰向けてほほえんだ。「リラックス、リラックス、大きな坊や」彼女も声をひそめて言った。「あなたは一枚をのぞいてすべてのカードを握ってるんだから。ただ散歩するだけじゃないの。おたがいに夢中ってところを見せびらかすいいチャンスでしょ」

彼に腰をつかまれたまま手すり沿いに歩いた。太陽に顔を向け、なんとか気持ちを切り替えてリラックスしようとした。二週間のクルーズのほんとうのはじまりの日だ。ケールの監視のもとで残りの十三日を過ごすのなら、ストレスとうまく付き合う方法を見つけないと精神的にまいってしまう。毎日シドと話をして無事を確認しあうこともだが、ほかにも気晴らしを見つける必要がある。そうでないと、犬が骨をしゃぶりつづけるように、片時も不安を手放せなくなるだろう。

意識して周囲を見まわしてみる。きのうの午後、乗船してからずっと、まわりに関心を向けるだけの余裕はなかった。〈シルヴァー・ミスト〉号は特別な船のようだから、自分の目でちゃんと見ておきたい。

ブリジェットによれば、リド・デッキは娯楽デッキだそうだ。プールのまわりもなかも人で溢れ、チークのデッキチェアが所狭しと並んでいる。プールのひとつではゲームが行なわれており、音響システムから耳をつんざく司会者の声が流れていた。ケールは顔をしかめ、ジェンナーを逆方向へと誘った。彼の無言の指示に、このときばかりは喜んで従った。

ケールさえいなければ、シドがかたわらにいて、ジェンナーもクルーズを楽しめていただろうに。海は好きだし、この七年間で海にずいぶんと馴染《なじ》んできた。でも、灰緑色の大西洋に比べて、太平洋のなんと鮮やかなこと。深い水の色は華やかなネイビーブルーだが、光のかげんでアクアブルーやターコイズブルーに変化する。島影はどこにも見えず、輝く原始の泡立つ町にぽつんとひとりぼっちでいるような気がした――ほかに千人の人たちがいる状態を〝ひとりぼっち〟と呼べるかどうかはべつにして。

船ができたばかりなのは匂いからもわかる。塗料もカーペットも室内装飾品も、デッキの木ですら、まあたらしい匂いを発散している。こんな状況でなければ、さぞ楽しめただろう。

腰にまわされたケールの腕の重みが、行ないを慎め、と言いつづけている。はたから見れば、ふたりは付き合いはじめたばかりの恋人同士、新鮮で心躍る関係を深めることに夢中になっている。腰をつかむ手に少しばかり力が入りすぎていることは、ジェンナーしか知らない。いらだちの小さなため息を洩らす。いったいどこに逃げ場があるのよ。ここは船の上なのよ。車を奪って逃げるとでも思ってるの？　彼にしてみれば、シドのことを忘れるなと念を押しているだけなのだろう。

ため息が聞こえたらしく、彼はジェンナーを引き寄せてこめかみにキスし、そのまま耳もとへと口をずらしてささやいた。「楽しそうにしろ」

彼女は顔を巡らせ顎を突きだした。「あたし、怖いの」声に哀れっぽさを少しだけ効かせた。でないと鼻を鳴らしそうだったから。たしかに怯えていた……でも、いまはちがう。変だ。体と心が長いこと恐怖に対処しているうちに、対処機制が働いて恐怖と距離がとれるようになるのだろう。

彼のほうが鼻を鳴らした。「よく言うぜ。きみはこれっぽちも怖がっていない。だからおれを愛しているふりをしろ。そうでないと、きみをここにだしておく意味がない。引きずってでもスイートに戻る。クルーズが終わるまで、手錠で椅子にくくりつけられたいのか？」

とんでもない。だから彼のほうにしなだれかかり、ほほえんで目を見つめた。彼にしか見えないから、男性ホルモンに圧倒された馬鹿女みたいにまつげをパタパタはためかせてみせた。彼女の姿をみんなに見せておく必要が、彼にはあるはずだ。もっとも、多くの乗船客がすでに楽しんでいる船上のいろいろな行事に彼女が欠席したらしたで、彼はうまい言い訳を考えだすだろう。このクルーズの目的であるチャリティーのためのディナーやオークションのひとつふたつに、彼女が姿を現わさなくても誰も心配はしない。愚かしくも一途な恋愛をするタイプだとは思われていない彼女が、理性もなにもかなぐり捨てて彼に夢中になるのももっともだと、彼ならまわりを納得させられるだろう。

乗船客のほとんどが彼女のことをよく知らないが、二週間、彼女がまったく姿を見せなければ疑問に思う。だから、彼女を客室から出して、人と混じらわせないわけにはいかない。予定された行事に、彼女は出席しなければならないのだ。

でも、頭にくることに、人前に出る機会をうまく活用する方法が思いつかない。まわりに人が大勢いても、大声で助けを求めたりしたら……どうなる？　頭がおかしくなったと思われるのがおちだ。自分に疑いが向くようなことを、ケールは人前ではやっていない。リンダとニナに愛想をふりまき、彼女の世話を焼き、傍目《はため》には彼女にのぼせあがっているように見える。

それに、大声で助けを求めたら、シドはどうなる？

この状況から逃れる方法を見いだせないので、もっぱら考えを〝なぜ〟に向けてきた。彼はある人物の客室をのぞき見し盗聴するために、これだけの手間をかけた。隣りのスイートの男の名前は知らないが、この船の共同所有者なら大金持ちにちがいない。これぐらいの船となると、建造費に莫大な金がかかる。いまの世の中、金持ちイコール実力者だ。いったい何者？　彼らはどうしてあの男のことを知りたがるの？　男には倒錯《とうさく》趣味があり、恐喝の手段として現場写真を手に入れようとしているのかも。それにしては手がこみすぎている。こういう船に仲間を潜りこませるには相当な金がかかるし、シドを誘拐した連中の分もある。

そうなるとやはりスパイなのか。産業スパイ。だとしたら、彼らの仕事はデータや製品を盗むことだ。長い時間、船上で男を見張るのはいったいなんのため？

どんな角度からながめてみても合点がいかない。ケールとその仲間たちがなにを計画しているにしても、もっとうまいやり方があるはずだ。でも、彼女から見ても、彼らはよく組織化され有能だから、ほかにうまいやり方があるならとっくに見つけているだろう。だったら、いったいなにが狙いなの？

シドの命が危険にさらされている以上、彼女は手も足も出ない。ケールが彼女を自由に泳がせるはずはないが、たとえそうしたとしても、彼女にはなにもできない。ケールかほかの誰かが電話を一本かけるだけで、シドが大変な目にあう可能性がある。シドのためを思えば、彼らに従うほかはなかった。

ケールの不意を衝いてその腕からするっと抜けだし、デッキの手すりに背中をもたせて彼と向き合い、足を踏ん張ってにらんだ。「なにを企んでいるのか教えて」

「だめだ」彼は即答し、交渉の余地のないことを示した。考えるのも無駄だ。

「どうしてもわからないから——」

「きみはわからなくていい。黙って言われたことをやればいい」彼が手で腕を撫でる。愛撫のように見えるが、指はしっかり肘を握っていた。「顔見せはもう充分だ。行こう」

「まだその気になれない」ジェンナーとしては、ここで彼と言い争い、そそり立つ石壁から小石のひとつふたつ掘りだしたかった。

彼が身を乗りだす。近すぎる。あたたかすぎる。大きすぎる。唇が頬をかすめた。「いいか、きみを肩に担いで部屋に連れ帰ることもできるんだ。ほかの客たちに大受けするだろう。それから、きみを手錠で椅子にくくりつけ、クルーズが終わるまで二度と部屋から出さない。きみ抜きでも、おれはいっこうに困らないからな、レッドワイン」

心臓がドキドキして深く息を吸いこめなかったが、事実が見えてきた。直感的にわかった。「いいえ、困るわ。困らないのなら、そもそもあたしを巻きこむ必要はなかった」

「試してみるか」彼はまたジェンナーのウェストに腕をまわし、手すりから引き寄せて抱き上げにかかった。

「待って!」芝居をするのはいい。でも、見せ物になるのはまたべつの話だ。彼はそれをしようとしている。彼女を肩に抱えて連れ帰ろうとしている。見ている人たちは、彼がふたりきりになれる場所までジェンナーを抱えていって、それからなにが起きるか想像を巡らせ、にやりとするにちがいない。

彼は待った。ジェンナーは彼にもたれかかっていたが、抱きすくめられてはいなかった。はたから見れば、恋人同士が抱き合っているだけ。彼が脅しをかけているとは誰も思わないだろう。彼がはったりをかけているのではないことは、冷ややかなブルーの目を見ればわかる。

心臓の鼓動がさらに速く、激しくなった。彼の目の表情がジェンナーを惹きつけ、肉体のレベルで彼を強く意識せざるをえなくさせる。必死に無表情を装った。彼に惹かれていることを悟られてはならない。彼に触れられ、筋肉質の体に押しつけられてその気になるなんて、冗談じゃない。でも、なっていた。肉体的嫌悪感を覚えてしかるべきなのに、その逆だ。もっと抵抗しなければ、周囲に壁をもっと高く築かなければとんでもないことになる。

こっちがなにか言うのを彼は待っているから、なんとか考えをまとめようとした。それで……？　ああ、そうだった。待って、と言ったんだった。

深く息を吸う。「あたしを抱えなくていいわよ。おとなしくついて行きます、司令官殿」

彼は片方の口角を引きつらせた。「よろしい」彼女をおろして少し遠ざけたが、手は離さなかった。

風で乱れた髪が目にかかるので払いのけ、彼を見あげた。「でも、お願いがあるの。そんなにきつくつかまないで。念のために言っておきますけど、あたしたちは船に乗ってるの。太平洋の真ん中にいるの。海に飛びこむ以外、あたしには行く場所がない。それに、あたしは頭がいかれていない。シドに危害が加えられるようなことを、あたしはするつもりない。あなたが彼女を押さえているかぎり、あたしは言われたとおりにします。あたしの腕をむずとつかんでいるほうが、よりあたしを支配している気になるんだろうけど、その必要ないから。あたしもこの芝居に一役買うのなら、囚人みたいに見えないほうがうまく演じられると思うわ」

彼はしばし考えて、言った。「一理あるな」ジェンナーがほっとしかけると、彼が言い添えた。「だが、おれたちが相手にしているのはきみだからな。なにか裏があると思わざるをえない」

頭にきて爪先立ち、彼の耳に唇を寄せた。彼は一瞬にして体をこわばらせ、ジェンナーのウェストを両手でつかんだ。彼女がまた咬んだら、海に放り投げる準備だろうか。彼ならやるだろう。耳たぶをくわえ、やさしく引っ張ってから離した。「煮ても焼いても食えない男ね」せいいっぱい愛らしく言った。「なんとしてでも、いつか、この借りはきっちり返すから」

彼は片手をさげていってジェンナーの尻を叩いた。「覚悟してるさ」

16

ケールは自分を穏やかな人間だと思っていた。つねに冷静で、つねに状況をきちんと把握している。このクルーズが終わる前に、彼女の寝込みを襲って絞め殺さなかったとしたら、ジェンナー・レッドワインは運がいいと思わなければいけない。報酬を請求するときに、戦闘手当てを上乗せしてもいいぐらいだ。戦った証拠の傷もちゃんとある。

彼女ほど腹立たしくて厄介で、扱いにくくて……おもしろい……女にはお目にかかったことがない。彼女をおもしろいと思いたくはないが、彼女が口にすることの半分は、笑いをこらえるのに頬の内側を噛まなければならないほどおもしろい。海に投げ落としたら、さぞせいせいするだろう。あれだけ痩せていれば、海に落ちてもたいした音はたてないだろう。彼女が水面に当たって、ポチャン！　と小さな音をたてる様を思い浮かべ、ひとり悦に入る。彼女のことだから、沈むまでの時間を無駄にせず、彼に向かって中指を突きたて愚弄《ぐろう》するにちがいない。彼女のような女には、額に〝迷惑者〟の烙印《らくいん》を捺すべきだ。まわりが事前に用心できるように。彼女のように泣き虫だろうがシドニー・ハズレットを選び、カリフォルニアでレッドワインがまわりをきりきり舞いさせるのを尻目《しりめ》に、わが身の幸運を祝っていただろう。

だが、事前にわかっていなかった。だからいま、彼女の世話を焼かされている。こちらのほうが優勢だし、それを守りきるつもりだが、彼女はどんなに不利な立場にあろうと、持てる力のありったけを注いで反撃を仕掛けてくる。先が見えている分、こっちが有利だし、人と権力の後ろ盾があるのだから、負けるわけもないのだが。

最悪の事態になっても、彼女はケールを相手取って訴訟を起こすことはできない。彼女とシドニー・ハズレットは無傷で解放される。身代金は要求していない。たとえ彼と仲間たちが不法監禁で捕まったとしても、彼女は告訴するほど馬鹿ではない。彼女自身も、ふたりが恋人同士であることを周囲に認めさせる振る舞いをしているのだから、後になって告訴しても、彼に捨てられた腹いせのスタンドプレーだと思われるのがおちだ。彼女は勝てない。だが、ゲームのルールを知らないので必死にプレーしつづけている。そう思うと哀れだ……アナグマと闘犬を足して二で割ったような女を哀れに思えるとして。

彼女を部屋に連れて戻り、ブリジェットに見張りを頼むと、ケールはティファニーと泊まる予定だった客室に向かった。

ティファニーが一時間以上滞在すると、どんな部屋も爆弾が爆発した後のような惨状を呈《てい》する。この部屋も例外ではなかった。すさまじい量の宝石と、仕事に必要だと彼女が言い張る常軌を逸した高さのハイヒールが散乱していた。服も床に散らばっている。スーツケースは蓋が開けっ放しで、引き出しはものを収納途中で開いたままだ。彼女は頭脳明晰《めいせき》でセクシーできわめて危険だが、だらしなさでも超一流だ。

本人はベッドに座って長い脚を組み、高いヒールのサンダルを爪先からぶらさげ、手もとの作業に集中していた。ジャラジャラと音をたてるごっついブレスレットを分解して、小さくて怪しげな——有能な警備員なら目をつける——装置をとりだすところだった。顔をあげて彼を見たが、吊り上がった目はうわの空だ。「レッドワインはどうしてる?」

「いい子にしてる」レッドワインにいかに手こずらされているかを、彼女にも、ほかの誰にも言うつもりはなかった。ただでさえこの状況を楽しんでいる連中を、これ以上楽しませる必要はない。それに、レッドワインが彼を悩ませようと必死になるのを、責める気にはなれなかった。自分が彼女の立場に置かれたら、なにがなんでも屈服しないだろうから。

ティファニーは彼ほど忍耐強くない。べつに自慢しているわけではない。忍耐強いというより、自分を抑える鉄の意志を備えていると言うべきだろう。ティファニーが言った。「彼女がこういうことに耐えられなくなったら、旅が終わるまで薬で眠らせておけばいいんじゃない。そのほうがあなたも楽でしょ」

たしかに楽だが、レッドワインの言うとおりだ。社交行事に彼女がまったく姿を見せないと、まわりがいろいろと取り沙汰するだろう。それはまずい。「いまのところその必要はないが、その方法もあることは憶えておく」

ティファニーが差しだしたのはボタン型カメラだった。べつの場所でべつの仕事をするなら、彼女は銃器を組み立てているところだ。だが、クルーズシップに武器を持ちこむのは、たとえばグロックのような拳銃でも至難の業だから、試そうとも思わなかった。今度の仕事は監視だけだから、武器が必要なわけではない。それでも、右脇腹に九ミリのSIGザウアーが当たる馴染みの感触がしないと、半分裸のような気がする。

ティファニーはボタン型カメラを抜き取った宝石をもとどおりに戻しながら、ケールに目を向けた。「ラーキンに動きは？」

「ない」これまでのところ、怪しい動きはなかった。ほかのチームが張りついていたこれまでの三週間とおなじだ。海の上にいるあいだ、ラーキンにぴったり張りつく必要はないのかもしれないが、北朝鮮と取引するのに、太平洋のど真ん中以上にいい場所があるか？「あすか、遅くともあさってには、マットかブリジェットをラーキンの部屋に忍びこませ、リビングルームに隠しカメラを設置する」ラーキンがブリジェットを客室係として受け入れていれば、事はすんなり運んだのだろうが、彼は身のまわりの世話をする人間を連れてきていた。被害妄想もいいところだ。

ケールは詳しいことを知らされていないが、ラーキンは売国奴《ばいこくど》の軍需企業社員と北朝鮮との橋渡しをするつもりのようだ。売り渡されるのがどんな情報かわからないが、取引を阻止するためにこれだけの手間をかけるほど重大な情報だと、政府は考えているようだ。政府の狙いはラーキンだけではない。取引の当事者双方の連絡係と、これまでに渡された情報の詳細もつかみたいのだ。つまり、ラーキンが話をした相手すべての写真を撮る必要があり、これだけの員数を乗船させた理由がそこだった。おなじ人間が四六時中まわりをうろついていたら、ラーキンにかぎらず誰だって疑いを抱く。時間や持ち場を交替しなければならず、彼のスイートの内部を監視しなければならない。船のなかを歩きまわる彼を尾行する必要もあった。いまのところ、彼は大半の時間をスイートで過ごしているので、それほど手間はかかっていない。

ドアをそっと叩く音がして、ティファニーは立ち上がり、瞬時に警戒態勢に入った。のぞき穴から相手をたしかめ、ドアを開く。

まずフェイスが入ってきて、ライアンがすぐ後につづいた。ティファニーがドアを閉めるまで、ふたりとも無言だった。部屋は安全だ――レッドワインのスイートを含め、彼らが滞在している部屋はすべて盗聴装置が仕掛けられていないことを確認済みだ――が、通路で誰が立ち聞きしないともかぎらない。

握手をしたときにライアンからボタン型カメラを受けとることもできたが、部下とはできるだけ顔を合わせるようにしていた。ブリジェットとマットの場合は仕事柄、面倒が生じかねないが、ほかの連中となら携帯電話でこと足りる。だが、顔を合わせることで緊張感が生まれる。携帯電話ではそうはいかない。直接顔を見ることでたがいの表情を読むことができるせいか、人が集まると生じる有機的反応のせいか、仲間意識が高まるのはたしかだ。電子メールや携帯電話で連絡をとり合いながら何日も考えあぐねた問題が、みんなで集まるとものの数分で解決することがよくあった。

今回は、仲間が集まっておしゃべりしてもおかしくない環境だ。ただし、ブリジェットとマットはそうはいかない。乗船客の誰と話をしても怪しまれない仕事をしているとはいえ、一緒にお茶を飲むわけにはいかない。その一方で、どちらもいつレッドワインのスイートを訪ねようが、完璧に言い訳がたつ。ブリジェットは客室係だし、マットはルームサービスを運ぶ係だ。それに、彼がデッキチェアを並べ直しているときに、話しかけることもできる。

もっとも、レッドワインのスイートにみんなで集まるのは無理だ。彼らが出入りするのをラーキンか警備の人間に見られる可能性があるし、前夜のティファニーとの喧嘩を目撃している人間に見られたりしたら、どうして仲良くしているのかと不思議に思われる。それに、ライアンとフェイスはもともとラーキンの隣りのスイートを予約していた経緯があるから、ふたりに近くをうろつかせるわけにはいかなかった。それにひきかえティファニーの部屋は下のデッキにあるから、怪しまれることなく出入りできる。公共の場所以外、船のなかは人が思っている以上に人気《ひとけ》がないものだ。そのように設計されているというのもある。客室はセクションごとに専用のエレベーターがあるので、人と行き交うことはあまりない。ケールがティファニーの部屋に来るまでに、このセクションで出会ったのはひとりだけだった。それもエレベーターを降りてすぐのことだ。基本的に、誰も他人に関心を払わない。ライアンとフェイスに割り振られたスイートは、ラーキンのスイートとおなじデッキにあるが逆の側だから、彼らの部屋に集まることもできるが、ティファニーの部屋のほうがより安全だった。

「キーロガー（キーボードからの入力を監視して記録するソフト）の問題は解決したか？」ケールがコンピュータのエキスパートであるフェイスに尋ねた。エキスパートというよりも、バリバリのハッカーだ。

「解決したわ」フェイスがきびきびと答えた。「ラーキンがラップトップに打ちこんだものはすべて拾える。彼がインターネットにログオンするたび、データを送るようにコンピュータをセットしたわ。十五分間隔でね」

「いやはや」ケールが言う。「きみみたいなハッカーが、自分の家のリビングでくつろぎながらどんなことをしでかしているか知るまでは、コンピュータを使うのが楽しかった」フェイスが敵ではなく味方でよかった。

多くの乗船客がラップトップ・パソコンを持ちこんでいるので、フェイスが自分のを――ド派手なピンクのデルに、キラキラの装飾を施している――持っていても誰も怪しまない。〈シルヴァー・ミスト〉号はセルタワーを備えており、船内のどこからでもワイヤレスでインターネットに接続でき、外界と接触したい人間はそうできる。キラキラの装飾をのぞけば、フェイスのコンピュータはごくふつうに見える。実際はそうではない。持ち主とおなじで。

ラーキンが自分のスイート以外のどこにいようと、ひとりもしくはふたりが近くにいられるように、その夜の簡単な行動計画をたてた。メンバー全員が小型カメラを携帯し、ラーキンが接触する人間を記録する。彼の連絡相手はひとりではないかもしれないからだ。交渉はラーキンのスイートで行なわれる可能性が高いが、用心するにこしたことはない。ブリジェットかマットが彼のスイートのリビングルームに入りこめれば、それで準備万端だ。

ティファニーがしかめ面になる。「今夜はおしゃれしてラーキンに女の魅力をふりまくつもり。彼が咬まないことを願ってるわ」彼が餌に食いつかないことを願っている、という意味で言ったのだろうが、笑いをこらえて口もとがわずかに引き攣《つ》るのを、ケールは見逃さなかった。フェイスはなにも聞かなかったふりで天井を見あげている。ライアンはにやりとした。

「フン」ケールは言った。レッドワインに咬まれたという汚名は、一生ついてまわるのだろう。彼女を傷つけまいとあれほど自分を抑えていなければ、ほんの一秒でねじ伏せていただろう。紳士でいるのも楽じゃない。

「彼って薄気味悪いんだもん」ティファニーがつづけて言った。ラーキンと過ごすことに乗り気でないのは明白だが、これも情報収集の手段のひとつだ。彼はおしゃべりなのか？　女を口説こうとして、自分の大物ぶりをひけらかし、うっかり口をすべらすタイプか？　そうではなさそうだが、まったくないとも言えない。ケールはチームの誰にも、望まないセックスをしろと命じたことはないが、彼女がラーキンのスイートに入ってバックアップ用の監視装置を設置してこれるなら言うことはない。

「ゆうべ、あんな醜態《しゅうたい》を演じた後だから、きみが近づいていったら、彼のほうで、すたこら逃げだすさ」ライアンの口調はやさしかったが、にやりとしたのでぶちこわしだ。「ぼくならそうする」

彼女は〝なんだったら賭ける？〟の片笑みを浮かべただけだった。ティファニーのような女と過ごせるのなら、たいていの男がそれぐらい我慢するだろう。

「ブルートゥース（デジタル機器用近距離無線通信）探知器は？」ケールが話を本筋に戻した。

「作動してる」フェイスが答えた。「わたしたちのひとりが彼と一緒にスイートに入れない場合に備えて、できるだけの手は打っておいた」

彼らは様々な観点から監視方法を検討した。ラーキンが疑念を抱いてスイートの〝清掃〟を命じたら、ケールはリモコンで電源を切る。盗聴装置が作動していなければ、見つかることもない。ケールが自分でラーキンのベッドルームに設置した監視装置は、ワイヤーを引っ張ってとり除く。配線で接続した装置のほうが頼りになるし検出されにくいが、ワイヤレスの装置しか使えない場合もある。今回のような仕事では、両方を使うようにしていた。

腕時計に目をやる。ブリジェットが見張りにたって一時間近くになる。客室係の仕事をこれ以上サボらせるわけにはいかない。「ブリジェットを解放してやらないと」この一時間で、レッドワインがどんな面倒を起こしているかわかったものじゃない。ブリジェットが業を煮やして彼女に手錠をかけ、猿ぐつわをかませているかもしれない。彼自身、そうしたいと思ったぐらいだ。レッドワインが逃げるとは思っていなかった。ブリジェットなら易々と彼女を押さえつけられる。だからといって、レッドワインが災いをもたらさないということではない。彼らがなにをやっているのか、これからどうなるのか、彼女はなにがなんでも知りたいと思っている。無理もないが、彼女はなにも知らないほうがいいのだ。知らなければ、うっかり口をすべらすこともない。

キーカードを差しこんでドアを開け、息を詰めてなかの様子を窺った。ブリジェットはソファーに座り、コーヒーテーブルにラップトップを載せ、イヤフォンをして、いままでに記録された音声と映像をチェックしていた。たしかに時間を無駄にするのはもったいない。レッドワインの姿はなかった。彼女がいつ背後から飛びかかってくるかしれないと思うと、キンタマが縮む気がした。「彼女はどこだ?」不安が声に出た。

ブリジェットが顔をあげ、言った。「昼寝してる」まるでそれがこの世でいちばんふつうのことだ、と言いたげに。

信じられない。ケールは天井を見あげ、哀れっぽく頭を振った。「おれがここにいるときには、どうしてそれができないんだ?」誰にともなく尋ねた。

まるで計ったように彼女がベッドルームの戸口に姿を現わした。眠たそうな目をして、髪はくしゃくしゃだ。レーザー光線のように、彼女の視線がケールに集中した。「ああ、あなたなの」いかにもいやそうに言い、紛《まが》い物の大きな笑みを浮かべた。まるで牙を剝く虎だ。

「おかえりなさい、愛しい人」

17

クルーズのチャリティー行事第一弾が開かれるので、ラーキンはじきにカジノに出向かなければならない。カジノの収益は――このクルーズそのものの収益も――すべてが慈善事業に寄付されるが、乗船客が多すぎて一度にカジノにおさまりきらない。そこで主催者は彼らを、デッキの名前と部屋番号をもとにいくつかのグループに分け、一度にカジノに入る人数を百人に、時間を一時間に制限した。この時間内にもっとも多額の金を儲けた人に賞品が渡される。ラーキンは賞品がなにか知らないし、知りたいとも思わない。むろんなにか値の張るものだ――そうでなければ文句がでる。

ふと思った。この船は、このクルーズはタイタニック号のように伝説となるのだ。乗船客がしたことすべてが、耳にした音楽も身につけたファッションもすべてが調査研究の対象となる。まるでそれが重要なことであるかのように。実際はなんの価値もないのに。

食欲はなかったが、食事をとるならひとりのほうがいい。ほんの少しでも食べたものをもどさないでおく努力をする必要がない。たくさん食べられないことや、ときおり食事を喉に詰まらせることを誰にも気づかれたくなかった。彼の病気のことは、医者以外は誰も知らないし、秘密は守りぬくつもりだ。サンドイッチ――この船の上ではふつうのパンだけというような単純な料理が提供されるわけがないので、ツナサラダが載ったクロワッサン――と果物と水を注文し、なんとかその一部でも腹におさめてからカジノに姿を現わすつもりだ。

脳腫瘍が、人生の楽しみのあらかたを奪ってしまった。絶え間のない頭痛のせいで神経が過敏になり、日によっては痛みが耐え難いものになる。市販の鎮痛剤しか服用していない。それ以上に強いものは思考を曇らすからだ。食べる必要があることはわかっているが、食事に興味を失い、旨《うま》いものを口にする楽しみもなくなった。セックスもしたいと思わない。肉体が反乱を起こして人生の楽しみを奪ってゆく。そのことに無性に腹がたった。じきに死ぬことだけで充分じゃないのか？　癌はどうして生きる喜びや満足をすべて奪いつくそうとするんだ？　誰がそんなことさせるものか。

専属の客室係、アイザックがクルーズのあいだ身のまわりの世話をしてくれる。きわめて重大なことをやろうとしているいま、身近に見ず知らずの人間を置きたくはなかった。アイザックは長年仕えてくれた忠実な使用人だ。それがどんなに屈辱的であっても、命じられたことは文句ひとつ言わずにやる。彼がもう耐えきれなくなって去ろうとしていると感じとると、ラーキンは骨を投げ与える。昇給、贈物、たまに休暇。アイザックは人生最後の日々を、窮屈な乗組員部屋で過ごし、彼の命じるままに動く。最後まで忠誠をつくし、ここで死ぬのだ。

善良なるアイザックにすまないと思うべきなのだろう。ラーキンはそう考え、それから嘲笑した。アイザックに肝っ玉のひとつもあれば、とっくに彼のもとを去っていたはずだ。愚か者を哀れむ必要がどこにある？

だが、アイザックのやれることにもかぎりがあった。たとえばルームサービスだ。アイザックが厨房に出向いて料理を運んでくるのでは倍の時間がかかるから、その仕事は免除し、ルームサービスの係が部屋に入ってくるのを、ラーキンが我慢する。ルームサービスを頼むのはスイートにいるときだから、彼がいないあいだに誰かが勝手に入りこむことはない。

若い男――名札には〝マット〟とある――が、ラーキンの夕食を運んできた。ひと目見て、むかついた。カールしたブロンドの髪といい、知性のかけらもない無邪気そうな目といい、プロのテニスプレーヤーかサーファーのような美しさを持っているだけでなく、かつてラーキン自身がそうだったような、見るからに健康で引き締まった体をしている。健康そのもののガキは虫唾《むしず》が走る。生者必滅《しょうじゃひつめつ》の習いに無頓着なガキは許せない。いずれは死ぬ運命にあることに気づかないでいられるとは、いったいどういう神経をしてるんだ？ 人はいつか死ぬのに、たいていがおめでたくも無知なままでのほほんと生きている。ラーキンにはもうそんな贅沢は望めなかった。あまりにも不公平じゃないか。このガキの美しいまぬけ面にビンタを食わせたい。

「こんばんは、サー」愚か者があかるく言った。「ディナーをどちらにご用意いたしましょうか？」

勝手にさらせ、とよほど言ってやろうかと思ったが、バルコニーに通じるドアのそばの小さなテーブルを指差すにとどめた。「あそこに置いてくれたまえ」

ガキはトレイの中身をテーブルに並べた。「ほかになにかお持ちいたしましょうか、サー？」

「いや、出て行け」ラーキンは言い、頭に釘が刺さったような痛みが走り、こぶしを握り締めた。ときどきこうなった。慢性的な頭痛が和らぐ前に、鋭い痛みが襲ってくる。激痛のつぎは吐き気だ。

ラーキンの荒っぽい言葉に、ガキはぎょっとした。「あの……はい、サー」急いでドアへと向かった。慌てすぎて自分のでかい足につまずき、倒れて膝をついた。ドジ野郎の手からトレイが落ち、耳をつんざく音をたてて転がり、ドアの近くの壁際に置かれた背の高い人工のゴムの木の鉢に賑やかにぶち当たってとまった。

「申し訳ありません」ガキはモゴモゴ言い、なんとか立ち上がってトレイを拾い上げ、あろうことかまた蹴つまずき、植木鉢に当たってひっくり返しそうになった。なんとか木をつかんで支えたものの、トレイをまた落とした。

「申し訳ありません！」今度は悲鳴に近い。

「もういい！」ラーキンがそれを圧して叫んだ。「出て行け！」

「はい、サー。申し訳ありません、サー。申し訳ありません」ガキはトレイをつかみ、今度はなんとか落とさずにドアから出て行った。通路に飛びだす直前に気を立て直し、「お食事をお楽しみください、サー」と言うではないか。

ドアが閉まった後も、ラーキンは息を荒くしてその場に立っていた。目を閉じて吐き気がおさまるのを待った。ようやくおさまると、食事を恨めしそうにながめた。楽しめだと？

「そうできたらどんなにいいか」

通路では、マットが口笛を吹きたくなる気持ちを懸命に抑えていた。お茶の子さいさい。

盛大なチャリティー・ギャンブルが催されているカジノでは、定員が一時間ごとに総入れ替えになる決まりのせいで、チームの誰もラーキンを見張れない時間が生じる。ケールは頭のなかで毒づきながらも状況を受け入れ、最善を尽くすことにした。

彼とジェンナーはラーキンとおなじ一番めのグループだった。幕開けにはチャリティー主催者、宝石をジャラジャラさせた巨乳女が登場して、クルーズのホストであるラーキンを紹介し、彼の功績を讃えるスピーチを長々と行なった。ラーキンが紹介されるとジェンナーが耳をそばだてるのがわかり、ケールは内心で目をくるっと回した。上等だ。いまや彼女は名前を知った。政治に多少なりとも関心があれば、名前を聞いてぴんときただろう。遅かれ早かれ知ることになっていただろうから、そのこと自体はどうってことない。

ラーキンはブラックジャックのテーブルにつき、勝ちつづけたが、本人はあまり楽しんでいないようだ。ジェンナーはその様子をしばらくながめてから、ブラックジャックのテーブルに向かった。ケールがその腕をつかんで引き戻す。「勝手な真似するな」そうささやき、近くのスロットマシーンに向かわせた。

「だって、ブラックジャックをやりたいの」

「そうかい。代わりにダブルダイヤモンドをやるんだ。楽しそうにな」彼女をラーキンのテーブルにつかせるわけにはいかない。彼女はじろっとケールをにらんだものの、おとなしくボタンを押してレバーを引き、少し勝っては大きく負けるをくり返した。そのあいだ、ケールはラーキンの様子をこっそり窺った。

ラーキンはクルーズのホストだが、それにしてはあまり人と交わろうとしない。紹介を受けたときは大きな笑みを浮かべていたが、それからは客たちにろくに挨拶もしなかった。同船の仲間たちを嫌っているように見えるのはどうしてだろう。彼らをながめる視線の奥に軽蔑が見え隠れするのに、なにか意味があるのだろうか。

それ自体が驚きだ。クルーズに参加しているのは、金を背景にした独立独歩の有力者たちだ。ラーキンに不愉快な思いをさせられたら、コネのあるワシントンの人間に話をつけて、ラーキンを権力の中枢から叩きだすことぐらい朝飯前の連中だ。ラーキンがこのクルーズのホスト役を楽しんでやれないのなら、共同経営者の誰かに代わってもらうこともできたはずだ。そんなにいやなのに、どうして〈シルヴァー・ミスト〉号に乗りこんできたのだろう？

北朝鮮の人間と接触すると思われているハワイが行き先だというのは、楽しめない旅に身を投じる理由にはならない。プライベートジェットをチャーターしてハワイに飛び、翌日には帰ってくればいいだけの話だ。彼がクルーズに参加した理由はほかにあるにちがいない。そうでなければ、楽しんでいるようには見えないことの説明がつかない。

〈シルヴァー・ミスト〉号の乗船客の身元は調べたが、一瞥したところ産業スパイや北朝鮮の工作員らしき人物はいなかった。だが、外見や履歴はあてにならない。ケールや仲間がそのいい例だ。これまでのところ、ラーキンは警備責任者のディーン・ミルズ以外は、ほとんど誰とも言葉を交わしていなかった。だが、彼が話しかけた人物については、見落としがなかったか履歴を調べ直した。投資で大打撃を受けていないか、おもてに出たくない人間と一緒に映っている写真はないか。だが、なにも出てこず、ケールはいらだちを募らせた。彼の直感が、なにか見落としていると告げていたからだ。

ラーキンはまだラップトップを開いてすらいないので、フェイスのキーロガー・プロジェクトはなんの成果も生んではいない。もっともなにかを期待するには時期尚早《しょうそう》だ。

一時間が過ぎて、カジノを去るときがきた。なかには大儲けした者がいたが、ジェンナーはそのひとりではなかった。それどころか、スロットマシーンでここまで負けつづける人間もそういるものではない。フェイスとライアンがつぎのグループなので、引きつづきラーキンを監視することができる。三番めと四番めのグループには誰もいない――カジノで二時間、彼は野放しになる。だが、多くの人がカジノの外からゲームの行方を見守り、激励したり、友人が負けると失望の声をあげたりしていたので、彼も仲間入りすることにした。ラーキンが誰かと話をしたら、内容は聞きとれないにしても写真を撮ることはできる。

フェイスとライアンが見張りについたので、ケールはジェンナーの腰に腕をまわして隣りのバーへと誘った。「なにか飲まないか?」

「いいえ、けっこうです」彼女は言った。彼が尋ねたからそう答えたのだろう。なにも言わなければ、彼女のほうから飲みたいと言いだしたにちがいない。

「だったら、アイスクリームはどうだ?」二十四時間営業のソフトドリンクも売るアイスクリームバーがある。船でいちばんの人気スポットになっていた。

「ありがとう。でも、お腹すいていない」

喧嘩を売る気か? 「それもそうだな。ひと口でも食べたら、そのドレスの縫い目という縫い目がはじけ飛ぶもんな」

「かもね」彼女が言う。いったいなにが気に食わないんだ? 彼女のお守りをして二十四時間ちょっとだが、やられればやり返すタイプだとわかった。だが、いまの彼女はどことなくうわの空だ。いったいなにを考えているのだろう。なににしても碌《ろく》なことじゃないにきまっている。

小さなテーブルに空きが二席あったので、彼女をそこに座らせた。カクテル・ウェイトレスがすぐにやってきたので、彼女に尋ねもせずティーターートッターを注文し、自分にはビールを注文した。もっと強い酒でも平気だが、頭はすっきりさせておきたい。ジェンナーのほうはと見ると、身を乗りだし、彼の体越しにカジノの様子を窺っていた。あそこにいるあいだは興味なさそうにしていたのに、いったいなにが彼女の関心を惹いているんだ？

彼女がラーキンを見ているのがわかり、ケールの背筋を冷たいものが伝いおりた。なんてこった、小悪魔め、人のやることに興味を持ちすぎる。好奇心を満足させるためなら、どんなことだってやりそうだ。こっちの都合よくずっと怯えたままでいてくれたら。最初はそうだったんだ……最初の、そう五分ぐらいだったか？　それから先は頭痛の種以外のなにものでもない。

椅子をずらして彼女の視界をさえぎると同時に、ジェンナーがラーキンをまるで動物園の陳列動物みたいにながめていることに、ラーキン本人が気づくのを阻んだ。奴に警戒心を抱かせることだけはしたくない。

ジェンナーは輝くような笑みを浮かべた。「ねえ、あたしをハワイに置いて帰っていいのよ」バーにちかいスロットマシーンがたてる騒音に声が掻き消されないよう、彼女は身を乗りだしてささやいた。「あなたたちのしていることを、けっして口外しないと約束する。ホテルに部屋をとって、一週間ほどビーチで過ごす。あなたには面倒をかけない。シドを解放してくれたら、一緒に楽しむの。完璧な解決方法」

ケールは彼女を真似て身を乗りだした。クソッ、いい匂いだ。ミッドナイトブルーのカクテルドレスの開いた胸のながめが、この角度からだと興味深い——控え目に言って。〝おっぱい部門〟に関してはたいしたことないのに、どういうわけだか腸がねじれる気がする。彼女から離れるべきだ。離れる必要がある。だが、仕事だから留まらねばならない。危険な前線に留まらなければ。「どうしてそんなことしなきゃならないんだ?」彼女の耳に鼻をすりつけて言った。「娯楽的価値だけを考えても、痛みや怪我に耐えるだけのことはある」

彼女の目がキラリと光って復讐を約束したが、今度もまた餌に食いついてこなかった。それはそれでかまわない。人前で彼女に殴り倒されることだけは避けたい。

そりゃできることなら彼女を解放したい。そのほうがおたがいの身のためだが、隠れ蓑として彼女にはかたわらにいてもらわねばならない。彼女がいなければ、ケールがあのスイートにいる理由がなくなる——クルーズシップは建前上、乗船客同士で部屋を変わることを認めていない。乗船客はキャンセルできるが、空いた部屋を誰に割り振るかは船会社が決めることだ。彼女がいなくなってあのスイートが使えなくなるような危険は冒せない。

彼女には我慢してもらうしかなかった。

夜はゆっくりと更けていった。ラーキンは定員が入れ替わるたびに挨拶し、それからブラックジャックのテーブルに退いて勝ちつづけた。その顔に興奮や命の輝きが浮かぶのを待つぐらいなら、草が伸びるのを見守るほうがまだ変化がある。

ティファニーは自分たちのグループがカジノに入ることを許されると、さっそくラーキンの隣りに腰を据えて関心を惹こうとしたが、まったくの無駄だった。フランク・ラーキンはかつて美女を連れて歩き、それなりに浮名《うきな》を流していたが、ティファニーほどエキゾチックで目を引く女でも、いらだたしげな視線を向けられるだけだった。彼女の醜態に恐れをなしているのかもしれない。たしかにあの場にラーキンはいた。それとも、彼女が好みのタイプではないだけか。彼女がラーキンに接近できれば儲けものだが、そうはいかなかった。

近づきすぎれば疑いを抱かせる――被害妄想野郎はなんだって疑ってかかる――から、ティファニーはほかのテーブルに移り、女房がクラップスで大儲けして手持ち無沙汰《ぶさた》な亭主にちょっかいをかけた。べつに中年の妻帯者が好みなわけではないが、ラーキンが話しかける相手の写真を撮るのに、その場所からならいいアングルが狙えるからだ。

最後のグループの一時間が終了すると、ラーキンはカードをグリーンのフェルトが張られたテーブルに放り、歩み去った。売り上げはすべてチャリティーにまわされるので、賞金は置いたままだ。みんなでぞろぞろとラーキンの後を追うわけにいかないので、ティファニーがあたらしいお友だちにさよならを言い、距離をおいてたくみに人垣を縫い、ラーキンの後をつけた。男を誘うような歩き方に数人の男が賞賛の視線を送り、女のひとり、ふたりが射すような視線を送った。だが、着飾った人びとで溢れた船の上では、彼女もそれほど目立たない。フェイスとライアンは席を立たなかった。ケールとジェンナーもだ。

ケールが耳につけたイヤフォンからやわらかな声がした。「〈ゴーストウォーター・バー〉」ティファニーがみんなにラーキンの行き先を知らせてきたのだ。彼は酒を飲む。度を超すことはない。ゆうべは二杯に留めた。看板メニューのゴーストウォーターではない。彼の好みはスコッチ、ストレートで。いまのところきまった行動パターンはない――まだ二日めだ――ので、彼がどういう行動に出るかまるでわからなかった。

「動いている」数分後にティファニーの声がまた聞こえた。「彼がどうしてここに来たのかわからない。なにも飲まなかったもの。カジノのほうに戻っていく。誰か後を引き受けて」

全員が警戒態勢に入った。ラーキンがじきにまた姿を見せた。まったくの無表情だが、目が少しぼうっとしているようだ。クスリをやったのか？　だが、多少ぎこちないとはいえ、足どりはしっかりしていた。

「さあ、行こう」キールはジェンナーを急《せ》きたてた。ラーキンはスイートに戻るのかもしれない。すっかり夜も更けてきたし、彼はカジノにかなり長い時間いた。ケールとしては、ラーキンを視野に入れておきたかった。ラーキンがスイートに戻らなかったら、フェイスとライアンが後をつけて行く先を知らせてくれる。

ジェンナーの肘をつかむと、彼女はきょろきょろと周囲を見まわした。彼が動きだした理由をつきとめようとしているのだ。数秒後にラーキンの姿をとらえ、意識をそちらに集中させた。その表情はまるで獲物を狙う猟犬だ。

彼女の気をそらそうと、ケールは言った。「笑え」

彼女が浮かべた作り笑いはサメを連想させる。

ケールはため息をついて歩調を速めた。「もういい、ウィッチープー」

「魔女《ウィッチ》のプーさんって？」

「調べりゃわかる」

ラーキンはエレベーターに向かった。ふたりが着いたときには、彼を乗せたエレベーターはすでに動きだしていた。ケールは携帯電話からブリジェットにメールで、ラーキンがあがっていったので注意しろと伝えた。鼓動が少し速まっていた。ラーキンがスイートに戻らない場合、居場所をつきとめなければならない。少しのあいだでも、ターゲットが視界からはずれるのはいやだった。

ジェンナーと並んでつぎのエレベーターを待つうちに、携帯電話が鳴ってメールを受信したことを告げた。急いでチェックし、安堵のため息をつく。ラーキンは自分のスイートに戻った。これでひと安心だ。

後から乗りこんできた人が何人かいたので、エレベーターのなかでは口をきかなかったが、ジェンナーが質問したくてうずうずしているのが、ケールにはわかった。スイートのドアを抜けるやいなや彼女は振り向き、なかに入ろうとする彼の行く手をふさいだ。「それで、なぜフランク・ラーキンをスパイしてるの？」

「ドアから離れろ」彼は言い、急いでドアを開けて通路に誰もいないことを確認した。頭を振りながらドアをしめてロックし、チェーンを掛けた。

ジェンナーはそこに立ったまま、眉を吊り上げて彼の返事をうながした。

「それで？」

「きみには関係ない。すべてちゃんと動いているかチェックするから、そのあいだに寝る支度をしろ」

チェックするだけでなく、ラーキンが誰かと電話で話したかどうか、ラップトップの電源を入れたかどうか知りたかった。ジェンナーは不満そうな顔をしたが、パジャマを持ってバスルームに消えた。これで数分間は平和な時間を過ごせる。イヤフォンを耳に当て、ラーキンが寝る支度をする様子をながめた。隣りのスイートのベッドルームのライトが消えると、ケールはイヤフォンをはずした。動きはなし。収穫はまったくない。

ジェンナーがバスルームにいるあいだに、彼は服を脱いだ。手錠を用意して待っていると、彼女がスッピンで、べつのパジャマ、これも薄っぺらなタンクトップ――ピンク色で瞬く星の模様――を着て登場した。彼は無言で椅子を指差した。

じろっとにらむ彼女に手錠をして、椅子にくくりつける。彼女がいらだって手錠を引っ張った。「こんなの必要ないのに。シドが捕まっている以上、あたしはなにもやるつもりはない。あなたは誰がボスか示したいだけなんでしょ」

「ああ」彼は言い、手錠の鍵を持ってバスルームに入った。

意外にも沈黙の一瞬があり、それから彼女がなかば絶叫した。「あなた、認めるのね？」

「おおいに楽しんでいるのさ」彼はにんまりしながら用を足し、歯を磨いた。バスルームを出ると、彼女がまだ頭から湯気をあげていた。

近くまで行くと、彼女が蹴った。笑いながら身をかわす。ああ、そうさ。事実は事実。もし彼女の足が狙った場所に命中していたら、とてもおもしろいなんて言ってられなかったろう。

「笑うのやめてください！」彼女がまた蹴った。その足をつかみ、もう一方の足もつかんですばやく引っ張りあげ、彼女を椅子から落とした。体重の多くを彼が支えていたから、ひどい落ち方はしなかったが、精神的ショックは大きかったようだ。

「人でなし！　馬鹿チン野郎！」

彼女が床に尻餅をついているあいだに椅子につないだ手錠をはずし、すかさず自分の左手にかけ、彼女を抱き上げてベッドに寝かせるというより落とした。「おれのチンポまで巻きこまないでくれ」彼は言い、鍵をベッドサイドテーブルの引き出しにしまい、ベッドに入ってランプを消した。

18

ジェンナーは目を覚まし、暗闇のなかでひとときーー至福のひとときーー自分がどこにいるか忘れていた。体を動かして手首に手錠が食いこみ、現実に引き戻された。ほんとうを言えば、二十四時間前に比べて現実はそれほど恐ろしいものではなくなっていたが、それでもピクニック気分にはなれない。こっちとしては、船長に訴え出たり、どこかに隠れたりといった、シドを危険にさらすようなことはやる気がないのに、〝マッチョ・マン〟はわかろうとしない。囚われの身のシドがどんな状況に置かれているのかわからないのだから。彼女を監視している人間が、人を痛めつけることに快感を覚える変態で、ジェンナーがおとなしくしているからなんとか自分を抑えているという可能性だってある。

彼女がなにもするつもりもないことは、〝マッチョ・マン〟もわかっていて、本人がいみじくも言ったように、ただ〝ボス風〟を吹かせたいだけなのかも。あるいは、彼らの任務があまりにも重大か、莫大な金が絡んでいるかで、どんなに小さな危険も冒せないのかもしれない。

わずかに寝返りを打って時計を見た。二時間ほど熟睡した計算になる。手錠をかけられ、プレッツェルみたいに腕を折り曲げたりできない状態で、それはたいしたものだ。でも、バーで飲んだティータートッターのせいで、用を足したくなった。

気にしないことにしよう。彼女が動いてもケールは目を覚まさなかった。このまま眠っていてほしい。今夜もまたボクサーショーツ一枚で、上掛けを剝いで寝ている。リビングルームから洩れる薄明かりのなかでさえ、その姿は大きくて恐ろしげだ。

ジェンナーはため息をついた。人生でもっとも長い二週間になりそうだ。横向きになって少しでも楽な姿勢をとろうと体をもぞもぞ動かし、それからじっとしろと自分に命じた。寒いし、おしっこがしたい。寒くて、上掛けを引っ張りあげることができなくて、膀胱《ぼうこう》がパンパンという三重苦の状態が、彼のすぐ身近で起きているのだ――しかも彼は気づいていない。トイレに行かせてと彼女に懇願させて、ひそかに楽しむつもりかもしれない。

手錠の鍵はすぐそこ、ベッドサイドテーブルの引き出しにある。彼がどんなつもりで、手を伸ばせば届く場所に鍵をしまったのかわからない。まさか、夜中にジェンナーが彼の髪に火をつけたらいけないので、手もとに置いておくことにしたとか？　なんとしても鍵を手に入れたかった。彼はこそこそすることもなく、おおっぴらに鍵をしまった。彼女にとれるわけがないと思っているのか――それとも、やれるものならやってみろと思っているのか。

どっちにしろ頭にくる。手も足も出ない状態は我慢ならないし、見くびられるのも我慢ならない。もっと我慢ならないのは、鍵をとることを彼が見越している場合だ。面倒を起こさないかどうか、こうやって彼女を試しているのかもしれない。

もう、どうしろって言うのよ。シドを危険にさらすような面倒を起こすつもりはない。トイレに行かせてくれと彼にお願いするつもりもない。鍵を手に入れて手錠をはずし、トイレに行き、ベッドに戻る。朝になって、彼女が数時間の自由を楽しみながら、その機に乗じて通路に飛びだし、大声で助けを求めたりしなかったことに、彼が気づく。それが望ましいシナリオだ。まわりくどい方法ではあるが、論理的に考えて、彼女が馬鹿な真似はしないことの証明になり、その結果、もっと自由が許されるようになる。問題は、馬鹿チン野郎がそれを論理的に受け止めるかどうかわからないことだ。

その一方で、彼を思いっきり愚弄《ぐろう》して、あんたがボスじゃないって思い知らせてやりたい。許可を得ずにトイレに行くのがそんなに悪いこと？　ドアの外で男に聞き耳をたてられずにひとりきりで用を足すことが？

鍵は手を伸ばせば届くところにある。問題は彼を起こさずに手を伸ばせるかどうか。

彼の呼吸のリズムが変化した場合に備え、耳をそばだてながらゆっくりと、じわりじわりと動いてみた。部屋は暗くて彼の表情は読めないが、彼の眠りを妨げたかどうかは音でわかる。彼女はすごく寝相がいいほうではないので、彼は無意識のうちにその動きに慣れているだろう。他人とおなじベッドで寝ることに、慣れているかもしれないし。たとえばティファニーとか。彼がこのスイートに無理に入りこんでくるまで、ふたりはおなじ部屋にいたわけだ。

なんとか膝をついて上体を起こした。彼は身じろぎもせず、うなりもしない。いびきもかかない。かいてくれれば、眠っているかどうかわかるのに。肘をついたままの姿勢で十五分ぐらい待った。それぐらいあれば、たとえ彼が目覚めかけていても、また深い眠りに落ちるだろう。

彼の裸の胸に触れないように注意しながら、ゆっくりと手を伸ばし、引き出しに向かって指を伸ばした。ウゥッ。届かない。

バランスをとるために片方の膝を折り、体をもっと高く掲げた。そのあいだも手錠を引っ張らないよう必死だ。彼を起こしたら大変だもの。それとも、もう起きてる？　彼女が姿勢を変えただけですでに目が覚めていて、じっと黙っているだけだったりして。

彼の体の上でさらに手を伸ばす。もう少しで引き出しに届く。いらだちが募るが、ぐっと我慢した。トイレに行くためには、気持ちを抑えられるかどうかが鍵だ。そろりそろりと立ち上がったが、手錠をかけられているほうの腕を緊張させないためには、屈んだ姿勢のままでいなければならない。彼の開いた脚のあいだにゆっくりと片方の足をついて、さらにバランスをとる。この姿勢でいるあいだに、もし彼が起き上がったらどうなるか考えたら、意地の悪い喜びがこみ上げてきて、彼が起き上がることを願いそうになった。

さらに待った。ピラティスとヨガのクラスをとっててよかった！　秘密の目的のために体を不自然にねじるのには、深層部の筋肉《コア・マッスル》が強くなくてはならない。

もしここですべったら、半裸のケールの上に落下することになる。こういう男がそんなふうに起こされてどんな反応を示すか、知りたくはなかった。彼はふつうの男ではない。引き締まった体がその証だ。ジムに入り浸って体を鍛えまくる男たちを大勢知っているが、彼の筋肉はそういう男たちのそれとはちがう。もっと長くて、もっと筋張っていて、それに傷痕がある。どう見ても小学校のジャングルジムから落ちてできた傷ではない。強靭で能力が高くて、動きのひとつひとつにパワーがみなぎっている。

この姿勢だと彼に近すぎる。立ち昇る彼の体の熱を肌で感じ、寝息が聞こえる。尻込みしそうになる。体を引いて、もとのように横になりそうになる。そう、尿意をもよおしたままだ。そう、彼を起こして許可を求めたほうがいい。

いいえ、誰がそんなことするものか。引き出しにもうちょっとで指が届く。ここであきらめてはならない。でも……もううんざり。

彼の許可をえずにトイレに行きたいとか、そういう問題ではない。彼の馬鹿くさい予防策なんかすんなりかいくぐれるところを、どうしても示したかった。彼なんてたいしたことない。その事実を突きつけてやりたい。ボスだって、聞いて呆れる。

引き出しの取っ手に指をかけ、息をつめてゆっくりと引いた。角度が悪い。長いこと緊張を強いていたので筋肉が震えはじめた。引き出しをまっすぐ手前に引けるならどんなに楽か。でも、指を横にずらしながら引かなければならず、腕の筋肉が痙攣を起こしそうだ。

よし！　これで充分。引き出しがすべる音でケールを起こしたらどうしようと息をつめた。彼は眠ったままだ。メモ帳の上に置かれた小さな鍵を手探りする。これで終わりではなかった。まだ彼を起こさずに手錠の鍵をはずす仕事が残っている。それでも勝利の甘さに酔う。

ざまあみろ、馬鹿チン野郎！

なんの前触れもなく彼がガバッと起き上がり、手錠をした腕で彼女をつかんで引き倒し、重たい体で押しつぶしたのでベッドが揺れ、ふたりして跳ねた。声を出す暇もあらばこそ、握ったこぶしから易々と鍵を奪いとられた。なんなの？　彼の息遣いはまるで変わっていなかった。目が覚めている気配も見せなかった。フェアじゃない。正しくない。

「どこに行くつもりだ？」わずかにしゃがれた声で尋ねる。

死に物狂いで彼の肩を押した。ああ、もう、こんなふうに押されたら――「あなたの体におしっこかけるからね！」こっちは必死なんだから。

彼が一瞬体をこわばらせ、それからおもしろそうに言った。「こんな脅され方は、たぶん生まれてはじめてだな」

「脅しじゃない！」もう一度押す。「起こしてよ！」

冗談で言っているのでないことに、彼はようやく気づき、文字どおり跳び起きてベッドの脇に立った。むろん彼女は引きずられる。歯を食いしばって体を動かすまいとする。「あたしを揺らすのやめてよ、このスットコドッコイ、早く手錠をはずして！」

　彼は慌ててランプをつけ、手錠をはずした。彼女はいましめを解かれるやバスルームに走り、ドアをバタンと閉めた。なんとか間に合った。彼にもわかったはずだ。後をついてきて、ドアの外で待っているにちがいないから。

　数分後、状況をよく考えてからドアを開け、目に怒りの炎を燃やし体当たりを食らわせた。思ったとおり彼は不用意にそこにいたので、胴体に肩からぶつかってぐいぐい押した。彼には手をあげてこっちの腰をつかむ暇もなかったが、ぐいぐい押してもそれほど遠くまではいけず、上首尾とも言えなかった。それでも、彼は体勢を立て直すまでによろっと一歩後退した。

「ぜんぶあなたが悪いんだからね！」怒りと気恥ずかしさにその場でぴょんぴょん飛び跳ねたかった。「あたしはなにも飲みたくなかったのに、にこやかにしてみせるにはティータートッターが必要だとあなたは勝手に思った。そしたら当然、トイレに行きたくなる！　でも、手錠をはめられているからトイレにいけない。ああいうことをまたやったら、いいこと、目覚めたとたんにおしっこ引っかけてやるからね。よけいな我慢なんて誰がするもんか」

　彼の口もとにゆっくりと笑みが広がった。

「笑わないでよ」彼女は警告を発し、顎を突きだしこぶしを握った。「よくも笑ったわね」

彼は手を伸ばし、彼女がこぶしをふるう前につかみ、手首にまた手錠をかけた。よくもまあ。怒髪天《どはってん》を衝く勢いで、彼についてベッドへ向かった。もし彼がこれを冗談の種にしたら、素手で殺してやる。

彼は笑みをひっこめなかったが、なにも言わないだけの良識を備えていた。ジェンナーがベッドに潜りこむと、彼は上掛けを床に落とした。彼女が手を伸ばせばとれる場所に。ふたりとも体を伸ばしたところで、彼が尋ねた。「どうしておれを起こさなかったんだ？」彼が笑わずにしゃべれるようになるのに、いままでかかったのだろう。

「おとなの女は、トイレに行くのにいちいち許可を得るべきでないからよ」つい怒鳴り声になる。落ち着いて横になってなんかいられるか。いまの気分を抑えるまでに、二カ月はゆうにかかるだろう。

「こういう状況下にあるなら、おとなの女ならきっとそうするんじゃないか」彼の声にはいらだちが出ていた。「あれだけベッドを揺らして、おれの上を這って渡って、おれを起こさずに鍵を盗めると本気で思ってたのか？　ちょこっとおれの肩を揺すればすむ話じゃないか。そのほうが早いし、よっぽど危険が少ない」

「あなたに触りたくなかったのよ、アホンダラ」

「結局は思いきりおれに触ることになったんだから、きみの計画は失敗ということだな」

彼に押しつぶされてマットレスに埋まった瞬間は、思いだしたくなかった。彼の重たくて裸同然の体とこっちの体が重なって、まるでセックスの体勢だった。おまけに彼女は脚を開いており、心臓がとまりそうな数秒間、彼の硬くなった膨らみが股間を押していた。

あの状況をこれ幸いと利用しなかった彼は、たいしたものと言うべき？　たとえ彼がなにかしたとしても、怖くはなかっただろう。ふとそう思った。まるっきり怖くはなかった。前日のどこかの時点で、彼を怖がることはやめていた。

19

不機嫌な気分のまま目覚めると、やはりベッドにひとりだった。またしても手錠をはずされたことに気づかなかった。こっちはケールを起こさずに鍵をとることができなかったのに。きみはほんのささいなことも思いどおりにできないまったくの役立たずだと、くり返し証明してみせて、彼はさぞご満悦なのだろう。人を頼ることはずっと昔にやめていただけに、こういう状況は気に入らなかった。でも、気に入ろうと入るまいと、クルーズが終わって船を降りるまで、ケールはどんなことでも彼女に自分を頼らせるつもりでいる。

そのオタンコナスはいまごろリビングで、コーヒーの残りでクロワッサンの最後のひとかけを飲み下しているのだろう。彼女を起こして一緒に食べようと誘いもせずに。彼がいなくても、ほかの誰かがいる。彼女がスイートを出てよけいなことを嗅ぎまわらないように、監視をつけているにちがいない。彼なんていなければいい。いまの気分では、フェイスかブリジェットを相手にするほうがずっと楽だ。

ゆっくりシャワーを浴び、気に入りの服に着替えた。青緑色のシルク混紡《こんぼう》コットンのカプリパンツと、おなじ青緑色のトリミングのあるちっちゃな白いトップス。足を飾るのは、かつての二週間分の給料より高い小さなサンダルだ。持参した宝石のなかから、プラチナのイヤリングとブレスレット二本、それに小さなダイヤのトウリングを選んだ。外見が自信を生む。自分が着映えすることはわかっている。彼は知らないだろうが、装いを凝らすことで、彼に向かって中指を突きたてているつもりだった。誰があきらめるものか。誰が背景に溶けこんで目立たなくなったりするものか。誰が〝ミス・従順〟になるものか。人前では――シドのことを忘れてはならない――彼の言うとおりにするけれど、ふたりきりのときは……まったくべつの話だ。

ベッドルームを出ると、ケールがディナーテーブルに向かって座っていた。一脚の丸テーブルを布張りの椅子四脚がとり囲み、テーブルの上の大きな長方形のトレイには、コーヒーのセットと蓋をした皿がふたつ並んでいた。彼の左手には空《から》に近い皿が、右手にはコーヒーのカップが、真ん前にラップトップが置かれ、耳にはイヤフォンがはまっている。

彼女が入っていくと、ケールは顔をあげ、ラップトップのキーを打ちながらイヤフォンをはずした。「朝食」そう言ってトレイの上の丸い皿を指差した。「まだ冷めていない。きみがシャワーを浴びているあいだに運ばれてきたからな」

どっちがよけいにいやだろう。朝食を食べないことと、彼が勝手に注文した朝食を食べることと。ひとまずコーヒーを飲むことにして、クリーム色の磁器のカップ――〈シルヴァー・ミスト〉号に発泡スチロールのカップは存在しない——をおもてに返し、コーヒーを注いだ。彼が黙ってながめている前で、コーヒーを味わい、蓋を持ち上げて中身をのぞいた。あたりまえの料理に少しがっかりした。全粒小麦のトーストにスクランブルエッグ、ポテト、ベーコン。もっとむかつく料理を期待していたのに。たとえば冷めたオートミールとか、半熟卵とか。オートミールは熱々なら許せるが、半熟卵ほどむかつくものはない。殻を割って中身をすくって食べるための小さな容器が、どんなにおしゃれであろうと。冷めたオートミールに半熟卵まで加えるぐらいのことは、彼ならやりかねない。でも、意外や意外。このしごくまっとうな朝食は、もしかして……和解の贈物？

「さあ、座って」彼がにこやかに言い、立ち上がって彼女のために椅子を引いた。疑いの目を向けつつ、ジェンナーは腰をおろした。礼儀正しい人たちにはだいぶ慣れてきていたが、まさか彼がそんな態度をとるとは。もっとも、彼にはどこか……ヨーロッパ風なところがあった。服装とかが、なんとなくちがうのだ。上等で高いものを身につけている人はまわりに大勢いるが、そういうのではない。服のカットがちがうのだろう。流れるような線とか、ドレープの出方とかが……イタリア製？　たぶん。発音はアメリカ人そのものだが、どの地方かわからない。あちこち旅してまわっているうちに、もともとの発音がもっと平均的なものに進化していったような感じだ。

「どこから来たの？」トーストにバターを塗りながら尋ねた。

彼は答えなかった。彼から情報を探りだそうとする努力は認めるというように、軽く笑うだけだった。

「いま住んでいる場所ではなくて、生まれた場所」アメリカのどの地方の生まれかを尋ねたつもりだったが、最後の瞬間に直感が働き、こう言っていた。「どこの国?」

彼が視線をあげ、真顔になった。当たり! こみ上げた満足感を隠しきれない。でたらめに放った矢が見事に命中した気分。

「なにが言いたい?」彼が静かに尋ねた。

ケール・トレイラーは非常に危険な男にもなりうることに、そこで気づいた。彼の私事をほじくり返すのは賢明ではない。彼の気分しだいであちこち動かされる馬鹿な〝歩〟ではないことを証明しようとして、野獣をねぐらからおびきだしてしまいかねない。彼女は少なくとも馬鹿ではない。いまはたしかに〝歩〟かもしれないけれど。

なにごともなかったようにトーストを口に入れた。「あなたの発音。なにかちょっと――」

「想像力を暴走させるな」彼は言い、椅子の背にもたれた。「おれはアメリカ人だ」

へえ、そうくる。そりゃたしかに。

その話題はそれまでにして、朝食に没頭した。蓋をかぶせてあったにもかかわらず、卵が冷めすぎていて喉につかえた。彼がこっちを見ているからなおさらだ。ベーコンとトーストは我慢できる。冷めていても味はよかった。でも、一挙手一投足に注目されていたのでは、呑みこむことがどんどん難しくなる。ついにトーストを皿に置いて、言った。「見つめるのはやめて！　動物園の猿じゃないんだから」

彼の口もとがぴくりとした。「だったら、身をかわす必要はないはずだろ？」

「そういうことじゃなくて」じつを言えば、手もとに硬いものがあったら投げつけたかった。「ただ……そこでながめているのをやめて。ほかにもっと大事なことがあるんじゃない？」

「ない」

ゆうべ、鍵をとろうとしたのは、あまりよい考えではなかったのかも。彼女にもう少し自由を与えるつもりが、彼にはまったくないようだ。食べつづけるのは無理なので、ぼそっと言った。「ショーはおしまい」立ち上がってコーヒーのお代わりを注ぎ、カップを手にバルコニーに出た。振り返ってたしかめなかったが、彼はきっとついてくる。

デッキチェアに腰をおろした。ひとりきりの時間が欲しかった。ほっと息をついて心を鎮める時間が。でも、シャワーと着替えと用を足す以外には彼女をひとりきりにしないと、ケールは心に決めているようだ。バスルームで過ごす時間は大事だけれど、何時間もいたいとは思わない。それに、ぐずぐずといつまでもシャワーを浴びていたら、よからぬことを企んでいるにちがいないと彼は思い、ずかずかと入ってくるだろう。たとえば、マスカラとシャンプーから毒を精製する方法を編みだすとかいった、憎むべきことを企んでいないかたしかめるために。

ケールがどういう人間なのかわからない。そのことが彼女を不安にした。もともと人を見抜く直観力にすぐれているが、それが彼には効かないのだ。彼と仲間たちがミスター・ラーキンをスパイしているのはたしかだ。ラーキンは人好きはしないが、付き合ううちに味が出てくるタイプのようだ。問題はどっちが悪玉か。キールか、ミスター・ラーキンか。あるいは善玉なんていないのか。悪い奴ともっと悪い奴がいるだけで。

ゆうべの〝啓示《けいじ》〟でよけいに混乱してきた。ケールは人を怒らせるし、うるさいし、ボス風を吹かすし、頑固で傲慢だし、シドを誘拐した——彼女のことも誘拐したと言えないこともない——にもかかわらず、彼を怖いとは思っていない。まともな女なら怖がるべきだ。最初こそ怯えていたが、二晩を過ごしたいま、恐怖は消えていた。ほんとうに恐れているなら、鍵をとろうなんて考えもしなかっただろうし、彼のかたわらで一瞬たりとも眠れなかったはずだ。もっとも、男に関して、彼女の実績はけっして褒められたものではない。ホルモンが良識を叩きつぶし、よい直感を窓から投げ捨てた時期があった。前に起きたことは、これからも起こりうる。ディランのことがあって以来、防御の壁をかいくぐってきた男はいなかったけれど。歳を重ねて用心深くなった。ということは、彼女が理性を失ってしまったのか、直感がケールはいい奴だ——少なくとも最低ではない——と言っているかどちらかだ。

ため息をつきながら青い海をながめ、いろいろなことを願った。これからどうなるのか教えてください。シドが怯えていませんように。ケールが海に落っこちますように。手すりを越えるのに手を貸すチャンスが訪れますように……お願いだらけ、まるで古い歌の文句だ。バルコニーはこのスイート専用だった。両側のスイートとのあいだが壁で仕切られているので、専用という気分を味わえる。こんな状況でなければ、景色と新鮮な空気を思いきり味わっただろうに、いまはとても楽しむ気分にはなれない。

人生最初のクルーズなのに。そして、これがきっと最後になるのだ、クソッタレ。二度と船に足を踏み入れる気にはなれないだろう。どこにも行き場がない状況に置かれるなんて、たくさんだ。

バルコニーに通じるドアが開いて、ケールが出て来てもべつに驚かなかった。彼もデッキチェアに座って長い脚を伸ばした。彼女と同様、コーヒーを飲みながら海をながめている。彼のことをよく知らなければ、リラックスしていると思うところだ。いや、リラックスはしているけれど、警戒を解いてはいない。はたして彼が完全に警戒を解くことなどあるのだろうか。体の一部はつねに臨戦態勢にあるのだろうか。周囲を壁で囲まれたこのバルコニーにいて、目に入るのは海だけのいまでさえ、油断なく構えている。いつ攻撃を仕掛けられるかわからないと思っているのだろう。

しばらくして気づいた。彼はたしかに予期している——こっちが攻撃を仕掛けることを。そう考えたらすごく楽しくなってきた。一気に気分が晴れた。なにができると思っているの？　彼を海に突き落とすためには、彼が自分で手すりのいちばん上までよじ登ってくれないと。たしかに柔道を習っていた。でも、彼を投げ飛ばす技を思いだし、立ち位置とか構えを決めるあいだ、ケールがじっと立っているとは思えない。こっちは柔道の達人ではないのだから。

それでも、彼が手すりを踏みはずして落ちる姿を想像するのは、めちゃくちゃ楽しい。海面に当たったとき、さぞ大きな音をたてるだろう。

「コーヒーを飲み終えたらなかに入れ」まるでこっちの考えを読んだかのように、彼が言った。表情を消す努力はしなかったから、ひとりでにやにやしていたのかも。

彼女をバルコニーにひとりにしておくことすら不安なのだろう。いったいなにができると言うのよ。どこにも行けやしないのに。

彼女とケールの力関係はバランスがとれていない——つまるところ、彼がすべての力を握っている——のに、彼をいらだたせることができたなんて、ジェンナーには正直言って驚きだった。彼はジェンナーのことを虫けらのように潰すことができるし、そうされても手も足も出ない。彼がなにをしようと、やめさせる手立てはないのだ。彼を傷つけることはできない。その筋に訴え出ることもできないし、彼の秘密の計画を阻むこともできない。

でも、からかうことはできるし、そうやって楽しむこともできる——でも、ここではだめだ。ラーキンが自分のバルコニーに出て、静かにモーニング・コーヒーを、あるいはモーニング・ゴーストウォーターを楽しみながら、こっちの話に耳を傾けていないともかぎらない。

バルコニーでは音がどの程度伝わるのかわからなかった。バルコニーには、初日、出航してすぐに出ただけだ。

コーヒーをほんの少し口に含む。すぐには飲みこまない。これを飲み終わったら、昼食までなにも口にできないかもしれないのだ。やさしく尋ねてみる。「きょうのあたしたちの計画は？　なにかとくにやってみたいことある？」

彼はカップを置いてジェンナーをじっと見つめた。まるで彼女が異星人に変身したかのように。ラーキンのバルコニーを指差すことに、ジェンナーは大きな喜びを覚えた。協調の精神を発揮してつづけた。「とても気持ちのいい日和《ひより》だから、一日じゅうここで過ごしたい気分だわ」

ケールが深くなめらかな声で言った。まるでベルベットで肌を撫でられたみたい。「いつだってやってみたいことはあるさ、スウィートハート、バルコニーはそれにもってこいの場所だしね」

シドニーはなんとかリラックスしようとしていた。不安に苛《さいな》まれつづけていたのでは、眠ることも食べることもできなくなる。ここで心臓発作を起こしたってなんにもならない。それどころか、目的を達成できない。生き延びるという目的を。

ベッドルームの窓辺に立って、景色をながめていた。サンディエゴは美しい街だけれど、二度と見たいとは思わない。カロを訪ねてくることもないだろう。生き延びられるとして、これからはカロに南フロリダを訪ねてもらおう。

これまでのところ、誘拐犯たちは暴力的な兆しを見せていない——リムジンのなかで拳銃を突きつけられたのはべつにして。メイドやルームサービスの人が部屋にいるとき以外、武器はつねに目につくところにあった。ホテルの従業員とひとつの部屋でふたりきりにされることはなかった。メイドがやってくると、スイートのべつの部屋に追いやられ、食事がリビングルームに運びこまれるあいだは、誘拐犯のひとりと一緒にベッドルームに閉じこめられた。

誘拐され怯えているという事実をべつにすれば、誘拐犯たちは、彼女ができるかぎり快適に過ごせるよう気を配ってくれているようだ。なんだか妙な話で、どう考えたらいいのかわからなくなる。だが、彼らがひとつだけ明確にしていることがあった。彼女が面倒を起こさないかぎり、ジェンナーは痛い目にあわない。彼らはお金を要求していない。だったら目的はなんなのだろう。

昨日、父に電話して、ウィルス性胃炎で旅行をとりやめたことを話し、それほどひどくはないから大丈夫だと、父をなんとか納得させた。すると父は、週の後半にハワイに飛んでジェンナーと合流し、〈シルヴァー・ミスト〉号で島巡りの旅を楽しんだらどうだ、と言いだしたので、こんなふうに応じた。胃炎がよくなったら考えてみるわ。快方に向かっているから心配しないで。旅行に出られる状態ではなかったけれど、わざわざサンディエゴに来てもらうほどひどくないし、入院するほどでもない。それに、看病のために人をよこしてもらう必要もない。そういったことを父に話すあいだ、かたわらでキムが聞き耳をたてていた。父にだけわかる暗号でメッセージを伝えるとでも思ったのだろうか。

できるものならやっている。

なにもできない自分が不甲斐なくて、いらだちが募るばかりだ。あらたまった席での振る舞い方や、服の着こなし方や、無数にある社会的義務のうまいこなし方ならわかる。でも、車の運転以外に、役にたつ技能はひとつも身につけていなかった――たとえ身につけていたとしても、それを駆使する度胸がないのだからどうしようもない。

ジェンナーと電話で話ができてからはいらいらが静まった。二度の電話は、たがいの無事をたしかめるのがせいいっぱいの短いものだったが、ジェンナーの声を聞き、元気でいることがわかって先に希望がもてた。ジェンナーが電話をするのを許されたのは、とんでもない時間だった。きっと彼女がしつこくせがんで、監視役がようやく折れたのだろう。そう思いたい。たとえ小さなことでも、ジェンナーが勝ったことを意味するから。

電話をかけさせてくれ、と彼らを説得するジェンナーの姿が目に浮かぶ。ジェンナーはたやすく人を信用しない。シドは無事だと言われても、彼女は信じなかったのだろう。毎日、シドの無事をたしかめないかぎりは協力しない、とつっぱねるぐらい彼女ならやるだろう。

それでこそジェンだ。タフではないが、扱いにくい人間。怯えていようと踏んばって戦う。言い換えると、シドとは正反対の人間。なにかを得るために戦ったことのないシドとは。不意に自分が恥ずかしくなった。快適な人生が与えてくれる恩恵を享受《きょうじゅ》して生きてきた。不自由な思いをしたことがなく、命を脅《おびや》かされたこともなく、ひもじい思いをしたこともない——ダイエットをしたとき以外は——そして、人生にいいようにあしらわれている。婚約を破棄したのは、〝最愛の人〟が彼女より金のほうに興味があることがわかってしまったから。だからどうなの。ジェンナーの人生はシドの人生よりもはるかに困難だったけれど、いいようにされてはいない。それどころか人生に打ち勝ち、元気に生きている。

リビングルームのほうからノックがして、歌うような声がつづいた。「ルームサービスです！」

すぐにキムがベッドルームにやってきて、ドアを閉じた。シドは窓辺に立ったまま振り返りもしなかった。たとえ勇気があっても、警報を発することはできない。ジェンナーになにがあるかわからないからだ。それは勇敢に振る舞わないことの言い訳になるけれど、事実でもあった。

キムはルームサービスの人が去ったのを音でたしかめ、言った。「昼食の用意ができたわよ」

「それぐらいわたしにもわかるわ」シドはにべもなく言った。ぶっきらぼうというほどではないが、それに近い。「なにを注文してくれたの？」

「ベーコン《B》・レタス《L》・トマト《T》・サンド」キムはそこでためらった。「ほかに食べたいものがあるなら、そう言って。ピザや中華やメキシコ料理を頼むこともできる――なんでも好きなものを」

彼らが気を遣っているってこと？　囚人に好きなものを食べさせて？　自分の両手を見つめているうち、ひらめいた。そう、たしかに、彼らは気を遣っている。どこの国でも、囚人にとって好きなものを注文できるなんて夢のまた夢。どうして彼女の監視人たちはこんなに親切なの？　ジェンナーの監視人は、どうして毎日電話をかけさせてくれるの？

なぜなら、彼女が必要だから。答に顔を叩かれた気がした。これ以上あきらかなことがある？　彼らにはジェンが必要で、シドの安全を餌にして、彼女に協力させようとしている。むろんジェンはそれに気づき、自分の利用価値を餌にして要求をとおしている。

それなら逆をやってもいいんじゃない？　シドの安全が確認できないかぎり、ジェンは彼らの言いなりにならないと言ってるのなら……彼女、つまりシドが、彼らの譲歩を得られないかぎり、ジェンナーと話はしないとつっぱねたら？　彼らとしては、ジェンナーに協力させるためには、シドに電話で話をしてもらわないと困るわけだから、シドの要求をのまざるをえない。

問題は、彼女とジェンの利用価値がどの程度のものかわからないことだ。厄介すぎるから始末してしまおうと思われたら元も子もない。

慎重にやらなければ。法外な要求をしてはならない。好きなときにスイートを出るのは無理にしても、この部屋で馬鹿みたいにちぢこまっているつもりはない。

「読む本が欲しいわ」彼女は言った。船の上ではやることがいっぱいあるだろうからと思って、本は一冊しか持ってこず、最初の日に読み終えてしまった。

「オーケー、わかった」キムが言った。「調達する」

「それから、ベッドルームに隠れるのはもういや。ジェンは毎日わたしと話をしないかぎり、あなたたちが望むようにはしない。だったら、あなたたちが監視をゆるめないかぎり、わたしは彼女と話をしない」

シドはそう言うと、食事の前に手を洗うためにバスルームに向かった。キムは少々まごついて彼女の後姿を見送り、アダムとドリが待つリビングルームに出て行った。「クソッ」シドニーに聞かれたくないので、小声で言う。「彼女がこっちのはったりを見抜いて挑戦してきた」

20

三日めの晩、船長が顔見せに開いたカクテルパーティーで、ジェンナーが振り向くとそこにフランク・ラーキンがいた。

ジェンナーはフェイスやケールと一緒にいて、フェイスとはにこやかにしゃべれる関係になり、ケールに笑顔を振りまいて仲睦《むつ》まじいところをアピールしていた。たまたまケールは彼女の肘を握っていなかった。フェイスが紹介した人と握手するため手を離さざるをえなかったのだ。握手が終わると、ジェンナーのほうから彼の腕に腕を絡めたので、彼は不安と信頼の問題——というか、彼女に対する信頼はゼロ——で悩む必要はなくなった。彼に少しもたれかかり、顔を仰向けてほほえみかけ、彼の腕を自分の胸に引き寄せた。ようするに、彼にのぼせあがった馬鹿女を演じたのだ。

船長のエミリオ・ランベルティがチャーミングなイタリア語訛《なま》りで愉快なスピーチをすると、みなが耳を傾けた。まあ、半分ぐらいは。カクテルパーティーの常で、彼のスピーチがはじまっても、ざわめきはほんの少しおさまっただけだった。

それから、出席者たちのあいだでちょっとしたハプニングが起こり、背後から大きな笑い声が聞こえた。ジェンナーがなにごとかと振り向いたそのとき、フランク・ラーキンがずっとたたずんでいた場所からにわかに動きだした。ケールとフェイスがそこにいたのは、むろんのこと彼を見張るためだったが、振り向いたのはフェイスだけだった。動きだしたものの行く手をふさがれ、ラーキンが横にずれたのと、ジェンナーが振り向いたのだが同時だったので、あやうくぶつかりそうになった。

やはり振り向いたケールの腕に緊張が走るのを、ジェンナーは感じた。だが、ケールにはジェンナーをその場からどけるわけにはいかない。あらぬ疑いを招く。ジェンナーはひやっとしたものの、ためらうことなく笑い声をあげ、右手を差しだした。「ミスター・ラーキン、お目にかかりたいと思ってました。ジェンナー・レッドワインです。隣りのスイートに泊まっていますので、通路ですれちがったりしたことはありますけれど。このクルーズを主催してくださったこと、感謝しております。とってもすばらしいクルーズですし、それにもちろん、意味のある慈善事業をおおいに助けることになりますしね。〈シルヴァー・ミスト〉号は誇るに足る船ですね。船とか航海とかに昔から関心がおありだったんですか？」パームビーチに移ってから学んだことがあるとすれば、上手におべんちゃらを言う方法だ。

ラーキンは彼女の手を握り、もう一方の手を彼女の手に重ねた。あるべき場所におさめようとするかのように。口もとに作り笑いを浮かべる。「船員だったことはありませんがね」

にこやかに言う。「この船は投資の対象にすぎないが、たしかに美しい船です」

彼の手はじっとりと冷たかった。それに……片目をどうかしたの？　いいえ、もう一度見たときには、なにも変わったことはなかった。頭上のクリスタルの照明器具の光が反射したのだろう。もっとも、彼の表情は見誤りようがなく、それがジェンナーには気に入らなかった。

フェイスを紹介することにかこつけ、そっと握手の手を引き抜いた。「フェイス・ナテッラはご存じでしょうか？」

「お目にかかってますわ、ほんの短いあいだですけど」フェイスが割ってはいり、魅力的な笑みを浮かべて手を差しだした。「でも、もう一度お目にかかるのはいつだって大歓迎です」

「それからこちらが友人のケール・トレイラー」ジェンナーは言った。すぐ横に立っているのだから、紹介しないほうが不自然だ。ふたりの男は握手してこの場にふさわしい言葉を口にした。それからケールがすかさず彼女の腰に腕をまわした。

「そろそろ失礼しようか、スウィートハート？」

ほほえみかける彼の目には警告の光が宿っていた。そんな必要はないのに。彼がやろうとしていることを危険にさらそうなんて、微塵《みじん》も思っていない。「ええ、そうね」

「わたしも失礼するところでした」ラーキンがさらになにか言おうとしたとき、スピーチを終えた船長が手を差し伸べて主催者を示した。ラーキンは笑みを浮かべ、船長のお世辞を受け入れざるをえない。ケールはこれ幸い、ジェンナーをラウンジから連れだした。その手がウェストからいつもの場所、肘へと移った。

反抗的な子供みたいに引っ張りだされるには、疲れすぎていた。誰にも見られない場所まで来るや、腕を振りほどき、床からものを拾うふりで屈みこんだ。ケールとしては、腕を離さざるをえない。さもないと彼女の腕をねじあげることになり、肘をがっちりつかんでいたことが後から来る人にばれてしまう。彼女は笑みを浮かべて立ち上がり、彼の手を取って指を絡ませた。

彼はまた警告の視線をよこしたが、エレベーターに向かうふたりの後からべつのカップルがやってきたので、なにも言えなかった。代わりにというつもりか、握り合った手を持ち上げて、彼女の指関節をキスで撫で、軽く咬んだ。

彼のあたたかな唇に触れられて、胃の底が抜けた。

冷たいパニックが背筋に絡みついた。この感覚には覚えがあった。どういうことになるか、わかっている。途方もない大馬鹿野郎に誰がなるものか。囚人が監視役を好きになるなんて、あまりにも陳腐だ。くだらないもいいとこ。彼に恋したわけではない。欲望はべつもので、それが女に愚かな真似をさせる。

乗船して最初の晩から、彼とはつねに触れ合っていた。取っ組み合ったし、キスしたし、一緒に寝た。なにかで読んだのだが、女のフェロモンは空気感染し、男のフェロモンは接触感染する。彼女の場合、ケール・トレイラーのフェロモンが全身にくっついていて、思考の妨げとなり、彼と一緒に裸になりたい気分にさせる。そうすれば、もっとたくさんフェロモンを浴びられるから。

「シャワーを浴びなくちゃ」彼女はぼそっとつぶやいた。

「奴は汚いからな」彼がうわの空で言い、エレベーターに乗りこんだ。後からくるカップルのためにドアを押さえてやり、階を示すボタンを押した。

よかった。こっちの考えていたことに、彼は気づかなかった！　そこではたと気づき、頭のなかで記憶を巻き戻した。ふたりのどちらにせよ、ラーキンについて口をすべらすのはこれがはじめてだった。彼らがラーキンを監視していることとは関係がないが、意見は意見だ。ケールはラーキンのことを、汚いと思った。

彼女も、ラーキンに好意はもてなかった。どこがどう嫌いというのではないし、嫌われるようなことを彼がやったわけでもないが、彼女のなかでは嫌いな部類に含まれる。距離を置きたいと思わせるような、いやな感じが彼にはあった。

いま彼女が脳味噌を絞って理解できる以上の言外の意味が、〝奴は汚い〟という単純な言葉には含まれているはずだ。ラーキンは汚い、とケールが思っているということは、つまり、このシナリオにおいて自分は善玉だと考えているのだ。そのぐらいは考えればすぐにわかる。もうひとつあきらかなこと、それは、善玉は罪もない人質を殺さないということ。

おそらく。

この隠れ蓑の便利なことのひとつは、彼とジェンナーが早めに部屋に〝引き揚げ〟ても、誰も不思議に思わないことだ。

ケールはイヤフォンをつけ、モニターを見つめながら耳を澄ました。マットが植木鉢に貼りつけたボタン型カメラが、リビングをよい角度からとらえており、そこにはいま、ラーキンがひとりで立っていた。ケールがジェンナーを連れて戻ってほどなくして、ラーキンも自分のスイートに戻った。それまでの時間は、フェイスとライアンが彼に張りついていた。ジェンナーがラーキンと鉢合わせしたのはまずかった。奴のレーダーの上で目立つ点になりたくなかったのだが、あれは事故みたいなもので、避けられなかったのだから仕方がない。

彼女は思った以上にうまく立ちまわった。これ幸いと彼を困らせるのかと思ったら、見事な反応を示した。まったく彼女には驚かされる。それに、ひやひやさせられる。ジェンナーがなにかやるたび、彼の直感が、用心しろ、と叫びだす。

モニターを見つめて耳を傾けながらも、ときおりジェンナーを盗み見た。手錠でくくりつけられた椅子の上で、なんとかくつろごうとしているが、うまくいかない。タフな女だ。仕事をしながらでも彼女を見張れると思ったので、彼女が寝る支度をするあいだ、好きにさせてやることにした——少なくとも彼自身がベッドに入るまでは——ところが、これが大きな間違いだった。まあ、落ち着きのないこと。バスルームのなかをうろつきまわるわ、居間に本をとりにくるわで、いちいち仕事の手をとめて彼女の動きを追わなければならない。本を読んでいるからやれやれと思うと、五分もせずにベッドから出てクロゼットの服を並べ替えはじめた。それこそ、彼の仕事の手をとめさせることならなんだってやる。ついに思い余って彼女をつかまえ、ほっそりした尻を椅子に押しつけ、手錠をかけた。気をそらされている場合じゃないんだ。

だからといって、そそられないわけではない。

今夜の彼女は、まさに食べごろだった。スパンコールで飾られたピンクのドレスは、二本のストラップで体に留まっているのだが、そのストラップの細いこと、指一本で簡単に切れそうだ。彼が思い描いたのがまさにそのことだった。あのストラップをブチンと切ってドレスをさげ、小さな乳房を剝きだしにしたらどんなだろう。パジャマ代わりに着ているちっぽけなタンクトップの下から、いつも彼を悩ましている小さな乳房。

ゆうべは失敗だった。彼女をベッドに投げつけて、上から体で押さえつけたのは計算違いだった。彼女が脚を開いたときには、心臓がとまるかと思った。屹立《きつりつ》したものが、彼女のやわらかな熱いものを突いてしまった。彼女がパジャマを着ていなければ、後先の考えもなく挿入していただろう。そこが問題だ。後先もなにも、あのときはまったくなにも考えなかったのだから。

あれ以来、そのことが頭から離れない。最初から気づいていたことだ。彼女には、純粋に肉体的レベルで、彼を苦しめることのできる能力がある。こんな経験ははじめてだった。しかし、ふたりのあいだには越すに越せない深い溝がある。彼女はまったく抵抗できないという状況では、ふたりのあいだの親密さはどこか強制されたものだ。彼女もそれに気づいている。そうでなければ、ストックホルム症候群の話は持ちださないはずだ。彼は強姦魔ではない。だんじて。そうなったら、釈明の余地はない。

それなのに、彼女を組み敷きたいのだ。彼女の裸を見たいし、最初の晩にしたようなキスをしてほしい。あのときの彼女はすごく熱くて、怒っていて、こっちの股間が火を吹きそうだった。彼女を欲しいと思う気持ちの激しさは、まるで野人並みだ。彼女の尻をつかんでじっとさせ、心臓がとまるほどのひと突きを、その熱い締《し》め金《がね》にぶちこみたい、それしか考えられない。

そんなことあるわけがない。そんなこと自分にさせられない——させてはならない。

ラップトップのモニター上では、ラーキンが携帯電話を開き、バルコニーへと向かった。ケールは意識を無理やりジェンナーから引き剥がし、仕事に向けた。ラーキンを見張りながら、身を乗りだし祈りの言葉をつぶやいていた。ラーキンがバルコニーに出てしまえば、あとは運を天に任せるしかない。風もだが、マイクから遠ざかるから受信状態が悪くなる。ありがたいことに、ラーキンはバルコニーには出ず、ドアのところで立ち止まって携帯電話のボタンを押し、顔をあげてガラスのドア越しに闇を見つめた。

彼の携帯電話に盗聴器を仕掛けることさえできるなら、なんだってくれてやる。そうすれば通話の相手の言葉も聞くことができる。ラーキンの携帯電話は彼らのと同様に暗号化されているので、ほかの方法は使えなかった。とりあえず通話の時間を書きとめておこう。ラーキンがかけた番号を、たとえフェイスが拾えなくても、ケールの雇い主に頼めば調べがつく。

「電話をするのは、あんたのではなく、わたしの都合がつくときだ」ラーキンは電話の相手に冷ややかに言った。「支払いに必要な情報を教える」彼は長い番号をなにも見ずにすらすらと言った。おそらく口座番号か、送金に必要な銀行のルーティング・ナンバーだろう。

それから、彼はしばらく無言で耳を傾けていた。相手は誰なんだ？　ただの仕事仲間か、彼らが捜している連絡相手？

「ヒロ（ハワイ島東部の都市）で、予定どおり」ラーキンは慎重だ。暗号化された電話を信じていないのか、用心して細かなことは口にしない。「慌てるな。急《せ》いては事をしそんじる、だ」さっきより長いこと耳を傾け、さよならも言わずに電話を切った。通話相手より自分のほうが上だと思っているのか、相手が先に切ったのか？

ラーキンは携帯電話を閉じて置いた。ベッドルームに向かいながらタイをはずし、ライトを消してゆく。ベッドルームに入ってきた彼の動きを、ケールが設置したカメラとマイクがとらえる。床から見あげる形だ。

素っ裸で寝られた日には。

ラーキンはこめかみを揉みながら顔をしかめ、意味もなく悪態をついた。病気なのか？ストレス？　国を裏切れば、頭痛がして当然だ。ケールの考えからすると、帰化市民であるラーキンの裏切りは、いっそう許しがたい。たまたまこの国に生まれたわけではなく、この国の市民になることを選び、国に忠誠を誓ったのだ。

ラーキンはバスルームに入った。ありがたいことに、ケールからは見えない。もっともイヤフォンが歯を磨く音やトイレを流す音は拾う。バスルームから出てくると、クロゼットに入って着替えをすませ、グレーのシルクのパジャマ姿で現われた。ランプのあかりにシルクがほのかに光る。ベッドに入ってランプを消し、部屋は闇に包まれた。

静寂が訪れてから数分後、ケールはイヤフォンをはずした。夜のあいだに不測の事態が起きても、音は記録される。だが、ラーキンはベッドに入ると朝まで起きない。

ケールはジェンナーに顔を向けた。「少し眠ったらどうだ。おれはこれから何本か電話をかける」

彼女がくれた一瞥に、ケールはむかっとなった。「椅子に座ったまま眠れると思う？」

「おれが仕事をしているあいだ、ベッドで眠るチャンスをやったじゃないか。ところが、きみときたら、全速力のチワワみたいに部屋のなかを動きまわった。あっちからこっちへ、よくもまあちょこまかと。それで二分と経っていなかった。椅子にくくりつけられたのは、自分のせいだ」

彼女は手錠をあげて見せた。「だったら、手錠をはずしてよ。ベッドに入るから」

彼女は不快だったろうし、疲れてもいるだろう。ケールは悪いと思っていない。これは仕事だ。なにがなんでもやり遂げなければならない。つまり、彼女にとって地上でいちばん好ましい人物にはなれないわけで、それは仕方がない。彼女に好意をもたれても困る。

その一方で、彼女と完全に仲たがいしたくはなかった。彼女に言えることはあまりないが、なんらかの安心を与えてやりたい。「いいか、おれとしては、きみができるかぎり楽に過ごせるよう最善を尽くしている。ものごとがうまく運んでいるかぎり、きみは挑発的な態度をとりつづけている。きみの友人は無事だ。それなのに、彼女はこの先も大丈夫だ。サンディエゴに戻ったら」——追い払うように手を振った——「ランチに出かけ、あたらしいダイヤを買って、ネールサロンに行って——そういったことをやって、少々面食らうような経験から立ち直ればいい」

「少々面食らうような?」彼女の声は絶叫に近かった。

「ああ、少々、だ」彼の口調にはとげがあった。この仕事は、彼女にとっても公園を散歩するようなものだ。痛い目にあうことはないし、おいしい料理を食べて、ほんもののベッドで寝られる。もっと苛酷な状況になりえることを、彼女は知らない。

彼女がにらんだ。その視線の強さ、純粋な意志の力には、見るたびに驚かされる。すばらしい瞳だ。金褐色に近いグリーン、知的で鋭い。このクルーズで出会った大勢の女たちのなかで、この経験を乗りきれる女がいるかどうか。いや、いない。ふつうの女なら怯えきって役目を果たせず、泣いてばかりだろう。たいていの男は、泣く女にいらだつ。ジェンナーは泣かなかった。怯えると、怒る。相手をする人間にとって、もっとも望ましい反応とは言えないが、少なくとも退屈はしない。

まったく厄介な女だ。ほかに使える女がいたら、ジェンナー・レッドワインなんていつでもくれてやる。

手錠をかけられて怒りまくる彼女をベッドルームに残し、リビングに出る。暗記している番号を押し、連絡相手につながると、言った。「ヒロ」

21

ふたりはプールサイドのテーブルに座っていた。ジェンナーはスイートから出られたことがただうれしくて、エレベーターからプールサイドに向かうときケールに肩を抱かれてもおとなしくしていたほどだ。彼の指示どおりに寄り添って、必要以上に注目を集めるようなことはなにもしなかった。ことあるごとに彼を困らせたい気持ちは変わらないが、それはふたりきりのときの話だ。ゆうべのことがあって、彼女がケールたちの企みをラーキンに、あるいはほかの誰にもばらす気はないことがケールにもわかったのだろう。シドがほんものの危険な状況にあるとは思っていないが、確信があるわけではないので、めったなことはできない。シドが危険なのかどうか……どうやったらわかる？　そうかもしれないし、そうでないかもしれない。

それに、どちらが善玉でどちらが悪玉かもわからなかった。でも、ケールの〝汚い〟コメントが確実なヒントになった。悪玉が善玉にたいして、倫理的な優越感をもつ？　自分のほうが賢いとかタフだとかは思うだろうけれど、そもそも倫理的観点はもっていないだろう。

もっとも、刑務所内で、殺人者や泥棒や詐欺師が、小児性犯罪者をひどく憎むという話を聞いたことがある。つまり、小児性犯罪者はもっとも卑《いや》しむべき犯罪者ということなの？となると、殺人者も倫理的な優越感をもっているということ？　そうかもしれないし、そうでないかもしれない。

ひとつだけたしかなのは、フランク・ラーキンを好きにはなれないということだ。ただの直感にすぎないのだが。彼のなにかが、彼女のレーダーにビンビンひっかかるのだ。まるで『トムとジェリー』でトムが近くに来るとジェリーのレーダーが思いきり反応するみたいに。彼のどこがどうというのではないが、人生で最初に学んだことのひとつが、レーダーが警報を鳴らしたらそれに耳を傾けよ、だった。彼の顔にほんの一瞬浮かんだ表情が、人からなにかを巻き上げようと企んでいるときの父親を髣髴《ほうふつ》とさせたのかもしれない。それだけのことにしても、ラーキンには用心するにこしたことはない。

彼女はいま、ぼんやりとまわりの人たちをながめていた。日光浴をする人、すし詰め状態のプールに浸かっている人、彼らとおなじようにパラソルのあるテーブルを選んで座っている人。カールしたブロンドの髪のハンサムな若い甲板員《こうはん》が、アイスティーとタオルを運んできた。名札からマットという名だとわかる。アイスティーのグラスをテーブルに置こうと屈みこみ、ケールと目を合わせたとき――ほんの一瞬、意味ありげな視線を交わした――彼も一味だとジェンナーにはぴんときた。

あるいはマットもプールサイドにいるほかの人たちと同様、目に入った景色に見惚れただけかもしれない。水着姿のケールはたしかに一見の価値がある。きれいに日焼けしたオリーブ色の肌、見事に六つに割れた腹筋は、誰だってつい見惚れずにいられないだろう。それはベッドに入るときの彼とおなじ姿なのに、それでも心臓が跳びはねる。

マットが去ったので、ジェンナーはアイスティーをひと口飲んでから言った。「彼はあなたの部下なの？」

「誰が？」ケールは頭に手をやってサングラスを鼻までおろし、目を細めてプールのほうを見た。

「マット」彼女はどの〝マット〟とまでは言わなかった。そういう細かなことをケール・トレイラーが見落としたとしたら、そのほうがぶったまげる。

彼の顔にゆっくりと笑みが広がった。「きみは被害妄想だな」どちらも低い声でしゃべっていたが、プールのまわりは賑やかだから、ふつうの声でしゃべっても人に聞かれる心配はなかった。日光浴をする人たちのかたわらでは、生バンドがジミー・バフェットを演奏しているし、歓声や笑い声や話し声は絶えることがない。ケールはバンドからいちばん離れたテーブルを選んだが、それでもかなりの音量だ。

「つまり、イエスということね」ジェンナーは言い、目をそらした。彼の笑顔に胃袋がでんぐり返ったからだ。サンディエゴに戻るまでに、あと何日？　まだハワイに着いてもいない。

彼の間近にいるプレッシャーにどこまで耐えられるか、自分でもわからなかった。いまだってすでに自分が自分でなくなっているのだ。

うなじが汗ばんでいるのを感じて、手をやる。とてもあたたかい——というより、体が熱い——ので、ジェンナーはビーチサンダルを脱いで立ち上がった。ケールが手を伸ばして手首を握った。「どこに行く？」

「泳ぐの」ホットピンクのカットアウトの水着を指差し、つぎにプールを指差した。「水着、プール——ハロー！」彼が触るのをやめてくれたら。手首まで性感帯になったみたい。脈が速くなっていることに、どうか彼が気づきませんように。

「泳ぐったって、あの混雑ぶりだぜ」

たしかにそうだが、目的は泳ぐことではなく、体を冷ますことだ。そう口に出して言ったが、彼が折れるとは思っていなかった。驚いたことに、彼はため息をついて立ち上がり、デッキシューズを脱いだ。彼女の手を取ってプールの縁へと向かう。「髪が濡れてもいいのか？」

「髪を濡らさない女に見える？」ジェンナーは言い返し、耳がやっと隠れるほどの長さの髪の毛先を爪で弾いた。「スノーケリングやパラセーリングだってやるわよ」

「だったら息を止めて」彼は言い、彼女の手を握ったままプールに足から飛びこんだ。ダイビング用のプールではないのでそれほど深くない。いちばん深いところで百八十センチぐらいだろうが、それでも飛びこんだあたりは足がつかなかった。彼が手を引っ張って彼女を水面へと引きあげ、離れていかないように抱き寄せた。

冷たい水が気持ちいい。彼の硬い筋肉質の体はもっと気持ちよかった。彼の濡れた肌が触れる感触に反応したことを隠したくて、顔の水を手でぬぐった。女にとって、筋肉と水はもっともゾクゾクする組み合わせだ。もしかしてイカレた？　いったいなにを考えていたの？そもそもは、彼と一緒にプールに入るつもりなんてなかった。彼から逃れるために冷たい水に浸かるつもりだった。でも、計画は失敗に終わった。

「両腕をおれの肩にかけろ」彼が言った。顔が間近にあるので、黒いまつげが濡れて束になっているのが見える。そのせいで、ブルーの瞳がいっそう鮮やかだ。彼の憎たらしいフェロモンに影響されて頭の働きが鈍くなり、言われたとおり肩に腕をかけた。すると胸から腿まで彼に密着した。プールに入ろうと思ったことが最大の間違いだった。でも、おおいに楽しんでいる自分がいた。監視役に欲望を抱くなんて愚かも愚か——でも、女のはしくれなら、彼をひと目見ただけで熱くなるはずだ。美しいというより荒々しくて、たいていの男たちが考えもしないような意味でタフな男。

浮かんでいるので脚が彼のほうに流れる。彼の肩にまわした両手を支えにして、プールの壁に足をつこうとしてみたが、人がつぎからつぎへと跳びこんでくるので水が掻き混ぜられ、どうしても彼のほうに体が流れてゆく。押したり引いたりの動きが、べつの押したり引いたりの動きを連想させる。水とは関係ないけれど、裸とはおおいに関係がある動きを。

「こんなこと考えなきゃよかった」彼女は言い、事態がもっと悪くなる前に降参した。いつのまにか両脚が彼の腰に絡みついている。

その表情から〝だから言っただろう〟と思っているのがわかったが、彼は口に出してそうは言わなかった。「そろそろ出るか?」

「ええ」

彼がまず体から水を滴《したた》らせてプールからあがり、屈みこんで彼女を抱き上げプールの端に立たせた。無頓着な力強さに、またしても愚かな胃袋がちぢみあがった。彼女はほっそりしているがガリガリではない。いろんな方法で体を鍛えているから筋肉がつき、見た目よりも体重がある。それなのに、いとも軽々と抱き上げられたので……まともに彼の顔を見られなかった。だんじてできない。だって、一度見つめたら二度と目をそらせそうにないもの。

テーブルに戻ってタオルで体を拭いた。ジェンナーは指で髪を整えた。風があるので髪はすぐ乾いてしまうし、手櫛《てぐし》で整えておかないと乱れた感じになるようわざとカットしてあった。アイスティーをひと口飲んでから、椅子を少しずらした。ケールよりも海をよけいに見られる位置に。南フロリダに住んでいるのに、陽射しから目を守ることについ無頓着になるので、意識してサングラスをかけるようにしていた。いまは大威張りでそうできるときだから、テーブルの上に放っておいたサングラスをかけた。目を隠すのはすごくいいアイディアだ。

しばらくは黙って座っていた。水着から水が滴らなくなり、髪が乾いて微風に揺れはじめた。船のやさしい揺れにうとうとしてきた。クッションが敷かれたデッキチェアに寝転んで昼寝をしたら、どんなに気持ちがいいだろう。

「行くぞ」ケールが言い、椅子を引いて立ち上がった。

「こんにちは、お隣りさん！」陽気な声がして、振り向くと、向かいのスイートのご婦人ふたり、リンダとニナがほほえみを浮かべて近づいてくるのが見えた。ふたりの姿は何度か見かけていたが、ライフボート・ドリル以来おしゃべりを交わしてはいない。

「こんにちは」ジェンナーもほほえみ返した。ほんとうに感じのいい人たちだ。〝ジェリーのレーダー〟はなんの反応も示さない。「クルーズを楽しんでますか？」

「ええ、もちろん」リンダが言った。「ランチをご一緒しませんこと。お話ししたいことがいっぱい」

「喜んで」ケールが断る言い訳を口にする前に、ジェンナーは先手を打った。彼とスイートでふたりきりになるのだけはいやだった。自分のホルモンに落ち着く時間を与えることもだが、みっちり説教する必要がある。

ライアンと食事する約束をしているからと断ることもできたのに、彼はそうしなかった。たとえ無害な年配女性ふたりとはいえ、ジェンナーをあずけるわけにはいかない。信頼を勝ち取ったとジェンナーは思っていても、ケールにはケールの考えがある。

ジェンナーは、ランチの場面に立派に通用するほぼ膝丈のカバーアップを水着の上に着て、ビーチサンダルを履いた。ケールがシャツを着てボタンをかけたので助かった。これで呼吸が楽になった。もっとも、頭の一部では、シャツなんか着ないでくれたらと思っていたが、彼女に強い影響力をもっていることを、彼に悟らせないことのほうが大事だ。

リンダとニナが選んだのは、カジュアルな室内レストランのひとつ、〈ザ・クラブ〉で、ほぼ中央の四人掛けのテーブルに案内された。ふたりはそこにいる客の全員と顔見知りのようで、あちこちから声をかけられてなかなかテーブルまで行き着かなかった。

ニナは椅子に座るとナプキンを開きながら言った。「またおふたりにお会いできてうれしいわ。そりゃやることはいくらでもあるし、船はこんなに広いんですものね、船首から船尾まで歩きまわってもすれちがわないこともありうるわ」彼女のほほえみが雄弁に物語っていた。ケールの目論見《もくろみ》どおり、まわりはこんなことを思っているのだ——ふたりがスイートにこもって、もっぱらベッドのなかで過ごしている、と。彼がもっぱら隣人をスパイしているなんて、誰も思わないだろう。

「スパには いらしたの？」リンダが尋ねた。ジェンナーに向けられた質問だ。

「いいえ、まだ。行きたいとは思ってるんだけど……」彼女は肩をすくめ、言葉を濁した。あとは想像におまかせ、だ。「おふたりは、いらしたんですか？」

「二度」リンダがにっこりする。「マッサージ師の腕がすばらしくてよ。ぜひ予約を入れるべき」

「それはどうかな」ケールが気だるく言うと、女性ふたりは声をあげて笑った。

ニナが言う。「わたしはヨガのクラスのほうが好き。朝のクラスをご一緒しましょうよ。いい一日のスタートをきれてよ」

「ぜひご一緒したいです」ジェンナーは言った。閉所熱を冷ますためなら、なんだって利用する。彼女が参加できないもっともな理由をケールが考えつく前に、ジェンナーは彼に顔を向け、いたって無邪気な表情を浮かべた。「あなたも一緒にやりましょうよ。腰痛にはヨガが効くわ」

彼は頭を振った。「それはどうかな——」

「腰痛がおありなの？」ニナが尋ねた。「ジェンナーの言うとおりだわ。ヨガは効くわよ。どこがどうお悪いのかしら？」

「腰の下のほうに痛みが走るんです」彼は言い、ニナではなくジェンナーを見つめた。「ずっと下のほう。それもど真ん中」

ジェンナーは笑うまいとして顎を震わせた。手を伸ばして彼の腕に触れた。「ねえ、試してみましょうよ。痛みがひどいようなら、やめればいいんですもの。なにも拳銃をつきつけられて、やりたくもないことをやらせられるわけじゃなし」ざまあみろ、と彼女は思った。

ここで彼女がヨガのクラスに出ることを禁じたら、ふたりはちょっといびつな関係だと周囲に思われることになり、彼はそれを避けたいはずだ。ジェンナーは彼の望むものを与えていた。つまり、恋愛関係という幻想。贋物とはいえ、どんな関係も妥協の上に成り立っている。

「そうだな」彼がようやく言った。

「だったら、あした」ジェンナーはすかさず言い、ニナに笑顔を向けた。「クラスは何時からですか？」

「わたしは朝六時からのクラスが好きなの。太陽がまさに昇ってくるところで、清々しい気持ちになれるわ」

ジェンナーもおなじ理由から、ヨガは朝早いクラスに通っていた。ところがケールが、とんでもない、という顔をしたので、女三人が声を合わせて笑った。

制服姿のウェイターが注文をとりにきた。年配の女ふたりは、添え料理としてお定まりのグリルドチキンのサラダ、ドレッシングかけを頼んだ。ジェンナーはBLTのフライドポテト添え、ケールはチーズバーガーのフライドポテト添えを頼んだ。ところが、ジェンナーが「なんですって？」と横槍をいれ、もう一度彼の腕をやさしく叩いた。「いいえ、いまのはなし」ウェイターに言う。「彼にもサラダをお願いね。ドレッシングもチーズもクルトンもかけず、櫛形に切ったレモンを添えて」ウェイターは彼女の注文に疑問をはさまず、ケールは唖然《あぜん》とするあまり異を唱えなかった。ジェンナーはにっこりと言った。「レモンの絞り汁は、油っこいドレッシングに比べると、ずっとさっぱりといただけるわ。ねえ、ケール、あなたのコレステロールを考えたら、赤身の肉や揚げ物は食べるべきじゃないのよ。あなたの考えることって、さっぱりわからない」

「おれもだ」ほかの人にはわからなくても、ジェンナーには彼の言いたいことがよくわかった。

それからの時間は比較的平和裏《り》に過ぎた。もっとも、ジェンナーのBLTとフライドポテトを、ケールが恨めしそうにながめていたが――でも、一度だけだ。ケールのような威張り屋をもしゅんとさせる愛の力を、リンダとニナは愉快に思ったようだ。サラダを食べる彼を尻目に、彼が望むものを手に入れるためなら、これしきの犠牲は払ってもらわなくちゃ、とジェンナーは思った。こっちは囚人に甘んじているのだから、彼だってサラダぐらい食べろ。それだって五分と五分にはほど遠い。でも、〈シルヴァー・ミスト〉号に乗りこんではじめて、心から食事を楽しむことができた。ジェンナーはよく食べたし、食べ物が喉につかえることは一度もなかった。とくにフライドポテトはじっくり味わって食べた。内心でほくそえみながら。

食事が終わりに近づくと、おしゃべりの内容も、これからの予定へと変化していった。そうやって、そろそろお開きにしましょうと遠回しに告げているのだ。ケールは申し分のない振る舞いをつづけていたが、彼のなかで緊張が高まっているのをジェンナーは感じた――彼女がまたなにか仕掛けてくる前に、逃げだす態勢だ。当然の報い。

彼女がナプキンをテーブルに置くのと、フランク・ラーキンが入ってくるのが同時だった。彼女はすぐに気づかなかったが、ケールに波長を合わせていたので、彼の意識が不意にべつのほうへ向いたことには気づいた。当然ながら、なにごとかと振り返った。

レストランにいた人たちの大半がラーキンに目をやったから、彼女がとくに目立つことはない。ここがハリウッドなら、スピルバーグ監督が入ってくればみなそうする。ラーキンはセレブではないが、彼自身の莫大な資産がもたらすよりもはるかに大きな権力につながっている実力者だ。彼はテーブルにはつかず、店内を歩きまわって客たちと言葉を交わした。ジェンナーの見るところ、彼のお目当ては客たちのなかでも金と権力でまさる人たちのようだ。彼女には目もくれない。はっきりとそうだとは言えないが、彼にはどこか人を見下すところがあり、それを察知して彼女のレーダーがビービー鳴った。

「われらがホストの登場ね」彼女は言わずもがなのことを言い、リンダとニナに顔を向けた。「彼のことでなにかわかりました？　彼はなにをしている人？　チャリティー・クルーズの主催者という以外に」

ケールが立ち上がり、ジェンナーが立ち上がるのを助けるふりで手をつかんだ。指をぎゅっと握って警告を発する。

「彼がやっていないものがあるのかしら？」リンダが答えた。「政治活動、資金供給、あらゆるビジネス。いろいろと尋ねてみたのよ。そしたら、彼はワシントンのいわゆる黒幕のひとりだということがわかったわ。大統領を陰で操る人物」

それって興味深い話じゃない？　ジェンナーは思った。

「薬を持ってくるのを忘れた」ケールは言い、引きずらんばかりにして彼女をテーブルから離した。「部屋にもどらなきゃ」

「それじゃ、あしたの朝」ジェンナーは肩越しに言った。「五時四十五分に！」

レストランから充分に離れると、ケールは彼女の腕をつかんで自分のほうに向かせ、手すりに押しつけた。近くには誰もおらず、立ち聞きされる心配はなかった。それでこの場所を選んだのだろう。顔にかかる髪を風が巻き上げる。それが気持ちよくて、ジェンナーは顔をあげた。

彼は手すりをつかんで両腕で彼女を挟み、目の高さがおなじになるまで腰を屈めた。その視線を、ジェンナーは無邪気に受け止めた。

「きみは疫病神《やくびょうがみ》だ、わかってるのか？」彼が感情をこめて言った。「毎朝、きみの足が床につくたび、悪魔も震え上がって言っているにちがいない。『ああどうしよう、彼女が目覚めた！』」

ジェンナーはほほえんだ。ケールは目的を達成するためならなんだってやるだろう。でも、腹いせにとか、復讐のために彼女やシドを傷つけたりはしない。彼はまだ自制していたが、ほんの一瞬、貴重なその瞬間、彼から自制心が失われるのがわかった。彼女のせいだ。このつけをあとから払わされるにしても、欲しいものは手に入れた。彼を狼狽《ろうばい》させることに成功したのだ。

それに、フランク・ラーキンのこともわかった。政治と資金調達ですって？　おかげで彼を監視する理由がますますわからなくなったが、真相に近づきつつある。

「薬をとりにいきましょうよ、ハニー」彼女は言い、ケールの胸を叩いてほんの少し押しのけた。

「この世に存在する薬じゃ足りない――」彼は言いかけてやめ、目を閉じて頭を振った。やった。彼を黙らせた。全体的に見れば、いい一日になりそうだ。

22

ラーキンはスイートのドアを開けた。ひとときの休息、いくらかの平和と静寂を求めてのことだったが、襲ってきたのは耐え難い騒音だった。

専属の客室係、アイザックは仕事に精を出しすぎて、ドアが開く音も聞こえなかったのだ。なんでもかんでも吸いこむ掃除機がこんな轟音をあげていたのでは、なにも聞こえないだろう。ラーキンはドアをバタンと閉めた。アイザックに聞こえた。

彼は顔をあげて掃除機のスイッチを切った。「ミスター・ラーキン。こんなに早くお帰りになるとは思っていませんでした」

「そのようだな」ラーキンは言い、部屋に入った。

アイザックはラーキンと同年代だが、十歳は老けて見える。痩せ細り、髪は白いものが混じるのを通り越してまっ白、目と口のまわりには深いしわが寄っていた。人にかしずく仕事を長くやった疲れが顔に出ている。猫背のうえに両手は関節炎で節くれだっている。それなのに、苦痛を抱えるのはラーキンであり、死にかけているのはラーキンだった。公平さはどこへ行ったんだ?

だが、死ぬにしてもひとりでは死なない。クソ忌々しいこの船に乗っているすべての人間と同様、アイザックも死ぬのだ。本人はまだそのことを知らない。そう考えると満足感が湧いてきて、気分がいくらかよくなった。頭痛さえ和らいだようだ。

「アスピリンと水を持ってきてくれ」彼は言い、ソファーまで行ってそろそろと腰をおろした。あらゆる動きが、あらゆる音が痛みを引き起こすが、この部屋以外でそれをおもてに出すわけにはいかなかった。「頭痛がする」小声で言った。アイザックはベッドルームに薬をとりにいった。ドアが開いたままなので、ベッドメーキングが終わっているのがわかった。アイザックの仕事はじきにおしまいだ。ありがたい。

アイザックがいつもながら指示どおり、アスピリン二錠と水のボトルを持って戻ってきた。

「グラスと氷もお持ちしましょうか、ミスター・ラーキン?」

「いや、これでいい」二錠のアスピリンでは痛みはひかないが、病状について、アイザックにさえ疑いを抱かせたくはなかった——もっとも、アスピリンを瓶ごと持って来いと言ったとしても、アイザックが警戒心を抱くとは思えない。頭脳明晰とはほど遠い男だ。

アスピリンを呑みくだし、ラーキンは言った。「残った掃除はあとからやれ」理由を告げる必要も、言い訳する必要もなかった。アイザックはいつもどおり命令に従った。掃除機を持って黙って出て行った。

ラーキンはひとりになると、クロゼットにしまってあるトラベルポーチから、アスピリンをひとつかみとりだした。それを口に押しこみ、ボトルの水で流しこんだ。いまとなれば、胃潰瘍で死ぬことになってもそれがなんだ。充分な量のアスピリンが痛みを消してくれることもある。いまはその必要があった。ほんの数分でも痛みを感じずにいたかった。

癌が彼を滅ぼす。

ドアにノックがあり、こめかみにナイフを突きたてられたような痛みが走った。アイザックが戻ってきたのだとしたら、ラーキンがひとりになりたがっているのを承知で戻ってきたのだとしたら……爆弾が爆発するのを見ることなく死ぬことになる。

だが、やってきたのはディーン・ミルズだった。ラーキンはディーンをなかに入れ、そっとドアを閉めた。ドアをバタンと閉めればスカッとはするだろうが、音が……とても耐えきれない。

ディーンが言った。「サー、逃走経路について疑問をもつ者がふたりほど――」

「そのことについて議論するつもりはない」ラーキンはぴしゃりと言った。「手筈は整えてある」

「ですが――」

「わたしがなりゆき任せにすると思うか?」

「いいえ、サー」ディーンは冷静さを崩さない。

ラーキンはなにごともなりゆき任せにはしない。

計画を遂行するには協力が必要だった。彼が協力を求めた者たちの誰ひとり、自殺願望を抱いてはいないから、理由をでっちあげる必要があった。爆弾を船に持ちこむのに手を借りた警備担当の数人には、サンディエゴに戻る途中の公海で強奪すると言ってあった。金持ち連中から宝石や現金を奪って逃げるのだと、彼らは思いこんでいる。宝石と現金だけではたいした稼ぎにならないが、オークションにかけられる美術品を加えれば数百万ドルにはなる。昔の百万と比べればたいしたことないとはいえ、馬鹿どもをそそのかすには充分だ。

手筈はすべてこちらで整える、救命ボートで脱出すれば、大きな船が待っていて南アメリカに逃がしてくれると言って、彼らを安心させた。彼らが逃げだした後、爆弾が爆発して船は木っ端微塵《こっぱみじん》となる。強奪犯の顔を知る者はいない。

計画は穴だらけのずさんなものだが、関係ない。なぜなら、爆弾が爆発するのは、強奪計画が実行に移された後ではなく、前だからだ。これまでのところ、答えられない質問はぶっきらぼうに聞き流すか、いらだたしげに万事順調だから心配するな、と言ってきた。彼に疑問を呈するとは、いったい何様のつもりだ？　これまでのところ、莫大な報酬を餌に彼らを黙らせてきた。

船と乗船客を海の藻屑《もくず》とするために、九つの爆弾が仕掛けてあった。その時がきたら、〝強盗志願者たち〟が、爆弾の安全装置をはずす。ディーンを含むふたりに爆弾の発火装置を持たせてあるが、じつはそれは贋物で、ほんものはラーキンが持っていた。死の時は自分で選ぶ……それに、親の財産を受け継ぐか、レッドワインみたいに宝くじに当たった愚かな金持ち連中の死の時も。愚か者めが。彼のように汗水たらして金を稼いだことのない奴ら、金を持つに値しない奴ら、生きるに値しない奴らだ。

ランチであれだけの迷惑をかけられたので、その日の午後は、彼女を手錠で椅子にくくりつけることに、ケールはなんのためらいも持たなかったし、彼女も、やめてくれと言わなかった。彼女にも分別はあるのだろう。それでも、彼がジェンナーとデッキで寝そべったり、あたらしい友人たちとランチを食べたりしていたときの、スイートにおけるラーキンの動きをとらえたビデオを再生しようと装置を並べるあいだ、彼女はやけにうれしそうだった。

「ヨガとはね」彼はぼそっとつぶやいた。

「なんて言ったの？」彼女がやさしく尋ねる。「聞こえなかった」

彼は答えず、装置の前に腰をすえた。ラーキンもデッキに出ていたから、外出中の遅れをとり戻す作業はたいして時間はかからないだろう。画面にはラーキンの専属客室係が片付けをして、ベッドを整え、掃除機をかける姿が映しだされた。なんとまあエキサイティング。

やがてラーキンが戻ってきた。

ラーキンと客室係のやりとりは、いかにも彼らしいものだった。ラーキンは基本的にいやな野郎だ……アスピリンを馬鹿みたいに大量に摂取するいやな野郎だ。ひとりのときに、彼がよく頭を抱えていることはすでに気づいていた。病気なのか？　それとも、ただの頭痛持ち？

ディーン・ミルズが姿を現わす。こいつはおもしろくなってきた。逃走経路？　フランク・ラーキンはいったいなにを企んでいるんだ？　ヒロでの会談の後、姿をくらますつもりなのか？

イヤフォンをはずし、鍵付きのブリーフケースからコードをとりだし、部屋の電話につないだ。ルームサービスを頼むたび、そうしていた。いまもルームサービスにダイヤルし、穏やかな声でシャンプーを余分に持ってきてくれるよう頼んだ。客室係の都合のつくときでいいから。

「なにごと？」彼がコードをはずしてまたブリーフケースにしまうのを見ながら、ジェンナーが尋ねた。

「べつに」

「冗談じゃなく、なにか心配ごとがあるみたいに見えるわよ」

彼女の言うことは無視してリビングに移動すると、ブリジェットがドアをノックし、すぐに入ってきた。両手にシャンプーのミニボトルを数個抱えている。

「ラーキンはヒロでの会談以外になにか企んでいるようだ」声を低くして言った。ジェンナーはよけいなことを知らないほうがいい。

「たとえば？」ブリジェットはベッドルームに入り、ケールが後につづいた。彼女は左に曲がってバスルームへ行き、シャンプーを置いた。椅子にくくりつけられて怒っているジェンナーは、背筋を伸ばして座り、あからさまに興味津々の顔をしていた。ブリジェットがバスルームから出て来てケールをちらっと見る。沈黙のわけを考えているのだろう。彼がジェンナーを顎でしゃくると、ブリジェットの目にわかったという表情が浮かんだ。

ジェンナーも理解した。まるっきりおもしろくない。「あたしだって、あなたたちとおなじぐらい深く関わってるんだから」リビングに戻るケールとブリジェットに向かって言う。「もっと深いぐらいよ！」ふたりの背中に向かって叫ぶ。「しかも、否応なしにそうなったんだから！」

ブリジェットはにやりとし、ケールはしばし目を閉じた。ドアからできるだけ離れ、声をさらに低くした。彼女を信用しろって？　免許をとったつぎの日に、ドライブ旅行に出かける十代の少年を信用するのとおなじだ。「ディーン・ミルズから目を離すなとサンチェスに言ってくれ。それに、彼が毎日顔を合わせているクルーのほかのメンバーたちも」

「なにを耳にしたの？」ブリジェットが尋ねた。

「ラーキンがやろうとしているのは、反逆行為だけではないかもしれない」〝逃走経路〟やほかにもラーキンが口にしたことをすべて、彼女に話した。話を終えたとき、コトンという音となにかがすれる音、それにまたコトンという音が聞こえた。彼はその場に凍りついた。まさかそんな。彼女がそんなこと。いったい誰を相手にしてるんだ？　むろん彼女ならやる。

首をめぐらせると、彼女がそこにいた。ふたつの部屋をつなぐ戸口まで、重たい椅子を持ち上げて、引きずってきていた。

「あなたの顔の表情でぴんときた」彼女は言い、椅子に腰をおろした。そこが椅子のあるべき場所だという顔で。「あなたが軍隊に召集をかけているあいだ、あたしが暗がりでじっとしているとは思ってなかったでしょ」目を細めて彼を見つめる。「あなた以外にも、なにかを、誰かのことを、心配しなきゃならないの？　どれぐらいまずい事態なの？」彼からブリジェットへ、また彼へと視線を戻し、彼女はつづけた。「あなたたちの誰かが武器を持っているのは見たことない。もし持っていたとしたら、目にしているはずだもの。あなたたち、助けが必要なの？」

「きみの助けは必要ない」彼が辛辣に言い放つ。「それに、武器は必要ない」だが、いま手もとに武器があったらどんなにいいか。

彼女は鼻を鳴らした。怖気づかせようたって、そうはいかない。「それで、あたしが手におえなくなったら、ペーパークリップで殺すつもり？」

実際にそれは可能だが、彼女が知る必要はない。「その時がきたら、手もとにあるものでなんとかする」

ブリジェットは笑いをようやくこらえ、話題を変えようと軽い調子で言った。「なんだって可能だわ。サムソンはロバの顎の骨で千人の敵を殺したもの」

「なんたる偶然」ジェンナーは言い、ケールのほうに頭を倒した。「だったら、彼のを使えばいい」

ブリジェットは笑いを必死にこらえようとして、目を剝きだした。「警備を担当している仲間に、さっきのことを伝えるわ」彼女が言った。ジェンナーの前で口にすべきことではなかったが、我慢できなかった。爆発する寸前に、ドアを蝶番《ちょうつがい》からもぎとる勢いで部屋を出て行った。

ケールは顔をゴシゴシこすって表情を隠した。笑わずにいたら、彼女を殺してしまうだろう。悩んでいるように見えたって？　ラーキンは極秘情報を北朝鮮に売ろうとしていて、ほかにもなにかを企んでいる。そうしているあいだも、こっちは彼女の相手をしなければならない。心配している暇がどこにある？

ジェンナーはいともたやすくこっちの表情を読みとり、なにかあるとぴんときた。そのことが、ケールにはおもしろくなかった。べつにパニックに陥ったわけではない。心配はしたが抑えたつもりだ。たいていの人間が、彼のことをポーカーフェイスと言う。残念ながら、彼女はたいていの人間ではない。

「きみには関係ないことだ」彼は言った。「だから要求するな。きみが知っておくべきことは話してやるから」

「いいえ、あなたが話してくれるのは、ほんのささいなことにすぎない。いままでのところ、それはなんの意味もないことばかりだった」

彼女がもう怖がっていないことに、ケールは気づいた。歓迎すべからざることだ。彼女は友人のことを心配しているが、恐怖はもう抱いていない。困ったことになった。恐怖こそが、彼女を屈服させるカギだった。肉体的に痛めつけるという脅しは、彼女に通用しないだろう。よほどのことをしなければ彼女は納得しないし、それは気が進まなかった——少なくとも彼女が相手では。だが、彼女に協力させるための奥の手がある。

ケールは冷ややかに言った。「あとひと言でもしゃべってみろ、きょうはシドと話をさせないからな」

それがはったりでないことは、彼女にもわかっているらしく、すぐさま口をつぐんだ。

ああ、そうさ。心配しているとも。

23

ハワイ島のヒロに着く朝、ジェンナーは目覚めるとケールの胸に鼻を押しつけて寝ていた。ふたりは向かい合って寝ており、彼の脚が彼女の脚のあいだに差しこまれている。親しくなってはいけない。彼と手錠で結び合わされて眠ることに慣れてしまった。彼が寝る前に設定する室内の温度は彼女には寒すぎて、体が彼のぬくもりを求め寄り添っていく。手錠で動きを妨げられるので、夜中に何度か目が覚める。そのたびにできるだけ彼から離れるようにするのに、目が覚めるとおなじ体勢になっていた。つまり彼に折り重なるように寝ているのだ。

彼は知らん顔だが、もしまた鍵をとろうとしたり、枕で彼を窒息させようとすれば、パッと目覚めて臨戦態勢に入るにちがいなかった。

この二日間、ふたりは気まずいながら休戦していた。蚊帳《かや》の外に置かれる苦々しさを噛みしめながらも、彼女は詳細を聞きだそうと迫ることをやめた。シドとは毎日話をしていた。前日はいつもより長く話ができた。シドの生の声を聞き、恐怖が消え去っていることに気づいた。監視人たちがせっかく譲歩してくれたのだから、それを無にするような細かな話はできないが、シドもジェンナーと同様、試練に耐えていることはたしかだ。

ケールは前日の早朝ヨガクラスに出席した。一度こっきりだと念を押したが。一度で満足。彼が体をねじまげつつ、バランスをとる姿をながめられるのだもの。筋肉質なのに、どのポーズも難なくこなした。おそらく以前にヨガか太極拳をやっていたのだろう。でも、トレーニングルームを埋める女たちは、彼のおかげで気もそぞろだった――それをみな歓迎してはいたけれど……彼がいるだけで、ただいるだけで、クラス全体がざわついて大変だった。

世の中にはいろんな男がいるが、彼のような男とは出くわしたくなかった。

ジェンナーは彼から離れてまたうとうとした。外はまだ暗いが、もうじき朝だ。予定では午前七時にヒロに到着する。つぎに目覚めると、重たいカーテンの隙間から光が射しこんでいて、またケールにくっついて丸くなっていた。彼に近づきすぎてパニックに陥ったこともあったが、いまは大丈夫だ。まんざらでもない気分。そんなこと彼に知られてはならないけれど、彼の大きな体が作るベッドの窪みが好きだし、彼のぬくもりも、その肌の匂いも好きだった。

このときは、彼から離れなかった。寝返りを打とうにもできないのだ。彼の重たい腕が体にのっかっている。顔がまた彼の胸にくっつき、足と足が絡み合っていた。体が彼に近づきたがっていて、眠りに落ちて警戒心がなくなると、自然にくっついてしまうみたい。

彼は誘拐犯だ。彼女をいじめ、怯えさせた。彼がなにをしようとしているのかわからない。

けっして教えてくれない。彼にそれほどの迷惑をかけることなく――彼女の基準に照らすと、たいした迷惑はかけていない――彼の望みどおりに最善を尽くしても、いっこうに信用してはくれない。それを彼は日々あきらかにしていた。コンチクショウ。そんなの不公平だ。彼女は誘拐犯ではない。信用できないことを証明してみせたのは、彼女のほうではない。それでも、彼を恐れてはいなかった。もう何日も前から恐れてはいない。不安ではある。こういう状況になれば、まともな人間ならそうなる。でも、恐れてはいない。相手の人となりを見抜いているから、それとも、なんでも自分の都合のいいように解釈する馬鹿っていうだけ?

でも、考えていた。どれほど挑発しても――彼を困らせることに全力を尽くしていると言ってもいい――彼はけっして暴力はふるわず、鋭いユーモアで切り返してくる。それが心に響く。ラーキンを〝汚い〟と言ったことや、漏れ聞いた〝反逆行為〟という言葉から考えて、ケールは善玉のひとりなのだろう。彼がかぶる帽子はまっ白ではないかもしれないが、けっして黒くはない。おそらく灰色。それなら対処できる。

ケールが目を覚ました気配を感じ、腕の下からそっと抜け出して背中を向けた。手錠のいましめのせいで、そうするのがせいいっぱいだ。彼の腕を引っ張って起こし、数分後には手錠をはずしてもらえた。また一日がはじまった。

一時間ほど後、プライベート・バルコニーの手すりにもたれ、コーヒーを飲んでいた。輝かしい朝、ヒロは近い。ひとりきりという幻想をもうしばらく味わってもいいだろう。ドアの向こうでは、ケールがシャワーを浴びるあいだ、ブリジェットが目を光らせているにしても。面倒を起こすつもりはないと、彼らを説得することに飽き飽きしていた。まあ、深刻な面倒を起こすつもりはない。シドの無事が確認できた暁《あかつき》には、思いきり懲らしめてやるから覚悟しておけ。

彼らの目的がなんであろうと、ラーキンがなにをやらかそうと、彼らはジェンナーとシドを誘拐した。簡単には許せない。言葉のあやにしろ文字どおりの意味にしろ、やられっぱなしでこそこそ逃げたのでは女がすたる。警察に駆けこむつもりはないが、仕返ししてやる。その方法はこれから考えよう。

でも、いまはこの瞬間を楽しみたかった。こういう事情でなければ、壮大な景観にわれを忘れていただろう。大海原、島の瑞々《みずみず》しい緑、抜けるような青空、ふわふわと浮かぶ白い雲。この景色をしっかりと記憶に刻みこんでおかなければ。〈シルヴァー・ミスト〉号を降りたら、二度と船旅をするつもりはなかった。ハワイに戻ってくるにしても、飛行機の窓からこの景色をながめることになる。

背後のドアが開き、ひとりきりの幻想が打ち砕かれた。バルコニーに出て来たケールを見て、ジェンナーは笑いそうになった。カーキのズボンにゆったりとした色鮮やかなアロハという装いだ。いつものシルクシャツと入念な仕立てのズボンとはあまりにもかけ離れているが、とてもくつろいで見える。観光客のなかでひとり浮かないためなのだろうが。彼ならなにを着ても目立つと思うのは、ジェンナーが彼を知っているから。

彼の見てくれがこうでなかったとしたら、こんなふうに評価していただろうか。痩せっぽちで背が低い醜男《ぶおとこ》だったら、善玉のひとりかもしれないと思ったりした？　彼のやっていることにはちゃんとした理由があるかもしれないと？　ホルモンに判断を狂わされるとは不甲斐ない。でも、血の通った女なら、ケール・トレイラーにうっとりしないほうがおかしいんじゃない？

「急いでシャワーを浴びて着替えろ」彼がぶっきらぼうに言った。「三十分だ。船を降りる」

「なんて説得力のあるお言葉。人を誘うにしても言い方があるでしょ」

「誘いじゃない、命令だ。きみは衣裳の一部だ」

あら、そうなの？　派手な花柄のシャツと同列？

かたわらをすり抜けようとすると、彼が手をつかんで自分のほうに向かせた。

真剣な表情で言い添える。「それから、きょうこそはいい子にしていろよ」

彼らは交替でラーキンを見張った。ケールとジェンナー、フェイスとライアン、それにマットー——バギーパンツにTシャツ、黒髪のかつらにサングラスという姿で使い古しの大きなバックパックを肩にかけ、こっそり船を降りていた——は、しばらく一緒にいてから、見張りを残してそれぞれに散らばった。わかっているのは、ラーキンが最初の停泊地ヒロで誰かに会う予定だということだ。場所も時間もわからないが、ラーキンは最初に下船した乗船客のひとりだったから、うまくすれば会合はじきに開かれるだろう。

出歩いているあいだに、おなじ船の乗船客と顔を合わせても、最初のうちなら不思議には思わないだろうが、おなじ顔をたびたび見かけるようになれば、ラーキンも疑いを抱いて、会合をとりやめる可能性がある。そんなことになればふりだしに戻ってしまう。だから、見張りを交替するときにも、できるだけ目につかないよう慎重に行なった。

ティファニーはこの数日、ラーキンのまわりをうろついていたから、よけいな疑いをもたれないよう船に留まることになった。ブリジェットはこれまでどおりスイートの監視を行なう。サンチェスも船に残ったが、なにぶん金で雇った男だから、ケールは部下たちほど信頼を寄せてはいない。チームの残りのメンバーはラーキンの尾行につき、ごく小さくて人目につかない最新鋭システムで連絡をとりあった。

外出時にはかならずボディガードをつけているラーキンが、その朝にかぎってひとりでハイヤーに乗り、通りの角で降りるとそのまま歩きだした。背後に視線を配りながら、きびきびとした足どりで歩いてゆく。タクシーでラーキンをつけてきたケールとジェンナーは、尾行相手の居所をマット――変装しているのでいちばんばれにくい――に告げ、遠巻きに様子を窺うち、ラーキンを視野にとらえた、とマットから連絡が入った。こんなふうに二時間が過ぎ、三組が交替でラーキンを見張るうち、ケールはジェンナーと腕を組んで賑やかなファーマーズ・マーケットに来ていた。

ラーキンは人ごみを縫うように歩き、ときどき立ち止まり、屋台に並ぶ花や珍しい果物をながめ、生産者である地元の人たちと言葉を交わした。ホームメイドのジャムやナッツを売る屋台では、しばらく話しこみ、なにか購入した。もしかしてこれがそうかと、ケールはそのやりとりを注意深くながめていたが、現金を出してジャムの瓶を受け取っただけだった。

マーケットは人でごったがえしていたから、ラーキンとのあいだに難なく買い物客を挟むことができる。黒っぽい背広姿の白髪混じりの男は、普段着の地元民や旅行者に混じるとよく目立つ。そういう格好をしてくるとは、ラーキンにしては愚かなミスだ。そんなこと気にしていないのか、尾行する人間がいればかならずわかると自分を買いかぶっているのか。

武器を隠すために上着を着る必要があったのかもしれない。ケールたちは船に武器を持ちこめなかったし、監視に武器は必要ないと思っていたが、警備の人間は武器を携帯している――全員がではないが、なかの何人かは――ので、ラーキンならディーン・ミルズをつうじて入手は可能だ。彼の荷物を調べたが、武器は見つからなかったとはいえ、船のなかで彼の姿を見失う瞬間が何度かあったから、持っていないと断定はできない。こちらは武器を持っていない以上、ラーキンは武装していると想定して行動すべきだ。

ラーキンの尾行にジェンナーを連れて歩きたくはないが、彼に姿を見られた場合、かたわらにジェンナーがいたほうが疑われない。初日からずっと一緒だったから、まわりにもそういう目で見られている。それに場所柄、ジェンナーがそばにいてくれて助かった。女連れでマーケットを訪れるのはごく自然だが、ひとりで来れば……ラーキンと同様、さぞ目立っただろう。

ラーキンはマーケットを抜けて広い場所に出た。ケールは屋台を囲う防水シートの陰に隠れ、マットに連絡した。彼のほうが人目につかずにラーキンに接近できる。彼はすでに何度か服を——かつらも——変えており、いまは長めの明るい茶色の髪にジーンズ、ケールが着ているのと似たアロハシャツという姿だった。肩からさげているバックパックには、シャツとかつらが入っている——それに遠くからラーキンの会話を聞くための装置。スイッチを入れれば、どんな会話も音を増幅して録音できる。マットが自分で造った装置だ。

フェイスにも尾行以外の役割があった。なににでもカメラを向ける観光客のふりをして、マーケットやそこに集う人びと——それにラーキンを撮りまくった。彼はいましも、通りを渡り、ベンガル菩提樹《ぼだいじゅ》の木陰で待つアジア系の男に近づいていった。ケールが集めた情報が正しいとしたら、いらだちと不安もあらわに待っている男は、北朝鮮の人間だろう。

北朝鮮の人間も背広を着ていた。つまり、武装している？　ふたりがたがいに撃ち合ってくれたら、しめしめなんだが。そうは問屋が卸さない。

ケールはジェンナーの腕をとり、色鮮やかな花々のなかでもひときわ美しい極楽鳥花の陰へと引っ張っていった。きょうの彼女はおかしなぐらい協力的で、ありがたいほど無口だった。船を降りるとき、きょうはおとなしくしていろ、至上命令だ、と釘を差したのが効いたのだろうか。彼をチクチク苛《いじ》めたいと思っているとしても、夜まで待ってもらわなければ。

仲間と連絡をとるためイヤフォンをつけた耳に手をやる。マットが耳にしたことを伝えてくれているが、バックパックに忍ばせたデジタル録音機には、もっと鮮明な声が録音されているはずだ。

「クワン」マットが言った。

オーケー、名前がわかった。

通りの反対側では、フェイスが写真を撮りながら笑っている。カラフルな屋台を映しているように見えるが、北朝鮮の男の顔をとらえるのに最適な場所に立っていた。クワンは偽名だろうが、いまはどうでもいいことだ。

「商業権」マットが言った。彼はちょっとイカレた人間を演じているので、まわりからは長髪の若者が鼻歌を歌っているように見えた。頭のなかで鳴る音楽に合わせてご丁寧に体を揺するので、まわりの人たちは避けて通る。「クワンは頭にきている。待たされたから。ラーキンはなにか小さなものを彼に渡した。なにかはわからない」

フェイスが正しいアングルで写真を撮っていれば、引き伸ばしてなにが渡されたか特定できるかもしれない。おそらくフラッシュドライブかマイクロチップだろう。これはただの会合ではなく、実際に技術を引き渡す現場だ。どうしてこんなふうにするんだ？　図面にしろ情報にしろ、どうして電子送信しないんだ？　金のやりとりはない。クワンは現金が詰まったボストンバッグを持ってはいない。つまり、ラーキンへの支払いは電子送金されたのだろう。

　マットがその答を与えてくれた。「こんなふうに情報をやりとりすることを、クワンはいやがったのに、武器の設計者が旧弊で、自分の描いた設計図がインターネットで送られることを拒否した。裏切り者のくせして。だが、こっちにとってはラッキーだった。フェイスと気が合うんじゃないか」マットがからかう。

　クワンはラーキンから渡されたものを上着のポケットに入れ、上から叩いてちゃんとおさまったことを確認した。

「クワンは完成品かどうか知りたがっている」マットが中継をつづけた。「ラーキンは、ノー、と言った。三カ月、遅れがでれば半年後に試作品の用意ができる。彼が渡した図面は誠実な取引によって得たものだ。すぐれた科学者ならば完成すべき……おっと、なんだって」マットの口調が変わり、声が低くなった。「ＥＭＰ？　いまＥＭＰって言ったのか？」

　一瞬にしてすべてが停止した。フェイスの笑顔が消え、ライアンは凍りついた。ケールは息ができなかった。それから、なにも聞かなかったかのように、いっせいに動きだした。

　最初に踵を返したのはクワンだった。その後姿を見送るラーキンは、見るからにおもしろがっている。やがて、マーケットで買った小さな茶色い袋をぶらぶらと揺らしながら、通りを歩きだした。

「ライアン、きみたちふたりはクワンを尾行しろ。おれは連絡を入れる」ケールは低い声で命令を発した。「マット、ラーキンが船に戻ったことを確認して、作業に入れ。おれが戻ったらすぐに見られるように、監視テープを準備しておいてくれ」

ラーキンの監視をはじめてからずっと、ミルズや警備員の動向にも目を光らせてきた。背後を固めず、ひとりで出かけるのはラーキンらしくない。彼が反逆者であることを、部下たちの誰も知らないのかもしれない。まともな人間が、電磁パルス《EMP》爆弾を北朝鮮に渡してよいと思うか？

こないだの晩、ラーキンとミルズが話していたのはなんだったんだ？　ミルズがＥＭＰ取引に関わっていないのなら、ふたりが企てているのは？

さしあたり仕事は終わった。ジェンナーはと見ると、ケールに負けない熱心さでラーキンをじっと見つめていた。マットの声は聞こえなかったはずだが、彼女はずっと意識を集中していた。彼に見られていることに気づくと、凝視をやめて顔をあげた。「いったい彼はなにを企てているの？」

ジェンナーは馬鹿ではない。三十年の人生のなかで浮き沈みはあったが、愚かだったことはない。ラーキンはなにか汚いことに手を染めている。ケールとその仲間を、頭から善玉だと決めつけることはできない。彼らはジェンナーとシドを誘拐したし、けっして親切とは言えない態度を示した。手錠をかけ、いちいち指図し、手荒く扱った。

でも、怪我はしていない。手首が擦《す》れたのはべつにして。デッキボーイからの連絡に耳を傾けていたとき、ほんの一瞬だがケールの顔に衝撃が走ったのを、彼女は見逃さなかった。それから、彼の目がきつくなった。自分がラーキンでなくてよかったと思ったほどだ。

　自分が善玉と悪玉のあいだに挟まれているというより、悪玉ともっと悪い悪玉に挟まれているという可能性は完全に捨て去ったわけではない。もっとも、ケールの側にかなり傾いてはいる。彼は北朝鮮の男と密会していない——そう、あれは北朝鮮の男だ。彼らの話のなかに〝北朝鮮〟という言葉が出てきていた。彼女が知る範囲で、ケールと仲間はただ見張っていただけだ。

「ここでなにが行なわれているのか、あたしに話してくれるつもりある？」もう何度、おなじ質問をしただろう。彼がうんざりするのも時間の問題だ。

「いや」

「いまここで騒ぎを起こすこともできるのよ。泣き叫びながら全速力で走るとか」

「友だちのことを忘れちゃいないよな」ケールが言った。彼は正しい側にいると、ジェンナーは思いはじめていた。どちらかと言うと正しい側に。彼はまた、目的を達成するためならなんでもやる男だということも、ジェンナーは気づいていた。

だからといって、彼に挑みかかり、彼を困らせることをやめるつもりはない。知りたいことを知るのに、ほかにどんな方法がある？「あなたがシドを痛めつけるとは思わない。脅すかもしれない。怯えさせている。それはたしか。でも、痛めつけはしない」

「きみのその説を試してみるつもりか？」彼が体を寄せてきた。「電話をするという特権を失うつもりか？」

「いいえ」彼女がケールを理解しているように、彼もジェンナーを理解していた。シドと電話で話せなくなったぐらいで怯《ひる》むとは、彼も思っていない。おそらく彼は、これ以上ジェンナーを必要としていない。乗船客のなかで、いわゆるふたりの関係を強く印象づけられている人間はそう多くはない。彼女をスイートに閉じこめたところで、誰も怪しまないだろう。

それがわかっても、気分はよくならなかった。彼女にとって電話が大事だから、彼はそれを脅しの材料に使う。まるで反抗的な十代みたいだ。自由に電話をかけさせろ！

彼が耳に手を当て、意識がそれた。「コピー」彼は言った。その言葉を口にするのはこれがはじめてではなかった。それから意識をジェンナーに戻した。「ラーキンは船に戻った」

「つまり見学旅行は終わりってこと？　それ行け、ゴーゴー」

「まず電話をかける」ケールは彼女の腕をつかんで人ごみから離し、急ぎ足で近くの公園へ向かった。彼は歩きながらポケットから携帯電話をとりだし、番号を押す。立ち止まり、じっとしてろ、と彼女に命令し、声が聞こえない場所まで歩いていった。

彼についていって困らせることもできたが——こういう公共の場所で、彼はなにをするつもり？——そうしなかった。彼の好きにさせ、自分もひとりの時間を楽しんだ。

考えるの、考えて。ここ何日か、頭の働きがよくない。無理もないでしょ？ラーキンのスイートの隣りのスイートをあてがわれたばっかりに、人生めちゃめちゃだ。まず第一に、危害を加えられることはなかった。ふたつめ、ラーキンがじつはとんでもない人間だということを、自分の目でたしかめた。三つめ、なんとも胡散《うさん》臭いアジア系の男と、ラーキンは密会していた。どう考えても、ケールはこのふたりよりは正しい。正体のわからない悪より、知っている悪のほうがよい……

ケールは電話を終え、彼女のほうを向いて、彼女がそこから一歩も動かなかったことを知った。この二日間、彼女が従順に振る舞ったせいで、彼はそれほど警戒しなくなった。いいえ、彼はいつだって警戒している。けっしてリラックスしない。従順な彼女に慣れてきただけだ。

「ねえ」近づいてきた彼に言った。「あたしがいるスイートに割り振られたのが、リンダ・ヴェールとニナ・フィリップスだったら、どうしてた？」

「状況に合わせていた」

「あなたの仕事って、状況しだいで変わるの？」

「たいていそうだな」

「彼女たちと一緒に寝てた?」

彼がにやっとした。「彼女たちは好きだが、そこまで自分を犠牲にはできない」

「どうなってるのか話して。協力するから」

「だめだ」

少なくとも彼は正直だった。答は気に食わないけれど、嘘の餌は投げなかった。

ふたりはマーケットに戻った。「けさ、サンディエゴの仲間と話をした」ケールが言う。「きみがシャワーを浴びているあいだに」シドの安全を脅かすつもりかと、ジェンナーは体を硬くした。こういうのって、もううんざり。「うれしい話をしてやる。アダムがこぼしてた。ミズ・ハズレットは、まわりの人間をバービー人形に見立てて着せ替え遊びをしているそうだ」

心臓が跳ね上がった。彼がべつの名前、パズルのべつのピースを与えてくれたから。むろん、シドはアダムという名前を知っているわけだから、驚くほどの情報ではない。それに、本名かどうかもわからない。それでも、こういう逸話は大歓迎だ。「女の自己防衛。そう願うわ」

「ああ、おれもだ」

シドが自分のガウンやカクテルドレスを引っ張りだしてきて、誰になにがいちばん似合うか頭を悩ませている姿が目に浮かぶ。一緒に買い物に出かけると、シドはジェンナーに似合うものを探すことに一所懸命になる。嬉々としてそれをやるのだ。いまもおなじことをしているのかと思うと、ジェンナーはうれしくなって涙ぐんだ。たとえ相手が彼女を閉じこめている誘拐犯だとしても。シドはやっぱりシドだ。感情的な反応をしたことをケールに知られないよう、顔をそむけた。「ありがとう」声を震わせずに話せる確信がもててから、彼女は言った。

「どういたしまして」

彼を好きになってはいけないのに、腕をとられると手の感触がうれしかった。

ラーキンは船に戻りスイートでひとりきりになると、リビングのテーブルについた。目の前には注文した料理がある。上等な磁器の皿に山盛りにされたのは、ぶ厚く切った焼きたてのパンだ。食欲をそそる匂いに、幸せだった子供のころを思いだす。ファーマーズ・マーケットで買ったパイナップルとアプリコットのジャムのずんぐりした瓶には、銀のスプーンが差してある。

長いあいだ、食事には気を遣ってきた。まあ、酒は飲むし、気晴らしのためにドラッグを試したこともあるが、体形を維持してきた自分に誇りをもっていた。会員を厳選するジムで体を鍛え、低炭水化物ダイエットを厳しく守ってきた。パンはだめ。ジャムもだめ。デザートもだめ。だが、すべてが無駄だった。

このところは自分を甘やかしている――どこが悪い？――が、なにを食べても思っていたほどおいしくはなかった。なにも食べたくない日もあった。ファーマーズ・マーケットでジャムの瓶を見たとき、これこそ望んでいた食べ物だと思った。〈シルヴァー・ミスト〉号にも、いろんな種類のジャムがそろっているが、ありきたりのものばかりだ。まるで食欲をそそらない。だが、パイナップルとアプリコットのジャムはちがう。エキゾチックで作りたてで、まさにグルメのご馳走だ。

スプーンでジャムをすくおうとしたそのとき、恐ろしい考えが浮かび手がとまった。もしジャムに毒が仕込んであったら？　四六時中見張られている気がしていた。じきにそんなことどうでもよくなるが、いまは、計画が滞《とどこお》りなく遂行されることがなによりも大事だ。人に動かされるのではなく、自分のやり方で終わりを迎えたかった。毒が内臓を引き裂き、苦痛にのたうちまわるような死に方はご免だ。爆弾のすぐそばで、考える間も、痛みを感じる間もなく死を迎えるのだ。

あの屋台の老女は、彼が近づいてくるのを見て、目に留まる場所にジャムの瓶を置いたのかもしれない。あるいは袋に入れるとき、べつの瓶とうまくすり替えたのかもしれない。人を見てくれで判断してはならない。老女はハワイ人というより東洋人に見えなかったか？　クソッタレのクワンのまわし者だったとしたら？

あるいは、ハワイ人らしい魅力と素朴な食べ物で観光客を無差別に殺す、連続殺人魔かもしれない。彼女の屋台に並んでいたおいしそうな食べ物にはすべて、現地で採れる毒が仕込んであるのでは？

彼はパッと立ち上がってドアまで行き、開いた。ヒロから戻ってすぐ、そこに警備の人間を置いた。これからは、いちばん信頼する人間を常時そばに置いておきたかった。なりゆき任せにはできない。

「タッカー」彼は言った。「入ってこい」通路にはディーンもいた。警備責任者の存在が彼を不快にした。ふたりして彼の噂をしていたんじゃないのか？　彼を毒殺する以上のとんでもないことを企んでいるのでは？「おまえもだ、ミルズ」

ふたりは部屋に入ってきた。ディーンがドアを閉めると、ラーキンは作り笑いを浮かべた。「これを食ってみろ」タッカーに向かって親しげな口調で言った。ディーンは頭を振り、目を細めてながめている。よくこういう顔をするのだ。「あまりにもうまいから、ひとり占めしちゃいけないと思ってな」まだあたたかいやわらかなパンをとり、ジャムを厚く塗って、疑うことを知らない男に差しだした。

「ありがとうございます、ミスター・ラーキン、でも、腹いっぱいなので」タッカーは言った。思いがけぬ申し出に疑いをもったのか、それが手榴弾《しゆりゆうだん》でもあるかのように受けとるのを拒んだ。

「だが、すごくうまいぞ」ラーキンは〝貢物《みつぎもの》〟を押しつける。血色の悪い肌の上で、ジャムが鮮やかに輝いている。「食べてみろ」

「いいえ、ほんとうに――」

「食え！」ラーキンは叫び、驚く男にパンを突きだす。

タッカーはボスをちらっと見た。ディーンが小さくうなずく。タッカーはパンを受けとり、がぶりとやった。嚙んで呑みこみ、うまい、と言ってもうひと口食べた――それが雇い主の要望だとわかってやったのだが、ほんとうにおいしそうだ。彼がパンを平らげるのを、ラーキンはじっと見つめ、ジャムに毒が入っている兆しが現われるのを待った。

毒見をさせられたとも知らないタッカーは、元気そうだ。食べたものの影響は受けていない。ラーキンはさらに数分、くだらないことをしゃべりながら、タッカーが床に倒れ、あぶくを吹きながらのた打ちまわるのを待った。なにも起こらなかった。ラーキンは乗船客や催事について質問し、おかしな人間が様子を窺っていなかったか、とタッカーに尋ねたが、返事は聞き流した。

タッカーがどうもないとわかると、ラーキンは唐突に言った。「出て行け」あらためてテーブルにつく。「おまえは残れ」彼が命じると、ディーンはいつもどおり従った。

タッカーが去ると、ラーキンはパンにジャムをたっぷり塗って食べた。毒の心配はない。果物の味わいが口に広がるのを待ったが、砂糖の味しかしない。ジャムは甘すぎ、パンはイーストの味がきつすぎる。もうひと口食べてみたが、最初のひと口とおなじ、不快でしかなかった。

パンを皿に落とす。失望と怒りを覚える。こんなことならゴーストウォーターを飲めばよかった。それも昼間から。だが、いまは慎まなければ。飲みすぎてはならない。飲めば口が軽くなる。飲みすぎたら仮面が剝がれて、まわりの馬鹿連中にたいし、思っていることを口に出してしまうかもしれない。計画をうっかり洩らしてしまうかもしれない。

残された数日に楽しめることはあまり残っていなかった。ティファニー・マースターズが、トレイラーと切れたとたん言い寄ってきたが、少々うるさいし大胆すぎる。いまだってセックスはできるが、彼女みたいな女に関わりあうことには二の足を踏む。彼の好みは男をたてる女だ。彼女はまったくちがう。

「ミスター・ラーキン、すべて順調ですか?」

ラーキンはパッと顔をあげた。ディーンがまだいることを忘れていた。「食べないか?」

そう尋ね、さもいやそうに皿を押した。

「いえ、サー。ありがとうございます」

「毒は入ってないぞ」

つねに冷静で慌てないディーンが、どういうわけかぎょっとした。「そうでしょうね」ディーンが言う。最期のときも、こんなふうに冷静でいられるかな、とラーキンは思った。それともあたふたするか？

ラーキンに残された唯一の楽しみは、まわりの人間たちの死に様を想像することだった。実際にこの目で見てたしかめられないのが残念だ。想像することはできるし、それがあまりにも真に迫っていて、手を伸ばせば触れられそうな気がした。

このところ、痛みがひどくて、最期の時を待っていられるかどうかわからない。だが、待たなければ。港に停泊中に爆破させれば、生存者がそれだけ増える。船の爆発でわずかに生き残った者たちは、大海原のど真ん中で痛手を負いパニックに陥り、真っ暗ななかであかりと言えば燃える船の炎だけ、それも船が沈めば消え去り、残骸にしがみついてぷかぷか浮かぶだけだ。想像だにしなかったような、ほんものの漆黒の闇のなかで。

全員が死ねばいい。だが、フランク・ラーキンの名前は人びとの記憶に留まる。愚かな羊どもを道連れに、海の底に沈んだ男として。

うまくゆけば、生存者たちもそう長くは生きられないだろう。

24

「どこに連れていくつもり？」誰もいない長い通路をずんずん進むケールに遅れまいと、ジェンナーは小走りになっていた。ふたりは手をつないでいた。人に出会ったとき、腕をむんずと握られているより、見た目はずっといい。いままでのところ、誰にも出会わなかった。

彼女が必死で追いついてきていることに気づき、ケールは歩幅を小さくした——ほんの少しだったが、息がつける。「きょうの午後はやることがある。きみはしばらくフェイスと過ごすことになる」

「つまり、彼女があたしのお守りをするのね」つまりベビーシッター。まるっきり気に入らない。

ケール・トレイラーと離れることに異存はないが、フェイスのことを知らない。うわべの彼女は知っているが、ケールと同様、フェイスにもふたつの顔があるのだろう。おもての顔と裏の顔。おもての顔は、優雅で物静かで、いかにも思慮深い。裏の顔はどんな？　いまにわかる。

ケールがノックするとドアが開き、ふたりは招じ入れられた。ジェンナーが最初に気づいたのは、フェイスひとりではないということだった。ティファニーがブルーのソファーに座り、長い脚を組んでいる。その視線はまるで飛んでくる短剣だ。ジェンナーもだが、ふたりともカジュアルな服装だった。ティファニーの鮮やかなサンドレスも含めて、ふたりの服は高価で伝統的なカットのものだ。

シドが選んだスイートについて言った言葉――ブルーが基調でベッドルームがふたつ――を思いだし、ナンセンスでクレージーな展開になっていなければ、シドとふたり、ここに泊まっていたのだろうか、とジェンナーは思った。この船には似たような客室が百もあるそうだが、室内の装飾がすべてちがう、とシドは言っていたから、きっとここがそのスイートだ。

「二時間」ケールはそれだけ言い、ジェンナーをふたりの女にあずけて去った。まるで顕微鏡のスライドに載った虫けらを見るような目で彼女を見るふたりの女に。

こういう立場は気に入らないので、意固地にもなる。「もしかして、脅迫されて、脅されて、とんでもなく協力的になってる囚人を、間近に見るのははじめてとか?」

ティファニーが笑った。少しかすれた、正直な笑い声だ。人前で披露した甲高い笑い声とは似ても似つかない。

フェイスは落ち着き払っている。「自分たちの仕事をしているだけのことよ。なにかお飲みになる?」

「いいえ、けっこうです」

「だったら、お座りになって、楽にしてらして」

フェイスの裏の顔はおもての顔とおなじだ。これがいつまでつづくことやら。ジェンナーは、壁に背中を向けられる椅子に腰をかけた。「誘拐した人間に、いつもそんなに丁寧なの？」

ふたりの女は意味深な視線を交わした。ジェンナーはお邪魔虫の気分だ。いやおうなしのお邪魔虫。それにしても……この女たちにしろ、チーム全体にしろ仲がいい。彼女は部外者だ。でも、そうしたくてここにいるわけじゃない。

口を開いたのはティファニーだった。「あたしたちにとって、はじめてのことよ。誘拐は作戦規定に含まれない」

「でも、望むものを手に入れるためなら、喜んでなんだってやるんでしょ」

「ええ」フェイスが答えた。穏やかに、でもきっぱりと。「すべてが終わるまで、それを忘れないことね。ほんとうに紅茶かなにか、召し上がらなくていいの？」

ジェンナーはこっちの女からあっちの女へと視線を動かし、肝に銘じた。ケールとおなじくふたりともプロだ。それに、やっていることに心血を注いでいる。ジェンナーが抵抗すれば、ふたりともそれを一瞬にして終わらせようとするだろう。むろん抵抗などしない。電話の特権を失いたくないから。

椅子の背に軽くもたれ、リラックスした。「じつを言えば、熱い紅茶が飲みたいわ」

フェイスはほほえんだ。にこやかな女主人そのものだ。「ええ、もちろんよ。ティファニーは?」

「いただくわ。キウリのサンドイッチも頼んだらどう?」ちょっと意地悪な笑みを浮かべて、ティファニーが言った。

ティファニーはセクシーな魅力を振りまくタイプの女だ。華やかでグラマーでエキゾチック。何気ない動きも艶《なまめ》かしい。彼女をながめていると考えずにいられなかった。もしかしてケールとティファニーは……だめだめ、そっち方面のことは考えないの。頬が熱くなってきた。ケールが誰と寝たか、気にしてるみたいじゃないの! そりゃたしかにここ何日か、文字どおりの意味で彼はジェンナーと寝た。でも、彼とティファニーのことが気になるのは、そっちの〝寝る〟とはまったくべつの意味で、だ。

フェイスがルームサービスを頼んだ。熱い紅茶と果物、それにペストリーの盛り合わせ。それからこう言い添えた。部屋を訪ねてみえた方がキウリのサンドイッチを食べたいとおっしゃってて。メニューにないのはわかってますけど、なんとかしていただけたらうれしいわ。

フェイスが電話を切ると、ティファニーが言った。「キュートなブロンドの男の子に運ばせてって頼めばよかったのに」

フェイスはにこりともしない。「マットがデリバリーの担当なら、わたしたちの部屋番号を聞き逃すはずないわよ。でも、たぶん彼はデッキ担当ね」

「かわいそうに。彼とブリジェットははずれクジを引いたわよね」ティファニーは自分の長い爪をしげしげとながめた。「クルーの部屋はスイートほどよくないもの。相部屋だし。クルー専用のバーで七十五セントのビールを飲むのが、唯一の気晴らし。でも、マットはルームメイトに見られたくない装置を、あなたかあたしのスイートに隠しておかなきゃならないし、彼もブリジェットも、シャワー浴びるときだって携帯は手放せないはずよ」

「ティファニー」フェイスが非難口調で言い、ジェンナーのほうをちらっと見た。

「彼女はなにも知らないわけじゃないでしょ」ティファニーが言い、ジェンナーに顔を向けた。「あなたってほんと、勇ましいわね、レッドワイン」

好きでそうしてるわけじゃない！　ジェンナーは穏やかに彼女の視線を受け止めた。「ざけんなよ」

女たちはゲラゲラ笑いだした。ようやく笑いがおさまると、ティファニーが言った。「チェッ。気に入った」

クワンとラーキンの短い会合をとらえたテープを、ケールはもう一度聴いた。北朝鮮の男の口からＥＭＰ爆弾という言葉が発せられると、皮膚がムズムズした。政府の連絡係とは安全な携帯電話で数回話した。島にいるエージェントにクワンの尾行を替わってもらえたので、フェイスとライアンは船に戻り、自分たちの仕事をしていた。クワンはいまは監視下におかれているが、態勢が整いしだい拘留《こうりゅう》されるだろう。

北朝鮮の連絡係はおさえたが、仕事はまだ終わっていなかった。取引のもう一方の側の反逆者が誰かわからなければ、またべつの取引がなされ、情報が売り渡される可能性がある。フェイスの写真の一枚から、ラーキンがクワンに渡したのがフラッシュドライヴだとわかった。FBIがその出所を突き止めるかもしれないが、それができない場合、唯一の手がかりはフランク・ラーキンだ。

ラーキンがなにをしでかしたかわかり、心底軽蔑する気持ちになった。高性能EMP爆弾が悪者の手に渡ることは、全世界にとっての悪夢だ。電子機器に損傷を与えるということ以外、電磁パルスのことは詳しくは知らない。現代社会はコンピュータによって制御されている。コンピュータを停止させる有効な方法が開発されれば、世界は大混乱となる。EMP爆弾は人を殺さない——電子回路が破壊され操縦不能となった飛行機に運悪く乗りこんだ人たち以外は——が、そのようなテクノロジーが危険な国家の手に渡っていいとはぜったいに思わない。

ラーキンがほかにもよからぬことを企んでいるらしいことを、ワシントンの連絡係に告げた。盗聴した会話のなかで妙な話が出ていたのと、なにかおかしいと直感が告げるだけで、証拠はなにもなかった。

「ひきつづき監視したまえ」連絡係は言った。「テクノロジーを売った人間がわかるまでは、いずれにしてもそうする必要がある。確証がつかめたら知らせてくれ。わたしから上に報告する」

ジェンナーを置いてきてから二時間ほど経ったころ、ケールはフェイスとライアンのスイートのドアをノックした。〝お荷物〟の回収だ。ドアが開く前に爆笑が聞こえ、いやな予感がした。まずいことになった。魔女め、今度はなにをやらかした？

フェイスがドアを開けてくれて、ケールは部屋に入るなりジェンナーに視線を向けた。彼女がどこにいてなにをしているかわかると、少し安心した。彼女はティファニーと並んでソファーに腰掛け、一緒に笑っていた。ふたりして彼のほうに顔を向けた。ジェンナーの笑顔がふっと消えた。その目になにかが……

ケールはそれを無視したが、なにかあるとピンときた。「ライアンはまだ戻っていないのか？」

「ええ」フェイスが答えた。「ゴルフの後、ランベルティ船長と一杯やってるわ。じきに戻るはずよ」

彼はソファーを顎でしゃくった。「あのふたりはどうなってるんだ？」

フェイスの笑みは皮肉混じりだが、おもしろがってもいる。「あのふたりには共通点がたくさんあるみたいよ」

勘弁してくれ。ケールは恐怖が顔に出るのをどうしようもなかった。船に乗っている男はみな、恐怖でキンタマが縮むのを感じるにちがいない。現に彼もそうだった。

ジェンナーがおもむろに立ち上がり、彼のほうにやってきた。キンタマがどうなっていようと、好きだった。近づいて来る彼女をながめるのが好きだった。全身の組織が警戒態勢に入る感覚がたまらない。

「シドに電話する時間よ」ジェンナーが言った。

彼は腕時計を見た。たしかに、彼女が電話をする時間を少し過ぎていた。

「電話するのが遅れるのはいやなの。彼女が心配するだろうから」

「人質に不便な思いをさせては大変だ」

彼女が鼻を鳴らした。ちゃんちゃらおかしいと思っているのだ。「その後の予定は？　ディナー？　ショーを観る？　カラオケ？」

「カラオケはなし」彼がきっぱり言った。

「それには賛成」と、ティファニー。「ケールの歌はへたくそだからね」

彼はジェンナーの肩越しに、彼女に冷ややかな一瞥をくれたが、まるで効き目がない。ティファニーは指を立てて振ってみせた。「ねえ、ボス、彼女に楽しい思いをさせてあげるべきよ。きょうは彼女、いい子にしていたって、聞いたわよ」

「ほかにしようがないだろ」だが、たしかにいい子にしていた。協力的だったし、彼の思いどおりに振る舞っていた。まさに大金星だ。

「今夜、地元のギタリストが演奏するんですって」フェイスが言った。「きっとすばらしいわよ。ライアンとわたしは聴きに行くつもり」

「あたしも」ティファニーが言う。

「だったら、おれたちが行く理由がない。ラーキンを見張る人間がいなくなる」

ジェンナーが鼻先で笑った。「もうひと晩、彼がラップトップ相手にだらだら仕事してるあいだ、椅子に手錠でくくられるのね。ほんと、楽しみだわ。クルーズを予約した女なら誰だって夢に見るすてきな夜の過ごし方じゃない？」

ティファニーの顔に笑みが浮かんだ。おやおや、とケールは思った。彼女が立ち上がった。

「いいこと考えた。ケール、あなたはスイートに残って仕事をすればいい。そのあいだ、ジェンナーとあたしはデッキをぶらぶらしてるから」

「それはだめだ」彼がためらうことなく言った。

「あたしが彼女に無茶はさせない」ティファニーが言った。それはそうだろう。彼女の突撃を受けたらラインバッカーだって守りに苦労する。ジェンナーに勝ち目はない。

それでも……「きみの評判と、おれたちが作り上げたシナリオから考えて、きみたちふたりが突然親しくなるのはおかしいと思わないか？」

ティファニーは髪を後ろに払った。「この二日ほどは、そんなに飲んでないもの。素面《しらふ》に戻って謝って、くだらない男と関わった女同士、意気投合する。あっという間に〝永遠の親友《ベスト・フレンド・フォーエバー》〟に――

まるで地獄の再現だ。

ジェンナーのほうを見ると、すましてちょっと笑っていた。彼女とティファニーを罪のない人たちに向けて解き放つなんて、彼がするわけがないとわかっているのだ。彼女をスイートに閉じこめることもできるが、そうするつもりはなかった。ため息をつく。降参だ、ただし――

「カラオケはなしだぞ」

ディーン・ミルズは、混んだバーを歩いてゆくラーキンを遠くからながめていた。ゴーストウォーターを飲むには少し早い時間だが、ラーキンはすでに一杯めに口をつけている。ラーキンはひねくれ者で気まぐれだが、人前では紳士然としているから賢い人間たちも騙される。だが、いまの彼はそうではなかった。そうすべきなのに。日に日に、時々刻々、彼は壊れていっているようだ。

海に出て数日後に実行される強盗計画に、警備の連中が加わることにした理由は理解できるが、ラーキンの目的はなんだ？　金銭上の問題を抱えていると言うが――抱えていない奴がいるか？――ラーキンほどの地位にある男なら、ローンを組むなり、投資や金融取引を調整するなり、大邸宅の一軒や二軒を売り払うなりすればなんとかなるだろう。彼が軽蔑している人間たちからものを奪うことで、それなりの満足感を得られるかもしれないが、あの計画からは得るものより失うもののほうが大きい。莫大な負債を抱えていて、それから逃げだしたい、船もろとも沈んだと世間には思わせたい、とラーキンは言った。だが、これだけ携帯電話やラップトップが普及し、最新のコミュニケーション機器を備え大人数のクルーを抱えた船のことだ。論理的に考えれば、爆弾が爆発する前に計画に関わった人間の名前が外に洩れている可能性がある。

ラーキンが話してくれていない事柄があるのかもしれない。なんらかのべつの計画が。あの野郎が考えそうなことだ。

タッカーに毒見させた一件で、ディーンは歯が浮くような感じをもった。ラーキンがタッカーの顔の前でパンを振り、食べろと命じた場面が脳裏から離れない。食べ物に毒が仕込まれていると思っていたようだが、馬鹿らしいにもほどがある。

犯罪を犯すなら、まともな奴らと組まなければ。頭のネジがゆるんだ奴が加わったのでは、仕事をやり遂げてきれいに逃げだす確率はあがるわけがない――船を燃やして沈め、船いっぱいの金持ち連中を殺すことを〝きれい〟と言えるかどうかはべつにして。

ディーンの望みは単純だ。金。ラーキンみたいなクソ野郎の命令で動くことにはうんざりだった。この計画で得る金があれば、南アメリカで一生楽して暮らせる。

ラーキンの最近の行動は彼を不安にするが、いまさら計画を変更するわけにはいかない。爆弾は仕掛けてある。発火装置はそれにふさわしい者の手にある。すべてが終わって、この〝死の落とし穴〟から無事に逃れられたらどんなにほっとするか。

スイートに戻ったジェンナーは、フランク・ラーキンのドアの前にまだ男が立っているのを見て驚いた。通路には誰もいないのがふつうだったのに、いまでは出入りをいちいち見張られているようで気分が悪い。ケールはもっと気分が悪いだろう。

部屋に入るとブリジェットがいて、ベッドに夜のための衣装をきちんと並べていた。彼のタキシード、ジェンナーの肩ひものない黒いドレス。フェイスかティファニーが、今夜の計画の変更を電話で彼女に知らせたのだろう。

数時間後、彼らはデッキにいた。夜風が爽やかだ。ジェンナーの腕を、ケールはやさしく握るだけだ。彼女を無理に押し留める必要がもうないと思っているのだろう。ギタリストが奏でる哀切《あいせつ》な音色に耳を傾けるとリラックスできた。古い曲だが名前は知らない。つぎからつぎへと演奏はつづいた。弦の上でめまぐるしく指が動くアップビートの曲もあれば、メロディックな曲もあった。パームビーチに何年も暮らしているのに、クラシック音楽とは縁がなかった。シンフォニーが苦手だからだ。ボン・ジョビなら任せて。でも、いま演奏されている曲の作曲家はバッハかベートーベンか、と尋ねられてもまるでわからない。

それでも、気に入った。この瞬間が魔法のようだ。音楽、微風、腕に触れる男。この瞬間を特別なものにしている大きな要素がケールであることは、本人にもほかの誰にも打ち明けられなかった。

ギタリストは小さな壇に置かれた椅子に座り、聴き手は、ステージのまわりにきれいに並べられた椅子に座るか、ぶらぶらと歩きまわっていた。彼女とケールは聴衆の後ろに立って、流れてくるメロディーに耳を傾けていた。たいていの人がフォーマルな装いだった。タキシードにイブニングドレス、宝石、桁《けた》はずれに高価な靴。ケールはとてもすてきに見えたが、口に出して言ったりしない。いかつい男のタキシード姿には、なにか格別なものがある。そのなにかを無視しようとしても、これがなかなか難しい。

アコースティック・ギターで演奏するのは不可能と思える速いテンポの曲で演奏はしめくくられた。ジェンナーは息を詰めて聴き入り、演奏が終わるとほかの人たちと一緒に盛大な拍手で讃えた。ケールも楽しんでいたようだ。最後には折れ、彼女に付き添ってきてよかったと思っているのだろう。

不意に彼の体がほんの少しこわばり、視線が彼女の背後の誰かに向かった。そうでなかったら、肩をやさしく叩かれて飛び上がっていただろう。笑みを崩さないまま振り返ると、懐かしい顔がそこにあった。

「チェシー！」努めてうれしそうな声をあげたが、そう難しいことではなかった。この女性をほんとうに好きだったから。「ここでお目にかかれるとは、なんてうれしいこと」

チェシー・フォックスと夫のマイクは、親しい友人というほどではない。ジェンナーとは歳が十歳以上離れており、彼女やシドがとり組んでいる慈善事業より、子供たちの活動に参加することが多い。でも、たまに催しで顔を合わせることがあった。

チェシーが着ているピンクのガウンは〝金があるから趣味がよいとはかぎらない〟と叫んでいるが、耳もとや大きな胸を飾るダイヤモンドはほんものだ。ブロンドの髪は結い上げてスプレーで固めてあった。海から吹く風でも髪の毛一本そよがない。マイクの背広は引き締まった体にぴたりと合った高価なものだ。望みどおりの生活を送り、心配ごとなどなにもないすてきな人たち。

ジェンナーがフォックス夫妻を紹介すると、ケールはいつものように魅力的に振る舞った。彼女以外なら誰にでも、圧倒的な魅力を振りまけるらしい。にこやかにマイクと握手し、さりげなくジェンナーのウエストに腕をまわす。ほんの二日前まで、この態勢で無理に役割を演じさせられると心臓がバクバクしたが、今夜はそれがとても自然に思えた。

「もっと早くにお目にかからなかったのが不思議よね」チェシーが笑いながら言った。「でも、最初の三日間はひどい船酔いでベッドから出られなかったの。この二日間は遅れをとり戻そうとあちこちうろつきまわってたのよ。この船はよくできていて、とても安定しているようだけれど、わたしにはそうじゃなかったみたい」

「これで船酔いが完全に治るといいですね」ジェンナーは言った。彼女も船酔いの心配をしたが、まったくなんともなかった。かたわらではケールとマイクが〝男の会話〟を楽しんでいる。話題はスポーツか投資か政治だろう。彼女は注意を向けなかったし、マイクも女たちのおしゃべりには無関心のようだが、ケールは彼女がなにをしゃべるか神経を尖らせていた。

「ええ、もう大丈夫。ギフトショップに行って、ドラママイン（船酔い防止薬）と生姜《しょうが》を山ほど買いこんだし、この磁気ブレスレットも効き目があるみたい」彼女は手首にはめたシンプルなプレスレットを見せた。「いまのところはね」

「よかったですね。寝こんでいたら、せっかくの休暇が台無しですもの」

チェシーがにっこりした。「ここで知り合いにお会いできるなんて、ほんとうにうれしいわ。何人か見知った顔をお見かけしたけれど、知り合いはたくさんいても、親しく行き来する方ってあんがい少ないのよね」

「わかります」ジェンナー自身も、ほんとうの意味でよく知っている人がほとんどいないことに、驚いていた。

「シドニーはこちらに？」チェシーがまわりを見まわした。

「いいえ、シドは出航直前にウィルス性の胃炎になってしまって。さっき彼女と電話で話をしたところです。だいぶ気分はよくなったけれど、まだ治りきっていないそうです」

「クルーズをとりやめて、さぞがっかりしてるでしょうね」チェシーが親しげな口調でつづけた。「ディナーをご一緒にいかが？」

ジェンナーはほほえんだ。「ありがとうございます。でも、友人と約束しているもので」ケールに顔を向ける。その表情は少しも変わっていなかった。「そろそろ時間じゃない？」

彼は腕時計を見た。「すでに数分の遅刻だ」

フォックス夫妻がさよならを言い、ジェンナーは、いつかディナーをご一緒しましょう、と約束した。レストランに向かう途中、ケールがやさしく言った。「見事にさばいたな」

「やるときはやるのよ」

彼は喉の奥で詰まったような妙な音をたてただけだった。

店の奥のほうにフェイスとライアンがいた。ライアンはタキシードを着て杖にもたれかかっている。フェイスは体の線にやさしく添った美しいブロンズのガウン姿だ。穏やかで洗練された似合いのカップル。ふたりのことを知らなければ、見た目とちがうとは夢にも思わないだろう。

その晩は愉快なばかりではなかった。フランク・ラーキンもそこにいて、ブルドッグみたいなボディガードが近くに……近づきすぎない場所にいた。ラーキンが乗船客を見る目つきが、ジェンナーは嫌いだった。たとえ見た目はにこやかに話をしていても、なにかがちがう。敵か味方かをつねに見分けているようだ。

彼はどこか悪いのではないか。彼と話をしている人たちは、なぜ気づかないのだろう。ジエンナーの目から見ると、彼は悪化の一途をたどっていた。日に日にいらだちを募らせている。着ているものは上等の生地で、贅沢な仕立てだが、ぴったりと体に合ってはいない。体重を落としたようだ。あたらしい服を買うことも、体に合わせて仕立て直すこともしないのはおかしい。わざわざあんな値の張る服を仕立てた人にはそぐわぬことだ。

クルーズの乗船客にはそれぞれ誰かがいる。友人、配偶者、恋人……ケール。でも、ラーキンはひとりだ。広いスイートをひとりで使い、旅の仲間もなく二週間の旅に出て、誰とも親しく交わろうとしなかった。

世間話をしたり、寛大なホストの顔で人びとのあいだを歩きまわったりするが、つねに孤独だ。なんだか悲しくて、みすぼらしい。

フェイスやライアンとおしゃべりしていると、ティファニーがやってきた。想像する余地のないぴたぴたのミニのドレスに、十五センチのヒールを履いているから、ケールと頭の位置がおなじだ。あのヒールで歩けること自体が謎だ、とジェンナーは思った。最初の晩のティファニーの修羅場をみんなが見ていたわけではないが、噂は聞いているようだ。ティファニーがジェンナーに顔を向けると、まわりの目がいっせいに注がれた。

「あなたに謝らなくちゃね」彼女は言った。穏やかなふつうの口調なので、まわりの人たちには聞こえただろうが、また騒動を起こすようには見えない。彼女があかるい笑みを浮かべた。「安心してちょうだい。クルーズのあいだはお酒を断ったから。ゴーストウォーターの姿さえ拝まなければ、うまく守りとおせるわ」笑みがやさしくなる。「たちの悪い酔っ払いにはなりたくないもの」

彼女はケールに向かって会釈した。その態度はおもてむきそっけなかったが。「ごめんなさい。あなたにとって楽しいクルーズになってよかった。あたしがあんな騒ぎを起こしてもね」

彼は礼儀正しく会釈を返しただけで、なにも言わずにジェンナーを抱き寄せた。ティファニーに向けた彼の目には安堵と、それに強い疑念が浮かんでいた。これも演技の一部なの？それともあらたな展開に彼はほんとうに驚いているの？

ティファニーは視線をジェンナーに戻した。「もう一度謝るわ。あなたを騒動に引きずりこんで。許してもらえる？」

「もちろん」

ティファニーが差しだした手を、ジェンナーが握ると、手のひらになにか小さなものを押しつけられた。小さくて四角い……メモ？　握手を終えて少ししてから、手のなかのものをそっと見た。心臓が喉もとまでせりあがり、口のなかが渇いた。

メモではなかった。プラスチック包装のコンドームだった。

25

ジェンナーはコンドームを握り締めた。息がうまく吸えない。どういうこと――？　プラスチックの包装紙がカサコソ音をたてる。どうかまわりに聞こえませんように。ティファニーを一瞥し、言った。「ちょっと失礼します」

「あたしも行くわ」ティファニーがあかるく言う。

ケールがじろりと見る。これほど注意を向けてきた人は、彼をおいてほかにいなかった。吸う息吐く息すべてお見通し？　表情のかすかな変化にも気づく？　内心の動転ぶりが顔に出ていないことを願うだけだ。ティファニーとふたりで席をはずすことが、彼にはおもしろくないのだろうが、だったらなにかできるの？　まわりには聞き耳をたてている人が大勢いるから、彼女がトイレに行くのをまさかとめるわけにはいかない。彼が手を放した。未練がましく腕をなぞる指先が、早く戻ってこいよ、と言っていた。

彼女はティファニーと並んで歩いた。背後からフェイスの声がした。「お化粧を直さないと。わたしも一緒に行くわ」

女ってどうしてトイレに一緒に行くかね、これが〝トイレ友だち〟ってやつかい、とライアンがざっくばらんなことを言い、ケールは無言のままだった。ジェンナーは振り返らなかった。なにを目にすることになるかわかっているから。ティファニーはどうしてコンドームをくれたりしたの？　必要になると思ったのか、それともただの食えない冗談？

女性用トイレにはほかにひとりいるだけだった。白髪のレディが鏡に向かって口紅を直し、にこやかに会釈して出て行った。ティファニーがすかさず五つある個室を調べ、誰もいないことを確認した。それがすむのを見計らい、ジェンナーはコンドームを握る手を突きだして開いた。「なに、これ？」

フェイスが手のひらのものを見て、言った。「ティファニー！」非難がましい口調だ。

よかった。こういう状況では不適切な〝贈物〟だと思う人がほかにもいた。

それから、フェイスがつづけた。「一個？　たった一個でどうするの？」

ジェンナーは信じられない思いで彼女を見つめ、小さくて四角くてカサコソいう包みをティファニーに向けて振った。「いったいどういうこと？　どこをどう考えれば、あたしにこれが必要だってことになるの？」

ティファニーはため息をついた。「まあまあ。あなた、怖がってるんじゃない？　ごめんなさい。あたしはただ……きょう、ケールを見つめるあなたの様子を見て、彼にアタックするつもりなら、準備はしておくほうがいいと思ったのよ」今度はフェイスに向かって言う。「正直に言うと、一個じゃ足りなかったら、ギフトショップで買えばいい。これはまさかのときの備えってわけ」

ジェンナーはあっけにとられて彼女を見つめた。「それで、握手したとき渡すのがいちばんいいって思ったわけ？　それも人前で？」

彼女の笑みは悪魔のそれだ。「あれはおちゃらけ」

「おちゃらけ！」

「あのときのあなたの顔、見せたかったわよ」

「はあ、そうですか。ハッハッハ。あたしがケールにアタックしたいなんて、よくもそんなこと」たしかにそうしたかった。必死に抵抗してきたけれど、それにはありったけの努力が必要だった。とくに彼の腕のなかで目覚めたとき、それも半裸の彼の腕のなかで——だめだめ、そっち方面には向かわないこと！　こんな状況で、彼にアタックするなんてありえない

……ことを願う。欲望に体が疼く。

ティファニーが言った。「勘弁してよ。あなたたちふたりが交わすまなざしときたら」

「いつ何時、殺しあわないともかぎらない？」ジェンナーが真面目な顔で言った。

「セックスで死ぬことってありうる？　だって、どんどんそういうことになりそうな感じなんだもの。どっちかが行動を起こさなきゃ。だったらあなたがやるべきよ。ケールがやるわ

けないから」

ジェンナーは凍りついた。その瞬間、思考が軌道をはずれた。憤然《ふんぜん》として思った。どうして？

無言の疑問が顔に出たのだろう。フェイスがやさしく説明してくれた。「彼はあなたを誘拐したのよ。あなたは完全に彼の支配下にあるの。つまり、彼がいくらそれを望んだとしても、彼のほうからあなたに仕掛けることはできないわ。フェアじゃないもの。ケールにも欠点はあるけど……」

「あなたがそんなこと言ったなんて、彼に聞かせられないわね」ティファニーがつぶやいたが、無視された。

「でも、彼はそこにつけこむような人間ではないの。けっしてそういうことはしないわ。ティファニーの言うとおり。彼が欲しいのなら、あなたのほうから行動を起こすべきだわ」

「あたしが彼を欲しいなんてどうして――」女ふたりがジェンナーを見た。気はたしか、と言いたげに。だから、それ以上なにも言わなかった。オーケー、彼女たちは観察力が鋭い。それが仕事だから。腕を広げた。いらだちになんでもいいから殴りたかった。「こんな状況で、男と関係をもとうなんて、よくも思えるわね？」ジェンナーは信じられない思いで尋ねた。

フェイスが穏やかに言う。「わたしがもっていないと、どうして思うの？」

彼女の目の表情が、冗談で言っているのではないと告げていた。ライアンとのあいだになにかあったのだろう。ライアンの人当たりのよさを考えると、ジェンナーには想像もつかないが。状況はおなじではない――こんな状況、めったにないでしょ?――が、スーパーの野菜売り場で出会ったわけでも、友人に紹介されたわけでもない。

フーッと息を吐き、ティファニーに顔を向けた。「この際だから訊くけど、あなたとケールはどうなの?」

「どうなのって――?」彼女が腑に落ちた表情を浮かべた。「そんな、やだ。まさか。ぜったいない。彼はタイプじゃないもの」

ケールをタイプじゃないと思う女がいる?

フェイスが笑いながら言った。「ティフはもっとその……べつのタイプの男が好みなのよ」

「あたしはイケてない男が好きなの」ティファニーが顎を突きだす。「悪い?」

フェイスがレディらしく鼻を鳴らした。鼻を鳴らすことがレディらしい振る舞いだとして。

「ティファニーが言いたいのはね、あらゆる分野で彼女にボス面をさせてくれる男が好きということなの――ケール・トレイラーはそうじゃないでしょ」

「わかった」ジェンナーは言い、コンドームを掲げて話題をそっちに戻した。「あたしはこれをどうすればいいわけ? イブニングバッグすら持ってないのよ」携帯電話もスイートのキーカードも持っていないのだから、イブニングバッグは用無しだ。口紅はケールのポケットに入っていた。

ティファニーは肩をすくめた。「あなたの好きにしたら。ブラのなかに押しこもうと、捨てようとあなたの勝手」

着飾った女三人が入ってきたので、会話は打ち切りとなった。「お腹ぺこぺこだわ」フェイスが言い、先頭に立ってトイレを後にした。ジェンナーはドアの近くのゴミ箱をちらっと見てから、コンドームをひもなしブラに押しこんだ。

船は夜のあいだにヒロからホノルルへと向かった。翌朝、ライアンとフェイスとティファニーは船を降りたが、ケールとジェンナーは残った。みんながハワイを満喫しているあいだ、どうして船に残らなきゃならないの、と彼女のことだから大騒ぎすると思ったら、拍子抜けするほど静かだった。前の晩、フェイスとティファニーと連れだってトイレに行ってからずっとこの調子だ。いったいふたりになにを吹きこまれたのだろう。手錠をかけても文句ひとつ言わなかったぐらいだ。ベッドに入る段になると、彼女は手を突きだした。しぶしぶと、厳かに差しだされた貢物だ。思慮深いジェンナー・レッドワインなんて薄気味悪い。なにか企んでいるんじゃないか？　おとなしく状況を受け入れる気になったとは、とうてい思えない。そういう従順さは彼女のDNAに組みこまれていない。

彼女はなにもしようとしなかった。それがよけいに彼を不安にさせる。まるで火山が爆発するのを待っているようだ。

ホノルル滞在は一日だけで、夜には出航してハワイ島のコナに向かった。ヒロとはちょうど反対側に位置する町だ。コナでは彼らが上陸する番だ。彼らの動きはラーキンのそれをなぞるものであってはならない。チームの誰かが船に残り、ほかの誰かがラーキンを見張る。だが、いつもおなじ顔ぶれでは怪しまれる。

彼は当初、ジェンナーを見晴らしのいいレストランかコーヒーショップに連れてゆき、数時間をそこで潰すつもりだった。コナ観光のツアーに参加はしない。格好の隠れ蓑になるとはいえ、それは一種の拷問でもあるからだ。リンダ・ヴェールとニナ・フィリップスが、べつの女ふたり組と仲良くなり、つるんで行動するようになった。そのふたり組、ペニーとバトンズ――女に〝ボタン〟なんて名前、よくもつけたものだ――は、べつのデッキのもっとせまい客室に泊まっているのだが、この二日間はリンダとニナのスイートに入り浸りだった。どうして知ってるかというと、通路で四人に二度ほど出くわしたからだ。それに、バルコニーで大騒ぎしているのが洩れ聞こえた。

きのうは二度、四人のレディに出くわした。一度は通路で、一度はデッキで。そのとき、ツアーのことが話題に出た。それに食事の誘いも。ランチをご一緒にいかが？　ディナーはどうかしら？　申し出はすべて善意から出たものだ。ジェンナーを気に入ってるのだから、誘って悪いわけないでしょ？　ジェンナーはきっと誘いに飛びつくと思っていたが、意外にも丁重に断った。それでも四人はしつこかった。

四人ともツアーに参加する。つまりそれが、彼が避けたかった拷問というわけだ。

ツアーに参加するのも、コーヒーショップに行くのもやめて、ケールはジェンナーを小さな入り江に連れていった。地元の人が、スノーケリングに最適だと教えてくれたのだ。スノーケリングが好きだと彼女は言っていたし、少しぐらい楽しんだって罰は当たらない。

船を降りるとすぐに、ふたりはほかの客たちと別れた。サンチェスご推薦のダイビングショップを見つけ、必要な用具を借りて入り江へと向かった。ダイビングショップの店員によれば、ケアラケクア湾ほど混んでいないそうだ。

浅瀬の水の色はブルーとひと言では片付けられない微妙な色合いだった。湾を囲んで青々と茂る緑が、すぐそばまで迫っているコナの街の喧騒を遮断して、ここは別世界だ。

少し離れた場所に立つジェンナーは、カバーアップを脱ぐと黒いビキニ姿だった。まるで体に黒い絵の具でビキニを描いたようだ。けっして痩せてはいない。彼の考える痩せっぽちとはちがった。ほっそりしているが、均整のとれた筋肉でおおわれている。胸は小さいほうの部類だが、肉が締まって高い位置にある。つんとしている。彼女に向かって、体のどの部分にせよ〝つんとしてる〟なんて言ったら、頭にがつんと一発食らうにきまっている。

小さな乳房を見ていたら唾が湧いてきて、触りたくて手がむずむずしてきた。きっと乳首は――暴走する思考をなんとか引き留める。彼女と寝ているせいで、意志の力はすっかり磨《す》り減ってしまった。この二日は、朝目覚めると彼女が蔓《つる》のように体に絡みついていた。朝立ちするヤツのおかげで、状況はきわめて危険だ。もっと賢い男なら、手錠なんてやめているだろう。だがそうなると、彼女に上に乗っかられて目覚めることができなくなる。大きな犠牲だ。

彼女のビーチサンダルと帽子は砂の上に並べられ、帽子が風で飛ばないように、きちんと畳んだカバーアップを重しにしてあった。手からはスノーケリングの道具がさがっている。目の前の海の美しさにわれを忘れ、見入っているようだ――それとも、深いところへいったとたん、彼に海底に引きずりこまれて溺れさせられるのではないかと、心配しているのだろうか。それもまあわからないではなかった。

「心配するな」彼はジェンナーに近づいていった。「おれたちが一緒にいるあいだにきみが姿を消したら、疑いを招くだけだからな。きみはここでは安全だ」

彼女は目をくるっとまわした。「ありがとう。あなたって紳士なのね」

皮肉たっぷりな言い方だ。彼に傷つけられることはないと、ジェンナーはわかっているし、彼女に面倒をかけられることはないと、ケールにはわかっていた。少なくとも人前では――それに、この仕事が終わるまでは。その後のことは……そのときは、恨みを晴らし合うことになる。

一戦交えなければしょうがないだろう。なんと待ち遠しいことか。こんなにわくわくするのは人生ではじめてかもしれない。十六歳の誕生日にはじめて車を買ってもらったときだって、これほどではなかった。マスクをつけて水に入る。振り向いてジェンナーがついてきていることを確認した。大丈夫、彼女もマスクをつけて、深いほうへと向かっていった。

彼女の体の線を目でなぞっている。見ずにいられない。体にぴったりの服を着た姿を、見たことがないみたいじゃないか。体の曲線に添ったガウンも見たし、プールサイドで寝そべるときには水着を着ていた。だが、ビキニは下着とおなじだ。少なくとも男にとっては。剝きだしになった肌の分量は拷問でしかない。

もうじきだ。もうじき終わる。そうしたら、じっくりと話をしよう。


心配ごとはひとまず忘れて、スノーケリングを楽しもうとしたけれど、ケールがこんなに間近にいたのでは難しい。彼はなにを考えているの？　彼女が泳いで逃げるとでも？　自分に向かってきっぱりと言う。いいえ、きょうの彼は監視役ではない。彼女の安全を思ってそばにいるのだ。彼がそばにいることに慣れれば、いちいち反応することもなくなる。でも、これがそううまくはいかないのだ。自分でもどうしようもない。

下着をしまう引き出しに隠したコンドームが、どうしても頭から離れなかった。どうしたら考えずにいられる？　おかげでなにかが起きる可能性、起きてもいい可能性が、ぐんと現実のものとなってしまった。

水に浮かんでいると鮮やかな色の魚が、かたわらを、体の下を、目の前を泳いでゆく。腕を動かし、足をやさしく蹴って前に進むときの、海の水が肌に当たる感触が好きだった。まるで熱帯魚が泳ぐ巨大な水槽で泳いでいるみたい。海の一部になったみたい。やがてケールがそばにいることも忘れた。まるっきり忘れ去ることはできないけれど、手錠をして眠っていることは忘れた。囚われの身で、シドの安全と引き換えに言われるままに演じていることは忘れた。肌を流れる水や、まわりに群がる魚が気持ちを癒してくれる。ずっとここでこうしていられたら……

顔をあげて後ろを見ると、思ったより岸から遠くへ流されていた。それでも立ち上がると足がついた。ケールがすぐそばに――当然だが――いて、彼女が立つと自分も立った。ジェンナーはマスクを脱ぎ、新鮮な空気を胸いっぱい吸いこんだ。

世の中から切り離されて、ほんとうにふたりきりという気がした。あれこれ気をまわすことに疲れた。ゲームをすることに疲れた。彼女の人生はゲームではない。シドの人生も。彼とのあいだに真実が欲しかった。

「あたしは馬鹿じゃない」

ケールがマスクをはずして頭を振り、水滴を飛び散らした。背は彼女よりずっと高くて、濡れていて、これまで裸を見た男たちの誰よりもいい体をしている。いまの彼が好きだ。裸で、濡れている彼が好きだ。顔から滴る水を、手でぬぐっている。「おれにもそれぐらいわかる」

「だったら信用して。囚人扱いするのはやめて」

「だが、きみは囚人だ。気に入ろうと入るまいと」

「ごまかさないで」怒って言った。手振りで休戦を伝えようとした。「あなたは善玉なんでしょ？　あたしにはわかる。パズルを解くことは、あたしにだってできる。ラーキンはげす野郎で、なにか汚いことに手を染めている。あなたは彼の犯罪の証拠をつかもうとしているのよね。あたしはそう思ってる」

彼の表情からはなにも読みとれなかった。「それはありがたい。だが、なにも変わらない」

不満が爆発しそうだ。彼がものごとをわざと難しくしている。「あっちに行ってくれない？」食いしばった歯のあいだから言い、腕を突きだして振った。

「ここがいい」

「あたしの気持ちひとつで、ものごとはやさしくも難しくもなるのよ」

「同感だ」

彼は怒っている。ジェンナーは叫んだ。「あんぽんたん」マスクをつけてケールに背を向け、静かに水に入った。耳が水に浸かっていても、彼の笑い声は聞こえ、バシャッとくぐもった音がしたので、彼も水に入ったのだわかった。

海にただ浮かんでいた。ケールを信頼したかった。信頼してほしかった。そんなに大変なこと？　色鮮やかな魚に手を伸ばすと、さっと逃げていく。体の力を抜いて漂う。心配することも、考えることもやめようと努力した。問題は、警戒の鎧《よろい》を脱ぐと、昔の記憶が浮かび上がってきて、べつの時代に戻ってしまうことだ。信頼を裏切られたあの時代に。

あまりにもたやすく、あっさりと戻ってしまうことに驚く。過去の裏切りを、こんなにも重く心に抱えつづけていたとは。つねに傷つけられることを、利用されることを覚悟していたから、近しい関係を築かずに生きてきた。心から信頼できるふたり、シドとアル以外は。誰も近づけなかった。傷つけられないように、警戒の鎧を脱ぐのはほんの短期間に留めた。男にも、友人にも。

ディランを失ったことを嘆きはしない。父を失ったことも。でも、ミシェルはべつだ。いまの自分とミシェルのあいだには、なんの共通点もないが、不意に昔の親友が懐かしくてたまらなくなった。仲がいいしたのがきのうのことのようだ。

この一週間、ストレスにさらされつづけたせいか、遠い昔の無分別な行為を恨みつづけるのが馬鹿らしくなってきた。長いこと、ミシェルは彼女の人生の大事な一部だった。遠い昔のあのころには戻れないけれど、ミシェルがいてくれたから人生は豊かだった。でも、あのころに戻りたいとは思わない。

何年も前に、ミシェルのもとを去り、それから一度も振り返らなかった。これがすんだら――シドも自分も無事に再会できるという確信は、日に日に強くなっていた――昔の生活からすんなりと抜けだしたように、ケールともすんなりと別れられるのだろうか？　頭からも、心からも、彼を締めだせるのだろうか？　心はまったく厄介だ。

でも、機会は与えられるの？　選択肢はあるの？　きっとある朝、目覚めたら彼はいなくなっている。現われたときと同様、不意にいなくなるのだ。

ミシェルのことをまた考える。ふたりでお祝いしたこと、おしゃべりに口喧嘩。悪いときよりいいときのほうが多かった。そういう日々を否定はしたけれど、忘れてはいなかった。自分自身はどんなに変わっても、あのころがあるから今がある。ディランやジェリーでさえ、いまの彼女を作る役にたってくれた。ふたりには二度と会いたくなくても、いまなら許せる。別世界のようなこの場所で泳ぎながら、そう思った。

水から顔をあげると、ケールがお定まりのようにそばにいた。入り江にはほかに誰もいなかったが、それがずっとつづくわけではない。

水の抵抗があるから、ゆっくりと彼のほうに歩いた。波がひたひたと胸を打った。マスクをとり、頭を振って髪の水を切る。

「乗船した最初の晩、あたしにキスさせたわね」

彼もマスクをとり、伏し目がちに彼女を見つめていた。「みんなが見ていた」にべもなく言う。「必要だった」

「いまは誰も見ていない」彼に触れそうな位置で立ち止まった。仰向いて、彼を見あげる。

怒りもいらだちも、心の痛みも振り払い、ケールをただの男として見ようとした。最初から彼に惹かれていた。本能的に引き寄せられたが、反応するまいと抗《あらが》った——まともな神経の女だったら、きっとそうする。

でも、あらゆることが、最初に見えていたものとはちがっていたのだ。彼を失いたくない。そのことが悔しい！

「もう一度、キスして。人が見ているから、そうする必要があるからじゃなく、ただ……その」

彼がフーッと息を吐いた。「いい考えとは言えない」声に荒々しい響きがあり、彼女のなかのすべてが反応してこわばった。

「わかるわ。それでもキスして」

彼は動かなかった。片手を彼の胸に当てると胸毛がチクチクして、肌のぬくもりや心臓の鼓動を感じた。

「キスして」心臓が激しく脈打ち、息もできないほどだ。「魚以外に見せびらかす相手のいないところで」

あと半歩前に出て彼にもたれかかると、抱き寄せられた。彼が唇を重ねてきた。

恐ろしくなかった。パニックにも陥らなかった。彼にもたれ、重なる唇の感触に、濡れた体の感触にわれを忘れた。水の冷たさ、濡れた肌の冷たさに比べて、彼の体のなんと熱いこと。熱さを味わいつくす。

ふたりきり、海、ケールの肌の感触、そして彼の唇が与えてくれる純粋な歓びに、頭がくらくらした。いまこの瞬間は、あすを思い煩ったりしない。仲間に入れてほしいと必死で願っているのに、またしても部外者にされた悔しさも、いまは棚上げだ。このキス、人に見せるためではない、たがいのためのキスがあればいい。

彼が尻をつかんで引き上げ、脚を腰に絡めさせた。岩のように硬くなったものが、押してくる。彼がゆっくりと彼女の体を前後に揺らした。やわらかな叫びが喉にひっかかり、彼の肩にしがみつく。〝ただのキス〟がまたたく間に別のものへと変化し、現実から弾きだされたみたい。ほんの数秒のうちに、股間の疼きが喜ばしいものから狂おしいものへと変わった。二度めの叫びは張りつめて、痛々しかった。

彼の手が背中をおりてビキニのボトムでとまり、長い指が侵入してきた。荒々しい指の動きに、全身がこわばり、絶頂へと向かっていった。かすれた叫び声が波の音に乗ってたゆたう。必死に叫び声を呑みこみ、体が彼に向かうのをとめようとした。彼の指をリズミカルに締めつけようとする動きをなんとか抑えようとした。こんなことあってはならない。望んだのはキスだけだったのに。ひとりぼっちでないことを教えてくれるなにかが欲しかっただけなのに。こんなふうに箍《たが》がはずれてしまうなんて、思ってもいなかった。

彼がやさしく彼女をおろした——少なくとも肉体は。また呼吸できるようになって、考えられるようになって、自分の脚で体重を支えられるようになると、彼が腰に絡まる彼女の脚をほどいて、体に添ってすべり落とした。しばらく彼に寄りかかり、目を閉じていた。強い満足感ととまどいの板挟みだ。

そのジレンマを、彼が解決してくれた。「きみはストックホルム症候群にはかからないと言ったよな」ショックと屈辱感が体を駆け巡った。彼の呼吸もおなじように乱れていたが、いまの彼の言葉に比べればささいなことだ。

「ここで起きたことはそれだと思っているの？」なんとか冷静さを保った。なんとか声を震わせずにすんだ。でも、彼を見ることだけはできなかった。もう二度と彼の目を見ることはできないだろう。これほど気分が悪くなったのははじめてだ。贅沢な歓びから屈辱へと突き落とされ、腹にパンチを食らったみたいに息がとまった。

「ほかにどう考えればいいんだ？」

「キスも勃起も、あなたにはなんでもないことなのね」どんなに辛くても、冷静な口調に努めようと決めた。「あなたも感じているのだと思った」

「絶頂に達したのはおれじゃない」

いまなら彼を見ることができる。怒りが奇跡を起こした。「それはあなたの問題。あたしは欲しいものを手に入れたもの。あなたはそうじゃなかったなんて、お気の毒ね」

彼はジェンナーの手をつかんで浜へ向かった。文字どおり引きずるようにして。「船に戻る。きみはフェイスとライアンの部屋に移れ。きょうのうちに」

「いいえ、移りません」

彼は無視した。「どう説明すればいいのかわからないが、なんとかなるだろう」

「あたしはどこにも行かない。あたしのスイートだもの。あそこにいたくないのなら、出て行けばいい。あなたがフェイスとライアンの部屋に泊まればいいでしょ」

足もとを波に洗われながら水からあがった。まるでふたりのガンファイターみたいに、顔をそむけあっていた。

意外にも、彼の顔を一瞬笑みがよぎった。「絶頂を迎えるときみが怒りっぽくなるのがわかっても、驚かないのはなぜだろう?」

信じられない。

言い返そうと口を開いたとき、家族連れ――両親とふたりの少年――がやってきた。手にはスノーケリングの用具と、ビーチ用具を入れた袋をさげている。ケールとの会話は打ち切りだ……さしあたり。

最後のひと言をのぞいて。そのひと言はジェンナーのものだ。「人がやってきたわ。腰にタオルを巻いたほうがいいんじゃない、ビッグボーイ」

26

長期の監視を成功させる鍵は、まわりにとけこんで目立たなくなることだ。ある意味で、クルーズは格好の隠れ蓑を与えてくれる。日常生活のなかで、おなじ人間を仕事場や通りや、自宅の近くやレストランで見張っていれば、かならず疑われる。海に浮かぶ豪華ホテルで生活をともにしているのだから、おなじ人間と毎日顔を合わせてもなんの不思議もない。だから用心しなくていいということにはならない。シフトを組んで動き、隠れ蓑を確保する必要がある。

なにが必要か、ケールにはわかっていた。仕事に集中し、いまシャワーを浴びている女を頭からも肌の下からも締めだすことだ。

彼とジェンナーは、今夜、デッキに出ていなければならない。〝狂騒の二〇年代〟をテーマにした仮装パーティーが開かれるからだ。それがフェルトの中折れ帽だろうと、衣裳を身につけるなんていやでたまらない。パーティーの途中で〝独身男のオークション〟が開催されるが、それだけはパスするつもりだった。オークションはチャリティー・イベントのひとつだから、ラーキンも姿を見せるだろう。パーティーの目玉だ。

ドアにノックがして、ケールはぎょっとしたが、マットの声――「ルームサービスです、ミズ・レッドワイン」――にほっとし、ドアを開けた。ルームサービスは頼んでいないから、なにかあったにちがいない。ラーキンが自室にいるあいだは、ドアの外に護衛が立っているので、フェイスとティファニーには近づくなと言ってあった。

警備を強化するわけがわからない。ヒロで北朝鮮側と接触し、フラッシュドライヴを渡した後になって、どうして強化するんだ？　なにかべつの企てがあるにちがいないが、まだ手がかりひとつ摑《つか》めていなかった。ラーキンが売り渡す相手をほかにもそろえているとは考えられない。

マットがドーム形の銀のトレイを片手で掲げて入ってきた。「サンチェスが言うには、なにかが起こりつつあるそうです」ドアが閉まってから、彼は小声で言った。

「ディーン・ミルズが中心となっていて、警備担当の数人も関係しています。額を集めてこそこそやっている、とサンチェスは言ってました」

「ラーキンは？」

「関係していません。サンチェスが見るかぎり」

それは驚きだ。ディーン・ミルズが関わっているなら、ラーキンが関与しないはずがないだろう？　内情を探る人間がもっと必要だが、いまさらあらたに配備はできない。時間に余裕があれば、警備にもっと人を送りこめたが、デッキ係や客室係よりも身元調べが厳しい。時間があればそれもできたが、この仕事の依頼を受けたときには、警備チームはすでに採用が決まっていた。サンチェスを仲間に引きいれられただけでも運がよかった。いままでのところ、彼はとてもしっかりしていて、言うことは百パーセント信用できる。

マットはダイニングテーブルにトレイを置いた。「ここの客室係からの差し入れです、サー」

おおげさな身振りで蓋を取った。

銀のトレイをおおいつくすように、個別包装のコンドームが種類も豊富に並んでいた。

ケールはトレイを見つめた。「いったいこれはなんだ?」

マットが無表情なまま答えた。「これはコンドームと呼ばれるものでして、サー、一般的には予防措置として使用に供され……」ケールと目が合うと言葉を呑みこみ、そわそわしながら言った。「きっと役にたつだろうと、ブリジェットは考えています」

「ブリジェットが、ヘッ」

「じつを言えば、クルーズが終わるまでに必要とされなかったら、ブリジェットは客室係の制服を食うそうです。大嫌いだから」

ケールが手をあげると、黙れ、の合図だとマットは正しく理解した。さて。

ジェンナーとセックスすることはできない。どんなにしたくても——したくてたまらず、ほかになにも考えられない。彼はジェンナーを誘拐し、脅し、頻繁に手錠をかけ、目的達成のために彼女を利用した。そんな状況で彼女を組み敷くのは、あらゆる意味で間違っている。とんでもないことだと、頭ではわかっていた。だが、彼のナニは独自の意思をもっていた。よりによって仲間たちが、彼に自制心を失わせようとするなんて。彼と彼がもっともしたいことのあいだに楔《くさび》を打ちこむようなことを、わざわざ言ってくれるのが仲間というものだろう。彼女の目のなかに痛みと怒りを見るのは、彼らではないのだから。

シャワーの音がやんだ。じきにジェンナーがリビングに出てくる。輝くコンドームの盛り合わせを前にしている姿を、彼女に見られてはならない。マットをにらんだ。「いったいこれをどうすればいいんだ？」

「ぼくが思うに、あなたのあそこに……」

ケールの視線は鋼すら切り裂きそうだった。

マットは肩をすくめた。「隠しておくか、ぼくが持ち帰るか、決めるのはあなたですよ、ボス」

持ち帰らせるべきだと、頭ではわかっている。またしても自分自身と闘うこととなり、今回はナニが勝利をおさめた。

ジェンナーは仮装の大ファンではけっしてなかった――ハロウィーンのパーティーを疫病

のように避けてきた、だってなんだかムズムズするもの——が、このパーティーは楽しかった。こんな格好をするのははじめてだ。ヒラヒラの赤いフラッパー（二〇年代に奔放な行動や服装をした若い女）ドレスに頭にぴったりのクローシュ（釣鐘型の婦人帽）がとてもキュートだし、ギャングの扮装をしたケールはホットだった。あまりにもホットでつい見つめずにいられない。ほんとうは完全に無視したいのに。誰にでも似合うわけではない黒いスーツに黒いシャツに白いネクタイが、彼にはぴったりだった。帽子も気に入った。

デッキをぶらぶら歩きながら、衣裳を凝らした人たちをつらつらながめるに、彼女とケールはかなりきまっていると思った。肩パットのはいった上着にダブダブズボンの不恰好なズートスーツが多いし、フラッパードレスよりおとなしめのギャッツビーガールもいれば、第一次世界大戦の軍服を着た人もふたりいた。フラッパードレスの何人かは毒々しい黄色だから目立つこと。風に踊る羽根のついたヘッドバンドではなく、帽子にしてよかった。ご丁寧に煙草形キャンディーのトレイを掲げた煙草売り娘に扮した人もふたりいて、彼女たちには負けたと思った。

一晩じゅう流れていた音楽は、かならずしも二〇年代のものではなかったが、『チャールストン』や『雨に唄えば』をいったい何度耳にしただろう。そのすべてが二〇年代、三〇年代、四〇年代の古い曲ばかりだった。いま、チャールストンのレッスンが終わり、カップルが何組かダンスフロアへと繰りだしていったが、彼女とケールは手すりにもたれたままだ。

ラーキンはケールとおなじギャングスタイルだが、ケールのように粋ではなくて安っぽい感じだ。

ラーキンを見張るケールを、彼女はながめていた。彼にはまだ腹をたてているとはいえ、見ているだけでうきうきしてくる。スノーケリングでの出来事は、フェイスにもティファニーにも話さなかったが、彼女たちは馬鹿ではない。なにかあったと察したようだ。ティファニーは目が合うと肩をすくめた。怒りがいくぶん——完全にではないが、多少——冷め、屈辱感がいくぶん薄らいだいま、午前中の出来事を少しべつの角度からながめられるようになった。

この偽りの関係をほんものにするためには、彼女のほうから一歩踏みださなければならない、でしょ？　そう、そうして、息を呑むほどの絶頂に達したのに、彼は身を引いた。男なら、バターの上の油膜みたいにべったり張りついてくるものなのに、ああいう場合。理由はなんであれ、拒絶と受け止めるべきなのだろうか。彼が、結婚するまでは、みたいな真面目な気持ちでそうしたとすれば、くだらないにもほどがある。人に頼らなければ生きていけない女なら、彼にそういう真面目さを求めるだろうが、はばかりながらその手の女ではない。自立したおとなだ。自分のことは自分で決める。判断を誤ったとしても、甘んじて結果を受け入れる。でも、ひとりで生きる覚悟をしているからといって、拒絶されて平気というわけではない。もし彼がジェンナーを欲しくないなら……

彼の体は欲しいと言っていた。もっと正確に言うと、彼の体はセックスしたいと言っていた。たぶん、彼はジェンナーを大嫌いで——でも、どうして？——いくら性欲を掻きたてられようと、彼女とは関わりになりたくないのかもしれない。結婚しているのかも。あるいは、大切な恋人がいるのかも。だったら、ティファニーは彼女にコンドームを渡さないんじゃない？ おそらく。もっとも、ティファニーにはティファニーのルールがありそうだ。でも、もっとふつうの考え方をするフェイスが、あのとき、ティファニーにやめろとは言わなかった。

つまり、彼は結婚していないし、特定の相手もいない。彼がジェンナーを拒絶したのは、彼女が傷つかないようにという思いやりから？ だったら、殺してやる。そんな思いやり、欲しくもない。それとも、彼は本気で彼女を欲しいと思っていない？

まったくもう、どう判断したらいいのよ。

あれこれ考えるのはやめにして、グループのほかの人に目をやった。ティファニーはあいかわらず華やかだ。黒白のフラッパードレス、頭の上で堂々と羽根を揺らしている。じゃらじゃらとつけた長いネックレスが、男にしなだれかかるたび踊り、跳ねる。フェイスのギャッツビースタイルのドレスはやさしいシャンパン色で、帽子とおそろいだ。杖にもたれかかったライアンは軍服姿だった。いかにも軍人然として、第一次世界大戦から抜けだしてきたよだ。とても都会的だからいままで気づかなかったが、杖をついていてもその姿勢から軍隊経験があることがわかる。

前夜もそうだったが、五人が集まることはなかった。パターン化するのをケールが嫌うためだろう。ケールが嫌いなものはほかにもたくさんありそうだ。

ラーキンがこちらにやってくる。近くまで来て、ほほえんでいるのがわかった。いつも目にするこわばったつくり笑いではない。ほんものの笑顔のようだ。つくり笑いがうまくなったのか、ほんとうにおもしろいと思っているのか。ラーキンは立ち止まってカップルに挨拶し――男はグリーンのズートスーツ、女はフェイスのに似たエレガントなドレスで、淡い真珠色――言葉を交わすあいだ終始にこやかだった。心底満足しきっているかのように。

彼が満足していると思ったら、ジェンナーの背筋を冷たいものが伝った。

二サイズは大きすぎる黒いフラッパードレスのリンダ・ヴェールが、ラーキンとジェンナーのあいだに割りこんできて、ジェンナーは跳び上がりそうになった。

「ここにいたのね」リンダがあかるく言った。クリップボードを抱えているが、衣裳に合わせたものではない。「あなたたちを捜していたのよ」彼女がケールにほほえみかける。「とってもハンサム」それからジェンナーに向かって言う。「それに、あなたはお人形さんみたい！」

「ニナはどちらに？」ジェンナーは尋ねた。いつもふたり一緒なのに。

「彼女はバトンズとペニーと一緒にお酒を飲んでるわ」リンダはクリップボードを持ち上げ

た。「あたくし、〝独身男オークション〟の手伝いを買ってでたのよ」ケールをじっと見つめる。「独身男が集まらなくってね」

彼はジェンナーの腕にやさしく腕を置いた。「おれは売約済みです」

リンダはため息をついた。「エントリーしてる人はみなそうよ。そんなこと問題じゃないの。チャリティーですもの。ジェンナーがあなたを競り落とせばいいだけのこと」

「それで、もし彼女が競り負けたら。おれはどうすればいいんです?」ケールは冗談めかして言ったが、ふたりのあいだのわだかまりを考えれば、ジェンナーが彼に値をつけない可能性は充分にあることを承知していた。

「ニナが競り落とすわよ」リンダは笑ったが、おそらくそうなるのだろう。

「競り勝ったらなにをもらえるのかしら?」ジェンナーは尋ねた。ケールの腕がほんのわずかこわばった。

「競り落とした独身男と一緒に夜を過ごせるのよ。なにをするかはあなたしだい」

「ただし書きはなしで? ひと晩じゅう、あたしの望むことをなんでもしてくれるのなら……値をつけてもいいかも」ケールにサメの笑みを向けた。「自分にどれぐらいの値がつくか、知りたいと思わない?」

リンダが言う。「そうね、あたくしだったら……」

「勘弁してください」彼がにべもなく言う。

リンダはがっかりしたが、あきらめなかった。「気楽に考えてみて。よい目的のためなのよ」

ケールはまわりを見まわし、ほんの一瞬だがいらだちを顔に出した。彼らは注目を集めていた。まずい。ラーキンでさえ、興味深げにこちらを見て、リンダとのやりとりに耳を澄ましている。ジェンナーはスパイではないが、ケールが彼女にぴったりくっついて、腕をぎゅっと握っていることが、ラーキンに悟られるのはまずいことぐらいはわかる。

「行ってらっしゃいよ、スウィートハート」彼女は言い、爪先立って彼にやさしくキスすると、頭がくらっとした。「あたしはひとりで大丈夫。ほかの誰かがあなたを競り落としても、焼きもちやいたりしないって約束するわ」

まわりの人たちは、この様子をながめ、待っている。ケールはジェンナーの頬にキスし、頬に頬を押しつけて耳もとでささやいた。「さあ、正直に言えよ。なにか企んでるんだろ？それしか考えられない」

またこれだ。笑わずにいられない。ほんものの笑いが緊張や不安を和らげてくれた。耳もとでささやくなら、愛の言葉にしてよ！　彼女は言った。「あたしを信じて」

「ほかにどうしろって言うんだ」彼がつぶやき、あきらめてリンダの後に従い、人ごみを縫ってステージに向かった。

ケールが人前に引きずりだされてすぐにティファニーがジェンナーに近づいたら、まわりはおかしいと思っただろう。だから少し間をおいて、手すりにもたれるジェンナーのかたわらに現われた。「彼は手がふさがってるようだから、あたしが話し相手になろうかと思って」

「あたしをひとりきりにしたら、彼はやきもきして大変だものね」

ティファニーは肩をすくめた。「男って奴は」

それですべて説明がつく。

「あなた、とってもすてきよ」ジェンナーは言った。ティファニーがぐるっとまわって衣裳を見せびらかした。フリンジが跳びはね、馬鹿ばかしい羽根も踊った。

「あなたもすごくすてき」ティファニーは手すりにもたれかかって海をながめた。「彼が言葉を失わなかったのが驚きだわ」

ふたりとも人ごみに背を向け、海をながめていた。ジェンナーが言う。「彼はあたしにそんなに関心がないもの」

「あら、なに言うの、関心あるわよ」

「いいえ。彼は結婚してるか、婚約してるんじゃない？」そうではないと思っていたが、いちおうチェックしておかなくちゃ。どんなに惹かれていても、人の家庭を壊すわけにはいかない。

「いいえ」ティファニーがためらいなく言った。どうやらほんとうのようだ。「それで、きようなにがあったの？　あなたのほうから動いたの？」

「彼はストックホルム症候群を持ちだして、あたしをからかった」それはきょうの出来事のほんの一部だが、ティファニーにすべてを教える必要はない。

「なにもわかってない」

「ええ」

オークションはもうはじまっていた。振り向くと、男たちがステージに並ばされていた。クルーが数人、白髪混じりの男性ふたり、見たことのないブロンドの男、それにケール。ケールは垂涎《すいぜん》ものだけれど、全体的には華やかなショーとは言いがたい。マットは仕事中なのだろう。彼がいれば、ビーチボーイ風のルックスでかなり稼げただろうに。

ティファニーが独身男たちを顎でしゃくった。「ケールにはあそこで不安に駆られさせる？　それとも救ってやる？」

「どうでも。どこかのお馬鹿さんが競り落とすんじゃない」

ティファニーにつられてジェンナーも笑った。そうなればなかなかおもしろい。今夜ケールをひとり占めできることになったら、ニナはどうするだろう？

リンダ・ヴェールが務めを果たしてやってきた。ジェンナーがティファニーを紹介すると、リンダは彼女をひとしきり観察してから、一見すると金持ちを垂らしこむタイプだけれど、悪い女ではない、と思ったようだ。

人の本性をちゃんと見抜ける人もいるものだ。

「よくケールをあそこに引っ張りだせましたね」ティファニーはリンダに言った。「彼らしくないもの」

「よい目的のためですもの。彼は参加したことを後悔しないはずよ」

旧式の軍服を着た男が通り過ぎると、リンダは目で追った。ぶるっと体を震わせ、笑顔が消えた。少し青ざめている。

ジェンナーは心配になって腕に手をやった。「どうかされましたか?」

「なんでもないの」リンダは彼女の手に手を重ねてぎゅっと握った。「今夜の仮装から軍服ははずしてくれればよかったのに」

「あたしは軍服姿の男、好きだわ」ティファニーが言ったので、ジェンナーはちらっと彼女を見た。ティファニーの好みは白衣を着た男だと思っていた。もっとも、彼女も役を演じているわけだから、それも役の一部かもしれない。

「あたくしもよ」リンダが懐かしそうに言った。「夫は軍人だったの。ベトナム戦争。あたくしが十八の歳に、ウェインは戦死したのよ。結婚してたった二カ月でね。彼はまだ十九だった」

ジェンナーの腕に鳥肌がたった。ティファニーの気楽な笑顔が消えた。

リンダは夢見るような、それでいて悲しそうな表情を浮かべた。「あたくしにとって、ウェインはただひとりの人だった。再婚しなかったわ。彼の死を乗り越えられなかったの。一緒に過ごしたのはたった二カ月。こんな不公平ってあるかしらって思うと、心臓を掻きむしられるようで……」

ティファニーがやさしくリンダの肩に手を置いた。「お気の毒に。ほんとうにひどすぎるわ」

「いままで誰にも話したことなかったのに」リンダは涙をぬぐった。「どうしてかしらね？」

「それで気持ちが晴れることもあるから」ジェンナーは言った。「いつでも好きなときに話してくださいね」

「そうね」リンダはほほえもうとしたが、うまくいかなかった。「船を降りたら、あたくしたち、きっと二度と会わないでしょうね。打ち明け話は見ず知らずの他人にするほうが楽だって、言うでしょ？」

「見ず知らずの他人じゃありませんよ、もう」

「それもそうね」リンダはため息をついた。「話すことといってもそんなにないのよ。心からウェインを愛していた。彼は死んだ。それからのあたくしは、ある意味、抜け殻だった。彼のもとに行ける日を待つだけのね」

「だめ！」ティファニーが声を張り上げ、それから少し落として言った。「そんなこと言わないで。人生はまだ長いじゃありませんか。毎日を楽しまなくちゃ」

「楽しんでますとも。よい人生を送ってるわ」

「軍服を見て動揺されたんですね。わかります」ジェンナーは言った。

「心の奥底にあった思い出が、きょうは少し浮き上がってきていたのよ。ゆうべ、ウェインの夢を見たものだから。あんなふうに彼の夢を見るのは、ずいぶん久しぶりだったわ。愛した人を失うと、その人がどんな様子だったか、どんな声だったかまったく忘れてしまう人もいるそうだけれど、あたくしは忘れないわ。けっして」頭を振って感傷を追い払う。「お若い人に年寄りの繰り言を聞かせてはいけないわね」

まわりが急にざわめき、会話が途切れた。白髪混じりの紳士のひとりを競り落としたご婦人が、しゃなりしゃなりとステージにあがるところだった。

「今夜のために、男性をひとり競り落としたらいかが」ティファニーが言った。

リンダはにっこりし、とてもやさしい声で言った。「気休めは効かないのよ」

27

どうせまな板に載るなら最初がいい、苦役をさっさと終わらせたい、とケールは思ったが、主催者は彼を最後にまわした。バーテンダーと人気者の客室係が最初で、つぎが、やもめふたり、それから婚約者とやってきた内気な男——婚約者は彼が自分のものになるまで忠実に値をつけつづけた——今夜の最高額、七千ドルまで。

ケールが紹介されると、甲高い野次がとんだ。見たところ白髪を染めた金持ちの未亡人たちのようだ。クスクス笑っている。彼はそれに応えて帽子をちょっとあげて挨拶し、顔を赤くした婦人のひとりにウィンクまでした。ジェンナーを捜したが、彼女とティファニーは最後にふたりを見た場所にはいなかった。上等だ。おそらくティファニーのスイートに引きあげたか、バーで飲んでいるのだろう。彼持ちで。

このつけはかならず払わせてやる。

せりがはじまり、にわかに白熱していった。数分で五千ドルを突破した。ジェンナーの姿はない。ケールはライアンと目を合わせた。彼もフェイスもおもしろがっている。それに多少は心配しているが、彼らにできることはなにもなかった。ジェンナーかティファニーが現われて助けてくれなければ、ライムグリーンのフリフリドレスに同色の網目ストッキングのぽっちゃりした好色ばあさんか、厚塗りで不自然な青黒色の髪の薄気味悪い女に競り落とされてしまう。付け値が八千ドルを越えて、残っているのはふたりだけだ。

赤い色がちらっと見えて、ジェンナーが進み出てきた。ティファニーも一緒だ。ジェンナーは片手をあげて競売人の注意を引いた。

「五万」よく通る落ち着いた声で彼女が言った。

あたりがざわめき、数人が拍手した。薄気味悪い女がむっとした顔をしたが、ライムグリーンのばあさんともども負けを認めた――どちらにとっても払えない額ではないが、たかが遊びにそこまで出す気はないのだろう。

「お馬鹿さんね」ジェンナーは自信たっぷりに言いながら、ステージに近づいてきた。「あたしが人と分け合うと本気で思ってたの？」どっと笑いと拍手が起こるなか、彼女が名乗りをあげた。彼女の視線が冷ややかなのがわかったのは、彼だけだった。まだ怒っている。

ラーキンは仮装パーティーを抜けだし、静かなスイートに戻った。騒々しい音楽をあれ以上聞かされたら、楽団員を海に投げこんでいただろう。リビングのデスクに向かい、メールに手紙を打ちこんだ。最後の最後まで、メールを送信するつもりはなかったが、準備だけはしておきたかった。誰に送るかまだ決心がつきかねている。〈ニューヨーク・タイムズ〉にするか、〈ワシントン・ポスト〉にするか……だが、新聞は絶滅への道をたどっている。いったいいま、わざわざ新聞を読む人がどれぐらいいる？　テレビの系列ネットワークも二社ばかり送ろう。

「〈シルヴァー・ミスト〉号を破壊し乗船客を死にいたらしめた責任は、すべて私にある。もっと大勢のクソ馬鹿野郎どもを道連れにできるものなら……」

だめだめ。手紙の全文を公表させるつもりなら、言葉に気をつけなければ。腰抜けどもめ。

「生きる価値のない社会の寄生虫どもをもっと大勢道連れにできるなら、そうしていただろう。喜んで」

一瞬にして死んでやる。だんだんに消え去るなんてまっぴらだ。連続殺人鬼や大規模破壊をもたらした者は、この世を去った後も人びとの記憶に残る。彼もそうなりたかった。

「〈シルヴァー・ミスト〉号が処女航海に出て十日めに木っ端微塵になるとき、私はこの世界に痕跡《こんせき》を残すこととなる。その日を最後に、金はなんの価値もなくなるのだ。人の生き死にを支配するのは力だけとなる」

よし、なかなかいい。力。人びとは死ぬまで、彼が書いた文章を記憶に留めるだろう。その時がきたら、コンピュータの電源を入れ、定められた時間――九時五十五分がいい、爆発の五分前だ――にメールを送信するようセットし、それから事を実行に移す。爆弾のいくつかは、仕掛けた場所の関係からタイマーで爆発するようになっており、ほかの爆弾の発火装置は彼が持っている。

強盗を働くつもりのディーンと彼の馬鹿チームが、美術品オークションで動きだす準備をしているあいだに、ラーキンはほんもののショーの幕を開けるのだ。

頭がズキズキする。コンピュータのスクリーンを見つめるせいで起きる眼精疲労が、この数日とくにひどかった。ふと不安に駆られ、うっかりインターネットにログオンしていないかたしかめた。たまにログオンしておいて、憶えていないことがある。メッセージをまだ送信したくないから、ログオンしてはならない。大事なメールが入ることもない――いまとなっては、ほんとうに大事なことはごくわずかだった。ネットサーフィンをやる必要はなかった。株式市場がどうなっていようと関係ないし、興味深いニュースが流れていても関係ない。いまとなっては、なににも関心は湧かない。おかしなものだ。あと数日の命だと思うと、かつてはあれほど重要だと思ったことが無に等しくなる。これまでに書いたメッセージを〝下書きファイル〟にしまい、コンピュータの電源を落とした。

ジェンナーが競り落として彼を手に入れたころ、ラーキンはすでにパーティー会場を後にしていた。ケールは見物人に笑顔を見せていたが、その気楽な笑みの奥にあるものに、ジェンナーは気づいた。短期間であっても、計画が思わぬ変更を強いられたことに、彼はいらだち、一刻も早く部屋に戻りたがっている。ラーキンはすでに引き揚げているのだから。まわりで耳をそばだてている人たちに向かって、聞こえよがしに声を発したのは彼女だった。「あたし、疲れたわ。ベッドに入る覚悟はできてる？」

「もちろん、きみさえよければいつだって」ハハハ！　いつから人の言いなりになったのよ！　彼が笑顔を貼りつけてジェンナーの腕をとり、のんびりとエレベーターへと向かった。エレベーターのなかでは無言だった。いつもの舌戦をくり広げるには、どちらも相手に腹をたてすぎていた。エレベーターを降りてスイートに向かった——隣りのスイートのドアの前には護衛が立っていた。護衛は彼らを無視し、ケールがドアにキーカードを差しこんでロックを解除したときも、こちらを見ようともしなかったし、会釈もしなかった。クルーはたいていそうするのに。

ケールは部屋に入ると上着を脱ぎ捨て、帽子を放った。ジェンナーを椅子に座らせて手錠をかけることもせず、彼女が逃げだしていないか振り向いてたしかめることもしなかった。彼女はケールにつづいてベッドルームに入り、靴を蹴って脱ぎ、帽子を取って指でくるくるまわしながらベッドへ向かった。ケールはすでにラップトップを開き、見逃した部分をチェックしていた。

結局、彼女のほうから口を開いた。言わずにいられなかったからだ。「競売台で恐怖を味わわされたから、あたしに腹をたてているってわけ？」

「いや」彼がそっけなく言った。いつもの愉快なやり方で冗談を言うか、威張ってくれたほうがまだいい。でも、彼は大真面目だった。彼に近いほうの側でベッドに腰掛けた。しばらくすると、彼がちらっと顔をあげ、彼女の表情を見て顔をしかめた。「そんなふうににらむなよ」

「そんなふうって?」彼に喧嘩をふっかけたくてうずうずしているように見えるのだろう。事実そうだった。

「わかってるだろう。悪い考えだ」彼は言い、顔をそむけて彼女を無視しようとした。

「あたしにはわからない」

ため息が出る。たしかに彼に仕事をさせたくなかった。ケールが監視装置を置いて立ち上がり、彼女をじっと見下ろした。きっと脅すつもりだ。「こういう状況では……難しい」

笑い飛ばしてやるべきだ。「はっきり言ってくれない?」

彼は歯軋りした。ここのところよくやっている。「ジェンナー……」

「わかってる、わかってるわよ。あなたはあたしを誘拐した。あたしがある種のノイローゼになっているんじゃないかと、あなたは心配している。それとも、こう思っているのかしら。あたしがあなたと寝るのは、最後に殺されないための保険だと――」

「きみを殺すつもりはない」彼がきつい口調で言った。

「わかってるわ。でも、まともな状況ではない」

「ああ、そうだ」

「状況を変えることはできるわよ」

彼は腕を組み目を細めた。「へえ？　どうやって？」

「あたしを解放するの」

彼は黙ったまま、また目を細めた。

「船がハワイ諸島を巡っているあいだに、あたしは船を降りてホテルに部屋をとり、クルーズが終わるまでじっとしていることもできる。あなたを裏切らないから、あたしを信用して大丈夫だから……あたしを解放して」

「そういうことか」彼はつっけんどんに言った。ブルーの目に怒りが燃えていた。「おれをたぶらかせば、即座に理性を失うとでも思ってるのか」

彼女はため息をついた。「いいえ。もしあたしを解放して、あたしが自分の意志で船に留まったとしたら、すべてが変わるって言いたいの」

立ち上がった。座っているのは屈従の姿勢のように思えたからだ。ケールのほうが上背があるし大きいし、力も強いけれど、肉体的な優劣をべつにすれば対等だ。そのことを、彼はそろそろ認めるべきだ。

彼がじっと見つめている。評価し、計算している。リンダ・ヴェールとウェインのことを思わずにいられなかった。人生でただひとりの男、彼女が欲しいと思ったただひとりの男。

それほど深く人を愛するってどんな感じなのだろう。ケールは彼女をいらいらさせる。怒らせて、笑わせて、そのキスは――最高！　こんなふうな気持ちにさせる男には、会ったことがない。これが愛なの？　それとも一時的な気持ちの昂《たかぶ》り？　それを知る方法はただひとつ。

「わかった」彼が言った。「きみは自由だ」

ジェンナーは、降参、というように両手をあげた。「そんなに大変なこと？」爪先立って彼にキスした。短く、やさしく。デッキでしたのとおなじように。

彼の横をまわってパジャマをとり、バスルームに向かった。

「出て行くんじゃないのか」彼はがっかりしたような声を出した。

「いいえ。ここはあたしのスイートだもの。あたしが船を降りたら、あなたはここから追いだされるのよ。べつに気の毒だとも思わないけど。ちがいはね、あたしはもう囚人じゃないってこと。パートナーよ」

「勝手にしろ」

満足の笑みを浮かべた。「それから、ハニー、あなたが考えているほど、あたしは楽な女じゃないから。船を降りたら、最初のデートはどこに連れていってくれるつもり？」

28

ジェンナーがパジャマ姿でバスルームから出てきた。顔は洗いたて、乳首は薄いタンクトップを押し上げている。ケールはうなり声をあげないだけでせいいっぱいだった。彼女のことをすべて制御できると思った自分は、地上で一番の大馬鹿者だ。彼女が口を開いた瞬間、これは面倒なことになるとわかっていた。わからなかったのは、それがどれほどの面倒か――どんな種類の面倒か、だ。

彼女は中断などなかったように、さっきの話のつづきをはじめた。「それで、CIA? NSA? FBI?」口もとに笑みが潜んでいる。「沿岸警備隊? あたしたちはパートナーになったんだから、隠す理由はないでしょ」

彼女の誤解を正しておかなければ。それもいますぐに。「おれたちはパートナーではない」

彼の〝勅令〟に、ジェンナーはまったく動じなかった。「あたしがそう言ってるの。さあ、話して。あたしをなにに巻きこむつもり?」

背を向けようと思ったが、それは危険だ。ジェンナー・レッドワインを無視することが、ますます難しくなっていた。だから、試すこともしなかった。彼女は事実を知るべきなのだろう。「政府の仕事をしている人間がすべて、政府に属しているとはかぎらないと、それだけ言っておく」

「曖昧すぎる」

「歯の治療代はでないし、年金ももらえないし……」

「請負仕事ね」彼女が言った。警戒する気配さえない。

知りすぎると彼女が危険だが、すでに危険な状況にある。すでに知りすぎていた。彼は一度だけうなずき、彼女が邪魔する前にチェックしていた監視装置に意識を戻した。今夜、ラーキンはラップトップを開いたが、インターネットにログオンしたかどうかはわからない。していれば、フェイスがじきに詳細を知らせてくれるだろう。たいした情報はないだろうが、彼とミルズの企てを知る手がかりがつかめるかもしれない。

ジェンナーを椅子に手錠でくくりつけなかった。どうしてわざわざそんなこと？　いままでに、彼の隠れ蓑を暴くチャンスは何度かあったのに、それをしなかった。きみは自由だ、と告げたとき、彼女が出て行ったら引き止めただろうか？　わからない。どうでもいいことだ。彼女はまだここにいるのだから。

デート？

彼女はベッドに潜りこみ、上掛けを顎まで引き上げ、おやすみと言って目を閉じた。

彼女はすでに、どっぷりと深みにはまっている。彼とおなじぐらい。

二度ほど目が覚めたが、ケールは隣りにいなかった。片目を開けると、彼がベッドのかたわらの椅子に座って、隣室の様子を窺っているのが見えた。彼女と一緒にベッドに横になるより、もっと大事なことっていったいなに？

ため息が出る。細かなことはわからないが、彼のやっていることが、ほんとうに大事なことなのはわかっていた。いままで見聞きしてきたことで、それぐらいはわかる。

ベッドが沈んで目が覚めた。ケールがようやくベッドに入ったのだ。ため息をついて彼のほうに寝返りを打つと、彼は肘で上体を支えてこっちを見つめている。「どうしたの？」ジェンナーは尋ね、彼が裸だとわかって目をぱちくりさせた。なにも身につけていない。

「おれの番だ」彼は言い、彼女を組み敷いた。

心臓の鼓動がスペースシャトルの発射並みのスピードになった。つまり、一秒間に十回ほど。彼の重みでマットレスに沈みこむ。「待って？　待ってよ！」

「誰が待つか」彼はうなり、タンクトップの裾をつかんで引き上げ頭から脱がせた。不意に体が剝きだしになり、くらくらした。彼に手首をつかまれて頭の両側に押しつけられなかったら、両手で乳房をおおうとかそういった馬鹿な真似をしていただろう。彼がじっと見おろしている。ランプのあかりで、彼が顔をしかめるのが見えた。乳首が反応してピンと立った

――寒いからではなく、触れられて単純に反応したのでもなく、彼に反応したのだ。彼の熱とパワーと激しさに。

手首を押しつけたまま、彼が体を下へとずらして突き立った乳首を口に含んだ。乳房を突き抜ける歓びは痛いほどだった。彼の舌が乳首を突いてこねて、強く深く吸った。哀れな声が洩れる。興奮の鞭に打たれ、手首をつかむ手に、彼の重みに、口から洩れつづける荒々しい声に抵抗しようと必死になる。

彼が乳房に向かってうなり、片手を放して下にさげ、パジャマのズボンをぐいっと引っ張って脱がせた。まるで枕カバーから枕を揺すり落とすみたいに。仕事をやり遂げるためには、もう一方の手も放さざるをえない。自由になったジェンナーは、ベッドの端へと転がった。彼がその体をつかんで引き戻し、おおいかぶさって彼女の膝の下に手をあてがい、持ち上げて自分の体に絡めた。

この荒々しい数分間を前戯と呼ぶのなら、与えられたのはそれだけだった。彼が脚のあいだに体を沈め、押し殺した声で「クソッ！」と言ってベッドサイドテーブルに手を伸ばした。ジェンナーはきょとんとしてそっちを向き、テーブルにアルミフォイルの袋がいくつも転がっているのを見て目を見張った。

「ありえない」

彼は袋を破り、コンドームをあっという間に装着し、荒っぽい動きで侵入してきた――それもすばやく、強く、激しく。

大きく息を吸いこんで目をなかば閉じ、刺激的な感覚を味わいつくす。彼を受け入れられるほど濡れていなかったし、彼はとても太くて、長くて……喉からまた頼りなく哀れな音がほとばしる。支えが欲しくて彼の肩に指を埋めたけれど、彼女が差しだしたものを、彼は存分に奪い取っていった。おれの番だ、と彼は言った。だから、彼の肩に腕をまわして包みこんだ。

彼の突きは強くて深い。テクニックもなにもなく、絶頂へとひたすら駆け昇るだけだ。彼の力と重みで、気がつくとベッドの端まで押されていた。激しくいきそうになって彼にしがみつくと、押し殺した悪態とともに彼もいった。野蛮なほどだったリズムがもっとゆっくり、深くなって、彼がきわみに達した。

沈黙を破るのは、まるでフルマラソンを完走した後のような、ふたりの激しい息遣いだけだった。ケールは崩れ落ちるようにかたわらに身を横たえた。汗で体が光っている。鼓動の激しさに、ジェンナーは全身が脈打っているように感じた。こんな経験、生まれてはじめてだった。めくるめくとか、すばらしいとか、いままで耳にしたセックスを表わす形容詞のどれもが当てはまらない。力強くて原初的で、すべてを削ぎ落としたもっとも単純な形――洗練も、テクニックもなかった。でも、きっと彼はふたつながら持っているにちがいない。これは性行為。番《つが》う行為だ。

さっきまで、この最後の一段をのぼるまでは、まだ引き返せたが、もうそれはできなかった。深入りしすぎた。こんなふうに女と愛し合ったら、男は無傷で立ち去れない。

息を喘がせながら頭をあげると、彼と目が合った。細めた瞼の奥の鮮やかなブルーの瞳、その表情は厳しく、自分に満足しきっていた。それからベッドサイドテーブルに視線を移し、コンドームの数を数えた。振り向いて彼に言う。「あなた、すごく面倒なことになったわね、カウボーイ」

「そう思うか?」彼が言い、未使用のコンドームに手を伸ばした。「覚悟しろよ。今夜は激戦だ。朝になったら、たがいに傷を舐めあうことになる」


ラーキンは眠れなかった。ベッドを出て部屋のなかを歩きまわった。体を蟻が這いまわっているような気分だ。なにかおかしい。どこかが悪くなっているのに、それがどこかわからない。やがてそれがわかり、スイートのドアを開けて通路に顔を突きだした。当番の護衛のジョンソンが慌てて背筋を伸ばした。「どうかしましたか、ミスター・ラーキン?」

ラーキンは彼をにらみつけた。「行け」鋭く言う。

ジョンソンは驚いた顔をした。「ですが、ミスター・ラーキン、わたしが考えるに……」

「考えるな。怪我のもとだ」

ラーキン自身も、頭がちゃんとまわらなかった。護衛が戸口を固めていれば、スイートはより安全だし、見られている心配をしなくてすむが、爆弾のタイマーをセットする時がきたとき、必要なプライバシーを守ることが難しくなる。愚か者どもは、すべての爆弾が手動で爆発すると思っているが、実際にはそうではない。船内に仕掛けた爆弾は、近づくとまわりから怪しまれる場所にあるので、彼が持っている発火装置で爆発させる。パブリック・デッキの焼夷《しょうい》爆弾にはタイマーがとりつけてあり、この世におさらばする日の早朝、彼が自らセットするつもりだ。

愚か者どもは、自分たちが持っている発火装置をほんものだと思っているが、ただの玩具だ。ただひとつ、ちゃんと作動する唯一の発火装置は彼が持っており、彼らが想定している時間よりも早くに作動させる。ドアの外に四六時中護衛が張りついていたのでは、タイマーをセットしに行けないではないか。護衛をつけるようミルズに命じたときには、明確にものを考えられなかったのだ。癌のせいだ。論理的に考える能力を、癌が奪い去った。

ジョンソンが去ると、ラーキンはドアを閉め、引きこもる時間を満喫した。それがいまや人生の一部となっていた。誰も信用できない。誰も必要としない。天涯孤独の身だから、それはそれでいっこうにかまわなかった。

翌朝、着替えをするジェンナーを、ケールは目を細めてながめた。彼女にまとわりついていたストレスが、一夜のうちに和らいだようだ。この種のストレスはけっして消えないのではないかと、本気で心配をしはじめていたところだった。けさはあたりまえのことをやった。シャワーを浴び、朝食を食べた。だがそのあいだも、彼女のなかに戻りたいとそればかり考えていた。あんな夜を過ごしたのだから、またセックスをする気になるまで数時間、いや、数日かかってあたりまえなのに。彼女に殺されかけた。ゆっくりと、念入りに。いっそ撃ち殺されたほうがましだ。痛みが少ない。

「なにを着てるんだ？」

ジェンナーは自分の体に目をやった。「ただのサンドレスよ」

まるで〝ただの乳房よ〟と言っているようなものだ。彼女の体にまとわりつくブルーのサンドレスの薄っぺらな生地は、言うなれば第二の皮膚だ。スカートは膝丈で脚が剝きだしだ。奇妙きてれつなサンダルを履いた足でさえ、あまりにもセクシーだった。

そう、彼女はケールを殺そうとしている。

きょうも船を降りる予定だった。今度はカウアイ島だ。ティファニーも一緒だ。彼女はひとりだし、ジェンナーといまでは大の仲良しだった。残りのメンバーはラーキンの見張りをする。監視対象が船に残れば、四人で目を光らせ、もし船を降りるようならフェイスとライアンが尾行することになっていた。ヒロの会合以来、ラーキンは船に残ることを選んでいた。ラーキンを監視するのにチームを分けるのはあすまでだ。あすの夜にはまた外洋に出る。そのほうが楽だ。海の上に出てしまえば、ラーキンはどこへも行けない。

きょうはツアーに参加することにした。ほかの人たちと一緒にいたほうがいい。ジェンナーのビキニ姿なんて見せられたら、きっとセックスしすぎて死んでしまう。彼女のどこがそんなにいいんだ？　体の線ではない。曲線といってもたいしたことはない。それに生意気だ。横暴だ。論理的に考えて、こんなふうに激しく反応するはずがない。

困ったことに、リトル・ケールは論理的に動かないし、そもそも論理のろの字も理解できない。

ディーンはタッカーとジョンソンに、三人きりで会いたいともちかけた。水処理施設なら、誰にも邪魔される心配はなかった。曲がりくねったパイプが両側に走る通路なら、まず誰もいない。

強盗団にはアスカーとザディアンも加わっているが、タッカーとジョンソンは長い付き合いなので信用できる。彼らなら命令どおりに動くだろう。三つある発火装置のうちのふたつは彼らが持っているにちがいない。残りのひとつはディーンが持っていた。

そのひとつを彼らに託しても大丈夫だろう。

「ラーキンがおかしくなっている」彼は重い口調で言った。

「まさか」タッカーが言った。

この二日間、護衛の件でラーキンは言うことがころころ変わった。つねに張りつけておけ、と言ったかと思うと、もういらないと言うことのくり返しだ。タッカーにパンの毒見をさせた一件だけでは、ボスをおかしいと思わなかっただろうが、島巡りのあいだのラーキンの行動は、ますます常軌を逸したものになっていった。

「おれたち三人で交替で彼を見張ろう。目を光らせていれば、彼がなにを企んでいるかわかるかもしれない」

痩せぎすで歳もいっていて、タッカーより真面目なジョンソンが、尋ねた。「彼は裏切るつもりだと、あんたは思うのか？」

「思わないでもない」

タッカーが不安げに髪を手で梳《す》いた。「だが、おれたちには爆弾も銃もある。おれたち抜きでは、彼はなにもできない。彼は逃走計画をたてただけじゃないか」

その逃走計画が日に日に現実味をなくし、曖昧なものになっているとディーンは思っていたが、口には出さなかった。頭のなかで、うまくいくはずない、とささやく声があり、もっと大きな声が、数百万ドル、と言っていた。

命令を受けることにも、金持ちから馬鹿にされることにもうんざりだった。こっちに金がないばかりに。

「船を出て、爆弾が爆発したら、ミスター・ラーキンを始末することになるだろうな」頭を殴って海に投げこめば、後の始末は海がしてくれる。

ほかのふたりもそのシナリオに異存はなかった。分け合う人間がひとり減れば、分け前はそれだけ増える。

「それまで、ラーキンから目を離すな」ディーンは言った。「彼に気づかれないようにな」

すばらしい一日だった。心からそう思った。ティファニーは愉快だし正直すぎるし、親しくなった四人組――リンダ、ニナ、ペニー、バトンズ――は人生を楽しみ、島の珍しい自然やあたらしい友情を満喫していた。前夜の告白について、リンダはなにも言わなかったので、ジェンナーやティファニーもそのことには触れなかった。あの感動の瞬間は、ジェンナーが思っている以上に大きな影響をおよぼしていた。

ケールは口数が少なかった。ほっとしていいはずなのに、そうではなかった。第一に、彼女を見つめる彼の瞳は、まるで結婚式を終えたばかりの処女妻のようにうっとりしている。男の裸を知り、その男に裸にされると、すべてが変わる。かつてはそう思っていたが、いまはものごとがもっとよく理解できる。彼にぴたりと波長を合わせているので、腕に触れる彼の指の動きひとつで跳びあがりそうになった。

ふたりのあいだになにがあったか、ティファニーはすぐに気づき、にやにやのしっぱなしだった。だからよけいに、ジェンナーは意識過剰になる。彼とはセックスしていないのに、まわりはしていると思っていたときには、こんなにピリピリしなかったのに、いまではまるで素っ裸でいるみたいだ。ツアーに参加した人たちは、彼の沈黙を、元恋人といまの恋人が仲良しになったことに面食らっているせいだと思っているようだ。でも、ジェンナーにはわかっていた。彼はセックスのことばかり考えている。彼女ともう一度、すぐにやりたいと思っているのだ。

だが、ツアーを終えて船に戻ると、ケールは彼女をまっすぐベッドに連れこまず、ライアンと話をしに出かけた。外出中になにかあったのだろうか。話してくれない彼が恨めしかった。ディナーに行くための着替えをしているとき、なんとか聞きだそうとした。「今夜の予定は?」

「ラーキンしだいだな」カフスボタンを留めながら、ケールが言う。「きょう、ライアンとフェイスは何度も彼に姿を見られているだろうから、おれが見張りをして、ふたりにはおとなしくしててもらう」

「つまり、あなたとあたしとで見張りをするってことでしょ」

彼がじろっと見る。「いや、きみは見張りはしない。きみはただ立っていればいい。きらびやかにしてればいい」

「ちっちゃなおつむを働かせることはないって言いたいのなら……」かなり怒っていた。いつになったら、彼女も仲間だってことをわかってくれるの? いまはもう、人の言いなりの駒ではない。

彼が鼻を鳴らした。「おれたちにはそれぞれ役割がある。きみのそれは、おとなしくて、協力的で、従順なお飾りでいること」

「協力的と従順はおなじことなんじゃない？」

「そのことを理解させようと、おれがどれだけ苦労してきたか」

彼に背を向けてクロゼットに入り、服を選んだ。「お飾りでいいだけなら、なにを着ていったらいいのかしら？」

彼がつぶやいた言葉のひとつが「タートルネック」だったような気がするのだが、定かではない。

29

シドはリビングにいて、アダムの携帯電話でジェンナーと話をするあいだ、二組の目――アダムのとキムのと――にじっと見つめられていた。それまでほんの短い会話しか許されなかったのが、この数日でだんだん長くなり、ふつうのおしゃべりを楽しめるようになった。ふたりともう怯えていなかった。ジェンナーの声には自信が戻り、シドをおおいに安心させた。ジェンナーが無事なら、シドも大丈夫にちがいない。一週間以上も囚われの身で、相手の身にもしものことがあったらと怯えていれば、人は無力になる。それでも、この状況にもいずれ終わりがくることが、日に日にはっきりしてきた。誰も死なないよい終わり方を迎えるのだ。

〈シルヴァー・ミスト〉号は今夜マウイを後にし、予定では五日後にサンディエゴに帰港する。あと五日でこの冒険も終わりだ。

「わたしは元気よ」ジェンナーの問いかけに、シドは答えた。「でもね、散歩して新鮮な空気を吸いたくてたまらないわ。レストランに出かけたいし、買い物や映画を観にも行きたい。

それは叶わないけど、元気にしてるわ。朝寝坊してルームサービスを頼む日に嫌気がさすことがあるなんて、考えたこともなかったのにね」ジェンナーが軽い笑い声をあげた。いい兆候だ。

「船はすてき？」シドが尋ねる。〈シルヴァー・ミスト〉号が動いている姿を見てみたかった。

「とてもすてきよ」ジェンナーが答える。「これですてきじゃなかったら怒るわよ。もう二度と船に乗るつもりないもの」

シドは謝りたかった。クルーズに参加しようと言いだしたのは彼女だ。スイートを予約したのは、そもそも彼女の父親だった。電話で謝ってもしょうがないので、口にはしなかった。ジェンナーの首に腕をまわし、この冒険が終わったと確信できたとき謝ろう。

「お料理はおいしいわよ」ジェンナーが言った。

シドはため息をついた。「いいなぁ。ちゃんとしたチーズバーガーとおいしいフライドポテトを食べられるなら、人殺しだって厭《いと》わない気分よ。ここのルームサービスのサラダとグリルドシュリンプはおいしいけれど、チーズバーガーは平均以下だし、フライドポテトはボソボソなの。それでサラダとグリルドシュリンプばかり食べてるのよ。でも、これだけのストレスにさらされてるんだから、もっと身のあるものを食べたいわ。ほら、元気の出る食べ物」

「もう行かなくちゃ」ジェンナーが早口に言った。「あしたまた電話するわ。あたしがそっちに戻ったら、チーズバーガーを死ぬほど食べましょ！」そこで電話は切れた。

シドはしばらく携帯電話をながめてから、子供みたいに舌を出した。ふたりの会話が唐突に終わることには慣れていた。ジェンナーを監視している人が電話を切れと言っているにちがいない。それでも、気に食わないことに変わりはなかった。舌を出したのは、その監視人に向かってであり、ジェンナーにではない。彼の声を一度か二度耳にしたことがある。ジェンナーの背後でしゃべっていたのがそうだろう。いやな奴。

でも、ジェンナーのしゃべり方にはジェンナーらしさが戻っていたから、彼はそれほどひどい人ではないのかも。だからといって、彼をやっつけるのをやめるわけではない。まあ、人を雇ってやっつけてもらうことになるだろう。誰も彼女を怖がらないだろうけど、コワモテの人間を雇うことならできる。自由の身になったら、忘れずにそうしよう。こんなこと二度とごめんだ。

誘拐犯たちに手伝ってもらえるかも。一週間が経って、彼らのことがよくわかってきた。ずっと一緒に過ごしてきたのだから、当然だろう。ドリは見た目はおっかない。しかめ面と態度で人をびびらせるけど、非番のときにはとてもすてきな笑顔を見せる。テレビを観てて、すごくくだらないことでもゲラゲラ笑っている。彼女が夜の見張り番に当たったら、『三ばか大将』の連続放送をやっているのを見て、きっと大喜びするだろう。彼女にはあえて逆らおうとは思わないけれど、最初のころのように恐れてはいなかった。

強くて寡黙なアダムは、キムに夢中だ。でも、シドの見るかぎり、キムは気づいていない。ほかのことでは、なにも見逃さない人なのに。ナイフをのぞけば、キムはシドの友人たちと変わりはないので、誘拐犯として見ることがときどき難しくなる。ドレスアップさせて、ナイフをとり上げれば、きっとふつうの美しい女性だ。

逃げだすことはよく考える。退屈な時間にぼんやりとそういうことを考える。監視人たちはそれほど悪い人間ではないとわかっても、現実に逃げられないことはわかっていた。殺されはしないだろうけれど――たぶん――止められるにきまっている。走って逃げたら、捕まるだろう。メイドかルームサービスを運んでくる男の人に助けてくれとすがりついたら、罪もない人を危険にさらすことになる――任務に忠実な監視人たちが、彼女がほかの人間に近づくことを許すわけもない。想像のなかでは、ドリとおなじぐらいタフで、キムとおなじぐらいナイフの腕がたしかで、アダムとおなじぐらい強い。想像のなかでは、彼らに背後からこっそり忍び寄り、空手チョップでつぎつぎと三人を倒し、自由の身となる。

でも、それは想像でしかなかった。空手なんて映画で見たことがあるだけだ。逃げだそうとしたら捕まって、地下室かどこかに押しこめられ、ルームサービスを懐かしく思いだすことだろう。それでも運がいいほうだ。

それにしても、なにを考えてるの？　どんな形にしろ、人に暴力をふるえる人間ではない。

テレビで映画を観て――前に観たことがあるけど、それほどつまらない映画ではない――〈USAトゥデイ〉紙のクロスワードパズルをやって、それもおもしろくなくなると、ベッドルームに引きあげて昼寝した。六時近くに起きると、スイートのドアが閉じる音が聞こえた。ルームサービスだろう。またか。グリルドチキンかケサディーヤだろう。顔を洗って髪を梳かし、リビングに出ていく。無理に呑みこむにしても少しは食べよう。ダイニングテーブルの横にアダムが立っていた。手には白い紙袋をふたつさげている。「チーズバーガーとフライドポテト。コンシェルジュに尋ねたら、町一番のバーガーを売っている店を教えてくれた」

彼は電話の話を聞いていて、彼女のためにチーズバーガーを買ってきてくれたのだ。ソファーでくつろいでテレビを観ていたドリが、跳び上がった。「自動販売機でソーダを買ってくる。ダイエット？　それともふつうの？」彼女が尋ね、シドに向かってうなずいた。「ダイエットをお願い」この瞬間、シドは監視人たちがそれほど嫌いではなくなった。

〈シルヴァー・ミスト〉号がマウイ島から離れると、ケールはほっとした。これでチームのメンバー六人――ジェンナーが彼の心を読めたら、七人、と言うだろうが、ありがたいことに彼女はまだその域に達していない――を常時使える。ラーキンが予告なしに浜辺やどこその火山見物に出かけないか監視し、見張りのシフトを組む必要もなくなった。ラーキンはどこへも出かけなかったが、つねに準備はしておかねばならない。ジェンナーはベッドに入っていた。眠ってはいない。彼にはわかる。だが、その方向に向かっている。彼がベッドに入っても、目を覚まさないだろう。ああ、よし。それでも、息を止めてそっと潜りこまなければ。

今夜はいつもより遅くまで起きていた。ラーキンが落ち着きなく、神経質になっているからだ。途中でジャムを買い、北朝鮮側に平然とEMPのテクノロジーを売り渡した男が、こんなにびくびくするのはなぜだ？　よい兆候ではない。ラーキンはアスピリンを頻繁に呑み、よく頭に手をやる。しつこい頭痛に悩まされているかのように。きっと具合がよくないのだろう。どれぐらい悪い？

夜中の二時をまわったころ、ラーキンが銃弾を浴びたように椅子から突然跳びあがり、ドアへ向かった。彼はひとりだ。ミルズも護衛もいない。これがそうなのか。待ちに待った会合。取引相手は最初から船に乗り合わせていたのか？　べつの買い手にべつのフラッシュドライヴを渡すのか？

ケールはパッと立ち上がった。チームのメンバーを呼んでいる暇はない。今夜は彼が当番だ。ライアンかマットを起こして来るのを待っていたら、手遅れになる。むろんジェンナーは即座に目覚めて、膝で支えて上体を起こした。「どこに行くの？」ドアへ向かう彼に、眠そうな声で彼女が尋ねた。

「ここにいろ」

「でも、あなたはどこに……」

「ここにいろ!」声をひそめて命じ、通路に出た。ラーキンの姿はない。エレベーターの音がした。上か、下か? エレベーターホールへと急いで、表示パネルを見る。

上だ。

船の前部にある階段へと走った。ありがたいことに夜中だから通路には誰もいない。階段を二、三段おきに駆けあがった。吹き抜けに出ると上のほう、リド・デッキから足音のような音が聞こえたので、止まって耳を澄ました。反響音だと判断し、またのぼった。

ジェンナーは上掛けを跳ねのけてベッドを出た。ここにいろ? 冗談でしょ? 犬じゃないんだもの。いるわけない。ころんと転がっておなかを見せたり、死んだふりをしたりもしない。

でも、彼が思っている以上に彼のことがわかっていた。部屋を出て行ったときの彼の表情は張りつめていた。なにかが起きていて、彼が気に入らないと思っているなら、ジェンナーだって気に入らない。

カプリパンツとTシャツに着替えるのに二分とかからなかった。テニスシューズを履く。ブラをつけている時間はなかったが、支えて持ち上げておく必要があるほど大きくはない。

ブラをつけていたら貴重な時間が無駄になる。一分たりとも無駄にしたくなかった。人に出くわさない保証があれば、パジャマ姿でケールの後をつけていただろう。

くそったれのブリジェットとケールが、武器に使えそうなものをスイートから一掃していた！　ケールならペーパークリップで悪漢を殺せるだろうが、危険地域に向かうとしたら、ジェンナーはもっと頑丈なものが欲しい。これはフランク・ラーキンの船で、ケールはあきらかに不安そうだったから、素手で出かけたくなかった。テニスシューズの紐を結びながら、ふと思いついて顔をあげた。クロゼットのいちばん上の棚に靴が数足並んでいる。カジュアルなサンダルとビーチサンダルに混じってドレスシューズもある。つまり細いハイヒール。手を伸ばして一足つかみ、ドアへと走った。

ラーキンはスポーツ・デッキでエレベーターを降りた。真夜中だから人気《ひとけ》はない。ありがたい。確信はなかった。このクルーズには、不眠症がふたり、夜行性の人間も数人加わっている。まだ起きている連中は、あちこちのバーにしけこんでいるのだろう。

この時間はスパもゴルフの打ちっぱなしも閉まっているが、スポーツ・デッキは煌々とあかりがついていた。〈シルヴァー・ミスト〉号は輝く不夜城、大人向けの高価な遊園地だ。長い影や暗がりはあっても、デッキは昼と変わらぬあかるさだった。また背後から足音が聞こえた気がしたが、振り向いてもなにも見えなかった。クソ忌々しい癌は聴覚にも影響をおよぼしているのか？

パッティンググリーンへと無造作に歩を進める。見ている人間がいたら、彼は夜の静寂を楽しんでいると思うだろう。むろん楽しんでなどいない。静寂などどうでもよかった。ずっと無頓着だった。頭に思い描くのは、四十八時間以内にはじまることだ。焼夷爆弾のひとつは、このデッキの船尾にある男性用スチームバスのクロゼットに仕掛けてあった。収納箱の底を二重にしてその下に隠してある。その時がきたら、すごいことになる。その情景が目に浮かぶ。火炎が天を衝き、不運にもデッキの端にいた人たちを焼き尽くす。火柱が天高くあがる一方で、さまざまな爆弾が船体の一部を破壊し、クルーたちを炎でつつむ。ゴーゴーと燃える炎、さぞかし見物《みもの》だろう……

もう待ちきれなかった。だが、〈シルヴァー・ミスト〉号がハワイから充分に離れるまで待たなければ。船が炎をあげれば、海軍の軍艦に見つかるだろう。生存者はそう簡単に死なせない。血を流し、救援隊ははたして間に合うのかと、やきもきしながら待つことになるのだ。彼らが憎い。彼らと過ごした一分一秒が惜しくてならない。彼らに耐えてきた年月もついに終わりを迎える。もうじきすべてが終わる。

数カ月前まで、爆発物のことはなにも知らなかったが、蓄えた富にものを言わせ、気に入ったものはなんでも手に入れ、それについて学ぶことができた。爆弾の製造は、ラーキンが関わったいくつかの武器取引に参加していた男に頼んだ。その男はまた、ラーキンに爆弾を作動状態にするやり方や、タイマーだけで爆発させるための仕掛けや、短い間隔で置いたいくつもの爆弾をひとつの発火装置で爆発するための仕掛けを教えてくれた。いくつも卵をひとつの籠に入れたのはなぜか。なんらかの理由でパーティーを予定より早くはじめたくなったとき、それができるパワーを持っている必要があるからだ。タイマーで爆発する爆弾は、事前にプログラムしておける。彼の身になにかが起きて、ほかの爆弾のスイッチまでたどり着けなくても、〈シルヴァー・ミスト〉号は無傷ではすまない。

ラーキンは悩んでいた。一瞬にして死にたいという気持ちが変わることはないだろう。だが、〈シルヴァー・ミスト〉号と乗船客たちが燃えるのを見たかった。

デッキに長居はできない。もどかしさは募るばかりだ。屋外にいたからといって痛みが和らぐわけではないし、時間が速く進むわけでもない。船尾のエレベーターへ戻らずに、前部の階段へと向かった。そのほうが近い。彼のスイートがある階はほんのふたつ下だ。それぐらいなら階段で降りられる。それに、爆弾の近くにいると思うと、幾ばくかの満足も得られた。

ケールは暗がりに立ち、遠くからラーキンをながめていた。ここにはほかに誰もいない。会合も接触もない。クソッ。あやうく隠れ蓑がばれるところだった。あいつは新鮮な空気を吸いたかっただけだ。

ラーキンが階段に消えるのを見守っていたら、うなじに冷たい金属が触れ、低い声がささやいた。「馬鹿な真似はするなよ、いいな。どうしてミスター・ラーキンを尾行している？」

うなじに当てられたのが銃だと気づいたが、ケールは素振りにも出さなかった。ちょっとよろめいて振り向く。「誰も尾行なんてしてないさ」酔っ払いのふりで言い、銃を見てよろっとさがる。護衛が銃をぶっぱなすとは考えられない。サイレンサーつきではないから、すさまじい音がする。「ワオ。トップデッキで立小便したからって、撃つつもりか？」

護衛は納得しなかった。「おかしいな、五分前まで酔っ払ったふうには見えなかった」

つまり、護衛はだいぶ前から見張っていたのだ。階段で聞こえた足音。エレベーターを使って一階上までゆき、階段で降りてきて、ずっとここにいたのだろう。

「ミスター・ラーキンがあんたと話があるそうだ。尾行されるのはお好きじゃないんでね」

あってはならないことだからな、とケールは冷静に思った。隣りのスイートに泊まっている男が真夜中に、スポーツ・デッキまで後をつけてきたとなれば、ラーキンが許すはずがない。彼もジェンナーも、それにふたりがクルーズのあいだに口を聞いた者は全員が殺され、海に投げ捨てられるのだろう。音がしようがかまわずに。

ケールは目の前の男を観察し――細いが強靭で、冷静、ちょっとのことでは気をそらされない、それに武器を持っている――弱点を探した。ただひとつ、彼は安い賃金でこき使われているラーキンの護衛のひとりだ。精鋭部隊であるはずはない。

護衛はラーキンが去るのを待ってから動きに出た。これはパワープレーか？　ラーキンの部屋にスパイを送り届けて点数を稼ぐつもりか、それとも、公の場所でラーキンとて安全ではないことを誰かに見られ、ラーキンの不興を買うことを恐れたのか？

人気のないデッキに、エレベーターの到着音が響いた。護衛は微動だにしない。ケールに突きつけた銃を揺らすことなく、ケールとエレベーターでやってきた人間の両方が見られるよう体の向きを変えた。

ケールは肩越しに見た。べつの護衛かラーキンか、悪い時間に悪い場所に来てしまった罪もない乗船客か。

まさかジェンナーが来るとは思ってもいなかった。それも馬鹿げた靴で武装して。

ジェンナーは一か八《ばち》かに賭けた。上か下か。ケールが向かったほうに行ける確率は五分五分。あるいは六分四分。確率はあがる。なぜなら、夜になにかが起きるならデッキだからだ。リド・デッキはいちばん混んでいるので、スポーツ・デッキを先に調べることにした。ケールがいなかったら、リド・デッキまで階段で降りよう。エレベーターのなかでそわそわしていた。部屋にいるべきだったかも。でも、なにかおかしいのはたしかだし、仲間はずれにされるのはもうたくさんだ。彼女を駆り立てたのは好奇心以上のものだ。自分が無力だと、あるいは役立たずだと感じるのがいやだった。

エレベーターのドアが開くときのチンという音にぎょっとした。こっそりもなにもあったもんじゃない。つぎのときには、つぎのときがあるとして、階段を使おう。

エレベーターを降りると、すぐ先に彼らがいた――ケールと警備担当の制服を着た男。制服の男は銃をケールに突きつけている。やだ、拳銃。心臓が喉までせりあがる。膝がガクガクして体が震えだした。でも、考える能力は失わなかった。パニックに陥っていてはケールを助けられない。こっそり様子を窺うチャンスがなくなった以上、突撃を仕掛けるしかない。こっそりするつもりなんて端《はな》からなかった顔で。

「こいつをとっ捕まえてくれたのね。よかった！」ケールに向かって靴を振ってみせ、臆せずに向かっていった。「三どころ攻めが聞いて呆れる。厚かましい。あなたはちがうと思ってたのに。あたしを愛してくれてると思ってたのに」聞こえよがしに鼻をすすり、視線を、それに靴を、銃を持った男に向けた。さえない制服には真鍮《しんちゆう》の名札がついていて、ジョンソンという名だとわかった――へえ、ジョンソンね。この船では、なにひとつ見かけどおりではない。警備担当が無実なら、ケールはなにか言うはずだ。さがってろ、とかなんとか。でも、彼は言わなかった。

ジョンソンの持つ銃はまったく揺るがない。ケールの胸を狙う銃を見ると、膝がまたガクガクしてきた。弱気はすぐに消えた。パートナーになりたいのだ。お荷物ではなく。「あたしが急ぎすぎたのかも」彼女は言い、靴をちょっとさげた。「三どころ攻めはすごくいいって、みんなが言うんだもの。試してみたっていいじゃない。どう思う、ビッグボーイ?」

この質問に、ジョンソンはちょっと面食らったようだ。銃がわずかに動いた。ジョンソンは彼女を見つめて目を細めた。「ああ、あんたなら知ってる。ミスター・ラーキンの隣りのスイートにいるふたりだな」

ケールは攻撃するヘビのようだった。護衛の腕をつかむと同時に銃を持つ手を押しやり、顎にクロスカウンターを決めた。ジェンナーは邪魔にならないよう半歩さがった。ジョンソンもよろっとさがったが、手すりがそこにあった。体勢を立て直して銃を構え直す。ケールが飛びかかって銃を奪おうとしたが、ジョンソンも簡単には放さない。体の向きを変えてケールの手を振りきり、その勢いでケールの側頭部を銃で殴った。

ケールの頭がくるっとまわる。ジェンナーが悲鳴を呑みこむあいだに、彼のこめかみに血の花が咲いた。とっさに彼に飛びつくのと、彼がガクンと膝を折って倒れるのが同時だった。こんなはずじゃなかったのに。ジョンソンは腕を動かして彼女に銃口を向けた。笑っている。

ケールの方向も変わった。倒れる代わりに、体重を移動して頭を突き上げ、武装した護衛の顎に頭突きを食らわせた。護衛は手すりに背中から激突して向こう側に倒れこみそうになった。ケールがそれに手を貸す。片脚をつかんで持ち上げ、ぐいっと押した。

ジョンソンはひっくり返ったものの、命がけの戦いが彼に力とスピードを与えた。落ちかけて片手で手すりをつかんだ。そのままぶらさがっているのは楽ではない。手すりの太さを考えれば。両手で握ればなんとかなるだろうに、もう一方の手は銃を握ったままだ。ケールがジョンソンのほうに手を伸ばしながら、彼女に向かって言った。「大丈夫か？」

ええ。いいえ。彼はあなたを撃とうとしたのよ。答えたくても声が出ない、息ができない。なんとかうなずき、目の端に動きをとらえて押し殺した悲鳴を洩らした。銃があがってくる。そんなことしなければ落ちずにすむのに、ジョンソンは撃つつもりだ。彼女を。ケールを。どちらかひとりを。できるものならふたりとも。彼女は反射的にくるっとまわり、靴を振りおろし、ヒールの先を手すりを握る手に突きたてた。

ジョンソンが悲鳴をあげた。握っていられない。彼と、銃と、靴が……一緒に落ちていった。

30

これこそ彼が恐れていたことだった。あの一瞬、彼は武装した護衛ではなくジェンナーを見ていた。気がそれたために、ふたりとも死ぬところだった。

「あたしが殺したのね」ジェンナーが手すりの向こう側を見て、それから彼の胸に顔を埋めた。

「きみは殺していない、やったのはおれだ」ケールは言い、彼女を抱き締めた。寒くて体が震えていたけれど、パニックとはほど遠かった。「奴を手すりの向こうに投げたのはおれだ、きみじゃない」

「でも、あたしが……とどめを刺した」彼女の声はやさしかった。理屈で考えれば、ジェンナーがふたりの命を救ったのだが、いまはただ、男を殺したという思いが強く、状況がどんなであれ、簡単に忘れられるものではない。

ああ、クソッ、ジョンソンが向こう側に落ちる前に、銃を奪いとることができていたら。これから銃が必要になりそうないやな予感がしていた。

「さあ、部屋に戻ろう」

彼に肩を抱かれて、ジェンナーはおとなしく歩いた。エレベーターに乗った。リド・デッキで乗りこんでくる人がいても、恋人同士が夜中の散歩をしていたと思うだろう。頭の傷はそれほどひどくなかった。その血はどうしたのかと尋ねられたら、転んで頭を手すりにぶつけたと言えばいい。そういう言い訳ならとおるだろう。つぎのフロアまで降りるあいだの短い時間だとはいえ、ジェンナーに表情を繕《つくろ》うことを強いたくはなかったが、こんなに震えていては階段を使うこともできなかった。

エレベーターには誰も乗ってこなかったので助かった。彼女を抱いたまま、黙って部屋に戻った。

「言ったじゃないか……」

「やめて」彼女は言い、顔を彼の胸に埋めた。「いまはやめて」

なにがあったかほかのメンバーに話しておく必要があるが、朝まで待てばいいことだ。わざわざ起こすことはない。彼らにできることがあるわけではないし。

ジェンナーの体の震えはだんだんにおさまった。体を離そうとしても、彼のシャツをぎゅっと握り締めるばかりだった。

「もしおなじことが起きたら、またやるわ」彼女が胸もとでささやいた。

「考えるのはやめろ」

「彼はあなたを撃とうとしていた」

「わかっている」撃ったかもしれないし、撃たなかったかもしれない。「だから、あたし、またやる」顔を仰向けて彼を見あげた。「頭から血が流れてる」

「たいしたことない」意識を失っていないし、流れる血で視野がぼやけることもないから、大丈夫だ。頭の痛みぐらいでやめられるものか。

「救急箱があるから……」

彼女にキスした。考えもなく、命令もなく、理由もない。ただそうしたかった。心臓が止まったと思った長い一分間に、彼女を失ったと思った。考えられるのはただひとつ。彼女を失う心の準備はできていない。いまはまだ、それにおそらくこれから先もずっと。

翌日、ティファニーはにっこり笑ってバーテンダーからヴァージン・ブラディ・メアリーを受け取った。つまりは、ブラディ・メアリーのウォッカ抜きで、トマトジュースとセロリスティックが、おおげさに振りまく愛嬌《あいきょう》ともども、彼女のあたらしい〝禁酒中〟人格にぴったりだ。バーテンダーはキュートだった。彼女の態度が場違いだと思う人間はいない。

彼女をこの仕事に雇ったとき、監視をするだけだ、とケールは言った。よく言うわよ。いままでは警備員――あきらかに悪い警備員、よい警備員は乗船客に銃を向けないし、台尻《だいじり》で頭を殴ったりしない――は魚の餌だし、もしばれたら大変なことになる。

だが、午後になってもなんの動きもなかった。フランク・ラーキンはバーのそばのアウトドア・カフェでランチをとっている。相手は有力者のひとりで、ラーキンなど足もとにもおよばぬ資産家だ。ティファニーはふたりのほうに体を向け、ネックレスをいじくりながら、そこに仕込んである小さなカメラでふたりを映した。それから、じろじろ見ていると彼に思われる前にその場を去った。夕べの一件で、みんなが危険にさらされていた。これからはなおいっそう慎重にならなければ。

体の向きを変えかけたとき、遠くからラーキンを見つめている警備員が目にとまった。視線をその先にずらす。バトンズが手すりに寄りかかって海をながめているのが見えたので、近づいていった。

監視するだけですって、嘘つけ。この仕事にはわかっている以上のなにかがあると、もてる直感のすべてが告げていた。この稼業では、結局知りたくもないことまで知ってしまうことになる。

ジェンナーと関係を持つのはよくないことだ。ケールにはよくわかっていたが、一瞬たりとも後悔はしていない。彼のナニのせいで事態はとんでもなく複雑になったが、それでも後悔はしていなかった。これまで仕事仲間に好意をもったことはなかった。そしていま、それがどれほど危険なことか、身に染みてわかった。フェイスとライアンはなんとかやっているが、彼にはどうすればいいのか皆目《かいもく》わからない。ラーキンの護衛たちは、武装しているばかりでなく、武器を使うことになんのためらいも覚えないのなら、仲間のひとりが姿を消したらどういうことになる?

ジェンナーがバルコニーに出てきた。またしてもセクシーなサンドレス姿で、なにも羽織っていない。肺から空気を吸いだされた気がした。まったくまずいなんてもんじゃない。

彼女が膝に座り、キスした。おざなりな気がしないでもない。彼女のウェストに腕をまわす。彼女はいい匂いがする。味もいい。なぜここにいるのか忘れそうになる。困ったものだ。

「きみはハワイに留まるべきだったな」彼は言った。いやな予感に背筋がゾクゾクした。

「まさか。行きより帰りの旅のほうがずっと楽しいもの。楽しみを逃したくない」彼女のほほえみがふっと消えた。ふたりで楽しんでいるのは事実だが、夕べの冒険をすぐに忘れられるわけもない。

「かならずしも楽しいクルーズじゃないだろう」

「これから楽しくなるわ」彼女が言い、彼の全身がこわばった。

彼は目を細めてジェンナーをにらんだ。「なにを企んでる?」

「裸足だと百六十二センチ。なぜ?」

「身長なんて訊いてないぜ、ごまかすなよ」

彼女はほほえんだ。「わかってる。あなた、ついてるわよ。あたしがいなかったら、退屈で固まってたわよ。固まると言えば、下着をつけてないって言ったら、興味が湧くかしら？それに、これを持ってきたのよ、ひょっとしたらって思って」サンドレスのポケットに手を突っこみ、細い指でコンドームを摘《つま》みだした。

ケールは荒い息を吸いこみ、彼女を抱き寄せてスカートをたくしあげた。腿のあいだにゆっくりと手を差しこみ、下着の有無を自分でたしかめた。よくないことであろうとなかろうと、どっぷり浸かりこんでしまった。たとえ日の目を見られなくても、抜けだすつもりはなかった。

ケールが文字どおりスイッチを入れ、彼女がずっと昔に埋めてすっかり忘れていた欲望を、甦《よみがえ》らせたかのようだ。彼女の体を手の内におさめて、彼女を開かせ、絶頂へと導くことほどたしかなものはほかになかった。

この激しい感情を愛と混同するのは、あまりにもたやすい。ケールにまたがり、愛撫を受けながら彼の喉にキスし、彼女は思った。彼を手放したくないけれど、それはもっぱら肉体的反応だ。船を降りた後、どんな日々を過ごすか想像するのは簡単だ。現実に返ったときには、ファーストデートもないし、日常生活もないと思っているのに。いただくものをいただいて、逃げられるうちに逃げる。現実なんてくそくらえ、だ。

「あなたって淫《みだ》らね」彼女は言い、カーキのズボンの下で固くなっているものに手をあてがった。

「おれが淫ら？」彼女の脚のあいだに手をすべりこませ、濡れた部分をいたぶる。ケールの視線だけで、彼女は半分準備ができる。触れれば、残りの半分も準備万端だ。「男は淫らにできてるんだ。ＤＮＡに刷りこまれてるんだな」

彼女がズボンのジッパーをさげた。

「淫らでせっかちなんだ」

「しゃべりすぎよ」彼女は唇にキスして黙らせた。だって、彼にキスするのが大好きだから。キスを深くしながらペニスを撫でた。手のなかに彼を感じたくてたまらなかったから、コンドームなんかで包みこむ前に。コンドームが嫌いになりはじめていた。陸にあがってもしデートをしたら、クルーズが終わり、仕事が片付いた後、もし一緒に過ごすことになったら、ピルを処方してもらうつもりだ。ふたりのあいだになにも介在してほしくなかった。固く熱く剝きだしのものがするっと入ってくることを考えると、喉の奥からうめき声がほとばしった。

彼がなかにいるときには、一緒に絶頂を迎えること以外はすべてを忘れる。考えるのは歓びとぬくもりだけ。ほかのすべてが消え去ってしまう。そのあいだだけは。彼らが見つけたのはセックス——とてもすばらしいセックス——だけれど、それ以上のなにかがあった。それはケール、視線や言葉で感じさせる彼のやり方。彼は怒りっぽくて、威張りんぼで、無慈悲で……そして、彼女のもの。いまは。

やさしい海風になぶられながら、午後の陽射しが差しこむバルコニーで、彼を駆った。ジェンナーは揺れながら高みへと昇りつめ、落ちた。彼に腰をつかまれて導かれながら。

この旅が終わるまでこの部屋から出ないとしても、彼女は充分に満足だろう。

ティファニーはラーキンの見張りをフェイスとライアンに引き継ぎ、せいせいした。監視対象はつねにまわりを気にしていた。まるで誰かに見られているのを期待しているかのように。自分のいる場所とまわりの人間たちに注意を払っているから、監視の仕事はそれだけ難しい。ティファニーは役目を終えても部屋に戻らず、プールサイドでペニーとバトンズと過ごした。まるで実際にバトンを渡したみたいに見えないよう気を配って悪いことはないし、急いでスイートに戻る理由もなかった。

〈シルヴァー・ミスト〉号に乗り合わせたということ以外、彼女たちと共通なものはなにもなかったが、ティファニーはペニーとバトンズが好きだった。それにほかのふたりも。そのリンダとニナは、あたらしい友だちを陽光溢れるプールサイドに残し、ピラティスのクラスを受けていた。

バトンズはこのクルーズで一緒に過ごしている女たちより十歳は若く見えるが、うまく彼女たちに融けこんでいた。楽しい時間を過ごそうとやってきた金持ちの未亡人。ペニーはいつも男を漁っているが、自分の人生に満足しているようだ。

バトンズが生まれながらのピースメーカーであることに、ティファニーが気づくのにそう時間はかからなかった。みなが仲良くすることを望む人だ。乗船客全員に手をつながせて、キャンプソング――〝クンバヤ〟――を歌わせることができたら、彼女はさぞご満悦だろう。バトンズみたいな浮世離れした女を好きになるなんて思ってもいなかった。一度も彼女の名前をからかいの種にしなかった自分を褒めてやりたい。

バトンズの向こう側では、ペニーがデッキチェアに寝そべって眠っている。もうしばらくしたら、色白のペニーを起こして日陰に入るように言わなければ。サンスクリーンを塗っていようといまいと、あんなに白い肌が日焼けしたら朝には悲惨なことになる。ほかの女の日焼けがどうして気になるの？　いつからそんなお節介になったの？

「あなたとジェンナーが仲良くなって、あたし、とてもうれしいの」バトンズが言った。

「あなたたちを結びつけたのが、不幸な状況だったとしてもね」

〝ほかの女に男をとられた〟ことから、たしかな友情はふつう生まれない。

「ええ、あたしもそう思ってる。どう言ったらいいのかな？　素面《しらふ》のときは、彼女を好きなの」それはほんとうだった。ティファニーは考えずにいられない。ジェンナーのような立場におかれたら、たいていの女は、自分が助かるためなら親友だろうが犠牲にする。でも、ジエンナーはそうしなかった。

ジェンナーがはじめての人殺しを乗り越えられるほど強靭な心の持ち主であることを、ティファニーは願っていた――それに、ケールをうまく操れる強さも。

「恋人たちはきょうはどうしたの？」バトンズが尋ねた。

ジェンナーが思いを顔に出さずに人前に顔を出すことができるまで、隠れているのよ。「あら、あなたもふたりのことはご存じでしょ」ティファニーは思わせぶりに言った。身振りで示そうと両手をあげて、自分がしようとしていることにはっと気づいた。バトンズが笑いながら、やさしくその手を叩いた。

「古い映画みたいね」バトンズがやさしくほほえんだ。「ほら、船上のロマンス、美しい男女が大勢のなかからたがいを見つけだして……」

「そういう映画では、誰かがかならず死ぬわよね？」ティファニーがさえぎって言った。

バトンズは笑った。「たしかにそうだわね」ペニーが身じろぎし、また昼寝に戻っていった。

ティファニーはため息をついた。どうしてこんな面倒に巻きこまれちゃったの？「ねえ」そう言って起き上がる。「ペニーがカリカリに焦げる前に、日陰に移動させたほうがいいわ」

ディーンはものごとを処理するにあたって、途方に暮れることはめったになかったが、ミスター・ラーキンの部屋のドアを叩きながら、正しい決断をくだしたか心もとなかった。

「入れ」ラーキンの声がしたので、ディーンはキーカードを使った。ラーキンは彼が来ることを予期していた。そうでなければとてもなかに入れない。マスターキーを持っていようといまいと。

ジョンソンの姿が最後に見かけられてから二十四時間以上経っていた。ゆうべは被害妄想の雇い主を彼が見張る番だった。あの馬鹿、マウイを離れる前に下船したのか？　それとも、ラーキンに尾行を見つかり、海に投げ落とされた？　ちょっと見には、ラーキンがジョンソンと争えるとは誰も思わないだろうが、ジョンソンは抵抗されると思っていなかっただろう。よく言うではないか。頭のおかしな人間はいざとなると馬鹿力を出す、と。

ラーキンはラップトップに向かっていた。いつも以上にいらだっている。

「サー、悪いニュースがあります」ディーンは後ろ手にドアを閉め、言った。

ラーキンはラップトップをパタンと閉じた。「またそれか。今度はなんだ？」

ラーキンがジョンソンを殺したとして、ジョンソンは島に残ったと告げれば、彼にはそれが嘘だとわかる。雇い人のひとりが、計画中の犯罪の共犯者のひとりが消えたと知れば、彼はパニックになるだろう。この一件はそのように処理すべきだ。

「ジョンソンが姿を消しました」ディーンはそれだけ言った。

ラーキンは椅子から立ち上がった。顔が奇妙な色の赤に変わった。「どういうことだ、姿を消したというのは？」

「マウイを出てから、彼の姿を見た者がいません。思い直して、島に残ることにしたのかもしれません」

「どうしてそんなことが？」ラーキンはひどく動揺している。いま知らされた以上のことを知っているとは思えない。

「彼は警備の仕事をしています。そのノウハウを役立てて、手っとり早く金を稼ごうとしたのかもしれません。問題は、ひとり減っても仕事をこなせるかどうかです」

ラーキンの顔色はふつうに戻り、彼は腰をおろした。「むろんできる」彼はディーンを見あげた。さっきより目の表情が落ち着いてきた。「難しくはなる、当然だ。しかし、ジョンソンが欠けたぐらいでやめることはできない。これだけの準備をしてきたんだ」

「彼は知りすぎています」ディーンは言った。ジョンソンが離脱したことに変わりはない。

「これが片付いたら、奴をどこまでも追い詰めて喉を掻き切ればいい」

「わかりました、サー。名案ですね」

「だったら出て行け。わたしにはやることがある」

ディーンはうなずき、通路に出た。やれやれだ。これぐらいですんでよかった。

手紙はまだうまく書けていない。上部デッキには、プログラムを組みこまなければいけない爆弾が五つある。長くはかからないし、二十四時間のうちにすませればいいのだが、それには危険がともなう。姿を見られてはならない。現場を見つかってはならない。誰も信用していないから、仕事を代わってやらせるわけにはいかないのだ。

タイマーのセットを、何度かに分けてやればいいのか。劇場に仕掛けた爆弾は今夜セットし、リド・デッキのバーに仕掛けたものはあすの早朝にセットする。残りも順繰《じゅんぐ》りに。さりげなくひとつずつ片付けていけば、誰にも見破られないだろう。デッキからデッキへと走りまわって、一度にやろうとすればそれは疑われる。

ジョンソンのクソ馬鹿野郎。彼は爆弾のことを知っている。爆破するときここにいるはずだった。まだはじめてもいないのに、すでに生存者が出てしまった。

〝下書き〟ファイルを開き、いままで書いたものを読み、全部消して書き直した。

「虫けらどもめ、おまえら全員吹き飛ばして、地獄に送ってやれたらどんなにいいか」

なかなかいい。簡にして要を得ている。

第三部
運のつき
NO LUCK AT ALL

31

ケールは今夜の一大イベント、美術品オークションのために着替えながらも、ジョンソンについて語ったラーキンとディーン・ミルズの会話が頭から離れなかった。ジョンソンの失踪が波紋を引き起こさなかったのはよいことだ。悪いことは、思っていたとおりだとわかったこと。〝なにかが起きる〟〝思い直す〟〝ひとり減る〟〝喉を掻き切る〟

すぐに思い浮かぶのは窃盗だ。サンディエゴに帰港する前にいただくものをいただく。クルーズシップは警備が万全だから、乗船客は安全だと思うかもしれないが、警備員を仲間に引き入れれば盗みぐらいできる。

すでに部下たちには電話で知らせた。今夜かあすの晩、あるいはあさって、なにかが起きる、と。マットはサンチェスに話をし、チームのために武器を手に入れる方法を探っている。警備の人間なら、武器の何丁か入手できるだろうが、船に武器庫があるわけではないから困難がともなう。それでも、ミルズとその手下どもが武装している以上、なんらかの備えがあれば安心できる。

ジョンソンの銃を奪えなかったことが、返すがえすも残念だ。彼と共に海に消えたとは、なんともったいない。

窃盗だとして、暴力に訴えることなく遂行されるのなら、彼と仲間たちはへたに手を出さないのが賢明だろう。ものは取替えがきく。海賊ども——船強盗のほうが正確だが、ロマンティックさに欠ける——と銃撃戦になったら、彼の仲間たちは巻きこまれて怪我をするか、殺される罪もない人たちということになるだろう。彼らが目当てのものを奪って逃げるだけなら、こちらはじっとしているべきだ。奪いたい奴には奪わせる。それが安全だ。

あの手錠を今度はティファニーに使うことになるかも。彼女は背後に控えることがことのほか苦手だ。

今夜は美術品オークションが開かれ、出品される油絵はかなりの価値がある。盗むならそのときがチャンスだ。それでも、絵画はどこにもいかない。

彼が窃盗を企てるとしたら、フォーマルなイベントを選ぶ。絵画もだが、ダイヤモンドがずらっと並ぶだろうから。絵画は額からはずして防水の筒に入れればいい。現金は？　旅行費用は払い込み済みだし、飲食費などは部屋につけられる。だが、金持ちというのは手ぶらでは旅行しない。札束を持ってきている人間もいるだろう。船に載っているもので彼の知らないものがあるのか？　なにか貴重な物——あるいは、そう、貴重な人間——危険を冒してでも手に入れる価値のあるもの。

問題は逃走経路だ。近くにべつの船がいてくれなければ困る。ほかの船が待機しているのなら、救命ボートかヘリコプターでそこまで行けばいい。陸に近づくまで待つほうが理にかなっている。緊急事態発生の連絡がいけば、近辺の船舶が応答するだろうから。沿岸警備隊、海軍……周囲をどんな連中が往来しているかわからない。

イベントの会場で乗船客たちの機先を制することはできても、クルーはどうだ？　大きな船で、クルーメンバーはあちこちにいる。小さな都市を丸ごと盗もうとするようなものだ。警備員が全員、この計画に加わっているとしても、まあ、それはありえないが、シナリオには欠陥が多すぎるし、うまくいかなくなる要素が多すぎる。

集団誘拐？　大勢の資産家の家族たちや名のとおった企業に身代金を要求する？　そう考えたら背筋がゾクッとした。

今夜、なんとかランベルティ船長と話をする機会を見つけ、懸念を打ち明けよう。船長を人目のつかないところへ連れだし、怪しんでいることを告げ、必要ならどうしてそれがわかったかも打ち明け、窃盗なり誘拐なりが起きる前に予防措置を講じるよう進言するのだ。警備員の何人かが加担している事実を、サンチェスがつかんでいる。いま船長に電話をしようかとも思ったが、直接会って相手の反応を見たほうがいい。話を真面目に受けとらず、頭の変な人で片付けられるかもしれないのだから。ライアンは船長と親しくなっているし、サンチェスも同席させよう。そうすれば、話に充分耳を傾けてくれるだろう。

それでだめなら、監視装置のいくつかを見せ、ワシントンの誰かに電話で彼らの身元を保証してもらえば、船長も信じる以外になくなる。

バスルームで髪をいじくっていたジェンナーが出てきて、ケールは目を奪われた。ガウン――白い縁どりのある黒いガウン――が胴部を包みこみ、小さいけれど形のいい乳房の形があらわだ。深くえぐったネックラインが彼をそそのかす。

驚くことはもうなにもないと思っていた世界で、彼女には驚かせられるばかりだ。見つめると、見つめ返してくる。けっして目をそらさない――最初の晩はべつにして。いまはそれがさらに大胆になった。まるで心の奥底が見えると言いたげだ。

こんなことになるなんて、予想もしていなかった。彼女は予測不能だ。

「そんなふうに見つめたら、今夜は部屋を出るのを忘れてしまうぜ」彼がからかう。だが、本心だった。

彼女がほほえんだ。「それでもあたしはかまわないわよ」

懸念を抱いていることを、彼女には話さない。心配するだけだ。心配して、銃をよこせと言いだす。靴でもいいか。

だが、彼女を目の届かぬところへやるつもりはなかった。

ラーキンはようやく自分にふさわしい犯行声明文を仕上げることができた。道連れにする人びとや、後に残す人びとへの軽蔑を表わす言葉は入れなかったが、これで充分だ。

「〈シルヴァー・ミスト〉号は私の火葬用の薪であり、まさにふさわしいと思っている。乗船客がどうなろうとかまわない。彼らは羊だ。人に操られていることにも気づかぬ、愚かな羊だ。私は彼らの羊飼いでいることに疲れた。

〈シルヴァー・ミスト〉号の破壊の責任はひとえに私にある。私が襲撃を計画し、自らの手で爆弾を仕掛けた。ざまあみろ」

最後の部分が気に入らないなら、ニュースを流すとき削除すればいい。彼はそこが大事だと思っている。彼らにたいする思いを見事に言い表わしているからだ。メールは三大新聞とニュース専門ネットワーク、それに三大ネットワークに送付する。

さらにもう一文付け加えることにする。告白したい気分だから。

EMP爆弾を設計した気難し屋のエンジニア、カイル・クイリンは、用心深くて被害妄想の域に達していた。微妙なやりとりにインターネットを使うことを嫌い、つねに監視されていると思いこんでいた。EMP爆弾を売って、ラーキンはおおいに利益をあげた――その利益を目にすることはない――が、それはクイリンもおなじだ。これでもう、充分に払ってもらっていないだとか、正当に評価されていないだとか文句を言うこともないだろう。

正直に言えば、彼を軽蔑していた。まわりの人間すべてを軽蔑しているのだが、クイリンはなかでも自己を過大視するクズ野郎だ。EMPテクノロジーは向こうの手に渡った。完成間近《まぢか》で、いまや北朝鮮の手のなかだ。メールから身元がばれて奴が逮捕されれば、武器の完成は頓挫するだろう。なんだか愉快だ。クイリンが恐れていたとおり、自ら開発したテクノロジーに足をすくわれることになるのだから。

ラーキンはクイリン宛てに最後のメールを書いた。こればかりは、何日も推敲《すいこう》したり書き直す必要はない。「ざまあみろ」言うべき価値のある言葉は、二度使うべきだ。

あらかじめ指定した時間にメールが送られるようセットした。つまり、インターネットにログオンしたままでおく必要がある。犯行声明文が入っているラップトップを、このままにして部屋を出るということだ。べつにかまわない。船内に仕掛けた爆弾の発火装置はポケットのなかだし、必要になるとは思わないが武器も持っている。デッキに仕掛けた焼夷爆弾五個は、すでに始動させてあった。腕時計を見る。

あと一時間と七分。

彼はほほえんだ。その瞬間、貴重なその瞬間、頭の痛みはほとんど消えていた。

ライアンのタキシード姿はいつもながらすてきだった。フェイスは彼にほほえみかけ、目を奪うエメラルドのイヤリングを耳につけた。イヤリングはバレンタインのプレゼントだ。たくさんもらったプレゼントのひとつ。夫はなにをやってもそつがない。

彼女の今夜の装いは淡いシャンパン色のシルクガウンだ。優雅なドレープが体を包みこみ、とても着心地がよく、でもとても高価だ。着心地のよさにならお金をいくらでも払おうと思うことがあるものだ。これを着るとライアンがワイルドになるのは、思わぬ余禄だった。

リビングのデスクに置いたコンピュータがやさしい音をたて、メッセージが入ったことを告げ、彼女は警戒態勢に入った。ラーキンがようやくインターネットにログオンしたのだ。

キーロガー・プログラムが役にたった。それとも、妹からのメールかもしれない。妹は今年じゅうに一緒にクルーズに出るつもりでいるので、なにかというとメールをよこす。

フェイスは靴を履き、誕生日プレゼントでイヤリングとおそろいのエメラルドのネックレスの位置を直し、おもむろにリビングに行ってラップトップをチェックした。夜のお出かけ前に、念のため、留守のあいだに入ったメールを見られるようiPhoneをセットしておこう。ガウンにしわが寄るのがいやなので椅子には座らず、デスクに屈みこんでラップトップを開いた。

大当たり。

にっこりしてプログラムを開き、ラーキンがコンピュータに打ちこんだものを見てみる。これまでこのプログラムでたいした情報を得ていないから、きっと母親宛ての手紙かなにかだろう。ラーキンのような男に、母親がいるの？

メッセージを読むうち、笑みが消えた。

「ライアン！」

彼女の声から緊急事態だと気づき、彼が走ってきた。「どうかした？」

心臓が激しく脈打つのが感じられるほどだ。不意に膝の力が抜けた。「ラーキンは人間もろとも船を爆破しようとしている」

「いつ？」ライアンが実際的な質問をしつつ、携帯電話に手を伸ばした。

「わからない。今夜だと思う。時間は書いてないけど、一時間したらメールを送付するようセットしてあるから……そのすぐ後だと思う。事前に知られたくないのよ」

「ぼくがみんなに連絡するから、きみはケールに電話して」

「それからどうするの？」フェイスが番号を押しながら尋ねた。

「それから、この船を降りる」


ラーキンはすでにアイザックに電話して、今夜は仕事を休みにしてよいと告げていた。専属の客室係は驚いたものの、感謝した。クルー専用のバーで飲むのもよし、クルー専用のちっぽけな温水浴槽で体を休めるのもよし、とそう伝え、がんばってくれたからたまには休みをとるといい、とさえ言った。

有体《ありてい》に言えば、アイザックに部屋をうろうろされて、ラップトップやそこに入っているメッセージをのぞき見されたくなかっただけだ。呼びもしないのに部屋に入る可能性のある人間はあとひとり、ディーン・ミルズだが、彼はいま向かいに座っているので、その心配は無用だった。

ふたりは〈フォグ・バンク〉の隅の小さなテーブルに、差し向かいで座っていた。雇い主が立てた逃走計画が、ディーンにはどうも信用できず、不安でならなかった。ここまでついてきたのは、金欲しさ、それだけだ。

「リラックスしろ」ラーキンは言い、この世で最後となるであろうスコッチを味わった。「二時間もすれば、大騒動のはじまりだ」二時間したら、大騒動は終わっている。この船に乗っているおおかたの人間にとって。だが、ディーンは知らなくていいことだ。

準備は万端だ。彼の銃――一大イベントには武器が必要だとしつこく言ったら、ディーンが調達してきた四〇口径のカー・アームズPM40――は、ポケットにすっぽりとおさまっている。小振りの銃だが重く、スーツの線を崩している。どうでもいいことだが。銃をウェストバンドに差すのは好きではない。自分のイチモツか尻を撃ちそうでひやひやする。ディーンが使っているようなショルダーホルスターは持っていないから、ポケットに入れるしかなかった。あと一時間足らずで爆発する焼夷爆弾のひとつが、真下に仕掛けてある場所にこうして座っていれば、誰もポケットの膨らみには気づかないだろう。

だが、もしこれが必要となったら……

「サンチェスのことが気がかりです」ディーンが低い声で言った。

「何者だ?」ラーキンには気がかりなどなかった。自分はもうじき死ぬと思うと、恐れより自由を感じる。

「警備員です。振り返るとかならず奴がいるんです。おれを見張っているらしい」

「被害妄想だぞ、ディーン」ラーキンはゆっくりとスコッチを飲んだ。「今夜、そいつが邪魔をするようなら撃ち殺せ」

はすっぱなティファニー・マースターズがカウンターに座り、水を飲みながらバーテンダー相手におしゃべりし、笑っていた。酔っ払っていればおもしろい女なのに、素面では魅力半減だ。ぴちぴちの短いブルーのドレスは、まるで体にペンキで描いたみたいだ。それに、あんな靴でよく歩けるものだ。ディーンは今夜の計画に不安を覚えているし、ほかにも心配ごとがあるだろうに、彼女のほうをチラチラ見ていた。ティファニーが小さなゴールドのクラッチバッグに手を伸ばし、開いて携帯電話をとりだした。ベルが鳴る音はしなかったが、これだけ離れているから聞こえなかったのだろう。まわりへの配慮から、〝マナーモード〟にするような女ではない。

ディーンがまた彼女のほうを見た。

ラーキンは身を乗りだした。「今夜がすめば、ああいう女が群れをなしてやってくるさ」ディーンの恐怖を和らげようと、ラーキンはささやいた。「金は強力な媚薬《びやく》だ」

ディーンの顔の表情から判断して、慰めが効いたようだ。

「いまどこだ？」電話の向こうのライアンの声は、いつもとちがって鋭かった。

「失礼」ティファニーはバーテンダーにほほえみかけ、スツールから降りて静かな場所を探した。それでも自由に話すことはできない。だが、ライアンは彼女がラーキンを見張っていることを知っている。「〈フォグ・バンク〉」友だちと会う約束をするような口調で言った。

「彼がそこにいるんだな？」ライアンが尋ねた。

「ええ。どうかした？」離れてはいるが、バーテンダーが耳をそばだてているといけないので、さりげなく尋ねた。

「彼を見るな。反応するな」

ティファニーは体をこわばらせた。きっとまずいことだ。

「ラーキンが船に複数個の爆弾を仕掛けた」ライアンの声は張り詰めていた。よけいな質問をして、彼の話をさえぎらない。彼にはほかにも電話する相手がいる。「いくつあるのか、いつ爆発するのかわからないが、どうやら今夜らしい。彼はおよそ四十五分後に、二通のメールを送るようセットしている。つまり、事態をおさめるための時間がそれだけはあるということだ」

「クソッ」振り返ってラーキンを見ないために、怪物をにらみつけないために、意志の力を総動員した。あたしなら彼を仕留められる、とティファニーは思った。

ライアンは彼女をよく知っていた。「勝手に動くなよ。ケールが船長に電話しているし、サンチェスが武器を調達してくれている。いまはラーキンに張りついていろ。また連絡する」

電話は切れ、ティファニーは携帯電話をバッグに戻した。全身の組織という組織が、ラーキンに駆け寄り、素手で絞め殺してやりたいと叫んでいた。でも、しなかった。座っていたスツールに戻り、バーテンダーにほほえみかけ、待った。心臓は早鐘のように打っていたが。自衛本能が、爆弾！　爆弾！　と絶叫していたが、彼女になにができる？　大海原のど真ん中にいて、どこへも行けない。

なにが起きたか、ケールは直接彼女に言わなかったが、電話の会話の端々からジェンナーには察しがついた。充分すぎるほどに。

爆弾。イカレポンチのラーキンが、〈シルヴァー・ミスト〉号を吹き飛ばそうとしている。顔見知りの人たちのことを、会ったことのない乗船客やクルーのことを、ここでできた友人たちのことを思った。ただ名前を知っているのではない、友人たち。

ケールとそのチームがラーキンを監視していなかったら、彼女とシドを誘拐し、監視装置を仕掛けていなかったら、ラーキンはこの計画をやり遂げていただろう。だが、計画を未然に防げるかどうかはわからない。

船長に電話がつながるまで、貴重な数分間が無駄になった。一分一秒も無駄にはできないのに。

「ランベルティ船長、こちらはケール・トレイラーです。この船には爆弾が仕掛けられていて、今夜爆発します。すぐに緊急避難措置をとってください」ケールは歯軋りしながら船長の返事を聞いた。「いいえ、爆弾による脅しではありません。警告です」ジェンナーをちらっと見る。「いいでしょう。わたしを逮捕するなり、閉じこめるなりすればいい。だが、そうする前に、この危険な船から乗船客を降ろしてください」しばらく耳を傾ける。堪忍袋の緒が切れそうだ。それから、重大な二語を口にした。「フランク・ラーキン」

ケールは電話を切った。二秒後、警報が鳴った。声——船長の声——が、船内のあらゆるインターコムから流れた。「これは訓練ではありません。どうかマスター・ステーションに向かってください。くり返します。これは訓練ではありません」ケールはベッドルームへ走り、PFDをふたつつかみ、ジェンナーの腕を取ってドアへ向かった。「行くぞ、スウィートハート。きみはすぐにこの船を降りる」

「あたしたちは、じゃないの？」彼にうながされて通路に出ながら、ジェンナーは言った。心臓がドキドキしていた。まだ上のデッキに出ていなかった着飾った人たちが、部屋を後にしようとしている。PFDを持っている人もいるが、なにも持たず当惑顔の人もいた。「あたしたち、でしょ」

彼の手を振りほどいて、リンダとニナの部屋をノックする。急いでほしかった。

返事はなかった。悠長に待っている余裕はない。彼女にとって大事なことだとわかっているから、ケールは一歩さがり、ジェンナーが叩いているドアを蹴破った。ドアはひび割れ、傾いて開いた。

彼女が名前を呼んだ。返事はない。リンダもニナもいなかった。客室は空っぽだ。ケールは彼女をなかば引きずるように階段へと向かい、逃げるほかの人たちに混じった。ジェンナーは必死に自分を抑えながら、ふたりがすでにデッキに出ていて安全なほうに向かっていることを祈った。

警報は鳴りつづけていた。階段をのぼる乗船客の何人かは悲鳴をあげ、人を押しのけてでも早く逃げようとする男がいた。

「慌てるな」穏やかだが確固としたケールの声が響いた。人を押しのけた男に彼が向けた視線は、冷静にならないと階段の下まで蹴落とすぞ、と言っていた。「みんなが落ち着きを失わなければ、全員が船を出ることができる。時間はまだある」充分にではないが、いくらかは。

「なんの時間だ？」堪《こら》え性のない男たちのひとりが叫ぶ。「きみはいったいなにを知ってるんだ？」

「そうやって人を押しのけていれば、誰かが怪我をするということを知っている」ケールは言った。ジェンナーなら男の尻を蹴飛ばしているところだが、ケールの言うとおりだ。慌てればろくなことはない。

不意に下のほうから耳をつんざく爆発音がした。船が揺れ大きく傾いた。ジェンナーは必死に階段の手すりにつかまった。埃と破片が空中を舞う。ジェンナーは屈んで靴を脱いだ。部屋を出るとき脱いでくるべきだったが、ランニングシューズに履き替えることなど思いつかなかった。目の前でジンジャー・ウィニンガムがよろけて落ちそうになった。夫のアルバートが抱きとめる。ケールも手を貸した。

ケールはそこで振り向き、ジェンナーを見つめた。深く愛するようになったあの深いブルーの瞳で。そこに彼女が見たのは、ほかのみんなも抱いている思いだった。

この船から生きて出られないかもしれない。

32

ラーキンは幸福だった。満ち足りて、興奮していた……そして、警報が鳴った。ディーンが跳びあがった。「なにごとだ？」

「馬鹿者め」ラーキンは言った。声は張り詰めていたが、冷静だった。「おそらく、爆弾のひとつが見つかったのだ」船内にある爆弾のなかには、隠すのを人任せにしたものがあった。それが見つかったのだろう。大事な仕事をノータリンに任せるとこういうことになる。

バーにいた客たちの何人かは出口へと向かったが、残った者もいた。年配の男が、飲み終わるまで席を立たないと言い張っている。部屋の反対側にいたカップルは、訓練だと思ったようだ。マースターズはヒステリックになり、指示にしたがって救命ボートに向かわず、携帯で誰かと連絡をとろうとしている。

「行きましょう」ディーンが静かに言った。「なにも知らないふりで押しとおすのです。ほかの連中とおなじように驚いているふりをして。あなたを救命ボートに乗せなければ」

「いや」ラーキンは立たなかった。腕時計を見る。三十分もすれば、焼夷爆弾が爆発する。

あと三十分！　不意に怒りが体を貫いた。彼抜きで船が燃え落ちるのを、救命ボートからながめるわけにはいかない。目の前で計画が崩れ去ってゆく。人びとはすでに救命ボートへ向かっていた。冗談じゃない、誰がひとりで死ぬものか。

ラーキンは立ち上がり、ポケットから銃を抜いて引き金を引いた。射撃がうまいわけではないが、ディーンはすぐそばにいたので弾を受け、ぐらっとして倒れた。ラーキンはもう一方の手でポケットから発火装置をとりだし、しばし見つめた。このまま避難訓練がつづけば、爆弾が爆発する前にみんな船を降りてしまう。そうはさせるものか。クソ馬鹿野郎！　何者かが彼の計画をめちゃめちゃにした。足を踏ん張り、安全装置をはずして親指でボタンを押した。

ランベルティ船長はクルーの何人かに、爆弾を探すよう命じた。何発かは爆発する前に処理できるかもしれないからだ。それとも、爆弾が仕掛けられたという話を信じていなくて、それを証明したかったのかもしれない。ブリジェットは水処理施設から貯蔵室へと向かいながら、自分だったら爆弾を船のどこに隠すだろうと考えた。船は巨大だ。可能性はいくらでもある。爆弾をどこに仕掛ければ最大限の損傷を与えられる？　電気系統、機関室、制御室、水処理施設、船体に近い場所……

クルーは二手《ふたて》に分かれた。避難を助けるため、それに自分たちも逃げるため上に向かった者たち。仕事のけりをつけようと踏み留まった者たち。それでも、折《おり》を見て上に向かうつもりだ。クルーはいの一番に避難できるわけではない。警報が鳴った理由がなんであれ。

ブリジェットが知っていることを彼らは知らない——つい鼻の先に爆弾が仕掛けられていることを。

フェイスが言うには、まだ時間がある。ラーキンは声明文をメールで送るまで、船を爆破しない。そうでなければ、わざわざ声明文など書くだろうか？　少なくともあと三十分ある。あるいはもっと。三十分以内に爆弾を探しだして信管をとりのぞくことができれば、船を捨てる必要はない。

だが、ラーキンがいくつ爆弾を仕掛けたのか、どこに仕掛けたのかはわかっていない。ブリジェットとマットはいちばん下の階から捜索をはじめ、上へと向かっていった。彼女は信管をはずせないが、マットはできる。マットはひとつ上の階にいた。クルーの大半が寝起きしている場所だ。危機が起きたとき、その階は誰もいなくなる。

携帯電話の電波が爆弾を爆発させるおそれがあるので、たとえ爆弾を見つけてもマットに連絡できなかった。とくにすぐ近くにいる場合は。古い手を使うしかない——走りながら叫ぶ。それぐらいならなんとかできるだろう。

捜索にかける時間は十五分。それから逃げだす。

そのとき……当たった。それとも、はずれか。それは彼女がどう考えるかによる。正直に言えば、見つけたくなかった。積み上げられたコークのケースと、おなじように高々と積まれたクラッカーの箱の隙間に、爆弾が置かれていた。空のボール箱に見せかけて。へたな細工だ。彼女は慎重に箱を引きだした。

ブリジェットは爆発物の専門家ではないが、セムテックス（プラスチック爆弾の一種）の塊には見覚えがあった。単純な起爆装置が貼りつけてあり、小さな赤いライトがゆっくりと点滅していた。

ワンアウト。

不意に爆弾からカチカチいう音がして、ライトがつきっぱなしになった。ブリジェットは反射的に跳びのいたが、遅すぎたとわかった。

「われらの父……」

リンダ・ヴェールは通路を急ぎ足で歩きながら、ニナと一緒に午後のエアロビクスのクラスに出るべきだったと思ったが、時すでに遅しだ。昼寝をしたりしてのんびりと過ごし、ペニーとバトンズの部屋に向かっていた。ペニーに髪を結《ゆ》うのを手伝って、と頼まれていた。内心では、目の見えない人間が目の見えない人を案内するようなものだと思ったが、最善を尽くすわ、と応えた。ニナはクラスが終わったら急いでシャワーと着替えをすませ、彼女たちに合流し、一緒に美術オークションに行く手筈だった。

よい計画だったのに、オジャンになって残念だ。警報が鳴りだしたのは、エレベーターのなかだった。エレベーターがこの階でとまったので、彼女は乗り合わせたカップルと一緒に出た。安全装置が働いてエレベーターはとまったのだろう。階段を使って下の階に行かなければ——それともふたつ下？

あがってくる人ばかりの階段を降りるのは至難の業で、彼女はもみくちゃにされた。逃げようとする人は押してくるばかりで、脇によけて彼女をとおしてはくれない。だから一段あがって二段さがるという按配《あんばい》だった。ペニーとバトンズを捜したが、人ごみのなかに見当たらなかった。見逃したのだろうか、それとも彼女が来るのを待っているの？　かわいそうにニナはトップデッキでたったひとり、慌てふためいているだろう。リンダ自身もパニックに襲われそうになっていた。長い人生、ずっとひとりでとおしてきたのに！

逃げる乗船客を掻き分けて降りるのだから、遅々として進まない。一緒に上に行こうと言ってくれる人が何人もいたが、そのたび頭を振って降りつづけた。友人たちさえ見つかったら、喜んでマスター・ステーションに向かう。マスター・ステーション3だ。それがどこにあるのか思いだせさえすれば……

逆上したカップルのあいだを潜り抜けて通路に出るとひと息ついた。もみくちゃにされるのはこれで終わり。ここがペニーとバトンズの部屋のある階？　ほとんどの人がすでに逃げていて、通路には出遅れたカップルがいるだけだ。リンダは小走りに通路を行き、とまった。間違った方向に来てしまったのだ。いつも使っているエレベーターだと、べつの場所の通路に出ていた。

通路の真ん中に立っていると、冷たいものが全身を走った。冷たい息を吐きかけられたようにうなじがゾクゾクした。男のささやき声が名前を呼ぶ。くるっと振り向く。まさかとは思いながらも、でもきっと、そこにウェインが立っている。彼の名を呼び、期待に息を潜《ひそ》め、それから、足もとの床が吹き飛んで耳が聞こえなくなり、体が後ろにすっ飛んで、肺から空気を奪われた。そして、自分が正しかったことを知った。

「ウェイン……」

前触れもなく、ラーキンはやにわにミルズを撃った。ティファニーが振り向くと、イカレポンチはポケットからべつのなにかをとりだすところだった。遠隔発火装置。クソッ！ 彼が親指で装置を押し、一瞬の間の後、長くて二分の一秒の後、船が揺れた。下のほうが激しく揺れている。警報はしばらく鳴りつづけ、そしてとまった。バーのライトが明滅して消え、すぐに非常用照明がついた。

ラーキンは銃を彼女に向け、撃った。彼女はとっさに屈んで床に伏せ、身を隠すものを探した。あたしを殺すつもり？ 彼が発火装置のスイッチを押し、ミルズを撃つのを目撃したから？

すぐに気づいた。彼が撃ったのはティファニーではなく、バーに残っていた人すべてだ。

バーテンダー。爆発が起きるまで、訓練で習ったとおりに動くことを拒絶した年配の男。客を誘導してバーから出していたクルー。さっきまで冷静だったが、いまはパニックを起こしているカップル。

ラーキンに近い横の入口から、黒髪のずんぐりした女がよろよろと入ってきた。泣いている。黒いイブニングガウンのスカートが破れている。転んで膝を突いたのだろう。それもひどく。「夫を捜しているの」女が言った。ラーキンは女に向かってまた発砲した。額にきれいな黒い穴があき、頭からのけぞって女は倒れた。ラーキンは落ち着きはらって女の死体をまたぎ、横の入口から出て行った。

まわりの人たちはショックを起こし、泣き叫ぶか、いまにも気を失いそうだったが、ティファニーは動いた。携帯電話をとりだしてブラに押しこみ、走った。ミルズのかたわらに屈みこみ、彼がつねに携帯していた拳銃をつかんだ。

彼はまだ死んでいなかったが、時間の問題だろう。「待て」彼がささやいた。

「ハニー、あたしにはなにもしてあげられない」ティファニーは同情抜きで言った。ミルズは悪い側を選び、そのつけを払ったのだ。

「わかっている、だが……もっと」彼の声はいまにも消えそうだ。

「もっと人が？　もっと爆弾が？」ティファニーは畳みかけた。

「両方」

携帯電話をつかんでケールにかけようとしたが、つながらない。船に設置された基地局が破壊されたとは思わないが、下で起きた爆発で多くのものが破壊され、電力の供給がストップしたのだろう。必要最低限の補助電力は確保されている。少なくとも真っ暗にはなっていない。

万が一電力が復旧する場合に備え、携帯電話をブラに戻す。ケールやほかの仲間に出会える確率は？ 低いが、ゼロではない。それまで、やるべきことをやろう。

ラーキンの後をつけた。「あのイカレポンチの馬鹿クソ野郎はあたしがいただく」そうつぶやいて、リド・デッキに出た。ラーキンは射撃はからきしだめだが、彼女はちがう。

下の階の爆発でマットは飛ばされ、頭をしこたま壁に打ちつけ、腕を金属の棚で強打した。爆弾を探していた倉庫での出来事だ。妙な姿勢で床に落ち、痛みが全身を貫いた。耳鳴りがし、頭のなかに甲高い音が充満してすべてを呑みこんだ。

だが、意識は失っていなかった。駆り立てられるように上体を起こし、なんとか立ち上がった。ざっと見たところたいして出血はしていない。ライトが消え、つぎに非常用ライトがついて、船でもっとも印象の薄い場所を哀れなほど弱い光が照らした。よく見えないが、それほどひどい怪我はしていないと思った。

頭はまだクラクラしていて、ガンガン鳴る頭でものを考えられるようになるまで数秒かかった。爆弾は一個も見つからなかったが、馬鹿でかい船だし、爆発の具合から判断して、ひとつ下のデッキに仕掛けられていたようだ。

ブリジェットはその階で一掃作戦をくり広げていた。まさか。ブリジェット！　急に動いたら腕が悲鳴をあげた。腕を見て気づいた。それほど軽傷ではなかった。腕は折れているようだ。つまり、ここに閉じこめられたら自力で這いだすことはできない。手首をつかんで腕を固定する。三角巾の代用が見つかるまで腕をかばいながら、階段へと走った。

階段には煙が充満していた。黒煙が階段を昇ってくる。叫び声をあげると、自分の耳にも妙な音に聞こえた。一階上にいた自分の耳がこれだけおかしくなっているのだから、下にいる生存者はおそらく耳が聞こえていないだろう。

生存者はいるはずだ。ブリジェットもそのひとりだ、きっと。彼がこの階を捜索するために階段をのぼってきたときには、下の階に大勢のクルーがいた。煙のなかに動きがあり、立ちどまった。人の群れが飛びだしてくることを期待して。

四人。たった四人か？　もっといたはずだ。これが最初の一団なんだ、だろ？　信じられない思いで彼らを見つめる。全員が負傷していた。程度の差はあれ、たいていが裂傷だ。ふたりは耳から血を流していた。

「ブリジェット」マットは大声で叫んだ。「誰か彼女を見なかったか？」ふたりの女とひとりの男は彼を見ただけだった。頭がぼうっとして耳が聞こえず、船の最上階にたどり着くことしか考えていない。立ちどまることなく階段をのぼりつづける。マットと一緒にデッキで働いていたブロンド美人のジェーンが、列の最後だった。彼と目が合うと踊り場で足をとめた。

「ブリジェット?」マットは叫んだ。頭がくらくらした。ジェーンの顔の片側を血が筋になって流れていた。だが、重傷ではなさそうだ。

ジェーンは耳を指差し、肩をすくめた。目から涙が溢れた。

マットは口を指差し、彼女が唇の動きを読めることを願った。「おれの友人、客室係」ゆっくりと言う。「ブリジェット」

ジェーンは顔をしかめた。「さっき見た」彼女もマットと同様に大声をあげ、頭の片側に手のひらをあてがった。耳鳴りを和らげようとしているのだ。「ブリジェットは貯蔵室に向かった。爆弾のすぐ近くにいたと思う。そっちのほうに向かったことはたしか。戻ってくるのは見ていないから……」涙が頬を伝った。「なにが起きたの? なにかまずいこと? マット、下の階には死人が出ているのよ!」

「階段をあがっていけ」マットは上を指差した。「できるだけ早く救命ボートに乗るんだ」

「あなたも来るんでしょ?」ジェーンが叫んだ。

「いや」マットは言い、下の階へ、濃い煙のなかを進んだ。

ライアンは妻を〈シルヴァー・ミスト〉号から降ろすことしか考えていなかった。イブニングドレスで着飾った人たちが、われ先にボートへ走る姿は見ていて恐ろしいものがあった。訓練のときとはまるでちがう。あのときは、女たちはクスクス笑い、パッティングの練習やカードゲームから引きずりだされた男たちは退屈し、いらだっていた。今夜は命令などそっちのけだ——そして、爆発が船を揺らし、すべてが一変した。

乗船客たちは、オレンジ色のPFDをタキシードやイブニングガウンの上からつけ、まだ海面に降ろされていない二隻の救命ボート——四、五十人を収容できる大型のもの——にすでに乗りこんでいた。爆発が起こり、女たちは悲鳴をあげた。人に手をかす者、押しのける者、男たちは本性を剝きだしにした。船のいつものあかるいライトが消え、一瞬の後、電池式の非常用ライトがついた。さっきまでは危機だったのが、混沌へと変わった。

彼はフェイスをクルーのいる救命ボートのほうへ押しだした。「わたしはケールを捜しにいく」

「わたしも行くわ」

妻に短いキスをしながら、これが最後になるのだろうかと思った。「きみは戦士ではない、フェイス」

「でも……」

「大事なときに、きみは足手まといになる」

彼女の唇がこわばった。心が映しだされた瞳で、彼をじっと見つめた。不本意だけれど、彼の言うとおりだった。「愛しているわ。気をつけてね」そして、涙が頬を伝った。クルーに手を引かれ、救命ボートに乗せられた。救命ボートが揺れながら降りてゆくのを、彼は見送った。最初の一団が船を去った。

ケールはジェンナーの手をつかみ、階段からリド・デッキに出た。背後では人が押し合いへし合いをくり返し、悲鳴や叫び声が聞こえた。自分の体でジェンナーをかばいながら、人ごみから離れる。

爆発は重大な損傷をもたらしたが、船は頑丈だった。〈シルヴァー・ミスト〉号は沈まないだろう。もうしばらくは。だが、船体が傾くのはどうしようもない。

「きみは救命ボートに乗れ」彼は言った。

「あなたも一緒じゃなきゃいや」ジェンナーが言う。口調はしっかりしていた。

彼女の目を見つめる。頑固で意地っ張りで、揺るぎがない。クソッ、時間がないんだ。

「おれのためだ、乗ってくれ」ケールは言い、彼女に使える唯一のカードを切った。充分ではなかったようだ。

彼女は嘲りの表情を浮かべた。「ぜったいにいや」

言葉の選び方を間違えた。「部下の無事を見届けるまで、船を離れられない。フランク・

ラーキンに、これ以上人を吹き飛ばさせるわけにいかない。頼むから、ジェンナー、やるべきことをやる前に、きみが無事に船を離れるのを見届けたいんだ」

大混乱のなかで、チームのメンバーになにが起きたか知る術はない。背後で誰かが叫んだ。「彼が撃たれた！」背筋に悪寒がした。ジェンナーはまだ持ちこたえている。状況の重大さに気づいているが、とり乱してはいなかった。

「あなたが気づいている以上に、あたしはあなたのことがわかってる」彼女が冷静な声で言った。「ヒーローでなきゃいられない人。あたしはすぐ後ろをついていくから。あたしひとりではぜったいに救命ボートに乗らないことはわかってるはずでしょ。だったら、自分のことだけ考えてりゃいいの」

クソ忌々しいことに、彼女は間違っていない。

33

慌てふためく乗船客に混じって歩き、自ら創りだした大騒動を楽しんだ後、ラーキンは横の入口からレストラン、〈ザ・クラブ〉に入った。店内は壁の非常用ライトがついているだけで薄暗かった。誰もいないテーブルを縫って厨房へと向かった。さっきまで人が座っていた痕跡が、テーブルには残っていた。厨房の貯蔵室の奥で、焼夷爆弾のひとつが爆破する時を待っていた。腕時計を見る。あと二十三分。

壁越しに乗船客の悲鳴が聞こえた。残念ながら苦痛の叫びではなく、恐怖の悲鳴だ。いまはまだ。

人気のない厨房に入り、調理場を通り過ぎる。警報が鳴ったとき、客たちは食事中か料理が来るのを待っていたのだろう。クルーが逃げだし、厨房はがらんとしていた。ガスレンジの火はとめてあったが、誰もわざわざ料理をしまおうとはしなかった。できあがった料理を食す人間はひとりも残っていない。

貯蔵室で死ぬのは外聞が悪いが、ここまできたらどうでもいいことだ。だいいち、ここは静かだった。人の出入りがない。安らかに死ねる。頭痛がぶり返した。まるで倍返しの痛みだ。頭蓋骨に釘を打ちこまれるみたいだ。ありがたい。警報がとまった。

緊急時の手続きは知っている。計画が狂いだしてからいままでに、船長は相互海難救助制度に従い沿岸警備隊に連絡したはずだ。救助の船はいつごろ到着するだろう？　二十三分以内ということはなさそうだ。もう一度腕時計を見た。あと二十二分だ。太平洋は茫漠《ぼうばく》と広い。損傷を負った〈シルヴァー・ミスト〉号に到達するまで、延々と海をやってこなければならない。

計画していた以上に多くの人が難を逃れることになる。だがこの分では、全員が救命ボートに乗れはしないだろう。馬鹿者どもは慌てふためき、貴重な時間を無駄にしている。下のほうはどうなっている？　アイザックは爆発現場の近くにいたのか？　彼は死んだか？　怪我をした？　彼の無知は雇い主の責任なのか？　架空のものだった強奪計画に、人生を賭けていた警備員たちの慌てぶりが目に浮かぶ。

ラーキンはこれまでに、手がけた冒険的事業をことごとく成功させてきた。取引を成立させ、政界や財界に影響力を発揮し、全世界に影響を与える武器取引を陰で仲介してきた。それなのに、思いどおりに自殺できないとは、いったいどこが間違っていたんだ？

腕時計をまた見る。あと二十一分。

ケールと一緒に行動しても、けっして邪魔はしない、とジェンナーは約束した。ライアンと出会ったときもひと言もしゃべらなかった。ライアンは、フェイスが最初に海に降ろされた救命ボートの一隻に乗ったことを、ケールに報告した。フェイスは協力的だったけど、きみはちがうんだね、とジェンナーをからかっている暇が、ライアンにはなかった。

からかうのは後まわしだ。

ランベルティ船長が、人ごみのなかにいるケールとライアンに気づいた。気品のある顔に決意がみなぎっている。「沿岸警備隊には連絡しました」船長は言った。「この領域に船がいればすべて救援にやってきます」近くにどんな船がいるかはわからなかった。漁船か貨物船か、クルーズシップか。問題は、この船がいま現在地獄と化しており、ほかの船からはるか遠くにいることだ。救助の船がやってくるまでに、貴重な時間が失われてゆく。ランベルティは長居をしなかった。爆弾で船は沈まないというのはほんとうかもしれない。だが、死者は出ている――その数がどれくらいか、船長にはわからない。誰にもわからなかった。

船長が去ってから、ケールとライアンは額を集めて相談した。「サンチェスを見つけだす必要がある」ケールが言った。

「爆弾が爆発したとき、下の階にいたとしたら――」ライアンは言いかけてやめ、肩をすくめた。彼がどこにいたか知る術はなかった。警備員なら、爆発の瞬間、船のどこにいてもおかしくない。彼の運命はまだ定まったわけではなかった。ラーキンの行方はつかめていないし、彼を尾行していたティファニーの居所もわからない。マットとブリジェットは下の階にいた。携帯電話の基地局が動かなくなっているいま、連絡をとろうにもとれなかった。

ケールは振り返って彼女を見た。その目から、彼女は懇願を読みとった。

「あなたと一緒でないかぎり、ここを離れない」彼女がやさしく、でもきっぱりと言った。

イブニングドレスの上からPFDを着たカップルが、かたわらを走りすぎていった。ぶつかりそうになっても彼女を見もしない。視線はまっすぐ救命ボートに向いていた。

「サンチェス！」ライアンが不意に声をあげ、ケールはパッと振り返った。まわりの人たちより頭ひとつ大きいからすぐに彼だとわかった。こっちにやってくる。見間違えようがない。広い肩で押しのければなんなくここまで来られるが、パニックをきたした乗船客をやさしく誘導し、数人を救命ボートまで連れていった。

そしてようやくケールのそばまでやってくると、サンチェスは上着の下に手を入れて拳銃をとりだし、こっそりケールに渡した。拳銃がやりとりされるのを見たら、乗船客はまたパニックをきたすだろう。「人ごみのなかでも、あんたたちはすぐにわかる」サンチェスは言い、妙なため息をついた。ジェンナーはなるほどと思った。救命ボートに向かって走っていないのは三人だけだ。

「タッカーは死にました」サンチェスがまわりに聞こえないよう声をひそめて言った。彼らがなにを話し合おうと、まわりの人間は気にもしないだろうが。一刻も早く船から逃げだすことしか考えていない。「爆発でやられたんです。これは彼の拳銃です。爆発があったとき、おれも下の階に向かっていたけど、少し遅れたんで命拾いをしたんです。タッカーは爆弾の近くにいた」

「ほかの連中は？」ケールが尋ねた。

「アスカーとザディアンは行方がわかりません」

「それだけか？」と、ライアン。「ラーキンとそのふたり以外に、関係していた人間はいないのか？」

「おれが知るかぎりでは」

ケールはサンチェスに向かってうなずいた。「きみの協力に感謝する。救命ボートのステーションに向かいたまえ」

「いいえ、サー。できれば最後まで見届けたいです」

ケールはうなずいた。そのとき、怒った声がして全員が振り返った。「ああ、いたいた」

ティファニーは拳銃を持っていたが、脇にさげているのでまわりの人たちは気づいていないようだ――それとも、気にしていないのか。エキゾチックな瞳が怒りでギラギラ輝いている。

「ラーキンはこのデッキのどこかにいるわ。最後に見たときにはいた。ミルズによると、ほかにも爆弾はあるし、関わっている人間はほかにもいるそうよ」

「人間のほうはわかっている」ケールが言った。「だが、ほかの爆弾についてはなんの情報もない。ミルズはどこだ？」

「死んだわ。だから、もう助けにはならない」ティファニーはジェンナーに目をやった。「どうして救命ボートに乗らないの？」

ジェンナーはためらわなかった。「お先にどうぞ」

まわりに集まった人たちを順繰りに見る。混沌のなかにあって統制がとれた人たち。ケール、ライアン、ティファニー、サンチェス、それにジェンナー。小さな軍隊と言ってもいい。自分はその一員でない事実を認めるのはすごく癪に障るが、彼女は現実的な人間だ。彼らの一員になりたかった。危機的状況において役にたつ人間に。彼らがこの危機を無事に切り抜けられるのなら、彼女だって。でも、いまは……

「フェイスが最初に見積もった残り時間は正しかったと思う。つまり、あと二十分を切っている」ケールが言った。「十五分はあるはずだ。別れて捜そう。ラーキンを捕まえることもだが、最優先にすべきは爆弾だ。彼は爆弾のありかを知っている。おそらくアスカーとザディアンもだ。彼らの顔はみんな知っているな？」

ジェンナー以外の全員がうなずいた。いまのいままで、彼らの打ち合わせに参加したことはなかった。アスカーとザディアンの名前を耳にしたのもはじめてだ。

「ジェンナー！」声に振り向くと、涙を浮かべたニナが立っていた。

「ニナ、どうして救命ボートに乗らないの?」

「リンダが見つからないの」ニナはほかの人たちのようなイブニングドレス姿ではなく、ワークアウトの格好をしていた。涙が顔に筋をつけている。「バトンズとペニーのスイートで待ち合わせていたんだけど、階段が封鎖されていて下に降りられないの」

ジェンナーはニナの手を握り、自信たっぷりに目を見つめた。ほんとうは自信なんてこれっぽっちもなかった。「リンダはすでに避難したのよ」

ニナは頭を振った。「そうは思わない。方向感覚がまるでない人だもの」

ジェンナーはケールを見やった。こんなの気に入らない。だんじて気に入らないけれど、彼にはやることがある。それは彼女には力を貸すことのできないことだ。ここで留まれば、彼の足手まといになるだろう。そのことを認めるべきだ。人の役にたちたかった。この危機に際して、なにかをしたかった。でもケールを頼っていてはなにもできない。

いま彼女にできるのは、ほかの爆弾が爆発する前にニナを救命ボートに乗せることだ。あと二十分を切っている! リンダを見つけられるだろうし、ペニーとバトンズが救命ボートに乗ったことをたしかめられるだろう。

ふたりの目が合った。彼女が考えていることが、ケールにはわかった。彼女はニナの世話をし、彼は彼の仕事をする。口で言う必要はなかった。爪先立って彼にキスし、ささやいた。「マスター・ステーション3で、十五分後。怪我をしてごらんなさい、蹴飛ばしてやるから」

拳銃を隠そうにも隠す場所がなかった。

ティファニーはサンチェスを後ろに従え、ケールの指示どおりスポーツ・デッキへ通じる階段をのぼっていた。客室やその下のシアターからデッキに出る階段とちがって人気《ひとけ》がなかった。この階にいた人たちは、警報を聞いてマスター・ステーションに向かう時間が充分にあったはずだ。

ラーキンはリド・デッキかスポーツ・デッキにいる可能性が高い。のぼってくる人が大勢いて、みなを上に向かわせようとクルーが誘導している階段を、ひとりだけくだる危険を冒すとは思えない。

すべきことをするのに恐れはなかったが、正直に言うと、引き受けた仕事にはこんなことは含まれていなかった。「クルーズだぞ」やわらかくて高い声でケールのしゃべり方を真似た。もっとも彼はこんなキーキー声は出さない。「きっと楽しめる」

屋根のない場所に出て、あるべきでない場所に動きがないかと目を凝らした。サンチェスがすぐ後ろにいた。自然と二手に分かれた。彼女はフィットネス・センターに向かい、彼はパッティング・グリーンに向かった。

このデッキは開けた場所が多いし、少しでも前に出ようと割りこむ人たちもいないから、リド・デッキより捜索するのが楽だった。でも、人ひとりが隠れられる場所はそう多くない。

ラーキンをこの手で仕留める決心を固めてはいたが、アスカーとザディアンを捕まえることにもやぶさかではない。彼らは計画に加わり、爆弾を仕掛けたと思われる、とケールは言っていた。

爆弾はあと何個あり、いつ爆発するようセットされているのだろう？

デッキは薄暗かったが、ティファニーはピリピリしていたから、目の端で小さな動きをとらえるとくるっと振り向いた。銃を構えると、相手も銃を構えた。銃はびくとも動かない。暗がりにふたりいるので、彼女は引き金を引かなかった。迷子になった乗船客かもしれない。パニックに陥り混乱をきたし、避難する代わりにここに隠れることにしたのかもしれない。考えられないことだが、引き金を引く前にたしかめなければ。

男が叫んだ。ラーキンではない。「銃を持ってる！」そして発砲してきた。ティファニーも撃ち返し、エレベーターの乗り場のコンクリートの壁の陰に隠れた。彼女が視界から消えると、ふたりの男は薄暗いライトの下に出てきた。アスカーとザディアンだ。サンチェスがミルズの仲間としてふたりの名前をあげたとき、フェイスがインターネット上から探しだしてきた写真そのままだった。

銃声を聞いてサンチェスが走ってきた。銃を抜いている。サンチェスが攻撃を自分に向けさせているあいだに、ティファニーは、サンチェスに向かって発砲する黒髪の男に狙いを定めた。彼女がアスカーを仕留め、サンチェスがザディアンを撃った。

ふたりが倒れると、ティファニーは隠れ場所から出てサンチェスと並んだ。アスカーは眉間に弾を受けて死んでいたが、ザディアンはまだ息があった。サンチェスがふたりの銃を回収するあいだに、ティファニーはザディアンをにらみつけた。「奴はどこ？」

「誰？」

わからないふりをして。「ラーキン」

ザディアンは横を向いて唾を吐いた。「ラーキンはおれたちに嘘をついた。爆弾を爆破する前に、おれたちを逃がすつもりなんてなかったんだ。どうして彼は……」呼吸が荒くなった。近くに病院があったなら、腹に弾を受けても生き延びられただろう。残念ながら病院はない。

ティファニーは尋ねた。「ここでラーキンを捜していたんでしょ？」よほど重要なことがなければ、ふたりがここに残っているはずがない。沈む船から逃れるためなら、老女を押しのけてでも救命ボートに乗りこむような連中だ。

「ああ」ザディアンは傷口に手を当てたが、見ようとはしなかった。「彼はここにいない。逃げだしたんだろう、おれたちを置き去りに……」

「ラーキンはどこにも行っていない」たくさんの人間が彼を捜していた。ケールと船長が先頭に立って。もっとも、メールによれば、ラーキンは今夜、大勢の人を道連れにして死ぬつもりだった。逃げだすことは考えていない。

「爆弾はどこ?」

ザディアンは喘ぎ、頭を振った。「おれは下の制御室にひとつ仕掛け、もうひとつを客室に仕掛けた。上のほうのデッキに仕掛けた爆弾のありかは知らない」

「誰が仕掛けたの?」

「ミルズとジョンソン」

ふたりとも死んだ。まいった。手遅れになる前に爆弾を見つける唯一の手がかりはラーキンだ。

「ラーキンはリド・デッキにいるにちがいない」ティファニーは言い、階段に向かおうとした。

「その拳銃の片方をライアンに渡して、それから……」

「殺せ」ザディアンが言った。「どうか殺してくれ」

彼女は振り返り、鼻を鳴らした。あんなクソッタレの願いなんか、誰が叶えてやるものか。

リド・デッキのバーやカフェを捜索しながら、ケールはいらだちを募らせていった。

避難現場の混乱はだいぶおさまってきたが、救命ボートに人を乗せて海に降ろす作業をしているクルーメンバーは、また爆発が起きるとは思っていない。彼らはいっぱいいっぱいで働いているのだから、よけいなことは言わないほうがいい。彼らまでパニックを起こしたら、避難作業に支障をきたす。

遠くで銃声が聞こえた。ラーキンか、行方のわからなかった警備員？　ラーキンは近くにいると、彼の直感が言っていた。

彼もチームのみんなも、血を流す仕事をするためにここにいるのではない。こちとら監視クルーだ。監視！　彼はこういうのに慣れていても、チームにとっては契約外だ。彼だってそうだが、そんなこと言ってられない。売られた喧嘩は買うしかないだろう。あと数分したら、計画にしたがってメンバーたちと共に船を降りる。爆弾で吹き飛ばされる前に。そのころには、爆弾を見つけだして信管をとりのぞいている暇はなくなる。ラーキンは勝手に吹き飛べばいい。

この船には爆弾を隠す場所はいくらでもある。可能性はいくらでもある。おそらくは簡易手製爆弾だろうから、大きさも形も自由に作れる。どんな外観か見当もつかない。知っているのはラーキンだけだ。その知識を役立てることなく、いたずらに時間だけが経ってゆく。

厨房のドアを蹴破って銃をあげた。すると、いた。食糧貯蔵室らしき部屋の入口の床に座っていた。厨房は薄暗いが、ラーキンの顔に影がよぎるぐらいの光が射していた。

ケールは銃を構えてラーキンを狙った。「立て」

「いや」ラーキンが穏やかな声で言う。

自信満々だな、とケールは思った。もう時間がないことを知っているにちがいない。「爆弾はどこだ？　いくつある？　いつ爆発する？」

ラーキンは腕時計に目をやり、時間を見るためあかるいほうへ動かした。「言うつもりはない」気難しいガキみたいなしゃべり方だ。光線の具合か目が妙に光っている。「数が多すぎる。たとえ見つけても、安全化する時間は残っていない。あとほんの五分だ。だいたいな」

ケールはすばやく計算した。最後にジェンナーを見たのは救命ボートのステーションだった。怯えるクルーメンバーと一緒に、乗船客がボートに乗るのを手伝っていた。いまごろは船を離れているだろう――そう願う。頼むからそうしていてくれよ。

「計画を台無しにしたのはおまえだ、そうなんだろう？」ラーキンが推論して言った。「いったい何者だ？」答を待たずに片手をあげた。小さな銃を握っている。

磨きぬいた反射神経が働き、ケールは撃った――この距離ならはずすわけがない。弾はラーキンの腕を貫通し、拳銃が落ちて床を転がった。もう一発、今度は膝を狙った。最後の最後でこいつの気が変わっても、救命ボートまでたどり着けないように。ラーキンは悲鳴をあげて突っ伏し、苦痛に身悶えした。

もう時間だ。ラーキンのクソ野郎。ジェンナーとチームのメンバーを救命ボートに乗せなければ。いますぐ。

ジェンナーは必死だった。ニナは救命ボートに乗せたが、リンダ・ヴェールの姿はなかった。ペニーとバトンズの居所もわからない。彼女たちは、ジェンナーがステーションにやってくる前に船を離れていたのかもしれない。多くの乗船客がすでに避難していた。でも、彼女とケールは早い時間にリド・デッキに出ていたから、彼女たちの姿を人ごみのなかに見かけていたはずだ。

心配の種が多すぎる。どれも深刻すぎる。だから無理してでも、一度にひとつの問題に気持ちを集中することにした。

自分だっていますぐ逃げだしたいだろうに、勇敢にもジェンナーと一緒にステーションに残っていた若いクルーメンバーのダイアナも、焦りを見せはじめていた、もう限界……どれぐらい時間が経った？　三十分？　一時間？　時間の感覚を失っていた。満員の救命ボートが揺れながら海へと降ろされる。海面に着くと自動的にロープがはずれ、またおなじ作業がくり返される。みなが協力的なら作業は迅速に進む。船に残っているのはわずかな人たちだけだ。ダイアナはうろたえている。

満員の大型救命ボートは〈シルヴァー・ミスト〉号から離れて波間を漂い、救助の船が到着するのを待つ。遅くとも朝までにはやってくるだろう。長く恐ろしい夜を過ごすことになる。

「まだ乗船客はいるはずだわ。クルーも」ダイアナがあたりを見まわし、彼女を手伝っていている年配の男の口にしなかった質問に答えた。ほかにもステーションがあり、ほかにもクルーメンバーがいて——ランベルティ船長は船尾のステーションにいる——おなじ質問を口にしているだろう。ほかのみんなはどこにいる？

最初の爆発で思っていた以上に多くの犠牲者が出たのではないだろうか。「緊急時だもの、みんなの無事をたしかめることはできないのよ」ジェンナーはおもてむき冷静だったが、胸のなかで激しく脈打つ心臓は、恐怖の悲鳴をあげていた。ケールはどこ？　約束の時間は迫っていた。彼を残しては行けない。

「ボートに乗って」ジェンナーはダイアナに言った。このステーションには、ほかに待っている乗船客はいなかった。

「でも……」

「あたしもすぐに行くから」ジェンナーは約束した。ケールがやってきたらすぐに、とは口に出して言わなかった。ダイアナには事実を告げたくなかった。まだ船内に爆弾があって、あまり時間が残っていないという事実は。

足音がして、振り向くと、ティファニーが視界に飛びこんできた。ハイヒールを履いたまま、銃を握ったままだ。サンチェスがすぐ後につづいた。力強い足どりは彼女と一緒だ。ライアンがべつの方向からやってきた。ケールはどこ？

「乗って」ティファニーがぶっきらぼうに言い、救命ボートに向かった。

「ケールが来るまでは――」

「サンチェス」ティファニーが鋭い声を出す。「ミズ・レッドワインが救命ボートに乗るから、手を貸してあげて」

ジェンナーは片手をあげた。「その必要はない」ボートに乗ったら吐き気がした。力尽きていまにも倒れそうだ。彼はどこ？ ティファニーと男ふたりもすぐにつづき、ダイアナがボートを降ろす準備をしていた。このステーションから避難する最後のクルーメンバーのためのボートだ。

「待って」ジェンナーはすがりつく思いだった。ダイアナが救命ボートを降ろしはじめる。「もうひとり来るから」

ケールが来る、そうでしょ？ ラーキンは彼を襲っていない。撃っていない。背後から忍び寄って頭を殴ったりしていない……

ティファニーが彼女の手を握り、ささやいた。「彼は来るわよ」

「わかってる」ほんとうはわかってなんていない。確信はなかった。彼にもしものことがあったら、感じるはずでしょ？ そうじゃないの？ 息がつかえた。いま彼を失うわけにはいかない。バカッタレ、ほんの一週間前にこの人だと思ったばかりなのに、言い争いばかりして時間を無駄にして……

そのとき聞こえた。走ってくる足音と、激しい息遣いが。だが、クルーの制服とブロンドの髪が目に飛びこんできて、ジェンナーは泣きそうになった。

「よかった！」ティファニーが立ち上がり、やってきたマットに手を差しだした。

「いや、触らないで」彼が喘ぎながら言った。焼け焦げたテーブルクロスを三角巾代わりに腕を吊っていた。ひどい怪我だ。傷だらけで血を流し、服はボロボロだった。

「ブリジェットは？」ライアンが尋ねると、マットは頭を振った。

「だめだった」彼の声は大きすぎた。ライアンの横に立っているのに、大声を張りあげていた。「できるかぎり捜したんだけど……」

「ボートを出さないと」ダイアナが言った。たしかにそう。時間切れだ。

「彼を残しては行かないって、言ったから」ジェンナーは救命ボートの端につかまり、降りようとした。

ティファニーが彼女をつかんで引き戻す。「ここから動いちゃだめ」きつい言い方だった。

「こんなことしている時間はないの」

スポーツ・デッキで爆発が起こり、全員が身を屈めた。ダイアナは悲鳴をあげる。火の玉が空を飛んだ。デッキの船尾側で爆発が起き、そこにあったステーションと作業にあたっていた人たちを吹き飛ばした。悪臭を放つ熱波が襲ってきて、救命ボートを激しく揺らした。

ダイアナはボートを降ろしはじめた。

「だめ」ジェンナーはすすり泣いた。「待って！」ダイアナが彼女を見て、貴重なその一瞬、ためらったが、またボートを降ろした。ジェンナーは跳びあがったものの、ライアンに手をつかまれ引き戻された。握る力は強かった。じっとさせておくためなのか、慰めを与えようとしているのか、彼女にはわからなかった。

救命ボートはゆっくりと、断続的にさがっていった。手すりよりさがったちょうどそのとき、彼の姿が見えた。全力疾走してくる。「彼よ!」彼女が絶叫すると、ダイアナがまたためらった。救命ボートがガクンととまった。

ケールはためらわなかった。手すりを跳び越え、そのまま落ちてきた。まるで狂暴なジェームズ・ボンドだ。タキシード姿で、焼け焦げ、汗びっしょり。ジェンナーは彼に抱きつき、そのまま体を伏せた。べつの爆発が船の上部デッキを揺らした。

ラーキンは空気を吸いこもうとしたが、どうも酸素が足りない。腕は焼けつくように痛むが、膝の、というよりかつて膝だったものの痛みはまさに拷問だった。だが、苦痛に耐えるのもしばしのあいだだ。床に座ったままで最初の爆音に耳を傾けながら、喜びよりも満足感をよけいに覚えた。爆発と爆発の間隔が数秒から一、二分になるようタイマーをセットしておいたから、つぎの爆発はもうじきだ。

また爆音がした。反応促進剤のおかげで勢いを増す炎が、デッキの床を走り、途中にあるすべてのものや人を呑みつくす様が目に浮かぶ。目を閉じた。三度めの爆発、四度め。これは階下のシアターに仕掛けたやつだろう。さっきより近くで聞こえたし、座っている床が震動した。炎の熱と、船を焼くパチパチという音が聞こえる。それに遠くのほうから悲鳴も。だが、彼がその上に座っている爆弾はまだ爆発していなかった。

待った。一分、二分。怒りに任せて爆弾の上に積んでおいた箱を動かした。カチカチと鈍い音がしている。タイマーにセットされた時間は一時間後だ。一時間！　信じられない思いでタイマーを見つめる。間違えるわけがなかった。彼がこれをセットするのを見ていた人間がいて、あとからやってきて時間を変えたのだ。こんな間違い、彼がするわけがない。

〈フォグ・バンク〉に居残っていれば、いまごろは計画どおりに吹き飛び、即死していただろう。こんな苦痛を味わわずにすんだ。計画どおり、木っ端微塵になっていただろうに。それがいまや身動きがとれず、苦痛で吐きそうになりながら、いまだ訪れぬ解放の時を待っている。爆弾を爆発させられないかと、ワイヤーを引っ張った。ところがタイマーが点滅をやめただけで、なにも起こらない。

まわりの熱は呼吸を奪うレベルまで達していた。悪態をつきながらなんとか立ち上がろうともがいたが、砕かれた膝はへなっとなるだけだった。苦痛にもだえ、床を転がった。やがて、喘ぎながらも自分をとり戻しはじめた。ポケットに拳銃が突っこんであった。足に激しい痛みを覚え、慌てて見まわすと靴に火がついていた。悲鳴をあげて靴を叩き、ようやく脱いで投げつけた。両手も足も火傷していた。脚と腕はまさに苦悶の塊だ。

逃れたい一念で、厨房からデッキへと這って出た。炎が夜空を染めていた。なんとか手すりまでたどり着いて下を見ると、漆黒の海に満杯の救命ボートが何隻も浮かんでいた。全員がボートで逃れたわけではない。そのことに満足を覚えたが、思い描いていた壮大なパノラマとは似ても似つかない。

船尾のデッキを炎が横切ってやってくる。反対側を向くと、そっちのほうからも不自然な炎が追いかけてきていた。

大馬鹿野郎が！　クソッタレの大馬鹿どもめが。奴らは生き延びるのだ！　練りに練った計画だったのに、奴らは炎に包まれる代わりに生き延び、自分が焼け死のうとしている。奴らが憎い。どいつもこいつも憎かった。拳銃をとりだして手すりにもたれかかり、でたらめに発砲した。救命ボートに、海に、あらゆるものに向かって撃った。炎に追い詰められ、彼は悲鳴をあげた。

痛かった。あちこちが痛かった。想像していたのの何百倍も痛い。ものすごく長い時間に思えるあいだ……彼は苦しみつづけた。

34

傾いた〈シルヴァー・ミスト〉号をゴーゴーと燃やしつくす炎が、夜を照らした。船にいて生き延びた者はひとりもいないだろう。そのことがじきにはっきりした。爆発と、たちまち船を呑みこんだ炎を生き延びられる者がいるはずがない。

黒い海面に踊る赤い影を、ケールは見つめていた。黙りこみ、怒り……そして心の底から感謝していた。多くの人が船から脱出できたことに。やさしく揺れる救命ボートで、ジェンナーは彼に寄り添い、腕を腰にまわして頭を肩にもたせかけていた。ふたりは抱き合っていた。涙が彼女の頬を伝う。ブリジェットのために流す涙だった。マットが語った。ブリジェットを捜しまわるうち、最初の爆発で命を落とした人たちをたくさん目にしたことを。

ライアンはフェイスが乗るボートを捜し、難なく見つけた。ボートは非常用ライトで照らされているので遠くからでもわかる。ライアンもだが、彼女も夫を見つけようと立ち上がっていた。夫に気づくと手を振り、投げキスをして座った。それから両手に顔を埋め、すすり泣いた――安堵と苦悩と悲しみの涙だ。

ティファニーとサンチェスは拳銃の比べっこをしていたが、それが自己防衛のメカニズムだとケールにはわかった。目にしたものすべてに強く影響されているのに、感情をおもてに出したくないのだ。ブリジェットについて語り終えると、いつもはお気楽なマットがひとり離れて座り、黙ってうつむいている。

クルーメンバーふたりが居眠りをはじめた。疲れきっているのだ。

ジェンナーはみんなをながめていた。よく知るようになった人たちをながめまわしていた。彼らがいなかったら、大惨事になっていただろう。彼らがラーキンの企てを突きとめたから、乗船客の避難が早くはじまった。彼らは自らの危険を顧みず、ラーキンを追い詰めるとともに、できるだけ多くの爆弾を見つけだして安全化しようと奔走《ほんそう》した。

パームビーチの上流社会に融けこもうと六年の歳月を費やしたが、うまくいかなかった――彼らがどうのということではなく、彼女の内面の問題だ。自分の居場所を探していたが、パームビーチはそうではなかった。そうでなきゃ、あんなにころころと髪の色を替える？外見を変えれば、あそこに融けこめるジェンナーが見つけられると無意識に思っていたのだろう。

馬鹿ばかしい。もう後戻りはできない。いまでは、自分の居場所がわかった。

ケールを見あげて言った。「あなたがしていることを、あたしもやりたい」

ケールを動揺させるのは簡単ではないが、彼女は見事にやり遂げた。彼は眉を吊り上げ、それからおろして顔をしかめた。「なんだって？　まさか本気で――」

「本気よ」彼女は背筋を伸ばした。煤《すす》で汚れた顔のなかでその視線は揺るがなかった。「少し前に柔道のレッスンを受けたの。上達はしなかったけど、もっと訓練を積むわ。スキート射撃は得意だから、タイプのちがう銃の撃ち方もすぐにマスターできると思う。ほかにも習う必要のあることがあれば……喜んで身につけるわ」

「スウィートハート、そこまでする必要――」彼はため息をついた。「おれがやっているのは監視だけだ」

彼女は〈シルヴァー・ミスト〉号の残骸を指差した。「監視ですって、あれが？」

ケールは燃える船をしばし見つめた。ブリジェットの死体があそこにはある。大勢の乗船客やクルーの死体も。

「もしあなたがいなかったら」ジェンナーが言った。「もしあなたが、あたしとシドを誘拐までして監視をしなかったら、大勢の人が死んでいた。シドとあたしも死んでいたわ。フランク・ラーキンは、思いどおりのものを手に入れていたのよ」

ジェンナー・レッドワインのいない世界は、ケールには想像できない。あっという間に、彼女はなくてはならない人になってしまった。

「あたしに教えて」

「おいおい考えよう」

ジェンナーはため息をつき、彼に寄り添った。「それでいいわ、いまのところは」しばらく黙っていた。考えこんでいるのか――それともうとうとしているのか――やがて、彼女が尋ねた。「船を持ってる?」

「いや」

「よかった」彼女がまたため息をついた。安堵のため息に聞こえた。

しばらくして、彼は耳にした――まぎれもないヘリコプターの音だ。おそらく沿岸警備隊の救助ヘリコプターが、こちらに向かってくる。

あともうひとつ、はっきりさせておくべき問題があった。「あたし、すごい金持ちなの」

ジェンナーは声を低めて告白した。「小さな国が買えるぐらいの金持ち」

おかしなことを言うものだ、と彼は思った。「知っている。だから? おれは小さな国を買いたいと思っていない」

「男のなかには、それで引いてしまう人がいるの、それだけ」

「きみの金には興味ない」彼は言った。本心だった。「それに、ふたりが暮らすのに充分な金はある。人にくれてやるか、燃やしてしまうか、子供たちのために貯金しておくか……」

そういうことはまだ言うべきでなかったのかもしれないが、ほほえんでいるジェンナーを見て思った。それほど時期尚早ではなかったのだろう。

ジェンナーは借り物のズボンを穿き、たくしあげて長すぎるベルトで絞め、地面を引きずらないよう裾を折り返し、沿岸警備隊のダブダブのTシャツを着ていた。飾り気のないビーチサンダルも借り物で、土踏まずに芯が入っていない。三十六時間一睡もしておらず、メイクは太平洋の底に沈んだ——あるいはただよう灰となった。ひどい有様だと自分でも思うが、ケールは気にしていないようだ。シドもまったく気にしていなかった。

シドは歓声をあげて走ってきた。三人の見張りをフロントポーチの日陰に立たせたまま、振り返ることなく飛ぶように歩道を走ってきた。再会場所として、サンディエゴ郊外にぽつんと立つ小さな家を選んだのは、おそらくケールだ。〈シルヴァー・ミスト〉号を離れた当座は、仲間になりたいとか言っていたのに、シドと再会したら結託して仕返しをするとでも思ったのだろうか。ジェンナーには、報復的措置をとるつもりはまったくないし、シドにかぎってそれはありえなかった。

ジェンナーは歩道の真ん中で、腕を広げてシドを迎えた。ふたりは抱き合った。長いこと抱き合ったままでいた。

抱き合ったまま、シドが言った。「ああ、ジェンナー、わたし、どんなに心配したか……船のことをニュースで見て、あなたが無事かどうかもわからないし、もうわけがわかんなくなって……アダムを叩いちゃったの。彼がちょうどそこに立っていて、わたしは、誰でもいい、なんでもいいから叩きたい気分だったの。でも、彼は叩き返さなかった。それってすごく立派なことだと思わない？　……それから、わたし、逃げだそうとして、でも、彼にとめられて……その……ええと、彼らはわたしを誘拐しておいて、かかった費用をわたしに払わせたのよ、それってひどすぎるわよね」彼女は深いため息をつき、涙をぬぐい、最後に言った。「ほんとうに大丈夫なの？」

ジェンナーはシドをぎゅっと抱き締めた。「大丈夫よ。まあ、ピンピンしてるとは言えないけど、すぐに回復するわ」彼女のなかでいろいろな感情が渦巻いていた。ケールと出会えたけれど、友人を失った。ニナにはああ言って請け合ったが、リンダ・ヴェールは救命ボートに乗っていなかった。ブリジェットはほかの人たちを救おうとして亡くなった。ペニーとバトンズは、救助信号に応えてやってきた貨物船の船上でニナと再会したが、ほかにも多くの人が命を落とした。

正確な死亡者数はまだ出ていないが、三百人を越す人びとが、フランク・ラーキンの道連れにされた。彼が目論んだ犠牲者の数よりはるかに少ないとはいえ、大惨事にかわりはない。シドはジェンナーから体を離し、ケールをにらみつけた。名前は知らないけれど、何者か知っている。彼が今度の一件の黒幕だ。目を細める。「あなたなんでしょ。わたしたちを誘拐して、脅迫して、それから……」口ごもる。誘拐犯からほんとうに自由になるまでは、口を慎んだほうがいいと思ったのだろう。唇を震わせたが、すぐに気持ちを抑えた。「いまに見ていなさい。ただじゃすまないから」声を低めて言い添えた。

ジェンナーはシドの体に腕をまわし、ケールのほうに向けた。親友同士の再会の邪魔をしないよう、彼は離れた場所で見守っていた。「シド、こちらはケール・トレイラー。ケール、シドニー・ハズレットを紹介するわ」この世でいちばん大事なふたり、いちばん愛しているふたりに仲良くしてほしかった。いろいろ考え合わせれば、それには時間がかかるだろうが。ケールは警戒している。シドは咬まないわよ、とあらかじめ言っておくべきだった。いや。心配させてやれ。

「あなたがわれわれと共にいたあいだの費用は、すべておれが返済しますよ」能率的で親切な口調だった。

シドはジェンナーを見て、目を丸くした。「まるでわたしがつまらない休暇を過ごして、払い戻しを要求しているみたい」

「わかってる。あたしも彼にはムカッとさせられるもの」ジェンナーは言い、身を乗りだしてささやいた。「でも、心配しないで。彼はいい人なのよ」ケールにウィンクする。「あたしのいい人」

五週間後

玄関のベルが鳴ると、カイル・クイリンは心臓がとまりそうになった。変わり者のフランク・ラーキンが自分で自分を吹き飛ばしてからというもの、きっと誰かしらが訪ねてくるだろうと覚悟はしていた。ラーキンは死ぬ前に自白したのか？　革命的ＥＭＰ爆弾を創りだした武器設計者の名前を、誰かに告げたのか？

メール・アドレスは変更したし、支払われた金は海外の口座からべつの海外の口座へと三度も動かした。彼を安月給でこき使った軍需企業も辞めてやった。あと数週間で爆弾は完成する――ほんの数週間だ！　いままでのところ、彼とラーキンを結びつける者はいなかったが、それでも、いずれはここまでたどり着くのではと心配でならなかった。

のぞき穴からのぞくと、かわいい赤毛女が立っているのが見えほっとした。警官ではない。ダークスーツにサングラスの男たちでもない。ドアを開ける。玄関に立つ女は赤毛をツンツンに立てて、ちっぽけなタンクトップにショーツ姿だ。小さく飛び跳ねている。

「お邪魔してごめんなさい」女が言った。「でも、主人とあたしで妹の引越しを手伝ってて、お向かいに越してきたの。妹ったら、まだ水道の手続きをしてなくて、それで、あたし、トイレに行きたくなってしまって」

「ガソリンスタンドがあるでしょう……」

「我慢できない。とてもガソリンスタンドまでもちそうにないの。お願い」

カイルは通りの向かいに目をやった。引越し屋のバンからふたりの男が荷物をおろしていた。ゴージャスでグラマーな黒髪の女が車にもたれかかり、作業を見守っている。自分は指一本動かさずに。

「あれが妹さんかね？　向かいの家に引っ越してきた？」ワオ。こりゃついてる。近所に住んでいるのは、年金生活者か、うるさいガキや犬のいる夫婦ばかりだ。その犬がよく彼の庭で糞をする。

「ええ、あれがティファニー」赤毛が手を差しだした。「あたしはジェンナー。ジェンナー・トレイラー」彼女は眉を吊り上げ、無言で問いかけた。

「カイル・クイリン」彼は差しだされた手をちょっと握った。

「よろしくね、カイル」ジェンナーが言った。「ティフィーがあの家に落ち着くまで、あたしと主人が何日か滞在することになると思うの」彼女は目をくるっとまわした。「水道も電気もまだ手続きしてないなんて、ほんと、迂闊《うかつ》なんだから」また小さく飛び跳ねる。「トイレをよろしい？」

「どうぞ」カイルは一歩さがり、トレイラー夫人を家に入れ、指差した。「廊下を行って右手の最初のドア」彼の視線は彼女の妹の上にしばらく留まってから、ジェンナーに向かった。

彼女がよろめいてキャッと言い、本棚につかまったからだ。

「あたしってドジなんだから」彼女は笑いながら言い、廊下の奥に消えた。

訳者あとがき

宝くじに当たったらどうしますか？

三億円手に入ったらどうする？　なにに使う？　そういう妄想を膨らませたことのない人のほうが少ないだろう。小心者の訳者は、三億円なんていらない、三百万欲しい、それなら使い道を考えられる、と思ってしまいますが。三百万ぐらいならあっという間になくなるだろうし、使いきったらいっそサバサバしそうだし。だいいち、まわりにバレてもそれほど嫉《ねた》まれないだろうし。

あとがきを書くにあたり、ネタ探しにグーグル検索をしてみた。〝人の不幸は蜜の味〟だからか、高額の賞金が当たって不幸になった人、というくくりの記事がやたらに多かった。一家離散とか、悪い男（あるいは女）に騙《だま》されてすべてもっていかれたとか、挙句《あげく》の果てに殺されてしまったとか。

さて、本書のヒロイン、ジェンナーは、なんと宝くじに当たってしまう。日本のロトとおなじ、数字選択式の宝くじ。キャリーオーバーがつづいて、一等賞金は二億九千五百万ドルに膨れあがっていた。日本円で（一ドル九十円換算で）二百六十五億五千万円！

ジェンナーも訳者とおなじ思考回路らしく、「そんな大金、どうすりゃいいの？　五千ドルなら、いい。五千ドルならなんとかなる。使い道はある。車のローンを完済し、あたらしい服を買い、ディズニー・ワールドに遊びに行く……五千ドルならどうにでもなる」と思う。これが一般庶民の考え方だろう。

参考までに、アメリカで人気なのはメガミリオンという宝くじだそうで、チケットは一枚一ドル、四十二の州で買うことができる。一から五十六までの数字を五つ、一から四十六までの数字をひとつ選ぶ。六つすべてが合っていればジャックポット（一等）で、賞金の受け取り方は一括と分割のどちらかを選べる。ちなみに二〇一〇年六月十八日の抽選では、一等賞金十七ミリオン（千七百万ドル）だったが該当者なしで、二等（五つの数字が合っている）二十五万ドルがふたりに当たっていた。二〇一〇年のジャックポットの最高額は、いまのところ二百六十六ミリオン、二〇〇九年は三百三十六ミリオンで、当選者がふたり出て折半したそうだ。

ジェンナーは二十三歳、人生に行きづまっていた。顔がいいだけが取り柄《とえ》の恋人は、怠け者のろくでなしだ。精肉工場でコンクリートの床に立ちっぱなしの仕事は、先の見込みなどない。遅番の八時間勤務を終え、くたびれ果てて家に帰る途中、恋人に頼まれたビールを買いに寄ったコンビニで宝くじを買った。そして人生が一変した。

七年後、三十歳になったジェンナーは、パームビーチに住む富裕階層の一員になっていた。「宝くじの当選者は、受け取った額がどうであれ、まず五年以内に破産します」と、フィナンシャル・プラニング・コンサルタントに言われ、賞金(半分を税金にもっていかれたが)を手堅く投資にまわして二倍に増やした。小さな国を買えるぐらいの大富豪だ。だが、まわりからは、〝運よく宝くじに当たった元工場労働者〟という目で見られていた。いまだに、自分がなにをやりたいのかわからず、居場所がどこにもない、という思いをぬぐいきれない。近づいてくる男はみな金目当てに思えて、心を開けなかった。

そんな彼女がただひとり、心を開ける相手が資産家のひとり娘、シドニー・ハズレットだった。そのシドニーに誘われて、ジェンナーは豪華客船で二週間のクルーズに出ることにした。金持ちばかりを乗せた寄付金集めが目的の、ハワイ諸島を巡るクルーズだ。だが、船のターミナルにシドニーは現われず、ジェンナーは謎の一団に船室に監禁され、言うとおりにしなければシドニーの命はない、と脅された。身代金目当ての誘拐かと思ったが、彼らが出してきた要求は、クルーズのあいだ、一団のボスらしき男、ケールの恋人のふりをしろ、というものだった。恋人のふりをするわけだから、当然ベッドも一緒、しかも逃げないように手錠をかけられて……。

はたしてケールたちは悪人なのか、それとも悪人を見張るスパイ? 恐怖に駆られ、疑心暗鬼のジェンナーを乗せて船は出航した。

だが、徐々に恐怖が薄れてくると、ジェンナーのなかに怒りが生まれ、人に指図《さしず》されてたまるか、という生来の勝気な性格が頭をもたげてくる。それからのジェンナーとケールのぶつかり合い、丁々発止《ちょうちょうはっし》のやり取りは、『ゴージャス ナイト』のブレアとワイアットの掛け合いに匹敵するおもしろさだ。さすがリンダ。リンダにしか書けないおもしろさ。

おまけに、宝くじの高額賞金に当たったらどんな手続きをすればいいのか、税金はどれぐらい取られて、五年で破産しないためにはどうすればいいのか、〝調べ物大好き〟のリンダが仕入れたノウハウは満載だし、豪華クルーズのあれこれもわかるし、読んでいてスカッとするし、浮世のうさを晴らすのにもってこいの一冊だ。

最後に、次回作〝*Ice*〟を簡単にご紹介しておく。クリスマス休暇で故郷に戻ったヒーローと、森の奥の一軒家に両親の荷物の片付けに戻ったヒロインが、氷と雪に閉ざされた夜の森で、頭のおかしな殺人鬼ふたりに追われ、猛吹雪のなかを逃げまわるサバイバル・ストーリーだ。高校時代、市長の娘を鼻にかけて人を見下すヒロインはクラスの嫌われ者だった。でも、心ひそかにヒーローに恋していて……その二人が十五年の歳月を経て再会し……。

どうぞお楽しみに。

二〇一〇年六月

23 ザ・ミステリ・コレクション

ラッキーガール

著者 リンダ・ハワード

訳者 加藤洋子《かとうようこ》

発行所 株式会社 二見書房
東京都千代田区三崎町2-18-11
電話 03(3515)2311［営業］
03(3515)2313［編集］
振替 00170-4-2639

印刷 株式会社 堀内印刷所
製本 合資会社 村上製本所

落丁・乱丁本はお取り替えいたします。
定価は、カバーに表示してあります。

ISBN978-4-576-10098-2
http://www.futami.co.jp/

天使は涙を流さない
リンダ・ハワード
加藤洋子［訳］

美貌とセックスを武器に、したたかに生きてきたドレア。彼女を生まれ変わらせたのはこのうえなく危険な暗殺者！ 驚愕のラストまで目が離せない傑作ラブサスペンス

氷に閉ざされて
リンダ・ハワード
加藤洋子［訳］

一機の飛行機がアイダホの雪山に不時着した。乗客の若き未亡人とパイロットのジャスティスは、何者かの陰謀ではないかと感じはじめるが…傑作アドベンチャーロマンス！

夜を抱きしめて
リンダ・ハワード
加藤洋子［訳］

山奥の平和な寒村に住む若き未亡人に突如襲いかかる恐怖。彼女を救ったのは心やさしくも謎めいた村人の男だった。夜のとばりのなかで男と女は愛に目覚める！

未来からの恋人
リンダ・ハワード
加藤洋子［訳］

二十年前に埋められたタイムカプセルが盗まれた夜、弁護士が何者かに殺され、運命の男と女がめぐり逢う。時を超えたふたりの愛のゆくえは？ 女王リンダ・ハワードの新境地

チアガール ブルース
リンダ・ハワード
加藤洋子［訳］

殺人事件の目撃者として、命を狙われるはめになったブロンド美女ブレア。しかも担当刑事が、かつて振られた因縁の相手だなんて…!? 抱腹絶倒の話題作！

ゴージャス ナイト
リンダ・ハワード
加藤洋子［訳］

絵に描いたようなブロンド美女だが、外見より賢く計算高くて芯の強いブレア。結婚式を控えた彼女にふたたび危険が迫る！待望の「チアガール ブルース」続編

二見文庫 ザ・ミステリ・コレクション

きらめく星のように
スーザン・エリザベス・フィリップス
宮崎 槇［訳］

人気女優のジョージーは、ある日、犬猿の仲であった元共演者の俳優ブラムと再会、とある事情から一年間の結婚契約を結ぶことに…!? ユーモア溢れるロマンスの傑作

きらめきの妖精
スーザン・エリザベス・フィリップス
宮崎 槇［訳］

美貌の母と有名スターの間に生まれたフルール。しかし修道院で育てられた彼女は、母の愛情を求めてモデルから女優へと登りつめていく……波瀾に満ちた半生と恋！

銀の瞳に恋をして
リンゼイ・サンズ
田辺千幸［訳］

誰も素顔を知らない人気作家ルークと編集者ケイト。出会いは最悪&意のままにならない相手なのになぜだか惹かれあってしまうふたり。ユーモア溢れるシリーズ第一弾！

許される嘘
ジェイン・アン・クレンツ
中西和美［訳］

人の嘘を見抜く力があるクレアの前に現われた謎めいた男ジェイク。運命の恋人たちを陥れる、謎の連続殺人。全米ベストセラー作家が新たに綴るパラノーマル・ロマンス！

消せない想い
ジェイン・アン・クレンツ
中西和美［訳］

不思議な能力を持つレインのもとに現われたアーケイン・ソサエティの調査員ザック。同じ能力を持ち、やがて惹かれあうふたりは、謎の陰謀団と殺人犯に立ち向かっていく…

楽園に響くソプラノ
ジェイン・アン・クレンツ
中西和美［訳］

とある殺人事件の容疑者の調査でハワイに派遣された特殊能力者のグレイス。現地調査員のルーサーとともに事件に挑むが、しだいに思わぬ陰謀が明らかになって…!?

二見文庫 ザ・ミステリ・コレクション